| 30/3 빛의 제국 |

3º/3
빛의 제국

김영하

은수에게

차례

AM 07:00 말 달리자	009
AM 08:00 꿈을 꾸는 문어단지	032
AM 09:00 너무 일찍 도착한 향수	063
AM 10:00 권태의 무게	096
AM 11:00 바트 심슨과 체 게바라	121
PM 12:00 하모니카 아파트	142
PM 01:00 평양의 힐튼호텔	215
PM 02:00 세 나라	267
PM 03:00 쇄골절흔	297
PM 04:00 볼링과 살인	301
PM 05:00 늑대 사냥	364
PM 06:00 Those were the days	375
PM 07:00 처음처럼	412
PM 08:00 모텔 보헤미안	438
PM 09:00 프로레슬링	464

PM 10:00 늙은 개 같은 악몽 475

PM 11:00 피스타치오 517

AM 03:00 빛의 제국 535

AM 05:00 변태 540

AM 07:00 새로운 하루 543

개정판 작가의 말 548

작가의 말
쓸 수 있어서 행복했던 한 시기를 기억하며 557

AM 07:00
말 달리자

1

 그는 눈을 떴다. 몸은 무거웠고 입에서는 구취가 풍겼다. 정신이 명징해짐에 따라 마치 안개를 뚫고 걸어나오는 낯선 사람처럼 하나의 어휘가 천천히 모습을 드러냈다. '두통'이었다. 그는 살아오면서 단 한 번도 두통을 앓아본 적이 없었기 때문에 누군가 그것을 두통이라고 선언한다면 그대로 받아들일 수밖에 없는 입장이었다. 그러나 자신을 찾아온 이 미묘하고 생경한 통증이 고작 '두통'이라는 맥 빠진 두 글자로 표현되는 것은 부당했다. 지난밤부터 시작된 이 통증 때문에 이제부터 침대 밖 세상에서 벌어질 모든 일에 대해 불길한 예감이 들었고, 순간적으로나마 자기 육체가 혐오스러웠다. 쇄골 아래에서 오랫동안 잠자코 지내던 육신이 문득 잠에서 깨어나 제 위에 있는 무겁고 권위적인 존재를 발견하고는 쾅쾅쾅, 거칠게 문을 두들기며 항의하는 느낌이었다. 두통에는 육체적 고통과 정신적 불쾌감이 교묘하게 뒤섞여 있었고, 때문에 그것을 한 번도 겪어보지 못한 그로서는 도대체 이것을 어떻게 다루어야 할지 알 수가 없었다.

두통에 대해 생각하는 사이, 통증은 더욱 심해져갔다. 누군가 뒤통수 오른쪽을 작은 바늘로 콕콕 찌르는 듯했다. 그는 이 낯선 통증을 손님이라 여기기로 결심했다. 그렇게 생각하니 처음보다는 한결 견딜 만했다.

손을 뻗어 옆에 누워 있는 아내의 골반을 쓰다듬자 아내는 콧소리로 잠투정을 하며 엉덩이를 뺐다. 아내가 분명치 않은 발음으로 물었다.

"안 나가?"

"뭐?"

"안 나가냐구."

"당신은?"

"나비 밥 좀 줘."

그녀는 베개에 얼굴을 파묻었다. 그가 이불을 젖히고 천천히 침대에서 내려오자 언제나처럼 나비가 다가와 그의 발등에 제 볼을 부볐다. 그는 스테인리스 스쿱으로 사료를 퍼 고양이 밥그릇에 담아주었다. 갈색과 검은색, 흰색이 세계지도처럼 어지럽게 뒤섞인 삼색 고양이 나비는 행복하게 우적우적 마른 사료를 씹어삼켰다. 그는 나비의 목덜미를 살살 쓰다듬은 뒤 화장실로 들어가 입에 물고 있던 마우스피스를 빼내 컵에 넣었다. "가만두었다간 곧 틀니를 하셔야 할 겁니다." 지난겨울, 치과의사는 이갈이를 심하게 하는 그에게 경고했다. 그후로 그는 맞춤제작한 마우스피스를 입에 물고 잠자리에 들었다.

그는 가그린 뚜껑을 열어 퍼런 액체를 마우스피스가 들어 있는 컵에 부었다. 그리고 칫솔에 치약을 묻혀 기계적으로 양치질을 하며 뇌 속에 들어와 있는 작은 바늘에 대해 생각했다. 바늘은 잊어버리려 하면 할수록 좀더 분명하게 제 존재를 드러냈다. 이제는 막힌 배수관을 뚫으려는 철사처럼 한곳을 집요하게 공략하고 있었다. 왼손으로 뒤통수를 가볍게 두들겨보았지만 별 효과가 없었다.

"아빠."

거울 속에는 딸이 있었다. 그는 입에 칫솔을 문 채 딸과 눈을 마주쳤다.

"어디 아파?"

"우움우우."

'아무것도 아니야'라고 말하고 싶었지만 발음이 제대로 되어 나오질 않았다. 딸 현미는 검지로 그의 등을 괜히 쿡 찌르고는 입을 샐쭉거렸다. 미키마우스가 그려진 분홍 잠옷을 입은 열다섯 살의 현미는 팔자로 걸어 식탁으로 향했다. 켈로그 시리얼을 사발에 붓고 냉장고 문을 열어 우유팩을 꺼냈다. 우유는 사르륵 소리를 내며 시리얼과 섞였다. 현미는 사각사각 젖은 시리얼을 씹었다. 나비가 그녀의 발등에 제 볼을 비비며 지나갔다. 고양이가 아니라 구렁이가 지나가는 느낌이라고, 현미는 생각했다. '야아아앙' 그녀의 생각을 눈치채기라도 했는지 나비가 항의하듯 울음소리를 냈다. 기영은 입을 헹구고 화장실에서 나와 나비를 번쩍 안아올렸다. 그제야 아내 마리가 팬티만 입은 채로 안방에서 나왔다. 브래지어는 하지 않고 있었다. 젖꼭지 부근으로 지나가는 퍼런 정맥 때문에 추워 보였다. 집스를 한 왼손으로는 배꼽 아래를 긁으면서 오른손으로는 나오는 하품을 막고 있었다. 그녀는 식탁까지 걸어와 배꼽을 긁어대던 손으로 시리얼을 먹고 있는 딸의 머리를 살짝 헝클어뜨렸다.

"우리 딸, 잘 잤어?"

현미는 대답 대신 도리질을 쳤다. 현미는 엄마가 집에서 벗고 다니는 것을 좋아하지 않았다. 엄마가 벗고 있을 때는 아예 쳐다보지도 않았다. 기영은 관자놀이를 손가락으로 지그시 누르며 말했다.

"난 머리가 아프다."

"현미 아빠 두통 없잖아?"

"생겼나봐."

마리는 화장실로 걸어가며 건성으로 대꾸했다.

"미쳤어?"

"미쳤냐니?"

"으응, 미안, 말이 헛나왔어. 편두통이야? 한쪽만 지끈거려?"

"바늘 하나가 머릿속을 돌아다니는 것 같은 기분이야. 깁스는 언제 풀어?"

그녀는 수돗물을 틀었다. 그의 질문은 물소리에 묻혔다.

"뭐?"

마리는 인상을 가볍게 찡그렸다.

"그 팔 말야, 깁스."

"아, 다음주에 와보라던데. 가려워 죽겠어. 안에서 개미들이 기어다니는 것 같아."

"정말 있을지도 모르지."

마리는 화장실 문을 닫았다. 손목뼈에 금이 간 것은 이주 전의 일이었다. 백화점에서 에스컬레이터가 갑자기 멈추는 바람에 사람들에게 떠밀려 넘어지면서 왼손이 골절된 것이었다.

"유키 구라모토 들어."

현미가 그릇을 개수대에 갖다놓으며 기영에게 말했다.

"유키 뭐?"

"일본 피아니스트야. 두통에 효과가 있대."

"설마."

"아빠도 애들은 바보 같은 말만 한다고 생각해?"

현미가 그를 빤히 쳐다보며 물었다.

"아니."

"함 해봐. 속는 셈 치고."

어느새 현미의 손에는 유키 구라모토의 앨범이 들려 있었다. 그는 그것을 받아 가방에 넣었다. 순간 기영은 갑자기 하늘로 살짝 떠오르는 느낌을 받았다. 발꿈치가 들리는 것 같다고 할까, 행복한 기분이었다. 믿을 수 없는 일이지만 유키 구라모토의 앨범을 받아드는 순간 벌써 두통이 조금씩 사라지고 있었다. 일본 뉴에이지 피아니스트 덕분이라기보다 아버지를 걱정하는 딸의 표정에서 받은 어떤 위안 때문일 거라고 그는 생각했다. 기분이 좋아진 그는 현미를 향해 말했다.

"벌써 좋아지는 것 같은데."

"거 봐, 내가 뭐랬어?"

현미는 방문을 닫았다. 옷을 갈아입는 모양이었다. 화장실에선 마리가 변기의 물을 내리는 소리가 들려왔다. 그는 안방 화장실로 가 세수와 면도를 하기 시작했다. 물은 따뜻했고 거품은 부드러웠다. 그는 마른 수건으로 얼굴의 물기를 닦아내며 하루의 일정을 생각해보았다. 크게 바쁠 것 같지 않은 하루였다. 오후에 극장측과 수입을 정산할 일이 남아 있었지만 그야말로 의례적인 것이어서 전화만

한 통화 주고받으면 끝날 일이었다.

그는 새 셔츠를 꺼내 입고 청회색 실크 넥타이를 맸다. 셔츠 위에 군청색 웃옷을 걸치자 출근 준비는 모두 끝났다. 그는 서류가방을 집어들고는 아내가 들어가 있는 화장실 문을 가볍게 두들겼다.

"오늘 일찍 와?"

"뭐?"

화장실 문이 열리고 마리가 얼굴을 내밀었다.

"뭐라구?"

"오늘 일찍 오냐구."

그녀는 잠시 생각하다가 고개를 가로저었다.

"잘 모르겠어. 당신은?"

"글쎄, 나도. 아직은 뭐 별일 없지만."

현미가 교복 단추를 채우며 방에서 나왔다. 그리고 푸마 스니커즈에 발을 집어넣고 힘차게 현관문을 열었다. 기영도 그 뒤를 따랐다.

"그럼 저녁은 각자 해결하는 거다."

마리가 화장실 문을 닫고 나오며 말했다.

"그래, 저녁에 봐."

그는 아내에게 인사했다.

"그래."

마리는 현관 쪽으로 걸어오면서 현미에게 잔소리를 했다.

"현미야, 너 학교 끝나면 바로 집으로 오는 거지?"

"오면 뭐 해? 아무도 없을 텐데."

"그럼 어디 가려구?"

"몰라."

쿵. 현미는 현관문을 닫았다. 마리는 다시 문을 빼꼼 열고 엄숙한 얼굴로 현미에게 말했다.

"엄마 아빠는 일하느라 바쁜 거잖아. 넌 학원도 안 가면서 어딜 가려구 그래?"

"아무 데도 안 간다니깐."

이번에는 마리가 대꾸 없이 현관문을 닫았다. 엘리베이터 앞의 두 부녀는 잠시 침묵했다. 잠시 후, 엘리베이터가 도착하자 둘은 나란히 올라탔다.

"아빠."

"응?"

"가끔 엄마 아빠 보면 이상해. 내가 꼭 무슨 사고라도 치기를 바라는 사람들 같아. 내가 정말 그렇게 안심이 안 되는 애예요?"

"아니야. 그냥, 세상이 워낙 어수선하니까."

"걱정 안 하셔도 되거든요."

현미는 입을 비쭉거렸다. 엘리베이터는 일층에 다다랐다. 문이 열리고 부녀는 차례로 엘리베이터에서 나와 걸어갔다. 현미는 지하주차장으로 내려가려는 기영에게 말했다.

"아빠, 다녀오겠습니다."

"그래, 이따 보자."

딸과 헤어져 지하로 내려가던 그는 잠시 잠잠하던 두통이 다시 시작된 것을 알았다. 머릿속의 바늘이 다시 천천히 움직이고 있었다. 이번에는 하나가 아니었다.

2

현미는 아파트 단지의 오솔길을 걸어가다 104동 앞에서 잠시 멈추어 휴대폰을 꺼내 시각을 확인했다. 오전 7시

42분이었다. 인상을 살짝 찌푸리는데 뒤에서 누군가 그녀의 어깨에 손을 얹었다. 고개를 돌리자 검지손가락이 기다리고 있었다. 그 손가락에 볼이 쿡 하고 찔렸다.

"뭐얏?"

돌아보자 친구 아영이 웃고 있었다.

"만날 속네?"

"죽엇!"

현미가 오른발로 아영의 종아리를 가볍게 걷어찼다. 아영은 만화 속 인물처럼 양팔을 하늘로 쳐들고 장난스럽게 아얏, 소리를 냈다. 키도 비슷하고 헤어스타일도 닮은 두 소녀는 학교를 향해 한들한들 걸어가기 시작했다. 아영이 물었다.

"그거 숙제 다 했어?"

"그거라니?"

"살모사."

"아, 수학! 아니."

"어쩌려구?"

"가서 하지 뭐."

두 소녀는 낄낄거리며 걸어갔다. 아파트 단지를 벗어나

큰길로 나서 벚나무 아래를 걸었다. 편의점 앞 횡단보도에서 현미가 아영에게 말했다.

"아영아, 이거 비밀인데, 지켜줄 수 있어?"

"뭐?"

"정말 비밀이야. 아무한테도 말하면 안 돼."

"아, 알았어. 뭔데?"

현미가 한껏 심각한 얼굴로 말했다.

"우리 엄마, 사실은 계모야."

"응?"

"우리 엄마 계모라구."

"미친년."

아영이 펄쩍 뛰었다.

"정말이야."

"에이."

말도 안 된다는 듯 아영은 입을 비죽거렸다.

"난 상관없어. 이렇게 알게 된 게 차라리 잘된 일 같아."

"근데 어떻게 안 거야?"

둘은 파란불이 켜지자 횡단보도를 건너가기 시작했다.

"실은 오래됐는데 그냥 입 다물고 있었던 거야."

"외할머니는 너 되게 이뻐하시잖아?"

"계모인 걸 감추려고 일부러 그러는 거야. 다 쇼래두."

현미는 발걸음을 멈추고 아영의 눈을 들여다보았다.

"너…… 안 믿는구나, 흥!"

"아니, 믿어."

"아냐, 안 믿는 거 같아."

"아 글쎄, 믿는대두."

둘은 횡단보도를 건너가기 시작했다. 아이들의 모습이 하나둘 늘어나기 시작했다. 아영이 현미의 팔짱을 끼었다. 현미는 아영에게 물었다.

"아영아, 넌 인생의 목적이 뭐라고 생각해?"

"왜 이래? 아침부터."

"인간이 아무 의미 없이 살다가 죽는다는 게 말이 된다고 생각해?"

"그럴 수는 없지."

아영이 건성으로 대답했다.

"그렇지?"

"난 수녀가 될 거야."

"니가 마더 테레사냐?"

"어, 어떻게 알았어? 나, 어제 전기 읽었는데. 아영이 천재, 천재!"

"내가 아는 수녀라곤 마더 테레사밖에 없거든. 시험에도 나오잖아. 하여간 넌 뭐든 너무 많이 읽는 게 탈이야. 지난주엔 퀴리 부인이 되겠다고 하더니."

"수녀는 물리학을 하면 안 되는 거냐? 이해인 수녀는 시도 쓰잖아."

"말이 되는 소리를 해라, 이 기집애야. 시하고 물리학이 같냐?"

"하여간 나는 당분간 인생의 의미를 찾아볼 생각이야."

"잘해봐."

"비웃지만 말아줘."

"알았어."

현미는 한숨을 폭 쉬었다.

"가정을 갖는다는 건 너무 무의미한 일인 것 같아. 아무래도 여자는 가정에 너무 얽매이는 것 같아. 그런 거 같지 않니?"

아영은 현미의 팔에 끼었던 팔짱을 풀었다. 그리고 물었다.

"참, 너, 바둑은 완전히 포기한 거야?"

"……남자애들한테는 도저히 안 되겠어. 걔들은 무슨 기계 같아. 같이 앉아 있으면 감정이 없는 로봇 같다니까."

"그래도 잘되면 떼돈 벌잖아?"

"그런 사람은 얼마 안 돼. 근데 너 가만 보면 돈 되게 좋아한다?"

"아냐, 돈 싫어해. 그래두, 아, 내가 너라면 얼마나 좋을까. 학교 안 다니고 바둑만 둬도 되잖아. 난 왜 잘하는 게 없지?"

교문이 보이자 학생들이 불어나기 시작했다. 여자애들은 새떼처럼 재잘거리며 교문을 통과해 잰걸음으로 교실을 향해 걸어갔다. 남자애들은 몸의 비례가 맞지 않아 어쩐지 잘못 그려진 데생처럼 보였다. 남자아이들 몇몇이 아영을 힐끗거리며 지나갔다.

"아직도 저러냐?"

현미가 힐난하듯 아이들을 쏘아봤다. 교문을 들어서는 아영은 눈에 띄게 위축돼 있었다. 그리고 들릴 듯 말 듯 뇌까렸다.

"냅둬. 저러다 뒈지게."

현미는 아영을 보호하듯 앞장서서 걸었다.

"아, 재수 없어. 아침부터 저렇게 살고들 싶을까?"

현미는 아영 들으라는 듯 말했다. 아영은 그들의 시선을 피해 걸었다. 아영이 남자친구와 화상채팅을 하다 가슴을 보여주었고, 남자애가 그걸 갈무리해 메신저로 돌린 게 작년 가을이었는데, 아직도 아이들은 그걸 잊지 않고 있었다. 잊지 않았을 뿐 아니라 다른 악의적인 소문들이 거품이 일듯 새로 생겨났다. 아마 잘난 현미가 단짝이 아니었다면 견디기 어려웠을 것이다. 아이들은 모두 현미를 어려워했다. 바둑을 둘 때도 유명했고 바둑을 그만두고 나서는 공부를 잘했다. 여자애답지 않게 거친 면도 있어 이래저래 주목을 끌었다. 남자애들보다는 여자애들 사이에서 인기가 있는 편이었다.

둘은 교실로 들어섰다. 교실로 들어서자마자 아영은 한숨을 폭 쉬고는 교실 뒤쪽에 있는 자기 자리에 가서 앉았다. 현미는 창가에 있는 자기 자리로 걸어가며 아영 쪽을 슬쩍 돌아다보았다. 아영같이 수줍음 많은 내성적인 아이가 카메라를 향해 대담하게 가슴을 노출했다는 게 아무래도 믿기지 않았다. 인생의 어둡고 음험한 뒷면을 얼핏 훔쳐본 느낌이었다. 혹시 내 안에도 내가 모르는 뭔가가 숨어서 나올 때를 기다리고 있는 것은 아닐까?

현미는 추문이 확산되는 과정, 그리하여 한 사람을 희생양으로 만드는 과정도 똑똑히 목도했다. 아영은 그 중학교의 모든 구성원, 교장부터 정문의 수위에게까지 오직 '가슴'으로만 기억되었다. 그녀는 가슴을 노출한 아이였고, 지금도 그렇고, 앞으로도 그럴 것이었다.

처음엔 현미도 다른 애들처럼 당연히 아영이 전학을 하리라 예상했다. 아영에게 주려고 미리 이별의 카드까지 써두었다. 그러나 아영의 부모는 그렇게 하지 않았다. 그녀의 부모는 독특한 세계관을 갖고 있었다. 그들은 현세에서의 영생을 믿었다. 생명공학과 복제기술의 발전으로 인간은 곧 영생하게 되는데, 그것은 이미 오래전 지구에 도래한 외계인들이 예비해놓은 기획이었다. 그런 사람들이었으니 어린 딸이 또래의 친구들로부터 받게 될 모욕을 심각하게 생각할 리 없었다. 곧 영생을 할 텐데 그 잠깐의 모욕도 못 견딘단 말이냐, 라고 생각했다. 영생에 비하면 중학교 삼

년은 그야말로 찰나에 불과했다. 영생에 필요한 것은 친교가 아니라 계율이었다. 그들은 언제나 거친 음식을 먹었고 자동차를 사지 않았다. 고기를 금했고 야채는 삶지 않은 채로 먹었다. 거의 대부분의 날을 성전에 나가 보냈다. 그래서 그녀는 텅 빈 집에서 혼자 컵라면을 먹는 날이 많았다.

"그런 건 중요한 게 아니란다."

아영의 엄마는 언제나 그렇게 말하곤 했다. 어쨌든 그녀는 학교를 떠나지 못했다. 그녀는 몸을 써서 달려야 하는 체육시간이 제일 싫었다. 달릴 때마다 아이들이 제 가슴을 쳐다본다고 생각했는데 그건 어느 정도 사실이었다. 체육선생은 운동장에 나가지 않고 교실에 남겠다는 그녀에게 야릇하게 웃음을 지으며 선심 쓰듯 이유도 묻지 않은 채 그러라고 허락했다.

현미는 시계를 보았다. 아직 8시가 되려면 십 분이 남아 있었다. 그 정도면 수학 숙제쯤은 간단하게 해치울 수 있었다. 가방에서 노트를 꺼내 펼쳤지만 선뜻 손이 가질 않았다. 턱을 괴고 생각했다. 아영은 커서 어떤 여자가 될까?

3

 빨간불. 기영은 부드럽게 브레이크에 발을 올려놓았다. 정말 유키 구라모토 덕분인지 두통은 어느새 조금 가라앉아 있었다. 오디오 트랙이 〈부에나비스타 소셜 클럽〉으로 넘어갔다. 금세 쿠바 음악의 흥겨운 리듬이 차 안을 꽉 채우기 시작했다. 피아노와 기타, 트럼펫과 보컬을 망라한 빅밴드의 쿠바 음악은 그가 탄 중형 승용차의 스피커로는 감당하기엔 좀 버거웠다. 빰빠, 빰빠바. 빰빠, 빰빠바. 따라라라라 따라라라란. 리듬에 맞춰 입을 벙긋거렸다. 이쯤 되면 인생은 한번 살아볼 만한 것이었다. 멀리서 어슴푸레 떠오르는 해를 바라보며 지그시 액셀러레이터를 밟으니 차는 힘차게 언덕을 치고 올라가고 카리브해의 빅밴드는 흥겹게 노래를 불렀다. 순간 두통이 사라지면서 마치 모르핀을 맞은 것처럼 황홀한 행복감이 찾아왔다. 하루의 시작치곤 나무랄 것이 없었다. 언제나처럼 제시간에 일어났고 영특한 딸은 아빠를 사랑하고 있다. 사업도 아직까진 별탈 없이 굴러가고 있다. 몸은 건강하며 눈도 밝았다.
 신호가 파란불로 바뀌자 옆에 서 있던 오토바이들이 일

제히 질주하기 시작했다. 그때 125cc 혼다 오토바이 한 대가 운전석 쪽으로 바짝 붙었다. 그는 헬멧을 쓴 운전자를 힐끗 보았다. 오토바이 운전자도 기영을 쳐다보았다. 아주 짧은 순간 둘의 눈길이 허공에서 얽혔다가 풀어졌다. 요란한 배기음과 함께 오토바이는 속력을 내며 그의 차를 앞질러 멀어져갔다. 오디오의 볼륨을 높였다. 찬, 찬, 찬. 쿠바 할아버지들이 온 힘을 다해 관악기를 불어대기 시작했다. 동시에 속력을 높였다. 그의 차는 차선을 바꾸며 네 대를 추월하며 앞으로 나섰다.

4

남편과 딸이 떠난 후 마리는 화장실에서 나왔다. 들어갈 때와는 달리 졸음이 싹 가신 표정이었다. 가방에서 휴대폰을 꺼내 오른손 엄지로 빠르게 문자메시지를 쳤다.

'점심 어때?'

잠시 후 휴대폰 액정에 답 문자가 떴다.

'좋아요. 근데 어디?'

다시 엄지를 놀렸다.

'나폴리. 12시?'

'!!'

휴대폰을 핸드백에 던져넣었다. 그리고 화장대 앞에 앉아 헤어드라이어로 머리를 말리기 시작했다. 만약 여자들의 무표정이 궁금하다면 바로 이럴 때의 표정을 보면 된다. 그 어떤 감정도 실리지 않은 얼굴로 여자들은 머리를 말리고 화장을 한다. 그녀도 그런 여자 중의 하나였다. 마치 사이보그처럼 기계적으로 파운데이션을 두들기고 아이라인을 그렸다. 그리고 일어나 지난밤에 준비해둔 옷을 착착 차려입기 시작했다. 옷을 입다가 잠깐 하품을 했다. 스타킹을 쭈욱 늘여 신고 핸드백 속에 화장품 파우치를 던져넣고 현관으로 나섰다. 나비가 따라나오며 '야옹' 소리를 냈다. 그녀는 고양이 털이 검은 스커트에 묻을까봐 나비를 슬쩍 피해 구두를 신었다.

"나비, 엄마 다녀올게."

현관문을 열었다. 나비가 그녀를 올려다보고 있었다.

5

 박철수는 침대에 누운 채 천천히 손을 뻗어 협탁 위 지갑을 집어들었다. 그 속에는 삼십만원 정도의 현금이 들어 있었다. 지갑을 내려놓은 후, 리모컨을 들어 텔레비전을 켰다. 텔레비전 오른쪽 상단에 시각이 표시되어 있었다. 7시 47분. 천천히 몸을 일으켰다. 몸은 단단하게 긴장돼 있었다. 목부터 발뒤꿈치까지 군살 하나 없는 탄탄한 몸이었다. 윗몸일으키기를 하듯 하체는 전혀 움직이지 않고 복부근육만을 이용해 몸을 일으켰다. 그는 텔레비전으로 시선을 돌렸다. 몸이 미끈하게 빠진 검은색 말 한 마리가 강북강변도로를 질주하고 있었다. 원당의 승마장으로 이송되던 중 트럭을 탈출한 네 마리의 말 때문에 출근길 강북강변도로의 차들은 꼼짝 못하고 줄지어 서 있었고, 긴급 출동한 119 대원들이 어떻게든 말에 접근해 고삐를 잡아보려 애쓰고 있었다. 그는 빙긋 웃으며 도심에서 벌어진 그 소동을 지켜보았다. 펄쩍펄쩍 뛰며 돌아다니는 말에 비하면 차에 앉아 있는 승용차 운전자들은 난쟁이처럼 왜소해 보였다. 그들은 운전석에 앉아 있다가 말이 옆으로 지나가면 자기도 모르게 몸을 움츠렸다. 놀란 눈동자들과 같은 높이로 수말의 거대한 성기가 덜렁거리며 지나갔다.

뉴스가 다른 꼭지로 넘어가자 물비린내가 살짝 풍기는 화장실로 들어가 선 채로 소변을 보았다. 변기의 물을 내리고 세면대에 물을 받았다. 밖으로 물이 튀지 않도록 얌전히 세수를 한 후 수건으로 물기를 닦았다. 어느새 그는 크라잉넛의 〈말 달리자〉를 흥얼거리고 있었다. 마알 달리자, 마알 달리자, 마알 달리자, 마알 달리자아.

AM 08:00
꿈을 꾸는 문어단지

6

 마리는 폭스바겐 골프의 문을 열고 차에 올랐다. 전날 비가 와서인지 직물 시트가 눅눅하게 달라붙었다. 차창을 내려 환기를 시켰다. 엔진을 예열하는 동안 선바이저를 내려 거울을 봤다. 어두워서인지 눈가의 가는 주름이 깊어 보였다. 선바이저를 제자리로 돌려놓은 후 깁스한 왼손을 운전대와 가슴 사이에 놓고 오른손으로 주차브레이크를 풀었다. 프르르르르릉. 숟가락으로 쇠를 때리는 것 같은 소리와 함께 차가 앞으로 튕겨나갔다.

 왼손을 쓰지 못했기 때문에 운전은 평소보다 좀 조심스

러울 수밖에 없었다. 초보 운전 시절 같았다. 처음 운전대를 잡았던 게 언제였던가? 기록적인 더위가 한반도를 덮친 1994년의 여름이었다. 영원히 살 것 같던 김일성도 죽었던 바로 그 여름이었다. 에어컨도 잘 나오지 않는 연습용 차량에 올라타면 흘러내리는 땀이 눈으로 들어갈 지경이었다. 그녀는 자기 인생의 모든 처음에 대해 생각하기 시작했다. 처음 자전거를 탔던 날은 초등학교 삼학년의 초여름이었다. 남자아이들은 사막의 캐러밴처럼 줄을 지어 자전거를 몰고 나갔다. 그녀는 제일 덩치가 큰 아이의 짐받이에 위태하게 엉덩이를 올려놓았다. 천변에 다다르자 그녀를 태우고 온 남자아이가 자전거 타는 법을 가르쳐주었다. 비틀비틀, 제멋대로 굴러가려는 이 두 바퀴 달린 괴물을 통제할 수 있게 되기까지는 삼십 분이 족히 걸렸다. 마침내 그녀 혼자서 좁은 천변길을 달려갈 수 있게 되었을 때, 멀리서 남자아이들이 휘파람을 불며 박수를 쳤다. 반환점을 돌아오자 짐받이를 붙잡고 자전거를 밀어주던 아이가 흥분 때문에 숨을 몰아쉬는 그녀에게 담배를 내밀었다.

정말? 그녀는 스스로에게 물었다. 그런 어린애들이 모

여서 담배를 피웠단 말이야? 의심스러운 기억이었다. 기억이라는 건 얼마든지 잘못될 수 있는 거니까. 그러나 그 장면은 이상하게도 너무도 또렷하고 선명했다. 그녀는 불을 붙인 담배를 받아 한 모금도 채 빨지 못하고 캑캑거렸다. 연기에 사레가 들려서라기보다 어쩐지 그냥 그래야 할 것 같아서였다. 남자애들은 낄낄대며 좋아하고는 일제히 마지막 힘을 다해 연기를 빨아들인 후, 담배꽁초를 더러운 개천에 던져버렸다. 그러곤 다시 자전거에 올라 집으로 향했다.

문득 담배 생각이 간절했다. 요행을 바라는 심정으로 콘솔을 열어보았지만 담배는 없었다. 한 개비 있으면 좋으련만. 담배를 사놓지 않은 것을 후회했다.

앞차의 브레이크등이 붉게 빛났다. 정체가 시작되는 중이었다. 고개를 빼 앞을 보니 갓길에 코란도 한 대가 범퍼가 찌그러진 채 치워져 있고, 견인차 무리와 경찰차가 까마귀떼처럼 모여들어 머리를 맞대고 있었다. 코란도가 차선을 이탈해 강 쪽 가드레일을 들이받은 모양이었다.

그녀는 비상등을 켜고 갓길로 차를 빼 경찰차 뒤에 차를 세웠다. 그리고 차에서 내려 스키드마크의 길이를 재고 있는 경찰관에게 다가갔다. 뱃살이 오 톤 트럭 타이어 둘레는 돼 보이는 경찰관이 무릎을 꿇고 있다가 힘겹게 몸을 일으켰다.

"어디 보험이요? 되게 빨리 왔네."

"사람이 죽었나요?"

경찰이 그녀의 얼굴과 왼팔의 깁스를 빤히 쳐다봤다. 보험사 직원이 아니란 걸 비로소 깨달은 표정이었다. 그녀와 경찰 사이에 한 남자가 끼어들었다. 남자는 낡은 가죽점퍼를 입고 있었다. 상기된 얼굴에 다리를 살짝 절뚝거리는 것으로 보아 운전자인 것 같았다.

"죽기는 누가 죽어요? 근데 뭐요? 어디서 왔어요?"

마리는 그에게서 슬쩍 고개를 돌렸다.

"아무것도 아니에요."

"보험에서 오신 거예요?"

"아뇨."

남자는 방금 야단맞은 아이처럼 얼굴이 붉어졌다.

"그럼 뭐요?"

"아무것도 아니라니까요."

그녀는 다시 무릎을 굽히려는 뚱뚱한 경찰관을 향해

물었다.

"혹시 담배 한 개비 얻을 수 있을까요?"

경찰관은 의외로 순순히 주머니에서 담뱃갑을 꺼내 내밀었다. 경찰관은 살렘을 피우고 있었다. 그녀는 두 개비를 뽑으며 동의를 구하듯 경찰관을 향해 웃었다. 경찰관이 가볍게 고개를 끄덕였다. 경찰관은 능글맞게 웃으며 물었다.

"싸한 거 좋아하시나봐?"

"잘 피울게요."

경찰관이 라이터를 켜 들이밀었지만 정중히 사양했다. 대신 차로 돌아와 다시 운전석에 올랐다. 시가라이터로 불을 붙여 느긋하게 한 모금을 빨아들였다. 왼손이 멀쩡하다면 차를 몰며 피웠겠지만 깁스 때문에 그럴 수 없었다. 니코틴이 폐의 점막에 도달하기도 전에 뇌가 벌써 반응하고 있었다. 긴장이 누그러지며 눈앞의 세상이 조금 더 희망적으로 보이기 시작했다. 그녀는 연기를 내뿜으며 눈을 떴다. 경찰관과 사고차의 운전자가 차창 사이로 빛나는 작은 불빛을 응시하고 있었다. 연기는 열린 선루프를 통해 국수가락처럼 빠져나갔다. 그녀는 또다른 처음에 대해서 생각했다. 처음으로 사람이 죽는다는 것을 안 것은 몇살 때였을까?

책상 위에 놓인 국화꽃 한 송이. 자리 하나가 비어 있다. 육십줄에 든 할머니 선생님이 손수건으로 붉어진 코를 감싸쥐고 있고 아이들은 훌쩍거린다. 그녀는, 국화꽃이 놓인 자리 바로 뒤에 앉은 그녀는, 선생과 아이들이 자신이 얼마나 슬퍼하는지 감시하고 있다고 느낀다. 정말로 아이들은 울지 않는 그녀를 힐끔거린다. 그래서 두 손에 얼굴을 파묻어보지만 이건 뭔가 부당하다고 생각한다. 아직 슬픔을 알기에는 어린 나이가 아닌가. 핑크빛 원피스를 입은 짝이 그녀에게 말해주었다. 자리의 주인인 친구는 나쁜 어른의 꾐에 빠져 유괴를 당했고 며칠 후 세탁소 앞에 버려진 여행가방 속에서 발견되었다고 한다. 그녀는 유괴란 말이 무슨 뜻인지 몰랐다. 그러나 여행가방에 들어 있었을 친구의 얼굴만은 끈질기게 떠올랐다. 그애는 어쩌자고 여행가방 속에 들어가 사람들을 이렇게 슬프게 한단 말인가? 숨바꼭질치고는 너무 심한 게 아닌가? 그녀는 빈 책상을 노려본다. 그애가 늘 앉던 책상은 국화꽃이 대신 차지하고 있었다. 자리는 비어 있었지만 그 부재가 나머지 모두를 지배하고 있었다. 있을 때는 아무 주목도 끌지 못하던 애였지만 사라짐으로써 모두의 감정을 장악하고 있었다. 정말 영원히 돌아오지 않는단 말인가? 그녀는 아직 죽음의 불가역성에 대해 일말의 의문을 갖고 있었다. 그러나 아이는 끝내 돌아오지 않았고 한동안 아침마다 주변이 새로운 국화꽃을 갖다놓더니 그마저도 곧 중단되었다. 이제 그녀는 죽음이라는 것에 대해 어렴풋이 나름의 정의를 갖게 되었다. 죽음은 우선 사라지는 것이고 사라진 후에도 남은 자들을 지배하는 것이다. 정말 그런 거라면 꽤나 멋진걸. 그녀는 죽음을 흉내내보기로 했다. 학교에서 돌아오자마자 신발을 챙겨들고 조용히 외할머니의 벽장 속으로 숨어들었던 것이다. 처음엔 그녀가 없어진 것조차 아무도 몰랐다. 지루했다. 그렇지만 참고 기다렸다. 꾸벅꾸벅 졸기도 했다. 유괴된 아이가 주목을 받게 된 것도 사라진 지 며칠이 지나서였으니 이 정도는 참아야 할 거야. 다시 까무룩 잠이 들었다 깨어났을 때는 집 안이, 그녀의 소망대로 소란스러웠다. 낯선 냄새도 풍겼다. 벽장 틈으로 경찰의 감색 제복이 보였다. 학교에도 나타났던 바로 그 제복이었고 심각한 표정의 외할아버지도 보였다. 성급한 누군가는 벌써 흐느끼고 있었다. 막내이모가 분명했다. 그런 소란이 한참이나 계속됐다. 외할머니가 아이를 맡겨두고 서울로 간 그녀의 엄마에게 전화를 걸었다. 단지 오후 반나절 없었을 뿐인데 온통 난리가 났다. 얼마 전 일어난 유괴사건 때문이었을 것이다. 그녀는 자신의 사소한 장난이 빚어낸 이 소동에 놀란 나머지 정말로 죽었으면 하고 바랐다. 정말 죽어서 천사처럼 누군가의 눈에 뵈지도 않은 채 둥둥 떠다닌다면 얼마나 좋을까. 그럼 외할머니, 이모 그리고 엄마를 실망시키지 않아도 되잖아? 슬퍼하는 게 실망하는 것보다 나았다. 그녀는 스스로 제 목을 졸라보았다. 숨이 컥 하고 막혔다. 그녀는 자신도 모르게 발로 벽장 문을 걷어찼다. 무언가가 툭 소리를 내며 쓰러졌다. 그러자 외할머니가 애지중지하던 치와와―이름이 제리였던가?―가 벽장을 향해 요란하게 짖어대기 시작했다. 벌떡 일어난 외할머니가 벽장 문을 열어젖혔다. 힘이 장사 같고 키가 백칠십 센티미터를 넘었던 외할머니는 그녀의 머리채를 휘어잡아 아래로 끌어내렸다. 그녀는 이불더미와 함께 방바닥으로 굴러떨어졌다. 어디 한 군데 안 부러진 게 다행이었다.

그녀의 골프는 천천히 회사 주차빌딩으로 들어섰다. 후줄근한 경비복을 입은 경비가 그녀를 보더니 튀어나와 차를 가로막았다. 그녀는 브레이크를 밟았다. 경비는 운전석 쪽으로 오더니 차 문을 열었다.

"팔이 그래가지고 어디. 이리 내리소."

그녀는 못 이기는 척 차에서 내렸다. 경비는 차에 올라타더니 주차 엘리베이터 안으로 차를 휭, 한 방에 집어넣었다. 딸이 이번에 대학에 들어갔다던 그 경비였다. 그녀는 고맙다고 인사를 하고 옷매무새를 가다듬은 후, 쇼룸 안으로 들어섰다. 쇼룸 안에는 번쩍거리는 새 차들이 자연사박물관의 공룡 모형들처럼 널찍하게 자리를 차지하고 있었다. 그녀는 쇼룸을 지나 사무실로 들어갔다. 그리고 먼저 나와 있는 지점장에게 밝게 웃으며 인사를 하고는 자기 자리로 가서 앉았다. 깨끗하게 정리된 책상을 쓱 일별하고 오른쪽의 큰 서랍을 열어 핸드백을 집어넣는 이 순간을 그녀는 정말 좋아했다. 쇼룸의 문을 열고 들어설 때 구두굽에 닿는 단단한 대리석의 느낌도 사랑했다. 직장과 비교하면 집은 통제할 수 없는 괴물 같았다. 싱크대에는 늘 낯선 물건들이 들어 있었다. 언제 샀는지도 모를 소스와 정체불명의 허브차들. 단지 부패하지 않는다는 이유로 그것들은 한없이 자리를 차지하고 있었다. 냉장고 청소는 엄두도 나지 않았다. 딸의 방은 늘 돼지 몇 마리를 풀어놓은 것처럼 어지러웠다. 여전히 속내를 알 수 없는 남편과 커나가면서 점점 더 엄마를 멀리하는 딸이 있다. 집에서 벌어지는 어떤 문제도 간단한 게 없었다. 생각만 해도 골치가 아팠다.

컴퓨터의 부팅이 끝났다. 동시에 메신저 창에 메시지가 떠올랐다. 지점장이었다. 바로 뒤에 앉아 있으면서도 그는 곧잘 이렇게 메신저로 할말을 전했다.

'오전 스케줄 보고하세요.'

그녀는 타이핑을 했다.

'파사트 시승하러 오겠다는 고객이 있어요. 오후엔 모터쇼 초대장 메일 발송 작업을 하려구요.'

그녀는 뒤를 돌아보았다. 지점장은 모니터를 골똘히 지켜보고 있었다. 그러다가 자판을 두들기기 시작했다. 잠시 후 그녀의 모니터에 지점장이 새로 보낸 메시지가 떠올랐다.

'장팀장, 담배 끊었다고 하지 않았어요?'

소매를 들어 슬쩍 냄새를 맡아보았다. 박하향과 퀴퀴한 담배 냄새가 뒤섞여 있었다. 서랍에서 분무식 섬유탈취제를 꺼내들고 화장실로 향했다. 곱슬머리에 뿔테안경을 낀 지점장은 모니터에 코를 박고 있었지만 지점 안에서 돌아가는 일을 훤히 꿰고 있었다. 대마초 중독자 주제에 잔소리는! 마리는 그가 왜 그렇게 마른풀을 태우는 냄새에 유난히 민감한지 잘 알고 있었다. 그의 졸부 아버지가 차려준 수입 옷가게에선 구찌와 페라가모에 곁들여 대마초도 팔았다. 물론 주인인 그도 애타게 그 물건이 도착하기를 기다렸다. 그에게 가면 '풀'이 있다는 소문이 나자 가수와 배우, 젊은 부자들이 몰려들었다. 호텔을 전전하며 대마초를 피우고 코카인을 흡입하는 동안 그의 이십대가 지나갔다. 가수와 배우들이 줄줄이 검거될 때도 그는 한 번도 잡혀들어가지 않았다. 그는 자신에게서 대마초를 받아간 유명인사들의 이름을 마약반에 제공하는 대가로 살아남을 수 있었다. 마리가 이해할 수 없었던 것은 그의 밀고로 잡혀들어간 가수와 배우들이 왜 풀려난 후에 다시 그를 찾아와 관계를 유지해왔냐는 점이었다. 중독이란 게 그렇게 무서운 것일까? 아니면 그에게 사람을 끄는 특별한 매력이 있는 걸까? 힐끗 지점장을 살펴보았지만 겉으로 보기엔 그저 평범한 중년 남자에 지나지 않았다. 키는 백칠십 센티미터밖에 되지 않았고 얼굴도 미남이라고 보기는 어려웠다. 물론 왕년의 옷장사답게 멋진 옷과 구두를 맞춰 입을 줄 아는 사내였지만 선천적 외모의 한계를 뛰어넘기는 어려웠다. 함께 일해온 지 오 년이 됐지만 마리는 그에게서 단 한 번도 남성적인 매력을 발견하지 못했다. 모델 출신의 여자와 재혼했고 결혼 후에도 주변에 여자가 끊이지 않는 것으로 보아 그녀가 모르는 숨은 매력이 있을 수는 있었다.

대마초를 공급하던 시절의 인맥도 지금까지 살아 있었다. 가끔 쉰 목소리의 퇴물 록가수들이 지점으로 찾아와 그와 함께 시승을 하러 나갔다. 그들은 하나같이 대외적으로는 약을 끊었다고 공표했지만 곧이들을 수는 없었다. 그러나 지점장의 이야기만큼은 신빙성이 있었다. 그는 특이하게도 기독교에 귀의해 마약을 끊었다고 했다. 금단증상으로 괴로워하던 시절, 우연히 중학교 동창을 만났는데 그 친구가 그의 아주 오래된 기억 하나를 일깨워주었다. 십대 초반에 경험한 방언의 몰아경이 문득 그리워져 그

교회를 다시 찾은 그는 약 없이도 자아를 방기하고 내던 질 수 있다는 것을 깨달았다. 그는 수요일과 주일, 어김없이 교회에 나간다. 즐겨 피우던 담배마저 끊어버렸다. 그는 이제 예수 그리스도를 믿는다고 말하지만 그가 기대는 것이 신인지 황홀경인지는 분명치 않다.

7

8시 30분. 기영은 회사에 도착했다. 평소보다 좀 이른 출근이었다. 유일한 직원인 위성곤은 벌써 나와 있었다. 아직 삼십대 초반이지만 머리가 거의 벗어져 있었다. 이십대 초반부터 머리가 빠지기 시작했다는 그는 대학 졸업 후 포항의 철강회사에 다녔지만 곧 때려치우고 이런저런 영화학교들을 전전했다고 한다. 연출이 꿈이었으나 결국 이리저리 흘러흘러 여기까지 온 것이었다. 발명이 취미인 아버지 빚보증을 섰다가 덩달아 신용불량자가 되었다. 은행에서 월급마저 차압해가는 것을 막기 위해 기영은 현금으로 따로 챙겨주곤 했다.

"일찍 나오시네요."

"응, 성곤씨는 참, 아침 먹고 다녀?"

"글쎄요, 뭐 그러려고는 하는데요."

"라디오에서 들으니까 아침을 먹어야 머리가 잘 돌아간대."

"만날 하는 소리죠. 사장님은 아침 드세요?"

"아니."

위성곤은 모니터 쪽으로 시선을 돌리며 큰 소리로 말했다.

"아, 〈푸른 그늘 아래〉는 곤란하겠다는데요."

"그래? 그럼 접지 뭐. 그거 좀 비쌌지. 베르히만 거는?"

"프린트는 구할 수 있을 것 같은데요, 틀 데가 마땅치 않아서요."

"그래도 한번 알아봐."

"네."

"다른 건 어때?"

"잘 돌아갑니다. 오늘 특별한 일정 없으세요?"

"별로."

기영은 구석에 있는 자기 자리에 가서 앉으며 버튼을

눌러 컴퓨터를 부팅했다. 위성곤은 다시 컴퓨터로 얼굴을 돌리고 뭔가를 치고 있는 것 같았다. 처음엔 위성곤의 모니터 화면이 기영 쪽에서 보이도록 되어 있었으나 어느새가 그가 방향을 슬쩍 바꾸어놓았다. 이제는 LCD 모니터의 등만 보였다. 그렇지만 누구라도 그와 며칠만 지내보면 그가 어쩔 수 없는 포르노 중독자임을 알 수 있었다. 몇 번쯤 여자 직원을 뽑았지만 그가 몰래 포르노를 보고 있는 것을 발견하면 지체 없이 그만두었다. 머리가 벗어진 포르노 중독자, 게다가 신용불량자라니. 어쩌면 그는 젊은 여성들이 싫어할 만한 모든 것을 갖추었는지도 몰랐다.

"칼을 모으는 사람도 있고 엽기적인 영화만 좋아하는 사람도 있듯이 포르노를 수집하는 사람도 있을 수 있는 거 아닌가요?"

언젠가 그가 항변해왔을 때 기영은 잠자코 수긍해주었다.

"그러게 말이야."

기영은 누구와도 토론 같은 것은 하지 않는 사람이었다.

기영은 그에게서 시선을 거두고 조심스럽게 서랍을 열었다. 서랍 속에는 세 개의 빈 삼십오 밀리 필름통이 나뒹굴고 있었다. 필름통은 세로로 반듯이 서 있었어야 했다. 누군가 서랍에 손을 댄 것이 분명했다. 세워놓은 빈 필름통은 그가 애용하는 부비트랩이었다. 그는 슬쩍 위성곤을 살폈다. 가능성은 열어두어야겠지만 어쩐지 그는 아닐 것 같았다. 그는 필름통을 만지작거렸다. 벌써 두번째였다. 모스크바의 미국 대사관에서 공작하던 CIA는 이른바 '모스크바 수칙'이라는 것을 만들었다. 그중에는 이런 말이 있다. '한 번은 우연, 두 번은 우연의 일치, 세 번은 공작이다.' 그렇다면 아직은 한 번이 남은 셈이다.

손가락으로 관자놀이를 꾹 눌렀다. 다시 두통이 시작되고 있었다. 밤새 서랍에 손을 댄 사람은 누구였을까? 그 속에 뭐 중요한 것이 들어 있는 것은 아니었다. 영화수입업자라면 누구나 갖고 있을 서류와 문구류가 전부였다. 폐쇄회로 TV를 설치해볼까? 은밀한 잠입을 미연에 막을 수는 있겠지만 누군가 자신을 노린 흔적은 찾아내지 못할 것이다. 전문가라면 굳이 폐쇄회로 TV까지 있는 방에 들어오지는 않을 것이고, 얼치기라면 굳이 그렇게까지 해서 잡을 필요가 없을 것이다. 핀홀 카메라를 몰래 설치해둘 수도 있겠지만 그것도 전파 감지를 통해 설치 여부를 금세 알아낼 수 있다. 불길한 예감이 스멀스멀 콧등을 간질였다.

전화벨이 울렸다. 성곤이 수화기를 들었다.

"사장님, 전화 좀 받아보세요."

기영은 수화기를 들었다.

"김기영씨 되십니까?"

"그런데요?"

"메일을 하나 보내드렸는데요, 확인을 안 하셔서요."

"어디신데요?"

전화를 걸어온 남자는 잠시 뜸을 들였다.

"안성 삼촌 친군데요. 이번에 대부업을 새로 시작했습니다. 혹시 사업하시다 급전 필요하시면 연락주세요."

"네? 누구요?"

전화를 걸어온 사람은 아무 말 없이 전화를 끊었다.

"여보세요? 여보세요?"

기영은 얼굴을 찡그리며 수화기를 내려놓았다. 눈앞에 있는 모니터는 히말라야의 설산을 바탕화면으로 보여주고 있었다. 그는 초조하게 손톱을 물어뜯었다. 목을 이리저리 돌려보기도 하고 주먹으로 가볍게 책상을 톡톡 두들기기도 했다. 잠시 망설이다가 마우스의 커서를 메일함 아이콘 위에 올려놓았다. 그러나 더블클릭을 하지 않고 또 한번 주저했다. 아주 작은 아이콘이었지만 거기에서 뭐가 튀어나올지 아무도 몰랐다. 마침내 그는 더블클릭을 했다. 위윙윙. 하드디스크 돌아가는 소리와 함께 이메일 창이 떴다. 그는 '받은 편지함'을 눌러 창을 활성화시켰다. 우선 지난가을 부산국제영화제에서 만나 계약한 이란 영화의 프린트가 곧 부산 세관을 통관하리라는 소식이 눈에 띄었다. 대학의 동창회에서 자선모임을 연다는 소식, 판권이 싼 영화 몇 편을 소개하는 에이전트의 메일도 있었다. 그 밖에는 거의가 스팸이었다. 수십 통이 넘는 메일들의 제목을 주의 깊게 살펴보며 하나하나 스팸들을 지워나갔다. 블록을 설정해서 한꺼번에 지워도 될 텐데 그는 그렇게 하지 않았다. 그러다가 어떤 메일에 이르러 커서가 멈춰 섰다. 메일 제목에는 이렇게 적혀 있었다.

'[광고] 카드결제, 직장인, 공무원, 무담보 즉시 대출'

주변을 스윽 살폈다. 성곤이 자리에서 일어나려다 그와 눈이 마주쳤다.

"왜, 뭐 필요한 거 있으세요?"

"아니."

"커피 한잔 드릴까요?"

"만들어 놓은 거 있어?"

"아뇨. 만들어드릴까요?"

"그럼 한잔 부탁해."

성곤이 흥얼흥얼 콧노래를 부르며 커피를 만드는 사이 그 사설대부업체의 광고 메일을 클릭했다. 메일을 열자 이런저런 현란한 효과로 장식된 문구들이 점멸했다. 주의 깊게 메일을 읽어보고는 '대출 견적을 원하시는 분은 여기를 눌러주세요'라는 문구에서 따로 붉게 표기된 '여기'를 클릭했다. 다시 새로운 창이 떴다. 거기서 또 한 단어를 클릭하면 새로운 창이 뜨고…… 이 단계를 몇 번 더 반복하면서 그는 목표지점에 가까이 다가가고 있었다. 거의 마지막 단계에 다다라 다시 한번 주위를 살폈다. 커피메이커가 마지막 김을 쉭쉭 뿜고 있었다. 성곤이 커피메이커에서 포트를 빼 컵과 함께 들고 기영에게 다가왔다. 기영은 구글로 슬쩍 화면을 바꾸었다.

"커피 드세요."

성곤이 머그잔을 책상에 내려놓으며 커피를 따랐다.

"고마워. 아, 그 이란 영화 곧 통관 들어간대."
"아, 잘됐네요. 그거 들어오면 또 바빠지겠네요."
"그렇겠지."

그가 자기 자리로 돌아가 자리에 앉는 것을 확인한 후 다시 아웃룩을 열었다. 지금까지 떴던 창들을 다 닫고 마지막 창을 띄웠다. 마침내 결정적 메시지가 모습을 드러냈다.

문어단지여
허무한 꿈을 꾸네
하늘엔 여름달

기영은 마른침을 삼켰다. 실제 침이라기보다 '마른침을 삼켰다'는 문장이 한 음절 한 음절 목구멍으로 넘어갔다는 게 더 적확한 표현일 것이다. 그는 마우스 옆에서 식어가는 커피를 단숨에 들이켰다. 그의 기억이 정확하다면 저 하이쿠는 4번 명령을 의미하는 암호임에 틀림없었다. 몸을 돌려 책꽂이에서 민음사 세계시인선 제53권을 빼들었다. 정확히 67페이지에 바로 저 마쓰오 바쇼의 하이쿠가 실려 있었다. 손바닥에 땀이 차기 시작했다. 주먹을 쥐었다 폈다 하며 긴장을 풀어보았다. '67'에서 자신의 생년인 '63'을 빼보았다. 역시 4가 남았다. 이십 년간 단 한 번도 받아본 적이 없는 명령, 4번 명령임을 아무래도 부정하기 어려웠다.

이 하이쿠에는 '아카시明石에서 하룻밤 묵다'라는 서序가 붙어 있다. 아카시는 문어잡이로 유명한 고장이다. 어부들은 구멍을 좋아하는 문어의 습성을 이용하여 밤이면 질그릇 단지를 바다 속에 넣어놓는다. 그리고 아침에 단지를 끌어올려 문어를 잡는다. 문어들은 그 안에서 생애 마지막 꿈을 꾸는 것이다.

기영은 시집을 들어 뒤적거렸다. 팔십년대에 시와 책을 이용한 고전적 암호의 효용을 재발견한 사람은 35호실의 이상혁이었다. 난수표도, 단파 라디오도 필요없었다. 몇 권의 책과 암기력만 있으면 되는 것이었다. 4번 명령에 해당하는 시는 여러 편이 있었다. 파블로 네루다의 연시도 있었고 칼릴 지브란의 잠언도 있었다. 그중에서도 저 하이쿠는 명령이 의미하는 바와 시의 본래적 뜻이 가까워 오히려 현실감을 느끼기 어려웠다. 그렇다. 저 마쓰오 바쇼의 하이쿠는 일차함수처럼 정확히 4번 명령에 대응하고 있다. 기영에게 도달한 저 중세 탁발승의 하이쿠는 거대한 사막을 걸어서 통과한 낙타처럼 바싹 야위어 있었다. 풍성한 뉘앙스는 사라지고 오직 하나의 의미만을 남겨놓았다.

"모든 것을 청산하고 즉시 귀환하라. 이 명령은 번복되지 않는다."

그는 평생 이 명령이 영원히 내려오지 않을 것처럼 생각하고 살아왔었다. 아니, 이 명령뿐 아니라 모든 명령이 영원히 유예되었으리라 믿고 있었다. 그렇지만 명령은 떨어졌다. 누가, 왜, 하필이면 지금 이런 명령을 내렸는가는 알 수 없었다. 손가락으로 가볍게 책상을 두들기며 생각을 가다듬었다. 이상혁이 숙청된 이후 지난 십 년간 누구도 명령이라는 걸 내려보낸 일이 없었다. 이상혁이 내려보낸 거의 모든 선들은 가닥가닥 잘려나간 채, 서로의 존재를 모른 채, 아니 외면한 채, 스스로의 생존을 도모해왔다.

어쩌면 이것은 오류이거나 누군가의 짓궂은 장난일지도 모른다. 다른 녀석에게 가야 할 것이 누군가의 실수로 배달된 걸 수도 있고, 아니면 나중에 보내려고 했던 건데 너무 일찍 보내졌을 수도 있지. 아니야, 조금 전 전화를 걸어온 자는 분명히 내 이름을 말했다. 혹시 이상혁이 다시 130연락소로 돌아온 걸까? 그래서 그동안 자신이 내려보냈던 선들을 복구하고 있는 걸까? 기영은 간밤에 꾼 꿈이 그대로 현실이 되어 나타날 때 차라리 그 꿈을 의심하는 사람처럼 혼란에 빠졌다. 명령의 세부사항, 언제 어디로 어떻게 귀환하라는 건지를 알기 위해서는 몇 단계를 더 거쳐야 했지만 그러지 않았다. 대신 자리에서 일어났다. 밖으로 나가려던 그의 발에 통로에 놓여 있던 플라스틱 쓰레기통이 걸려 요란한 소리를 내며 넘어졌다. 몇 년째 거기 있었지만 한 번도 부딪힌 적이 없는 물건이었다. 쓰레기통 속에 들어 있던 종이컵과 휴지들이 바닥에 나뒹굴었다. 성곤이 자리에서 일어났다.

"어, 괜찮으세요?"

"응, 괜찮아."

그는 쓰레기통을 다시 세우고 쓰레기들을 주워담으려다 그만 오렌지주스 깡통 손잡이에 오른손 검지를 베었다. 자기도 모르게 얼굴을 찌푸린 그는 갑자기 벌떡 일어나 발로 쓰레기통을 거세게 걷어찼다. 쓰레기통은 멀리 날아가 성곤의 책상 옆구리를 때렸다. 쿵.

"에이 씨팔, 뭐 이런 게 다 있어?"

성곤이 화들짝 놀라 자리에서 일어났다.

"어디 다치신 거예요?"

그는 거친 호흡을 고르며 벤 오른손 검지를 입에 물고 있었다.

"성곤씨, 미안해."

"……제가 치울게요."

성곤이 그의 눈치를 보며 쓰레기통을 가져와 쓰레기를 주워담았다. 그는 가만히 서서 성곤이 바닥을 정리하는 것을 내려다보고 있었다. 두통이 다시 극심해졌다. 도대체 뭘 어떻게 해야 할지 아무 생각도 떠오르지 않았다. 기영은 나가려고 했다는 것도 어느새 잊어버리곤 다시 자리에 앉았다. 그리고 전화기를 들고 버튼을 눌렀다. 전화기가 꺼져 있으니 잠시 후 다시 걸어달라는 메시지만 들려왔다. 기영은 잠시 생각을 하다가 사무실 밖으로 나왔다. 그리고 휴대폰으로 전화를 걸었다.

"여보세요. 아, 교무실이죠? 소지현 선생님하고 좀 통화할 수 있을까 해서요. 아, 네, 수업이요. 언제 나오시나요? 아, 예. 학부형입니다. 아이 문제로 상담을 좀 할까 하는데…… 알겠습니다. 그럼 메모를 좀 남겨주세요. 저는 김현미 애비 되는 사람입니다. 네, 네. 열시쯤 찾아뵙겠다고 전해주십시오…… 감사합니다."

시계를 보았다. 그리고 흐트러진 옷매무새를 매만졌다. 발걸음을 옮기자 살짝 어지러웠지만 곧 정상으로 돌아왔다. 멀리서 앰뷸런스의 사이렌 소리가 희미하게 들렸다.

8

화장실에서 장마리는 깁스를 떼어내고 각질이 더덕더덕 앉아 있을 속살을 북북 피가 날 때까지 긁어대고 싶은 충동에 시달렸다. 그러나 그것은 성숙한 어른이라면 해서는 안 되는 일이었다. 그녀는 분무식 탈취제를 옷에 뿌렸다. 민트향과 암모니아 냄새가 뒤섞였다. 밖으로 난 창문을 열었다. 창틀 앞에는 담뱃재들이 떨어져 있었다. 빌딩의 여직원들이 피운 담배의 흔적이었다. 그녀가 알기로 세 명 정도가 이곳에서 담배를 피웠다. 모두 다른 회사나 업소 소속이었지만 그녀들은 아주 오랜 친구들처럼 만나면 담배를 나누어 피우고 잡담을 했다.

비누로 손을 씻고 자리로 돌아왔다. 지점장은 그새 어디를 갔는지 보이지 않았다. 그때까지만 해도 그녀는 이 하루가 어떻게 흘러갈지 전혀 모르고 있었다. 단지 시승하러 온다는 고객에게 차를 팔 수 있었으면 하고 바랄 뿐이었다.

그녀는 혹시 잊어버린 일정이 있나 수첩을 꺼내 확인해보았다. 수첩의 달력엔 내일모레가 아버지의 기일이라고 적혀 있었다. 돌아가신 지 불과 이 년밖에 안 됐는데 까맣게 잊어버리고 있었다니. 그녀는 가벼운 죄책감을 느꼈다. 그녀의 아버지 장익덕은 1925년 11월 14일생이었다. 같은 날 전설적인 프로레슬러 역도산이 태어났다. 그날 태어난 또다른 인물로는 국어운동가 이오덕이 있었지만 아버지는 국어운동에는 관심이 없었다. 대신, 평생 단 한 번도 만난 적이 없는 역도산의 운명에는 관심이 많았다. 일본까지 건너가 역도산이 땀을 닦았다는 수건을 어느 재일교포 사업가에게 거금을 주고 사온 일도 있었다. 1963년 12월 15일, 쿠데타의 주역 박정희 소장이 민간인 신분으로 제3공화국의 대통령으로 취임하기 이틀 전, 서른아홉 살의 주류도매업자는 전라도 광주의 충장로에서 지인들과 함께 술잔을 기울이다가 갑자기 아랫배에 격렬한 통증을 느꼈다. 식은땀을 줄줄 흘리며 백 킬로그램의 거구가 와장창 소리를 내며 쓰러지자 술집 주인과 친구들이 그를 업고 병원으로 달렸다.

급성맹장염이었다. 그는 잠시 응급실에서 당직의사의 진찰을 받았다. 곁에는 복어를 끓여 먹고 자살을 기도한 일가족 다섯 명이 나란히 누워 있었다. 한 명은 이미 죽었고 나머지도 중태라는 얘기가 응급실에서 흘러다녔다. 응급실의 화제는 단연 그 일가족이었다. 고작 맹장염에 불과한 그는 뒷전일 수밖에 없었다. 한참 후에야 수술실로 옮겨졌다. 식은땀이 비질비질 흘러 이마를 덮었다. 수술실에선 의사와 간호사들이 수술 준비를 시작하고 있었다. 격심한 통증 때문에 정신이 혼미해진 그의 귀에 어디선가 라디오 소리가 들려왔다. 수술실 구석에 있는 라디오는 갑자기 음악 송출을 중단하고 긴급 뉴스를 내보내고 있었다. 의사는 마취액이 담긴 주사를 들고 그에게 다가오고 있었다. 엄청난 고통중에도 그는 손을 들어 다가오는 의사를 제지했다. 의사는 주삿바늘을 따라 방울져 떨어지는 마취액을 손가락으로 튕겨냈다. 그는 신음을 멈추고 라디오를 손으로 가리켰다. 신형 트랜지스터 라디오에서는 일주일 전 야쿠자의 칼에 찔린 역도산이 결국 숨을 거뒀다는 뉴스가 흘러나오고 있었다.

"일본 프로레슬링계의 거성 역도산이 15일 밤 열시 동경의 산노병원에서 하복부의 상처를 치료하던 중 복막염이 병발하여 사망했다고 일본 교토통신이 보도했습니다. 역도산은 지난 8일 밤 적판의 카바레에서 무라다 가스시라는 깡패 청년과 말다툼 끝에 그의 칼에 아랫배를 찔려 전기병원에 입원 가료중이었습니다."

그는 눈물을 흘렸다. 곧 격심한 통증이 그의 아랫배를 공격해왔다. 정신적 형제 역도산을 잃은 그의 슬픔은 충수돌기의 염증으로 비롯한 고통으로 인해 전혀 다른 성질의 것으로 승화되어버렸다. 훗날 그는 그날의 급성맹장염을 세상을 떠나는 역도산이 자신에게 남겨준 독특한 연대의 의식, 빙의로서의 질병으로 여기고 자랑스러워했다. 평소 프로레슬링을 시답잖게 여겼던 광주의 외과의사는 라디오를 끄고 그의 팔뚝에 마취주사를 찔러넣었다. 그는 눈물에 범벅이 된 얼굴로 곧 의식을 잃었고 수술이 시작되었다.

순간 그는 역도산이 자신에게 다가오는 꿈을 꾸었다고 했다. 멋진 양복을 차려입은 역도산을 보았다는 것이다. 그는 마취에서 깨어나자마자 곁에 모인 가족들에게 "야, 노래하듯 사는 거야"라고 일본어로 내뱉었다. 가족들에게 그는 그 말이 역도산이 자신에게 전하고 간 유언이라고 주장했다. 그가 일본어로 말을 한 것은 해방 이후 십팔 년 만이었으니 가족들이 놀란 것도 당연했다.

그후부터 그는 그 구절을 마치 프랑스인들의 '세라비(C'est la vie)'처럼 자주 썼다. 임종을 지키던 가족들도 내심 그 말을 기다렸다. 그걸 좋아해서라기보다 그 말이야말로 그의 죽음에 어울리는, 말하자면 익숙한 광고문구 같은 것이기 때문이었다.

그러나 그의 입은 쉽게 열리지 않았다. 눈곱이 가득 낀 두 눈만 소처럼 끔뻑거리다가 힘겹게 고개를 돌려 가족들을 일별했다. 의사가 말해주지 않아도 가족들은 최후의 순간이 다가왔음을 스스로 알았다. 그는 발치에 서 있던 둘째아들 인석을 가까이 불렀다. 그는 주춤주춤 환자에게

다가갔지만 어머니에게 막혀 허리께에서 멈추었다. 그러자 장익덕은 더 가까이 오라고 고개를 까닥거렸다. 인석은 마지못해 자리를 내준 어머니를 제치고 귀를 아버지의 입에 겨우 갖다댈 수 있었다. 아버지는 마른입을 달싹거리며 아들에게 들릴 듯 말 듯한 소리로 마지막 유언을 남겼다. 인석은 무겁고 어두운 표정으로 고개를 끄덕이며 그 말을 들었다. 그리고 잠시 후, 무슨 텔레비전 드라마에서처럼 심장의 파동이 잦아들었다. 이미 오래전부터에 예고된 죽음이었기에 가족들이 망자 위로 몸을 던지며 울부짖는 일은 일어나지 않았다. 어머니가 아들에게 물었다.

"그래, 아버지가 뭐라시더냐?"

아들은 곤혹스러운 얼굴로 아무 말도 하지 않으려 했다.

"괜찮다. 돌아가셨잖니."

"나중에 말씀드릴게요. 별거 아니에요."

그럴수록 사람들은 더 궁금해했고 그것은 마리도 마찬가지였다.

"뭐라셨어, 오빠?"

"글쎄."

"글쎄라니?"

어머니가 재차 채근했다. 밖에서는 시신을 옮겨가기 위한 준비가 벌써 시작되고 있었다. 풍선처럼 부풀어오른 아버지의 배에서는 벌써 젖은 양말 냄새가 풍기기 시작했다. 마침내 인석이 입을 뗐다.

"……세금 무서운 줄 알아라……"

아들의 입에서 나온 말이었지만 마치 복화술처럼 장익덕의 음성으로 들렸다.

"세금?"

"네, 세금을 조심하라고 하셨어요."

주류도매상의 최후다웠다. 세금이야말로 그가 일생을 걸고 싸워온 필생의 적수라 할 수 있었다.

AM 09:00
너무 일찍 도착한 향수

9

 교실 문을 열자 소음이 가라앉았다. 소지는 교탁에 출석부를 던졌다. 본명은 소지현이었지만 학생들은 그녀를 소지라 불렀다. 그녀도 그 별명에 익숙했다. 학창 시절에도 맹지선이라는 동기와 함께 맹지, 소지로 불렸으니까. 지현이라는 흔한 이름보다는 차라리 소지가 낫다고 생각할 때도 있었다. 그녀는 국어과목을 담당하고 있었고 담임은 맡고 있지 않았다.
 어지럽게 뛰어다니던 아이들은 모두 제자리에 앉아 있었다. 맑은 날이었다면 교실을 부유하는 뿌연 먼지 때문에 모두가 얼굴을 찌푸렸을 것이다. 소지는 창 밖으로 눈길을 돌렸다. 날이 흐렸고 살짝 비가 뿌리는 것 같기도 했다. 반장이 자리에서 일어났다. 차렷, 경례. 힘찬 구령이었다. 소지는 현미를 바라보았다. 선생과 눈이 마주치자 현미는 눈을 크게 떴다. 예쁘다고는 할 수 없지만 호감을 불러일으키는 아이였다. 일학년 때도 소지가 국어를 가르쳤는데 문장이해력과 언어감각이 탁월한 편이었다. 애들도 연인처럼 여러 종류가 있었다. 맛있는 식당에서 함께 밥을 먹고 싶은 애가 있는가 하면 미술관 같은 곳을 함께 거닐며 수다를 떨고 싶은 애도 있었다. 현미는 함께 보드게임 같은 것을 하면 즐거울 아이였다. 밝게 웃을 줄 알았고 슬쩍 남을 배려할 줄도 아는데다 앞에 앉아 있는 사람에게까지 똑똑해지는 것 같은 느낌을 주는 애였다. '이봐, 소지. 엉뚱한 생각 하지 마. 넌 혼동하고 있는 거야.' 갑자기 가슴이 벅차올라 그녀는 눈을 감고 심호흡을 했다. 그녀는 눈을 뜨고 출석부를 펼쳤다.

"오늘 무슨 요일?"

"화요일이요."

아이들이 새된 목소리로 대답했다.

"며칠?"

"3월 15일이요."

출석부에 날짜를 적어넣었다. 슬쩍 반을 살폈지만 오지 않은 학생은 없어 보였다. 수업을 시작했다. 교과서를 펴고 아이들에게 질문을 던지고 조는 애들을 깨워 숙제를 내주었다. 국어처럼 교육의 필요성을 학생들에게 설득시키기 어려운 과목도 없을 것이다. 아이들은 너무도 유창하게 잘하는 한국말을 왜 더 배워야 하는지 이해하지 못했다.

수업의 끝을 알리는 종이 울리자 소지는 출석부와 교재를 챙겨 교실을 나왔다. 지나가는 아이들 몇몇이 인사를 해왔다. 또각또각 교무실로 걸어가던 그녀의 발걸음이 멈췄다. 감아놓은 태엽이 다 풀려버린 자동인형처럼 복도 한가운데 서 있었다. 학생들 몇이 인사를 하려다가 머쓱한 얼굴로 그냥 지나쳐갔다. 그렇게 일 분 정도가 흘렀다. 남학생 둘이 복도에서 그녀를 보며 키득거렸다

"또 저러네. 야, 소지 저럴 때 한 대 딱 때려도 모르는 거 아닐까?"

"그럼 니가 가서 한 대 때려봐. 내가 천원 줄게."

"정말? 너 안 주면 죽인다."

"씹새, 하지도 못할 거면서."

"진짜 한다."

"해, 누가 뭐래?"

머리가 비쭉 솟은 남자아이는 그 말이 끝나기가 무섭게 과장된 걸음으로 성큼성큼 소지 쪽으로 걸어갔다. 그러나 그가 소지의 등을 건드리기 직전에 그녀는 깨어났다. 그녀는 눈을 몇 번 깜빡이더니 고개를 좌우로 살짝 흔들었다. 그리고 다시 움직이기 시작했다.

"야, 전기 들어왔나보다."

남자아이들이 키득거리며 흩어졌다. 잠시 후 소지는 교무실로 들어섰다. 2교시를 알리는 차임벨, 〈엘리제를 위하여〉가 들려오고 있었다.

10

학교는 가파른 언덕 위에 자리잡고 있었다. 곳곳에 완

강하게 버티고 선 노란색 과속방지턱 때문에 기영이 운전하는 차는 몇 번이나 거칠게 덜컹거렸다. 등굣길의 북새통을 치른 문구점들은 한가롭게 오후 장사를 준비하고 있었다. 너무도 전형적인 학교 풍경이어서 오히려 비현실적인 느낌을 풍겼다. 문구점 앞에 놓인 작은 오락기 앞에는 아직 취학연령이 되지 않은 남자애 둘이 앉아 장기 두는 노인네들처럼 앞으로 허리를 굽힌 채 화면을 들여다보고 있었다.

차는 교문을 지나 성큼 학교로 들어섰다. 차창을 적시던 이슬비는 이제 멈춰 있었다. 초로의 수위가 미간을 좁히며 운전석에 앉은 기영과 눈을 마주쳤다. 그러나 곧 읽고 있던 스포츠신문으로 시선을 돌렸다. 운동장에선 체육복을 입은 여자아이들이 배구를 하고 있었다. 한 명이 두 손으로 공을 던지면 네트 앞에 서 있는 세터가 토스를 했다. 스텝을 밟아 네트 앞까지 달려온 여자아이들은 개구리처럼 배를 내밀고 뛰어올라 엉성한 스파이크를 시도했다. 대체로 빗맞고 또 더러는 아예 안 맞고. 공은 네트의 이 구석 저 구석으로 맥없이 떨어졌다. 호루라기를 물고 심판석에 앉은 선생은 염세적인 표정을 하고 아이들을 내려다보고 있었다. 그는 교사 앞 공터에 차를 세우고 자동차 키를 뽑아 주머니에 넣었다. 쾅. 문을 닫고 다시 운동장 쪽을 보았다. 여자아이들은 몸이 무거웠다. 부자연스러운 모습으로 엉성하게 달려와 간신히 스파이크를 했다. 그러고 나선 다시 출발점으로 돌아가 다음 차례를 기다렸다. 공을 던지고, 달려가고, 내리꽂히는 공을 도약하여 때리고, 내려와선 옷매무새를 바로잡고. 찰리 채플린의 〈모던 타임스〉를 보는 것 같았다. 아이들은 자기 차례가 되면 해야 할 일을 했다. 그리고 다시 제자리.

그는 물끄러미 그 모습을 바라보았다. 그러면서 가슴 한쪽이 시큰해져오는 것을 느꼈다. 우리가 감정에 일일이 어떤 표식을 부착할 수 있다면 누군가는 그 순간의 그의 감정을 '너무 일찍 도착한 향수鄕愁'라 명명했을 것이다. 갑작스레 귀환 명령을 받은 그로서는 이 세계의 모든 것이 이제 다른 방식으로 감각되는 것도 당연했다. 그것은 일견 장기 여행자가 짐을 꾸리는 것과 비슷하다. 정신적으로 그들은 이미 여행지에 속해 있다. 그래야 그곳에서 필요한 것들을 떠올릴 수 있으니까. 그들이 샴푸와 속옷, 안대와 손톱깎이를 챙기듯 이 세계의 이미지와 소리와 냄새를 수집하는 것이었다. 그것들은 훗날의 소용, 향수라는 아주 사치스러운 소비를 위한 재료들이었다.

"태극기가 바람에 펄럭입니다." 국기게양대를 지나며 저도 모르게 노래를 흥얼거렸다. 그가 이 노래를 배운 것은 스무 살이 다 되어서였다. 코흘리개들도 아는 것을 뒤늦게 배우는 것이야말로 피할 수 없는 이민자의 운명이다. 쥐똥나무와 사루비아가 늘어선 화단을 지나 트로피와 상패가 비석처럼 도열한 복도를 거쳐 교무실로 들어갔다. 막 수업을 마친 선생들이 속속 교무실로 들어서고 있었다. 몇몇 선생들이 자판기 커피를 뽑아들고 이야기를 나누고 있었다.

그는 오랜 습관대로 실내에 들어서자마자 사람의 숫자와 배치를 파악했다. 모두 열세 명의 선생이 교무실 안에 있었다. 남자 넷에 여자가 아홉이었다. 그는 검은 카디건을 입은 여선생에게 물었다.

"소지현 선생님 좀 뵈러 왔는데요."

그 여선생이 미처 대답하기도 전에 뒤에서 소리가 들렸다.

"현미 아버님 되시죠?"

둘은 잠깐 서로를 바라보았다. 소지가 고개를 숙여 인사를 했고 기영도 맞절을 했다. 소지가 짧은 침묵을 깨며 말했다.

"저, 상담실로 가시죠."

소지가 앞장을 서고 그는 뒤를 따랐다. 상담실은 복도 끝에 있었다. 교무실에서 사십 미터쯤 떨어진 곳이었다. 걸어가는 동안 콘크리트 건물 특유의 한기 때문에 으스스했다. 상담실 안은 단출했다. 어찌보면 취조실 비슷하기도 했다. 주인 없는 방들이 다들 그렇듯 정감이 없었다. 긴 탁자와 너덜너덜해지기 시작한 삼인용 소파, 몇 개의 철제의자가 전부였다. 벽에는 시화전 출품작들이 걸려 있었다.

"웬일이야? 이렇게 갑자기?"

소지는 그그그극, 듣기 싫은 소리를 내며 철제의자를 잡아끌어 자리에 앉았다. 기영은 자세를 좀더 편하게 고쳐앉았다. 그녀는 팔꿈치로 턱을 괴고 그를 바라보았다.

"무슨 일 있는 거야? 문자 받고 깜짝 놀랐어."

"전화로 하기는 좀 뭐한 얘기라."

소지는 씩 웃으며 살짝 눈을 흘겼다.

"뭐야? 마리 언니랑 싸웠어?"

"아니."

"참, 학부형이라 그랬다며? 간도 커, 정말."

"학부형은 학부형이지. 현미 국어 가르치잖아."

"현미 담임이 알면 이상하게 생각할걸."

"그러라지, 뭐."

"도대체 무슨 일이야?"

기영은 의자를 당겨앉았다. 셔츠의 깃이 목을 옥죄어들어오는 느낌이었다. 아침부터 준동하던 머릿속의 바늘도 다시 움직이기 시작했다. 그는 다시 4번 명령을 생각하고 있었다. 고개를 드니 그녀는 여전히 그를 빤히 쳐다보고 있었다.

"나, 별로 시간 없어. 다음 시간 수업이야."

기영은 마른세수를 하며 그녀의 시선을 피했다.

"전에 맡겨뒀던 거 말야."

"뭐?"

"있잖아, 예전에 좀 맡아달라고 했던 거."

소지의 눈이 가늘어졌다.

"아, 그거? 그거 왜?"

"그거 다시 좀 줘야겠어."

"집에 있는데."

"멀지 않잖아."

"근데 오늘은 정말 갈 시간이 없어. 꼭 오늘 필요한 거야? 내가 내일 택배로 부쳐주면 안 돼?"

"오늘 좀 필요한데."

"그 얘기 하려고 여기까지 온 거야? 전화로 하지."

"그냥 지나가는 김에 들른 거야."

"도대체 그 안에 뭐가 들어 있는 거야? 나도 좀 알면 안 돼?"

그는 슬쩍 벽시계를 보았다. 붉은 액정의 디지털시계가 9시 21분을 가리키고 있었다. 소지는 그 눈길을 놓치지 않았다.

"정말 바쁜 모양이구나. 그럼 이따 네시 반에 퇴근하면 잽싸게 집에 가서 갖고 나올게. 어디서 볼까?"

"그전에는 안 될까?"

"정말 미안해. 오늘은 수업이 많아서 그 전에는 도저히 시간이 안 날 것 같아."

그녀는 기영의 눈치를 살폈다.

"그럼 여섯시쯤엔 될까?"

"그럼."

"집에 있기는 있는 거지?"

그의 질문에 그녀는 말끝을 흐렸다.

"이사 올 때까지는 봤으니까. 누가 치우지만 않았다면 어딘가 들어 있기는 할 텐데……"

"그럼 다행이구."

그는 입술을 꾹 다물고 잠시 계산을 해보았다. 저녁 여섯시에 받는다 해도 별 문제는 없을 것 같았다. 어서 회사로 돌아가 미처 확인하지 못한 명령의 구체적인 사항을 알고 싶었다. 돌아가든 돌아가지 않든, 알 건 알고 있어야 할 것이 아닌가. 후회가 밀려왔다. 보고 나왔어야 했는데, 왜 그걸 회피하고 만 것일까. 그게 130연락소 출신이 할 짓이란 말인가.

"그럼, 난 이만 가봐야겠다. 이따 보자."

기영은 몸을 일으켰지만 앞에 앉아 있는 그녀의 표정에는 아무 변화가 없었다. 원망하는 것 같기도 하고 모든 것을 초탈한 표정 같기도 했다.

"……왜 말이 없어? 응?"

그는 자세히 그녀를 들여다보았다. 얼굴을 움직여도 그

녀의 시선이 따라오지 않았다. 그는 그녀의 눈동자 앞에서 오른손을 이리저리 휘저어보다가 그녀가 깨어날 때까지 잠자코 기다렸다. 잠시 후, 그녀의 눈동자에 빛이 돌아왔다. 그녀는 양손으로 자기 볼을 만지며 서서히 정신을 차렸다.

"어, 내가 또 그랬구나."

"응, 요즘 자주 그러나봐?"

기영이 조심스레 물었다.

"조금 잦아졌어. 그때 말한 그 장편 때문에 밤을 자주 새거든. 피곤하면 더 심해지는 것 같아. 뭐, 괜찮아. 근데 금방 돌아와. 시간이 얼마나 지난 거야?"

"한 삼 분쯤. 근데 정말 정신이 나가는 거야?"

"아니, 그렇진 않아. 전에도 말했지만 소리는 들려. 그냥 반응을 할 수 없을 뿐이야. 일종의 간질 같은 거야."

"왜 전화하다보면 상대방은 벌써 끊었는데 그거 모르고 한참 떠들 때 있잖아? 그런 기분이었어."

"참…… 바쁘다면서?"

"정말 들었나보네."

"그럼 가봐야지?"

"아, 아니야. 그 정도로 바쁘지는 않아."

그는 몸의 긴장을 조금 풀었다.

"좀더 있어도 되는 거야? 우리 커피 한잔 마실까?"

"그래."

소지는 문을 열고 밖으로 나갔다. 동전 떨어지는 소리, 종이컵 나오는 소리가 들리더니 그녀는 두 잔의 자판기 커피를 들고 들어왔다.

"난 이거 중독이야. 집에서도 꼭 이렇게 타 먹는다니까."

그녀가 한 잔을 그에게 내밀었다. 그는 그것을 받아마셨다. 들큰하기만 할 뿐, 아무 맛도 느낄 수 없었다.

"형, 지난 주말에 집에서 뒹구는데 TV에서 그거 하더라. 〈동방불패〉."

1992년 4월. 둘은 종로의 한 극장에서 임청하와 이연걸이 나오는 〈동방불패〉를 함께 보았다. 영화에서 임청하는 무공을 단련하면 할수록 여성화되어가는 무림의 고수로 나왔다.

그는 눈을 감았다. 그리고 말했다.

"당신은 아무도 믿지 않았어. 자신이 그렇게 만든 거야.

누가 당신 곁에 남아 있지?"

"뭐라구?"

그녀는 뜬금없는 소리에 눈을 크게 떴다.

"이연걸이 임청하한테 그러잖아. 〈동방불패〉에서."

"그랬었나? 근데 그 대사를 아직도 기억해? 그거 확실한 거야?"

"몰라, 갑자기 생각이 났어. 넌 지난주에 봤다면서 기억 안 나?"

정말 기억이 안 나는 눈치였다. 1992년의 그날, 두 사람은 극장에서 나와 밥을 먹으러 낙원상가 일층에 있는 식당에 들어갔다. 텔레비전에선 긴급 속보로 로스앤젤레스 흑인 폭동에 대해 보도하고 있었다. 폭도들은 상점에 들어가 전자제품을 약탈하고 있었다. 현대 엑셀을 타고 가다 경찰에게 두들겨맞는 로드니 킹의 모습도 반복 방영되었다. 총격전과 방화가 이어졌다. 천사의 도시 LA는 무법의 도시가 되었고 한국계 이민자들은 총을 들고 가게와 거리를 지켰다.

"그날 LA폭동이 있었는데."

"그건 기억나. 근데 그 비급의 이름이……"

"규화보전."

"아……"

그녀가 가벼운 탄성을 발했다.

"형은 정말, 모든 것을 기억하는 남자야. 나 지난주에 그거 본 사람 맞아?"

그가 모든 것을 기억하고 있을지도 모른다는 생각은, 그러나 그녀를 조금 불편하게 만들었다. 그녀는 피곤한 듯 머리를 쓸어올렸다.

"그럼 그날 내가 했던 얘기도 다 기억하는 거야?"

그는 천천히 고개를 끄덕였다. 그녀의 아버지는 세무공무원이었다. 어렸을 때 그녀는 공무원이 세상에서 제일 부유한 직업이라고 생각했다. 아버지의 재산은 불가사의하다고밖에는 말할 수 없을 정도로 시시각각 불어났다. 장식장에는 고급양주가 가득이었고 냉동실엔 비닐에 싸인 달러 뭉치가 꽝꽝 언 갈비짝 아래 깔려 있었다. 고등학생이 되어서야 그 경이적인 축재의 비밀을 알게 되었다. 마음이 편치 않았다. 학교에서 배우는 윤리적 기준과 가정에서의 윤리적 기준이 달랐다. 아버지는 가끔 선문답처럼 말하곤 했다. "되는 건 되니까 되는 거다." 그것은 식민지를 지배하고 토착민들을 살해하는 제국주의자들의 이런 논리와 비슷했다. "우리가 이것을 할 수 있다는 것은 다시 말해, 해도 된다는 것이고 신도 허락한 것이다." 대학생이 되자 아버지가 부끄러웠다. 얼굴을 마주하고 밥을 먹는 것조차 고통스러웠다. 아버지는 사회악의 화신이었고 부패한 독재정권 그 자체였다. 그녀는 바이런과 워즈워스는 던져버리고 마르크스와 엥겔스를 집어들었다. 그리고 아버지와 정신적으로 그리고 물질적으로 결별했다. 그 시절엔 그런 자식들이 한둘이 아니었으니까 모두들 대수롭지 않게 여겼다. 어쩌면 조금 부러워하는 친구도 있었을 것이다. 태생부터 가난했던 학생들이 누릴 수 없는 정신적 사치가 거기 있었다. 부유하고 부도덕한 부모를 버리는 사치. 그들이 부모인 한 언젠가는 그 부와 권력을 제 자식을 위해 쓸 것임을 가난한 집의 아이들은 본능적으로 알고 있었다. 여기까지는 그녀 주변의 모두가 아는 바였다.

그런데 〈동방불패〉를 보던 그날, 순댓국집에서 술에 취한 그녀는 기영에게, 그동안 아무에게도 털어놓지 않았던 이야기를 했다. 그리고 무슨 거래처럼 정사가 뒤따랐다. 비밀을 들었으니 정사를 해야 한다는 식이었다. 그녀는 주저

하는 기영을 깊고 격렬한 입맞춤으로 무너뜨렸다. 1992년 4월 30일. 공교롭게도 그날은 대학생들이 재벌의 탈세를 전면 재조사하라며 국세청을 점거한 날이기도 했다. 그와 몸을 섞고 있던 순간 그녀의 아버지는 혀를 차며 종로구 수송동의 국세청 건물에서 난입한 학생들이 뿌린 유인물을 읽고 있었다.

그해 1월, 그녀는 친구의 자취방에서 잠을 자다 갑자기 들이닥친 서울경찰청의 형사들에게 끌려나갔다. 이미 수배된 상태였다. 승합차에 실려 유치장으로 끌려가면서도 그녀는 단 한 가지만 생각했다. 그다지 거물도 아니니 형량은 무겁지 않을 것이다. 단, 아버지가 절대로 이 사실을 알아서는 안 된다! 아버지가 돈과 권력으로 자신을 빼내고는 거들먹거리며 훈계를 하는 꼴은 도저히 참을 수 없을 것 같았다. 무슨 수를 써서라도 그것만은 막고 싶었다. 차라리 아버지가 도저히 손을 쓸 수 없도록 차라리 국가보안법을 위반해버릴걸 그랬다고 후회하기까지 했다. 그러나 그녀의 소망이 존중될 리 만무했다. 이미 경찰은 그녀가 누구인지 잘 알고 있었고 바로 가족에게 연락하지 않을 이유가 없었다.

그런데 조사실에서 고개를 숙인 채 다가올 운명을 기다리고 있는 그녀에게 작은 기적이 일어났다. 조사실 앞을 지나가던 서울경찰청의 간부 하나가 그녀를 알아보았던 것이다. 그는 천천히 조사실 안으로 걸어들어왔다. 형사들이 일어나 경례를 했다.

"너, 지현이 아니냐?"

소지는 고개를 들었다. 남자는 젊은 형사가 꾸미고 있던 조서를 받아들고 심드렁하게 뒤적거렸다. 아버지와 동향이면서 고등학교 동창인 그를 소지는 어려서부터 삼촌이라 불러왔다. 아버지는 그를 정기적으로 관리해오면서 명절이면 양주와 돈을 보냈다. 가끔 소지의 집에서 바둑을 두고 돌아갈 때는 정체를 알 수 없는 쇼핑백을 들고 돌아갔다. 소지는 눈을 질끈 감고 말했다.

"아버지한테는 알리지 말아주세요. 미성년자도 아니잖아요."

남자가 조서뭉치를 책상 위에 올려놓으며 그녀를 빤히 내려다보았다.

"너…… 많이 컸구나."

그러곤 씩 웃었는데 이상하게도 그 웃음에는 비굴한 일

면이 있었다. 이른 아침 급전을 대출하러 은행에 들어서는 사람에게서나 볼 수 있는 표정이었다. 남자는 형사에게, 조서를 다 꾸미면 자신에게 가져오라고 이르고는 다시 그녀에게 말했다.

"아빠한테 말 안 할 테니 걱정 안 해도 된다."

그는 시위를 하지 말라거나 하는 상투적인 훈계도 하지 않고 조사실을 나갔다. 형사들의 태도가 달라졌다. 정중하고 부드러웠다. 따뜻한 커피와 담배가 제공되었다. 저녁이 되자 형사들이 그녀를 그에게 데려갔다. 푹신한 소파에 앉아 그가 권하는 담배를 피웠다.

"있는 죄를 없앨 수는 없다. 넌 아마 기소유예나 집행유예를 받게 될 거야. 화염병을 던진 것도 아니고 국가보안법 위반도 아니니까, 큰 문제는 없을 거야. 어쨌든 한두 번 검사가 부를 거야. 그거는 가야 된다. 알겠니?"

그녀는 아무 말 없이 담배를 피웠다. 담배를 다 피우자 데리고 나갔다. 칸막이가 쳐진 한정식집에서 난생처음으로 삭힌 홍어를 먹었다. 남자는 다정하게 요리의 이름들을 알려주며 권했다. 피곤했지만 그녀는 평소보다 과식을 했고 권하는 술도 몇 잔 받아마셔 불콰하게 얼굴에 열이 올랐다. 남자가 말했다.

"사람마다 꿈이 있겠지?"

그녀는 그렇다고 했다.

"그런데 내 나이가 되면 꿈이 없어지고…… 뭐라고 해야 할까, 대신 욕망이라는 게 생긴단다. 무슨 말인지 알아?"

그녀는, 당신이 무슨 말을 하려는지 알아, 라는 표정으로 그를 노려보았다.

"섹스를 말하는 건 아냐. 그냥 사람마다 각기 원하는 게 있다는 말이야. 그런데 그걸 이루지 못하면 마음에 쌓여서 병이 되지. 무슨 말인지 알겠니?"

"아뇨."

그녀가 되받아쳤다.

"삼촌은 네가 해달라는 대로 해줬어. 지현이도 내가 바라는 걸 해줬으면 하는데. 사람마다 원하는 게 다르고, 그래서 그걸 교환해서 서로 이득을 얻는 게 자본주의사회란다. 당장은 싫어도 지나고 보면 모두에게 이득이 되지. 그게 사회주의랑 다른 거다. 사회주의는 사람마다 원하는 게 다르다는 걸 몰라."

남자는 그녀의 눈을 피하며 잔을 들어 입을 축였다. 그녀는 입술을 꾹 다물고 아무 말도 하지 않았다. 그러나 잠시 후, 둘은 시내의 호텔에 있었다. 남자는 옷을 벗고 욕실에 누웠다. 몸을 오들오들 떨며 눈을 감았다. 그녀는 그 남자의 얼굴 위에 버티고 서서 오줌을 누었다. 그녀의 뜨거운 오줌이 공안수사 전문 총경의 얼굴을 적시고 바닥으로 흘러내려 배수구로 흘러갔다. 한정식집에서 마신 맥주가 전부 쏟아지는 것 같았다. 그녀가 배설을 마치자 남자가 눈을 떴다. 그리고 다시 한번 비굴하게 웃으며 눈을 감았다. 그녀는 그 얼굴에 침을 뱉었다. 그럴수록 남자는 더 만족스러워했다. 얼굴에서 사랑스러운 오줌이 다 흘러내리기 전에 절정에 도달하기 위해 그는 거칠게 제 성기를 만져댔다. 그녀는 울면서 화장실 밖으로 나와 수건으로 밑을 닦았다. 그러나 공권력의 상징과도 같은 고위 경찰관료의 얼굴에 오줌을 내갈긴 행위가 가져다주는 원초적 쾌감마저 부인할 수는 없었다. 그 쾌감은 실로 연극적인 것이었다. 권력과 힘을 가진 남자는 아무 외피 없이 알몸으로 어린아이처럼 굴었던 데 반해 피의자인 여학생은 여신처럼 그 위에서 남자를 모욕했던 것이다. 그녀는 배우이면서 동시에 관객이었다. 그렇게 생각하자 현실감이 사라지면

빛의 제국

서 안도감이 들었다. 남자는 약속을 지킬 것이고 사건은 조용하게 처리될 것이다. 그녀는 막 마피아 패밀리에 받아들여진 어린 건달 같은 기분에 사로잡혔다. 어른이 된 것 같았고, 세상이 굴러가는 비밀을 엿본 느낌이었다. 세상은 힘과 힘이 부딪치는 곳인 동시에 연기와 연기가 교환되는 곳이었다.

바닥에 누워 자위를 마친 남자는 샤워를 하고 욕실 바닥을 깨끗이 씻어낸 후에 밖으로 나와 옷을 입었다.

"고맙다."

서로의 비밀이 지켜질 거라는 데에는 의심의 여지가 없었다. 그녀는 유치장으로 돌아갔고 이틀 후 검사의 불구속 지휘를 받아 풀려났다. LA가 불타던 그날, 그녀는 기영에게 이 모든 얘기를 털어놓았고 둘은 오래된 연인처럼 자연스럽게 여관으로 향했다. 기영은 혹시 그 남자를 대신해 화장실 바닥에 드러누워야 하는 것은 아닌가, 그녀가 내심 원하는 것이 바로 그것 아닌가, 잠시 생각했었다. 그러나 아니었다. 그녀로선 단지 그 말을 들어줄 사람이 필요했을 것이다. 은밀한 고백이 야기한 흥분 때문에 불이 붙었고 때마침 그 앞에 남자인 기영이 있었을 뿐이었다.

"그후에도 그 삼촌, 우리집에 가끔 들르곤 했어. 서로 얼굴 마주친 건 몇 번 안 되는데 오히려 내가 우위에 선 느낌이었어. 슬슬 내 눈길을 피하고…… 아빠도 아무것도 모른다고 생각하니까 좀 안됐더라구. 통쾌하게 한 방 먹인 느낌이랄까."

"그래, 그랬었다면서."

"내가 그 얘기도 했나?"

"응, 들었어."

그는 고개를 끄덕였다.

"근데 형한테 얘기 안 한 게 있어."

"뭔데?"

"그 삼촌, 죽었어."

"어떻게?"

"목포에서 비행기 사고로."

"아, 서울발 아시아나 비행기였지."

"정말 대단하네. 하여튼 기억력도 좋아. 내가 미국에 있을 때였는데 엄마가 전화해서 얘기해주더라. 목포에서 비행기가 떨어졌다구. 난 처음에 아빠가 죽은 줄 알았어. 그런데 그 비행기가 떨어지던 날 꿈을 꿨는데 그 아저씨가 나온 거야. 하얀 옷을 입고 내 침대 발치에 앉아 히죽거리면서 웃고 있더라구."

"……"

"……"

"좋은 데는 못 갔을 거야."

"아무래도."

소지는 오른손으로 머리를 쓸어올렸다. 둘은 맥없이 웃었다.

"형, 근데 정말 무슨 일이야? 얼굴이 안 좋아."

"그렇게 보이니?"

"응."

"두통이 좀 있어."

"형 두통 같은 거 없는 사람이잖아?"

"그랬지. 근데 오늘 아침에 갑자기 생겼어. 이제부터는 두통도 가끔은 앓는 사람인 거지. 살다보면 변하는 것들이 있잖아."

"그렇지. 근데 이따 어디서 볼래?"

그는 잠시 골똘히 생각하다가 말했다.

"조선호텔 일식당 어때?"

그녀가 눈을 흘겼다.

"오호, 정말 이상한데. 혹시 그 가방에 무슨 마약이나 뭐 그런 거 들어있는 거야?"

"갑자기 거기 초밥이 먹고 싶어졌어."

"잘해?"

"너랑 한번 안 갔었나? 거기 대구머리찜도 맛있어."

"나랑은 순 싼 데만 갔지."

그녀가 킥킥거렸다.

"오늘은 내가 맛있는 걸 살게."

"고마워. 그럼 이따 여섯시에 로비에서 만나서 같이 들어가."

"응, 그럼 그만 가봐야겠다."

기영은 상담실 문을 나서기 전에 걸음을 멈추고 물었다.

"그럼 일단 거기서 여섯시에 보는 걸로 하고 혹시 무슨 일이 있으면 연락할게."

상담실을 나오니 복도는 고요했다. 그는 고개를 숙여 인사를 했다. 그녀도 답례를 했다. 그는 빛이 들어오는 중앙 현관 쪽으로 걸어갔다. 그녀는 그보다 조금 뒤처져 걸었다.

스피커에서 수업의 종료를 알리는 차임벨이 울려퍼졌다. 이번에는 슈베르트의 〈숭어〉였다. 그것을 신호로 학교라는 거대한 괴물이 몸을 뒤채기 시작했다. 미진처럼 땅이 울리고 중학생들의 새된 목소리가 점액질처럼 끈끈하게 엉기며 천천히 자라나고 있었다. 위에서 시작된 그 진동과 소음이 천천히 일층으로 밀려내려왔다. 그는 다시 트로피와 상패가 늘어선 어두운 복도를 지나 밖으로 나왔다. 몸과 머리가 모두 무거웠다. 체육수업을 마친 아이들이 재잘거리며 그의 곁을 스쳐 계단 위로 달려올라갔다. 비린내와 땀냄새의 중간쯤 되는, 그러나 결코 불쾌하지는 않은 냄새가 콧속으로 간질간질 스며들었다. 그 냄새를 맡자 불끈 힘이 솟았다. 시간이 얼마 남지 않았을지도 모른다. 그러나 인생이 자신을 마음대로 요리하도록 도마 위에 얌전히 누워 있지는 않으리라 결심하며 차에 올라 시동을 걸었다. 소지는 본관 현관 앞에 서서 기영의 차가 교문 밖을 지나 사라지는 것을 물끄러미 바라보았다.

11

 현미는 쉬는 시간마다 여기저기 돌아다니는 애가 아니었다. 그보다는 창가에 턱을 괴고 운동장을 내려다보고 있기를 좋아했다. 체육수업을 끝낸 아이들이 몰려들어오기도 전에 다음 시간이 체육인 성질 급한 남자애들이 뛰어나가 농구를 하고 있었다. 농구장 근처엔 한 중년 남자가 비교적 빠른 걸음으로 주차장을 향해 걸어가고 있었다. 발걸음이며 뒷모습, 모두가 낯이 익었다. 고개를 빼 자세히 살폈다. 아빠가 분명했다. 도대체 아빠가 왜 학교에 온 거지? 엄마라면 몰라도. 담임과 면담이라도 한 것일까? 그렇다면 담임이 뭔가 미리 언질을 주지 않았을까? 창을 열고 큰 소리로 불러볼까 하다가 단념하고는 그냥 지켜보았다. 아빠를 이런 각도에서 내려다본 것은 처음이었다. 각도와 거리 때문인지 아빠는 유난히 작고 초라해 보였다. 집에서는 크고 건장해 보였는데 학교에서는 달랐다. 소나타를 모는 수많은 양복쟁이 중의 하나였고 그런 점에서 재수 없는 물리선생과 다를 바가 전혀 없었다. 아빠는 아직 싸늘한 봄바람에 몸을 웅크린 아이들이 스멀스멀 기어나오는 교사 쪽을 슬쩍 돌아보더니 주저 없이 차에 올라탔다. 아빠의 뒤에 멀찌감치 한 여자가 서 있었다. 국어 선생 소지였다. 짧게 쳐서 삐죽삐죽 올린 헤어스타일 때문에 다른 여자 선생들과 구분하기가 쉬웠다. 소지는 아빠를 배웅하고 있는 게 분명했다. 아니, 담임도 아니고 왜 소지일까? 아빠의 차는 천천히 교문을 지나 경사로를 내려갔다.

아영이 다가와 옆에 앉았다. 원래의 짝은 매점으로 달려가고 없었다.

"뭘 봐?"

"아무것도 아니야."

아영은 작은 눈망울을 굴리며 물었다.

"이따 갈 거야?"

"어디?"

그녀는 짐짓 딴전을 피우며 아영의 눈길을 피했다. 아영은 귓속말로 속삭였다.

"진국이네…… 안 가?"

"아……"

아영이 눈을 흘겼다.

"너 시침 장난 아니다?"

"……가야겠지?"

"가고 싶다가 아니고?"

현미는 샐쭉한 얼굴로 손톱을 깨물었다.

"난 있잖아, 걜 잘 모르겠어."

"알고 모르고가 어딨어. 좋으면 그냥 좋은 거지."

"글쎄, 그걸 잘 모르겠어."

"그래도 생일이라며. 생일빵은 해야지."

"너도 갈 거야?"

"가도 될까? 괜히 나 따라갔다가 눈치 없는 애 되는 거 아냐?"

"나 혼자는 안 갈 거야. 미쳤냐?"

"근데 걔네 엄마 아빠 이혼했대매?"

"아닐걸. 사실 나도 잘 몰라."

"그런 소문이 있던데. 너도 걔네 집 처음이지?"

"응."

아영은 입을 비쭉거리며 펜으로 연습장에 만화 캐릭터를 그리기 시작했다. 눈이 크고 다리가 긴 여자아이의 모습이었다.

"그럼 너 혼자 가. 난 안 갈래."

"왜?"

"몰라, 그냥 니가 알아서 해."

아영은 씩 웃으며 제자리로 돌아갔다. 매점이나 옆반에 갔던 아이들도 돌아오고 있었다. 그녀는 뒷문으로 들어오는 진국에게 슬쩍 눈길을 주었다. 둘의 눈이 마주치자 진국이 눈길을 피해 고개를 돌렸다. 그녀도 고개를 숙였다. 수첩의 빈칸에 의미 없는 글자들을 끼적거리며 도대체 왜 이렇게 갑자기 한 아이에게 끌리게 된 걸까를 생각했다. 학기 초만 해도 그런 애가 있는지도 몰랐는데 불과 이 주 만에 이렇게 되어버린 것이다. 공부를 잘하는 것도 아니고 눈에 띄게 잘난 것도 아니었다. 학기 초, 수학선생이 "요즘 너희들은 잘 모르겠지만 옛날에는 햄, 에이치에이엠, 이라는 게 있었어. 아마추어 무선통신이라는 건데……"라고 운을 띄우자 몇몇 아이들이 진국을 지목하며 "요즘도 있어요"라고 말했을 때에나 겨우 자기 존재를 드러냈을 뿐이었다. 킹콩이란 별명을 갖고 있던 그 선생은 눈에 띄게 반가워하며 진국에게 다가갔지만 그애는 그저 "아버지가 하시던 거라 그냥……"이라며 우물쭈물했다. 하지만 캐

들어가보니 이미 3급 아마추어 무선기사 자격증까지 가지고 있었다. 인터넷 메신저 시대에 모스부호를 아는 애라니, 그것만으로도 진국이 신비스럽게 느껴졌다. 그애는 자기만의 콜사인을 갖고 있었던 것이다. 그것은 누구나 흔히 만들 수 있는 SNS 계정 같은 것이 아니었다. 한때 바둑의 신동이었던 현미와 무선통신에 빠진 진국은 그것만으로도 어딘가 통하는 게 있었다.

12

파사트를 시승하겠다는 남자는 10시가 거의 다 되어서야 매장 문을 열고 들어섰다. 구두가게 종업원들이 지나가는 사람들 신발을 보듯 마리는 거대한 통유리를 통해 그가 몰고 온 차를 살폈다. 2003년형 은색 그랜저다. 남의 월급을 받는 사람은 아니고 작으나마 자기 사업을 하는 사람이며, 남한테 감각 있어 뵌다는 소리도 듣고 싶으나 모험심은 별로 없는 작자로군. 폭스바겐으로 갈아타기엔 적당한 고객이었다. 폭스바겐 고객들은 메르세데스 벤

츠나 BMW 같은 다른 독일 완성차 고객과는 좀 다르다고 할 수 있었다. 과시와는 거리가 있는 꼼꼼한 자영업자들. 조폭이나 사기꾼은 아니지만 수컷으로서의 매력은 좀 떨어지는 치들. 그렇지만 차에 대해서는 엔간히 안다고 생각하는 부류였다.

남자는 뚜벅뚜벅 장마리를 향해 걸어왔다. 발걸음이 단단했다. 어려서부터 단 한 대도 남에게 맞아본 적 없는 사람 같았다. 건들거림이 없이 단정하고 경제적이었으며 정수리부터 발끝까지 부드럽게 긴장되어 있었다. 감색 정장은 옷감이 훌륭하지는 않았으나 허리에 착 붙어 맵시가 났다. 장마리는 웃으면서 자리에서 일어났다.

"혹시……?"

"네, 어제 전화드렸었는데, 박철수라고."

"아, 네."

그녀는 책상 위 명함통에서 명함을 꺼냈다. 조금 서두르는 바람에 명함통 뚜껑이 책상에서 미끄러져 떨어졌다. 남자는 주의 깊게 그녀의 동작을 지켜보고 있다가 민첩하게 허리를 굽혀 바닥으로 떨어지는 뚜껑을 잡았다. 그리고 그녀에게 건넸다.

"고맙습니다."

명함이 오고갔다.

"시승차는 준비돼 있나요?"

"네, 밖에 있어요."

그는 마리의 왼팔을 내려다보고 있었다.

"팔은 어쩌다?"

"그러게요."

그녀는 오래전부터 알고 있던 사람에게 하듯 환하게 웃어 보였다. 지점장에게 인사를 하고 박철수와 함께 매장을 나섰다.

AM 10:00
권태의 무게

13

박철수는 운전석에, 마리는 조수석에 차례로 올라탔다. 그는 계기판과 주차브레이크, 백미러 등을 꼼꼼히 살폈다. 그녀도 옆에서 몇 마디 거들었지만 별로 도움이 필요한 것 같지는 않았다. 파사트는 양재대로를 지나 분당으로 향하는 고속화도로로 접어들었다. 그는 과격하게 액셀러레이터를 밟아 차의 반응속도를 보기도 하고 도로를 Z자로 칼질하며 이리저리 다른 차량을 추월하기도 했다. 표정의 변화는 없었지만 몸이 차와 하나가 되어 숨쉬고 있는 것 같았다. 그의 뇌수에서 뿜어져나오는 아드레날린이 느껴질 지경이었다. 절제되어 있으면서도 민첩하고, 차분하다가도 갑자기 강렬한 에너지에 제 몸을 맡기는 남자가 바로 옆에 있었다. 그녀는 저도 모르게 몸을 창 쪽으로 기대며 거리를 두었다. 그러고 보면 시승이라는 것은 여러모로 위험한 일이었다. 처음 몰아보는 차여서 모든 운전자가 초보나 다름없었다. 그들은 필요한 레버를 찾지 못해 갑자기 허둥댔다. 브레이크의 감도를 잘 모르기 때문에 차는 울컥거렸고 가끔 제 호기를 이기지 못하고 밟아대는 치들 때문에 중심을 잃고 비틀거릴 때도 있었다. 자기 차라면 하지 않았을 풀스로틀도 시승차에서는 주저 없이 시도했다. RPM 게이지는 레드존을 넘나들고 몸은 누가 뒤로 잡아당기기라도 한 것처럼 시트에 달라붙는다. 한때 그녀는 남자들이란 새 차 냄새를 맡는 순간 발정이 시작되는 게 아닐까, 진지하게 생각한 적이 있었다. 그들은 시승차에 올라타 액셀러레이터에 발을 올려놓는 순간 벌써 호흡이 가빠지고 흥분하기 시작한다. 상체는 앞으로 숙여져 공격적으로 변하고 몸에서는 아침에 바른 애프터셰이브 로션이 땀과 뒤섞여 휘발하기 시작한다. 밀폐된 공간이어서 그럴까. 그야말로 그들은 강렬한 수컷 냄새를 풍겼다. 옆에 마리가 앉아 있다는 것도 잊은 채 험한 말을 내뱉다가 갑자기 킬킬거리기도 했다. 그렇다. 그들은 그 순간 소년으로 변하는 것이다. 팔만 뻗으면 서로의 모든 것을 만질 수 있는 거리에서 두 남녀 사이에는 이상한 긴장이 흐른다. 남자들은 자동차를 이해하는 그녀에게 호감을 느끼고 그녀는 늙은 소년들 때문에 가끔 몸이 뜨거워진다. 그러나 남자들은 매장으로 돌아와 키를 넘겨주는 순간 또 한번 변신하여 착실하고 예의 바른 중년 남성이 된다. 어쩐지 조금은 머쓱한 표정이 되어 그들은 총총히 사라진다. 머릿속으로 재빨리 자신의 재정능력을 가늠해보면서, 그러면서도 마치 당장 차를 살 것처럼 조금 허풍도 치고는 타고 온 자기 차에 올라타 조금은 왜소해져 돌아가는 것이다.

박철수는 자동에서 수동 모드로 기어변속 방식을 바꾸었다. 기어를 한 단 아래로 끌어내리자 차는 묵직하게 앞으로 튀어나갔다.

"차가 힘이 좋군요."

그가 말했다.

"마력도 마력이지만 토크가 높죠."

그는 백미러를 힐끗 쳐다보며 추월선으로 치고 나갔다.

"어렸을 때 우리집엔 마크 파이브라는 차가 한 대 있었습니다. 아세요?"

"아뇨."

"포드와 현대가 합작해서 만든 차였죠. 그게 우리집의 첫 차였습니다. 아파트 주차장에서 아버지가 그 차를 닦고 있으면 아이들이 구경을 했습니다."

"그 시절에는 차가 흔치 않았죠."

"차 때문이 아니라 아버지 때문이었어요. 코미디언이셨거든요. 아이들이 몰려들어 아버지 흉내를 냈어요. 그렇지만 아버지는 텔레비전에서와는 달리 말이 없고 내성적인 분이셨죠. 아버지가 반응이 없자 아이들이 아버지의 별명을 불러댔어요. 반말로요."

"참고 계셨나요? 아니면……"

"네?"

"아버님이요. 그럴 때 묵묵히 참고 계셨냐구요."

그는 빙긋이 웃었다.

"애들이 동물원에서 원숭이들한테 돌을 던지고 애견센터 진열장을 주먹으로 쳐서 강아지들을 놀라게 하는 건, 사실은 대화를 하고 싶어서라더군요. 반응이 없으니까 아이들이 지들 방식으로 말을 건네는 거랍니다."

그녀는 말없이 고개를 끄덕였다.

"아버지는 애들이 집요하게 당신을 불러대면, 차를 닦던 걸레를 보닛 위에 올려놓고는 갑자기 휙 돌아서서 활짝 웃으며 개다리춤을 추셨어요. 아이들은 와하하 웃고는 그걸 따라 하기 시작했죠. 갑자기 온 동네가 개다리춤을 추는 아이들로 가득 차는 거예요. 그러면 다시 돌아서서 묵묵히 차를 닦고 집으로 올라오셨어요. 그러곤 턴테이블에 카라얀을 걸고 소파에 누워 입을 꾹 다문 채 그걸 듣곤 하셨죠. 그걸 보고 있으면, 참 코미디언이라는 거, 아무나 하는 거 아니다 싶었습니다."

"아……"

"그다음날이면 텔레비전에서 또 킬킬대며 개다리춤을 추는 아버지를 볼 수 있었죠. 아, 얘기가 어쩌다 여기까지 왔죠? 죄송합니다."

"아니에요. 재밌는 얘기였어요."

그의 얼굴이 갑자기 딱딱하게 굳어졌다.

"그게 재미있습니까?"

그녀는 황급히 변명했다.

"아니, 오해하셨다면 죄송해요. 제 뜻은……"

그의 입꼬리가 슬쩍 치켜올라갔다.

"아니, 뭐, 괜찮습니다. 남 얘기야 언제나 재밌죠."

짧은 침묵.

"저, 여기는 시속 팔십 킬로미터 구간이에요."

그녀는 손가락으로 공중에 떠 있는 속도제한 표지판을 가리켰다. 과속감지 카메라가 허공에서 은빛으로 번쩍였다. 그는 브레이크 페달에 오른발을 얹었다.

14

기영은 회사 앞 주차장에 차를 세웠다. 차문을 닫으며 다시 한번 차를 돌아보았다. 저 차를 다시 몰 수 있을까? 그는 주변을 슬쩍 살핀 후, 어두운 복도와 계단을 지나 사무실로 들어갔다. 성곤이 이어폰을 낀 채 일본 여자가 나오는 포르노를 보고 있다가 황급히 창을 닫았다.

"벌써 오세요?"

"벌써라니?"

성곤은 힐끔 벽시계를 보았다.

"어, 벌써 이렇게 됐나요?"

"스크린 좀 알아봤어?"

"전화 올 때 됐는데요."

"음…… 성곤씨, 미안한데, 나 키보드 하나만 사다줄래? 기계식으로. 키가 안 먹는 거 보니 맛이 간 것 같은데. 들어오면서 사온다는 게 깜빡했네."

"키 하나만 안 먹어도 되게 답답하죠. 다녀올게요. 근데 시간이 좀 걸릴 텐데요."

"괜찮아. 나갔다가 점심 먹고 들어와."

"네."

만원짜리 몇 장을 지갑에서 꺼내 성곤에게 건넸다. 그는 인사를 하고 밖으로 나갔다. 성곤이 나간 후 기영은 그의 책상 서랍을 열어보았다. 지저분한 서류들과 색색깔의 포스트잇, 이어폰과 스테이플러, 이리저리 굴러다니는 명함과 용도를 알 수 없는 여러 가닥의 전선, 사은품으로 받은 문진과 포장용 테이프로 가득했다. 주의 깊게 살폈지만 의심이 가는 물건은 없었다. 물건들을 역순으로 다시 배치하고 서랍을 닫은 후에 자기 자리로 돌아왔다. 모니터는 초식동물의 눈처럼 화면보호 상태에서 끔뻑이고 있었다. 키보드를 건드리자 컴퓨터는 잠에서 깨어나 명령대기 상태가 되었다. 그는 4번 명령이 내려온 경로를 다시 따라가며 시적 감흥이 전혀 없는 이상한 메타포를 수집했다. 모아놓자 이런 말이 되었다.

'3월 16일 밤 3시, 좌표 3674828에서 접선하라.'

시계를 보았다. 채 스물네 시간도 남아 있질 않았다. 지도를 꺼내 좌표의 지점을 확인해보았다. 태안반도였다. 손톱으로 관자놀이를 눌렀다. 자기 정도라면 얼마든지 제3국을 거쳐 안전하게 불러들일 수 있는데 왜 굳이 손이 많이 가는 이런 코스를 선택한 건지 선뜻 납득할 수가 없었다. 두 가지 경우가 우선 머리에 떠올랐다. 우선은 그의 존재가 이미 남측의 정보기관에 노출됐다고 판단했을 가능성이 있었다. 그게 아니라면 그저 그의 충성심이 여전한지를 시험하려는 것일 수도 있었다. 어떤 경우든 기영으로선 골치 아픈 상황들이었다.

나사를 돌려 컴퓨터 본체의 덮개를 열었다. 본체 안에는 먼지덩어리가 굴러다녔다. 십자드라이버로 조심스럽게 하드디스크를 분리해냈다. 화장실로 가지고 가 세면대에 넣고 물을 틀었다. 물에 잠기자 하드디스크의 내부에서 물방울들이 보글보글 올라왔다. 수많은 시간을 함께했는데 고작 몇 방울의 물거품이라니. 뇌의 특정 두엽이 제거되는 것을 제 눈으로 지켜보는 느낌이었다. 거품이 더이상 올라오지 않자 그것을 꺼내 물을 탈탈 털어 사무실로 가지고 돌아왔다. 밖으로 가지고 나가 지하철 화장실 쓰레기통에 버리면 될 것이었다. 그는 내장을 드러낸 컴퓨터에 케이스를 씌우고 네 귀퉁이의 나사를 조였다. 그리고 책상 서랍들을 하나씩 꺼내 뒤집어보았다. 명함과 펜, 클립, 스테이플러와 딱풀 등이 우수수 떨어져 책상 위 고무판을 덮었다. 명함을 하나하나 살펴보니 기억나는 이도 있고 전혀 기억이 안 나는 사람도 있었다. 어쨌든 그들은 얼마 후 갑자기 사라져버린 한 영화수입업자에 대해 수군댈 것이었다. 그는 그 명함들을 버리지 않고 사람들이 금세 찾아낼 수 있도록 다시 서랍에 넣어두었다. 나머지 물건들도 다시 서랍 속으로 쓸어넣었다. 그리고 자리에서 일어나 서가 앞으로 걸어갔다. 그러곤 마치 여름휴가를 앞둔 직장인처럼 책등을 천천히 손으로 훑었다. 가져갈 수 있는 책이 있을까? 과연 남은 시간이 책을 읽을 만큼 한가할까?

그리고 4번 명령에 따라 귀환한 후에 과연 여기서 가져간 책들을 읽을 수 있을까? 아마 힘들 것이다. 그는 자신이 책으로 가득한 세상에서 벽으로 둘러싸인 세상으로 가야 하는 것임을 깨달았다. 우선 사이먼 싱의 『페르마의 마지막 정리』를 뽑아들었다. 수학책이니까 어느 쪽도 문제삼지 않을 수 있었다. 어쩌면 그사이 다른 명령이 내려올 수도 있으니까 그 명령을 해석하는 데 필요한 시집도 챙겨넣었다. 읽고 싶었지만 늘 미루기만 했던 올로이코프의 소설 『어느 병사의 죽음』도 고심 끝에 가방 속에 집어넣었다.

이천여 곡의 음원 파일이 저장된 아이팟 MP3플레이어도 챙겼다. 담뱃갑만 한 흰색 사각형 안에 두 개의 동심원이 그려져 있었다. 앞으로 몇 곡이나 더 들을 수 있을까. 이렇게 많은 곡을 채워넣느라 얼마나 많은 시간이 걸렸는데. 그는 그 세월을 잠깐 반추하였다. 처음 내려왔을 때는 그도 카세트테이프로 음악을 들었었다. 음반가게의 벽을 이쑤시개 하나 들어갈 틈 없이 빼곡히 채운 시디와 테이프에 기가 죽었다. 세상에 그렇게 많은 음악이 동시에 존재할 수 있다는 게 믿어지지 않았다. 그는 행진곡의 나라에서 온 사람이었다. 그가 떠나온 나라에서 음악은 혼자 즐기는 것이 아니라 함께 부르는 것이었고, 스피커에서 온 거리로 울려퍼지는 것이었다. 그가 남으로 내려오자마자 가장 먼저 산 전자제품은 일제 소니 워크맨이었다. 거기에 테이프를 넣어 조용필과 이문세, 그리고 비틀스를 들었다. 그중에서도 뒤늦게 접한 비틀스가 그의 영혼을 흔들어놓았다. 아무도 없는 자기만의 방에서 워크맨으로 〈헤이 주드〉나 〈미셸〉을 듣는 것, 금지된 것을 혼자 맛본다는 것, 그것이야말로 평양에서는 누리지 못했던 새로운 즐거움이었다. 훗날 안정적인 거처가 생기면서 가장 먼저 한 일도 시디플레이어가 딸린 작은 오디오 시스템을 장만한 것이었다. 세월이 흘러 점점 해상도와 음질이 좋은 오디오로 바꿔가면서는 취향이 자연스럽게 클래식과 재즈 쪽으로 변해갔다. 그러다 문득 정신을 차려보니 어느새 시디의 시대도 가버리고 이렇듯 파일로 음악을 듣는 시대가 되어 있었다. 시디를 파일로 변환하여 저장하는 일에는 열심이었지만 더이상 예전처럼 열정적으로 음악에 빠져들거나 하지는 않게 되었다.

생각해보면 그만 변한 것은 아니었다. 세상도 많이 달라졌다. 그는 개인용 컴퓨터라는 게 없던 시절에 내려와서 남한 사람들과 함께 그 신기한 발명품에 놀라며 그 세계 속으로 빠져들어갔다. 포트란이나 베이직 같은 언어를 익혔고 보석글 같은 프로그램으로 워드프로세서의 세계에 입문했다. 그리고 도스에서 윈도우, 피시 통신에서 인터넷의 세계로 옮겨왔다. 어쩌면 평균적인 남한의 사십대보다도 더 잘 적응해왔는지도 몰랐다. 그는 '옮겨다 심은 사람'이었으므로 적응이야말로 최우선의 과제였다. 변화를 거부하거나 방기할 자신감과 배짱이 있을 리 없었다. 그것은 이곳에서 태어나 살아온, 원주민들의 특권이었다.

그는 손목시계를 풀었다. 그리고 서랍에서 순토 스쿠버용 시계를 꺼낸 뒤 그때까지 차고 있던 시계를 대신 넣어두었다. 서랍 속의 시계는 결혼 예물이었다. 14K의 금박을 입힌, 지금은 촌스러운 디자인이었다. 촌스럽다? 자신의 그런 감각이, 가차 없는 미적 판단이 새삼 낯설었다. 그가 떠나온 세상에선 미와 추를 개인적으로 평가하는 것이야말로 가장 위험한 모험이었다. 재생 처리된 사이보그처럼 그의 눈, 심장 그리고 하드디스크가 어느새 이 세계의 것으로 자신도 모르는 새 철저히 바뀌어버렸다. 누군가 잠든 자신을 마취하고 그 모든 것들을 교체한 것일지도 몰랐다. 오래된 하드디스크는 물에 담가버리고……
부글부글.

그는 1963년 평양 태생이었다. 그러나 남으로 내려오면서 67년생 김기영이라는 이름과 신분을 부여받았다. 서울 태생의 고아였던 67년생 진짜 김기영은 열일곱 살에 시설을 나온 뒤 실종되어 주민등록이 말소된 상태였다. 그에게 껍데기를 빌려준 김기영이라는 자는 어디로 가버린 것일까. 가끔 그는 진짜 김기영이 돌아오는 꿈을 꾸곤 했다. 얼굴이 지워진 사내가 그의 침대 머리맡에 서 있었다. 아무 말이 없어도 그가 진짜 김기영임을 알 수 있었다. 1985년 봄, 그는 용산의 한 동사무소에서 말소된 주민등록을 복구하고 열 손가락의 지문을 찍고 김기영이라는 일면식도 없는 사내의 이름으로 새로운 주민등록증을 발급받았다. 동사무소에 있던 고정간첩은 피곤에 찌든 중년의 남자였다. 혁명적 열정에 불타는 청년이리라는 예상은 빗나갔다. 모든 일을 마친 후 동사무소 직원과 종이컵에 든 커피를 복도에서 나누어 마셨다. 동사무소 직원은 마치 명절을 앞두고 비상 경계에 투입된 경찰관 같은 말투로 말했다.

"잊어버린 줄 알았는데 용케 찾았네."

갑자기 나타난 기영이 달갑지 않은 기색이었다. 게다가 대뜸 반말이었다.

"잊어버리다뇨?"

"……손님 본 지가 오래돼서."

그러면서도 슬쩍 기영의 눈치를 살폈다. 그는 태우던 담배를 모래 속에 비벼넣었다.

"아, 언제 한번 올라가봐야 되는데 영 짬이 안 나는구만."

"위에 누가 계십니까?"

"있기야 있지."

"누가?"

"어머니는 평양의 순안구역에 사시고 외삼촌은 아마 청진에 계실 테고."

"아, 그러시다면 언제 한번."

그는 재털이에 칵, 가래침을 뱉었다.

"이제 와서 가면, 내가 잘 살까? 그럴 수 있을까?"

"네?"

어린 네가 뭘 알겠느냐는 얼굴로 남자는 입가를 일그러뜨리며 웃었다.

"후아, 아무것도 아니오. 하여튼 몸조심하시오."

남자는 왼손에 들고 있던 종이컵을 찌그러뜨려 쓰레기통으로 던졌다. 그리고 다시 동사무소 안으로 돌아갔다. 모든 꿈과 희망을 잃어버리고 연료통 밑바닥에 가라앉은 몇 방울의 냉소를 연료 삼아 겨우 굴러가는 사람처럼 보였다. 권태가 걸음걸음 바짓자락을 타고 뚝뚝 떨어졌다. 김정일정치군사대학의 공작원반, 흔히 130연락소라 부르는 그곳을 막 떠나온 기영은 그의 허무주의적 태도가 조금 놀라웠다. 이런 적지에서, 전두환 역도가 광주에서 수천의 인민들을 백주에 학살하는 땅에서 긴장도 적개심도 없이 살아가는 것이 가능하단 말인가? 그러나 지금 와 돌이켜보면 권태와 허무야말로 이 사회의 특질이었다. 권태는 무차별적으로 퍼져 있었다. 기영은 권태가 무엇인지는 알았으나 그것을 실제로 목도하기는 처음이었다. 그가 떠나온 사회에서 권태는 자본주의를 비판할 때에나 등장하는 추상적 개념이었다. 물론 그곳에도 권태는 있었다. 그러나 사회주의사회의 권태는 차라리 무료에 가까운 개념이었다. 다시 말해 그것은 적절한 동기부여가 부족한 상태라 할 수 있었고, 따라서 어떤 자극만 주어진다면 금세 사라질 가볍고 허망한 것이었다. 그러나 처음 맞닥뜨린 자본주의적 권태에는 무게와 질량이 있었다. 그것은 삶을 짓누르고 질식시키는 유독가스처럼 느껴졌다. 단순히 곁에 있는 것만으로도 두려움이 생겼다. 가끔 어떤 종류의 인간들은 보는 사람들로 하여금 즉각적으로 아, 저렇게는 살고 싶지 않다, 라는 원초적 경계심을 불러일으킨다. 어떤 경로로 포섭되었는지 모를 그 동사무소 직원이야말로 그런 사람이었다. 권태와 우울, 허무와 냉소, 후줄근한 옷차림과 매력 없는 용모가 어우러진, 잠시라도 함께 있기 불편한 인간이었다.

그런데 오랜 세월이 흘러 전혀 엉뚱한 자리에서 기영은 그와 다시 마주쳤다. 1999년 여름. 그는 붉은 망토를 두르고 청량리역에서 작은 나무 궤짝 위에 올라가 고래고래 소리를 지르고 있었다. 망토에는 검은 십자가가 수놓여 있었는데 금박으로 경계를 삼았기 때문에 멀리서 보면 대학 응원단장의 복장처럼 보였다. 이마와 뺨으로 쉴새없이 땀이 흘러내렸고, 검고 푸른 파리들이 윙윙대며 그의 머리 주변을 맴돌았다. 기영은 그를 한참 동안 바라보았다. 그는 너무 달라져 있었다. 예전보다 훨씬 말랐고 눈빛은 형

형했다. 그는 우렁찬 목소리로 종말이 다가왔다고 외쳤다. 권태에 찌들어 있던 고정간첩은 어떻게 종말론자가 되었을까? 정말 되기는 된 것일까? 창녀와 경찰, 대학생과 노동자가 엇갈려 오가는 광장에 멈춰 서서 그는 광신도가 되어버린 고정간첩을 바라보았다. 그러나 그는 기영을 알아보지 못하는 것 같았다. 기영이 다가가자 무심한 얼굴로 종말론 안내책자를 건네주었다. 거기에는 요한계시록의 내용들이 발췌되어 조악하게 편집되어 있었다. 기영은 물었다.

"혹시 저 모르시겠습니까?"

남자는 기영을 쏘아보았다. 그러곤 아무 대답도 하지 않고 다른 사람에게로 몸을 돌렸다. 기영은 그의 팔을 살짝 붙잡았다. 그가 짜증스러운 얼굴로 돌아보며 쏘아붙였다.

"왜? 내가 미친놈 같소?"

"그게 아니고 예전에 동부이촌동에서 뵌 적이 있습니다만."

남자의 얼굴이 조금 굳어졌다.

"그랬다 한들 그게 무슨 소용이오? 다 소용없소. 그 책자를 보시오. 우리는 곧 들려올림을 당하게 될 것이오! 그날이 멀지 않았소."

약간은 버림받은 기분이 되어 광장을 떠나려 하자 남자는 잰걸음으로 기영을 따라붙었다.

"실은 당신이 누군지 알아."

기영은 발걸음을 멈추었다.

"하지만 상관없어. 난 이 세계의 비밀을 알았으니까. 그 전까지는 사는 게 그저 답답하고 그래, 막막하기만 했지. 그렇지만 성령을 영접하는 순간 난 알았어. 지금까지의 인생은 모두 헛거였다는 걸. 속았던 거지. 어리석었던 거야. 이 광장을 지나가는 사람들의 낯짝들을 보라구. 행복한 얼굴이 있나? 다 발버둥을 치며 꿀꿀이 돼지처럼 하루하루 사는 거야. 이 세계가 왜 존재하는가를 모르기 때문이야. 모르니까 그냥 걸어가는 거야. 그걸 알면 더이상 방황할 필요가 없어. 우리 주님이 가르쳐주신 길로 걸어가면 돼."

그의 장광설은 끝날 기미가 없었다. 기영은 물었다.

"정말 올해가 가기 전에 사람들이 하늘로 들려올라가고, 그들이 몰던 차는 운전자를 잃은 채 고가도로 아래로 처박히고, 남은 자들은 차라리 죽기를 바라며 고통 속에 울부짖게 된단 말입니까?"

"인간으로 태어난 걸 후회하게 될 거야."

"경험해보지도 않고 그걸 어떻게 미리 알 수 있습니까?"

붉은 망토를 입은 남자는 자신의 귀를 가리켰다. 작고 못생긴 쪽박귀였다.

"너는 꼭 네 눈으로 보아야만 믿느냐? 이 귀로 똑똑히 들었다구. 주님께서 일러주셨어. 당신도 귀를 기울여봐. 귀를 기울이는 자에게만 우리 주님은 말씀하신다."

사내는 다시 상자로 올라가 목청을 가다듬었다. 기영은 광장을 떠났다. 물론 그해 말, 어디에서도 휴거는 일어나지 않았다. 세상은 멀쩡했다. 서른세 명의 시민들이 보신각 종을 치는 가운데 새해가 밝았다. 연도표시방식이 네 자리로 바뀌었다고 비행기가 추락하지도 않았고 기차가 탈선하지도 않았다. 그는 전국 백예순여섯 개 교회에서 종말을 기원하는 집회가 열렸다는 뉴스를 보며 붉은 망토의 사내를 떠올렸다. 혁명과 종말, 양자에게 모두 배신당한 사내와 전국의 백예순여섯 개 교회에 모였던 사람들은 지금 어떻게 됐을까. 종말이 오지 않는다는 것이 이렇게 명

확해졌는데 왜 아무도 자살하지 않을까? 종말이 이렇게 간단히 유예될 수 있는 것일까? 그는 잠시 궁금했었다. 그러나 그것도 이미 오래전 일이었다. 광화문의 대형 빌딩마다 'Y2K 문제 완벽 대비' 같은 플래카드가 내걸리고 자가발전기와 생필품을 장만하여 집에 틀어박힌 이들이 전 세계적으로 수백만에 달했다는 것을 사람들은 모두 잊어버렸다. 가동을 중단한 핵발전소도 없었고 인공위성의 오작동으로 핵미사일이 날아가지도 않았다. 물론 그 법석 덕분에 돈을 번 사람들도 있었을 것이다. 남한에서만 일조원이 투입됐다니까 미국이나 유럽에선 더했을 게 분명하다. 기본적으로 기영은 인간을 움직이는 두 가지 심리적 축을 두려움과 욕망이라고 생각하는 사람이었다. 세기말은 단연 두려움이 욕망을 압도했던 시기였다. 전쟁도, 전염병도, 폭동도 아닌, 난생처음 맞닥뜨린 기호에 대한 두려움. 2로 시작하는 네 자리의 숫자가 우리가 미처 짐작하지 못한 그 어떤 추상의 메커니즘을 통해 세계를 아수라장으로 만들리라는, 한편 과학적으로 들리지만 그 본질은 샤머니즘에 가까운 기이한 두려움이었다. 그러나 그게 기영에게는 전혀 와닿지를 않았다. 남의 주민등록으로 신분을 위장하고, 복잡한 암호의 세계에서 살아왔기 때문일까. 아니면 기독교적 세계관과 무관하게 자랐기 때문일까. 어쨌든 만약 재난과 파괴의 신이라는 게 정말 있다면 그런 식으로 등장하지는 않을 것 같았다. 온갖 난리법석을 떨며 요란스레 예정된 날짜에 나타나 그럴듯 맥 빠진 축제를 벌이지는 않을 것 같았다. 진정한 재난은 인간의 상상력 저 너머에서, 맥베스 성을 공격하는 바남의 숲처럼 진군해올 것이라 생각했다. 마치 이날 아침 홀연 그의 필립스 액정 모니터 화면으로 떠오른 바쇼의 하이쿠처럼.

아직 성곤은 돌아오지 않았다. 기영은 자리에서 일어나 뚜벅뚜벅 문을 열고 사무실 밖으로 걸어나갔다. 문이 등 뒤에서 삐리릭 소리를 내며 자동으로 잠겼다. 뒤를 돌아보았다. 작고 푸른 등이 비밀번호 입력판 위에서 반짝였다. 그 옆에 붙어 있는, 신경망처럼 촘촘히 연결된 대형 경비회사의 로고는 날카롭게 각이 져 있었다.

계단을 내려가 뚜벅뚜벅 지하철역을 향해 걸었다. 빌딩과 빌딩 사이, 도시의 주름 사이로 검은 구름이 꾸역꾸역 내려오고 있었다. 기영의 차는 우둔한 초식동물처럼 웅크리고 앉아 그의 뒷모습을 응시하고 있었다. 지하철역에 가까워질수록 사람들의 왕래가 많아졌다. 누구도 그를 주목하지 않았다. 그는 쉽게 눈에 띄는 사람이 아니었다. 이상혁은 이렇게 가르쳤다. "경지에 이를 때까지 자신을 지워라. 보면 보이지만 인상은 남기지 않는 사람이 돼라. 매력을 없애고 따분해져라. 언제나 공손하고 누구와도 절대로 논쟁하지 마라. 특히 종교와 정치에 대해서는…… 그런 대화는 쓸데없는 적을 만들게 된다. 너는 천천히 희미해질 것이다. 마음속에선 불끈불끈 억하심정도 꿈틀댈 테지. 도대체 내가 왜? 그런 의문이 아예 떠오르지 않을 때까지 연습하고 또 연습하라." 그에 따르면 스파이는 반복적이고 의식적인 연습을 통해 스스로를 지우는 경지에 도달할 수 있다고 했다. 그것은 골프 스윙과 비슷한 데가 있었다. 어깨의 힘을 빼고 동작의 불필요한 낭비를 줄여가며 간결하고 점점 부드러운 스윙을 하게 되는 것처럼 스파이의 정신과 행동도 그런 식으로 교정될 수 있는 것이었다. 그는 그런 면에서 파블로프와 스키너의 후예였다.

"사람들의 기억에 남는다는 건 뭔가? 거슬린다는 거야. 화려한 넥타이를 매거나 이상한 장신구를 걸치거나 과장된 몸짓을 하면 사람들의 눈에 띄게 되지. 오래된 스파이들은 잘 잡히지 않아. 오랫동안 함께 살아온 이웃들도 막상 수사관이 찾아오면 그들을 기억조차 못 하지. 몽타주를 그려도 평범한 얼굴의 희미한 윤곽만 남게 돼. 그들은 마치 유령과도 같아. 탭댄스를 추며 거리를 걸어가거나 실내수영장에서 버터플라이를 해도 사람들은 그들을 기억하지 못해."

그런 수련은 일견 선승의 세계와 비슷한 데가 있었다. 아상我想을 벗어던져야 했다.

사람들은 스파이에 대해 왜곡된 이미지를 갖고 있었다. 마타하리, 미인계, 잠입과 탈출, 극소형 카메라, 매수와 회유, 협박. 그러나 그들이 취득하는 정보의 대부분은 이미 공개된 것이다. 신문을 스크랩하는 것과 비슷하며 정보의 질도 그것보다 더 높지도 낮지도 않다. 정보는 초겨울의 철새떼처럼 하늘을 새카맣게 뒤덮으며 몰려온다. 아니, 그건 너무 위협적인 비유다. 그보다는 장마철의 큰물, 그리고 함께 휩쓸려 떠내려오는 것들; 허우적대는 황소, 자개장롱의 문짝, 임신한 버크셔 암퇘지, 벌겋게 들끓는 흙탕물의 거품, 벌목된 리기다소나무의 가지, 성급한 등산객의 사체, 스티로폼 부표를 망라하는 그 모든 것들의 흐름에 더 가까웠다. 그중에서 의미 있는 것들을 끌어내 해석하고 주석을 다는 일, 그것이 기영과 같은 이들의 진정한 임무라 할 수 있었다. 끊임없이 읽고 행간의 의미를 찾아 정리한다는 점에서 때로 그들은 학자 못잖은 학자고, 수집가 아닌 수집가이다. 남파간첩 '깐수' 정수일이 엄청난 자료를 필요로 하는 문명교류사의 거목이 된 것도 우연은 아니었을 것이다.

2차대전이 막바지로 치닫고 있을 때, 한 전설적인 스파이는 독일군의 배치현황을 알아내라는 KGB의 명을 받았다. 그는 오스트리아 국경 부근의 한 담요공장을 찾아가 담요 판매업자를 가장해 태연하게 궁금한 것들을 직접 물어보았다. 그는 그곳을 거쳐가는 군용담요의 흐름을 통해 독일군의 배치상황을 어항 속의 열대어 보듯 낱낱이 알 수 있었다. 대부분의 정보는 구중심처九重深處 강철 금고와 적외선 감지장치 바깥에 있다. 인간의 입술 사이로 흘러나오는 모든 말, 문자로 쓰인 모든 글이 치명적이다. 그러므로 첩자에게 필요한 것은 변장술이나 잠입술이 아니라 섬세한 감수성이다. 저 흔하고 값싼 말들 중에서 과연 어떤 말이 비수인지 혹은 쓰레기인지를 감별하는 능력.

기영은 지하철 계단을 따라 내려가기 시작했다. 걸인이 고개를 바닥에 대고 양손을 앞으로 내밀고 있었다. 손에는 호소문이 들려 있었다. 라면 박스의 안쪽 면에 검은색 매직으로 있는 힘을 다해 쓴 것이었다. 필사적으로 똑바로 그어내려간 획들은 너무 힘을 주어서인지 비통하게 울부짖고 있는 것처럼 보였다. "저는 다리가 업슴미다." 지나쳐 내려가던 기영은 계단을 다시 거슬러올라 오른쪽 호주머니에 든 오백원짜리 동전을 꺼내 구걸통에 던져넣었다. 바닥과 맞닿은 고개를 더 숙일 수는 없었던지 걸인은 대신 등을 구부려 치켜올렸다. 그것은 생애 최초의 자선이었다. 지상 쪽 입구에서 찬 바람이 지하로 밀려 내려오기 시작했다. 걸인의 몸과 더러운 천배낭에서 쉰내가 풍겼다. 그는 잰걸음으로 계단을 성큼성큼 내려가기 시작했다.

AM 11:00
바트 심슨과 체 게바라

15

박철수는 파사트를 사뿐히 인도 위로 올려 우아하게 회전시키며 쇼룸 앞 주차장으로 궁둥이부터 밀어넣었다. 주차를 잘하는 남자가 좋아. 장마리는 생각했다. 운전을 잘하는 남자들에게선 과시욕이랄까, 그런 것이 풍기지만 주차를 잘하는 남자에게는 섬세함, 집중력이 있다. 그는 차에서 내려 인사를 했다.

"차 좋네요. 연락드릴게요."

"그러세요. 안녕히 가세요."

그는 타고 왔던 그랜저에 올라 시동을 걸었다. 그리고

떠났다. 그녀는 쇼룸을 지나 사무실로 들어섰다. 지점장이 눈인사를 했다.

"다녀왔습니다."

그녀보다 일 년 늦게 입사한 딜러 김이엽이 활짝 웃으며 그녀를 반겼다.

"잘 다녀오셨어요?"

"아침에 안 보이데?"

"동일이가 아파서요."

"아…… 그래, 애는 괜찮아?"

잠시 말이 떴다. 그녀는 질문을 하자마자 후회했다.

"……늘 그렇죠."

김이엽이 씩 웃었다. 그의 아들은 악성 림프종을 앓고 있었다. 한 번 지점에 데리고 나온 적이 있었는데, 쇼룸의 번쩍이는 자동차를 보고 너무 좋아 입을 다물지 못하던 아이였다. 전시차의 운전석에 아이를 앉히자 아이는 빵빵, 클랙슨을 울려댔었다. 악성 림프종 판정을 받고 여러 가지 검사를 하러 다니던 시절, 그의 아내가 탄 차가 중앙선을 넘어 마주 달려오던 일 톤 트럭과 충돌했다. 터졌어야 할 에어백은 터지지 않았고 그의 아내는 현장에서 즉사했다.

그러나 뒷자리의 아동용 시트에 앉아 있던 두 살배기 아들은 119 구급대가 다가가니 상처 하나 없이 방글거리며 웃고 있더라고 했다. 보험회사는 중앙선 침범이라는 중대 과실을 이유로 보상액을 줄였고 그는 소송을 제기했다. 보험사에서는 그의 아내가 아이와 함께 자살을 하려 일부러 핸들을 꺾은 게 아닌가 의심한다고 했다. 설득력 있는 추정이었지만 사실 내막이야 누가 알겠는가. 그가 회사에 나와 있을 때는 결혼하지 않은 처형이 아이를 돌봐주는데, 집에 들어갈 때면 아내가 서 있는 것 같아 깜짝깜짝 놀란다고 했다. 그런 사정을 아는 동료들이 가끔 자기 계약을 슬쩍 그에게 밀어주기도 했는데 그럴 때면 그도 굳이 거절하지는 않았다. 겉으로 봐서는 아무도 그의 가정에 불어닥친 겹겹의 불행을 짐작도 못 할 정도로 늘 밝은 표정이었다. 그러나 가끔은 그 명랑함이 섬뜩하게 느껴질 때가 있었다. 그것은 마치 공포영화에서 후반부의 놀라운 반전을 위해 준비해놓은 따뜻하고 환한 서두 같았다. 그러니 어느 날 누군가 다가와 "김이엽씨 어제 자기 집에서 자살했대. 목을 맸다는구만"이라고 말한다 해도 그녀는 별로 놀라지 않을 것 같았다.

빛의 제국

그녀는 자리에 앉자마자 휴대폰을 꺼내 아침의 문자메시지를 다시 확인했다. 그러자 갑자기 온몸이 뜨거워지기 시작했다. 반신욕을 할 때처럼 몸 저 깊은 곳에서부터 열이 올라오는 것 같았다. 이제 한 시간 후면 그를 만날 수 있다. 함께 점심을 먹고 음식을 씹느라 오물거리는 그의 입을 바라볼 수 있다. 그녀는 두 손으로 제 볼을 만져보았다. 볼은 뜨겁고 손은 차가웠다. 이제 내일모레면 마흔인데, 이게 도대체 무슨 짓이람.

16

기영은 표를 끊어 개찰구를 통과했다. 교통카드 겸용 신용카드가 있었지만 일부러 표를 끊었다. 얼마 전 한 신문사의 영화담당 기자를 시사회에서 우연히 만난 적이 있었다. 그 기자는 언젠가 종로 서울극장에서 열린 시사회를 보고 신문사로 돌아왔는데 퇴근 무렵에 휴대폰으로 전화가 한 통 걸려왔다고 했다. 전화를 건 사람은 퀵서비스 직원이라고 자신을 밝힌 뒤 어디로 물건을 배달해야 되는지 물었다.

"호암아트홀 아세요? 중앙일보요. 거기 로비에 와서 전화하세요."

"아, 잠깐만요. 혹시 기자세요?"

"그런데요?"

"혹시 박형석 기자 아세요?"

"전화번호 알려드릴 테니까 그쪽으로 알아보세요."

"아뇨, 됐습니다. 사실 여기 남대문섭니다."

"네? 뭐라구요?"

"남대문 경찰서 강력계, 홍형삽니다. 박기자가 우리 서 출입이죠."

"지금 뭐 하자는 거예요?"

"아, 별일 아닙니다. 혹시 오늘 오후 네시경에 종로3가 쪽에 다녀오시지 않았나 해서요."

"그랬는데요?"

"……뭐 좀 이상한 일을 목격했다거나 하지는 않으셨겠죠?"

"글쎄요, 시사회가 있어서 영화 한 편 보고 들어왔는데요."

"아, 그러셨군요. 그런데 혹시 그거 무슨 영화 시사회였습니까?"

"아니 그것까지 아셔야 합니까?"

"아, 아닙니다. 뭐, 잘 알겠습니다."

"근데 도대체 왜……?"

"실은 오늘 그 부근에서 살인사건이 한 건 있었습니다. 뭐, 됐습니다. 그냥 여기저기 탐문중이니까 너무 신경쓰지 마세요. 협조해주셔서 감사합니다. 언제 박기자랑 소주나 한잔하지요."

형사는 공손히 말하고 전화를 끊었다. 문제는 그 다음이었다. 도대체 그가 어떻게 자신이 그 시각 종로에 나가 돌아다니는 것을 알았는지, 전화번호는 또 어떻게 알았는지, 그러면서 자신의 신분에 대해서는 왜 몰랐는지, 갑자기 궁금해지기 시작한 것이었다. 한때 사회부에 있을 때는 경찰서깨나 출입했던 그였지만 도통 알 수 없었다. 그는 자신 없는 목소리로 기영에게 말했다.

"아마 폐쇄회로 TV나 뭐 그런 거 아니겠어요? 거 왜 지하철 플랫폼마다 달려 있는 거 말입니다."

기영은 조심스럽게 토를 달았다.

"그 흐릿한 화면을 보고 어떻게 전화번호까지 알아내겠어요? 그리고 얼굴을 보고 신원을 미리 알았다면 그런 식으로 전화하지는 않았을걸요."

"그럼 뭘까요?"

기자는 되물었다. 표정이 복잡했다. 자본주의사회의 원주민인 그조차도 막상 이런 조지 오웰적인 상황에 맞닥뜨리자 갑자기 들려온 신의 목소리에 놀라는 카인처럼 어리둥절한 얼굴로 두리번거리고 있었다.

"글쎄요, 정말 모르겠네요."

하지만 기영은 알고 있었다. 아마 교통카드 겸용 신용카드 때문이었을 것이다. 경찰은 아마도 용의자의 범위를 이삼십대 남자로 좁히고 그 시각에 종로3가역의 개찰구를 통과한 그 연령대 남자들의 신상을, 밑져야 본전이라는 심정으로 뒤졌을 것이다. 밤 3시에 강남에서 살인을 저지르고 도주한 자를 올림픽대로의 과속감지 카메라 기록을 분석해 잡은 일도 있었으니까. 살인을 저지르고 난 후라면 아드레날린의 분비도 많아지고 그렇다면 아무래도 과속하기가 쉬우리라고, 강남경찰서의 형사들은 생각했고, 그게 적중했던 것이다.

그는 지하철표를 떨어뜨리는 척하면서 자연스럽게 힐끗 뒤를 살폈다. 허리를 숙일 때 뱃살이 접히는 것이 느껴졌다. 한때 그는 전투원반에서 욕심을 낼 정도의 날렵한 몸과 단단한 근육의 소유자였다. 저격과 암살, 침투와 탈출의 전문가들이 모인 곳에서 집적댔다는 건, 그래도 당시 그의 육체가 꽤 쓸 만했다는 뜻이었다. 그러나 그것은 오래전 일이었다. 배는 불룩 나오고 가슴은 빈약하며 팔에는 물살이 출렁대는, 남한의 평균적인 중년 남성이 되어가고 있는 중이었다. 사람들은 그의 배를 보고 안심한다. 저런 남자라면 적어도 복면을 쓴 강도는 되지 않을 거라고 믿는 것이다. 안정된 삶을 살아가는, 너무 늙지도 그렇다고 젊지도 않은 매력 없는 남자처럼 안전한 존재는 없을 것이다. 이들은 대체로 가족을 부양하고 있으나 동시에 그 가족으로부터 경원시된다. 가끔은 위험한 거래를 제안받고 아슬아슬한 마음으로 가담한다. 관행이니까, 모두가 하는 거니까 안전하리라 애써 믿는다. 떡값이라 불리든 뇌물이라 불리든 혹은 정치자금이라 불리든, 어쨌든 그 부정의 폐쇄회로 어딘가에 접속되어 있으며, 거기서 벗어나려는 헛된 꿈은 이제 품지 않는다. 대학에서 김일성

주체사상을 학습하던 시절과 사실은 별로 달라진 것이 없는 것이다. 한때 현행법이 금하는 사상에 매료되었다가 이내 자본주의의 엄혹함을 깨닫고 그 세계로 기꺼이 투항한 대학 동창들의 삶도 그의 삶과 크게 다르지 않을 것이었다.

지금 그는 그의 인생에서 가장 위험한 순간을 통과하고 있었다. 우선 그는 명령이 내려졌다는 것 말고는 아는 게 없었다. 알고 싶다, 알고 싶다, 알고 싶다. 강렬한 욕구에 휩싸였다. 순수히 더 많은 것을 알고자 하는 것이라기보다는 이 무지가 자신에게만 고유한 것인가를 알고자 하는 욕구였다. 자신을 둘러싼 인물들이 자신의 운명에 대해 뭘, 얼마나 알고 있는지를 알고자 하는 것이었다. 무인도에 난파한 로빈슨 크루소는 그 섬에 대해 더 알고자 하는 한편 그 섬에 대해 자신만 무지한 것은 아닐까 두려워한다. 후자의 무지가 더 치명적이므로 그는 섬에 다른 누군가가 있는가를 필사적으로 알고자 하는 것이다.

4번 명령은 왜 떨어졌을까? 그의 신분이 노출됐거나, 그가 자신도 모르는 사이에 뭔가를 노출했거나. 비슷한 말 같지만 둘의 차이는 크다. 전자라면 그의 안전을 위해 불러들이는 것이고 후자라면 그를 처벌하기 위해서니까. 문제는 명령에 따라 귀환하기 전까지는 알 도리가 없다는 데 있다. 냉전 시절 소련의 KGB는 긴히 협의할 것이 있다며 해외의 공작원들을 모스크바로 불러들여 처형하곤 했다. 특히 조직 내부에서 적국에 협력한 '두더지'들에겐 용광로가 기다리고 있었다. 그들은 동료들이 지켜보는 가운데 미래의 지도자를 구하러 온 터미네이터처럼 천천히 용광로의 쇳물 속으로 밀려들어갔다. 물론 가끔은 정말로 협의만 하고 다시 내보낸 경우도 있었다. 모른다, 모른다, 모른다. 정말 아무것도 모른다. 그는 정말 아무것도 몰랐다. 무엇보다 그는 이상혁이 숙청된 이후 지난 십 년간 잊혀진 스파이로 살아왔다. 이렇다 할 활동도 없었고 그러니 노출될 일도 거의 없었다. 그러나 알 수 없는 일이었다. 그도 모르는 새, 부지불식간에 과오를 저질렀을 가능성이 없을 리 없었다. 혹시 오해가 있었을 수는 있다. 어쨌든 그에게 남겨진 시간은 채 하루도 되지 않았다. 그 안에 온 힘을 다해 뭔가를 알아내야 했다. 어딘가에 단서가 있을 거야. 분명 어떤 전조가 있었을 텐데. 그런데도 알아채지 못한 거겠지. 도대체 지난 며칠 동안 내게 무슨 일이 있었나? 이상한 전화나 미행은 없었나? 있었다면 알아채지 않았을까? 아니, 너무 오랫동안 방심한 채 살아왔던 탓에 둔감해졌을 수도 있지.

어느새 승강장이었다. 지하철이 곧 도착한다는 음성 안내가 들려왔다. 그는 크게 심호흡을 하며 공기를 들이마셨다. 공기중에 부유하며 브라운운동을 하는 미세먼지와 차량용 윤활유 냄새, 대낮부터 꼭지가 돌아버린 늙은 취객에게서 풍기는 술냄새와 젊고 천박한 여자의 향수 냄새까지, 마치 그 모든 것을 영원히 간직하기라도 할 것처럼 힘껏 들이마시고 잠시 숨을 멈추었다. 그리고 코를 통해 천천히 숨을 내뿜었다. 바로 그때 지하철이 요란한 소리를 내며 그를 지나쳐 가다가 서서히 정차했다. 덜커덩덜커덩. 승객들은 네줄서기 캠페인을 위해 그려놓은 족적 위에 얌전히 서서 전동차의 문이 열리기를 기다리고 있었다. 그는 생각했다. 정말 가야 할까? 가도 되는 걸까? 가도 되고 말고를 결정할 수는 있는 걸까? 도대체 왜 가려는 거지? 아, 아무래도 안 되겠어. 그래, 그건 안 돼. 그래선 안 되는 거야. 한 손으로 이마를 짚으며 두 발짝 뒤로 물러섰다. 전동차의 문이 열리자 사람들이 몰려나오고 그 틈을 타 재빠른 사람들부터 전동차 안으로 비집고 들어가 자리를 잡았다. 곧 출발하겠다는 안내방송, 달싹달싹 벌렁거리는 자동문의 조급함, 고개를 빼 승강장을 살피는 차장의 검은 챙모자, 전동차 옆구리의 선정적인 청바시 광고, 그 모델의 오리처럼 내민 섹시한 엉덩이, 그 엉덩이의 굴곡을 더욱 강조하며 빛나는 갈매기 문양의 재봉선, 검은 껌자국으로 뒤덮인 더러운 바닥, 자리를 잡아 어느새 느긋해진 자들의 짐짓 태연한 시선. 그 모든 것 속에서 그는 계속 망설였다. 마침내 달싹거리며 조바심을 내던 자동문이 쾅, 하고 닫혔다. "꺼져!" 문전박대를 받은, 내밀한 욕망을 들켜버린 기분이었다. 전동차를 타고 떠나가는 사람들이 그 안에서 출렁이는 검은 물을 들여다보고 있는 것 같았다. 그들은 공모의 미소를 지으며 승강장에 우두망찰 서 있는 그를 돌아다보았다. 미친놈! 주제를 알아라. 그리고 너의 직업과 신분에 걸맞은 짓을 하라. 우리 모두는 이 체제 아래서 할 수 있는 일과 할 수 없는 일을 배웠다. 그걸 모른다는 것부터가 죄라는 걸 아직도 모르겠는가. 돌아가라. 페인트로 격렬하게 휘갈긴 붉은 글씨의 제국으로, 아이들이 곱은 손을 호호 불며 세계 최고 수준의 카드섹션을 선

보이는 나라로, 청바지를 입은 여자에게 손가락질을 하는 네 조국으로 어서 돌아가라. 너의 공화국이 너를 부르고 있지 않으냐. 지하철과 그 속에 탄 모든 사람들이 손나발을 만들어 외치고 있었다. 보이지 않는 손으로 귀를 막아보지만 소용이 없었다. 봉화산행 전동차는 어떤 반박도 사양한다는 듯 날카로운 금속음의 잔향을 남긴 채 어두운 터널 속으로 단호히 사라져갔다.

전동차가 떠나가고 승강장에는 오직 그만이 남아 있었다. 문득 감상적인 기분에 사로잡혔다. 이런 값싼 감상에는 언제나 사뭇 달콤한 데가 있었다. 그는 눈을 감은 채 그 달콤함을 음미했다. 건조한 땅에 갑자기 내던져진 달팽이처럼 자신의 축축한 내부로 더 깊이 파고들고만 싶었다. 귀와 눈을 닫고 파묻혀 명령이고 뭐고 다 잊어버리고 싶었다. 바로 내일 누군가 전화를 걸어와 이 모든 게 장난이었다고 말하지 말란 법이 어디 있는가.

바로 그때 누군가 어깨를 치고 지나갔다. 눈을 떴다. 이어폰을 낀 청년이 멈춰서서 오른손으로 이어폰을 빼며 공손히 고개를 숙였다.

"죄송합니다."

불량하게 생긴 얼굴과는 딴판으로 아주 정중한 자세였다. 그는 괜찮다고 말하고 승강장 벤치에 앉았다. 청년은 다시 이어폰을 귀에 꽂았다. 비쭉비쭉 위로 뻗친 머리를 와인색으로 살짝 물들이고 찢어지고 늘어진 힙합 바지를 입은 그는 음악에 빠져 고개를 끄덕거리며 나무 벤치에 엉덩이를 반만 걸치고 앉았다. 헤어스타일과 얼굴 생김새는 만화 〈심슨 가족〉의 아들 바트를 빼닮았고, 체 게바라의 얼굴이 그려진 붉은 티셔츠를 헐렁하게 걸쳐 입고 있었다. 음악은 아마 '레이지 어게인스트 더 머신'쯤을 듣고 있지 않을까? 아니라도 상관없다. 가장 자본주의적인 국가에서 유포되는 극좌적 이념의 가사들, 가부좌를 틀고 분신하는 베트남의 승려, 화염병을 던지는 서울의 젊은이들, 그리고 그와 유사한 이미지들로 빽빽한 앨범 속에서 그들은 욕설을 퍼붓고 소리를 지르고 함께 이 시스템을 끝장내자고 외친다. 체 게바라 셔츠를 입은 바트 심슨에게 잘 어울리는 음악이었다. 스탈린과 레닌이 만약 그 음악을 듣는다면 과연 어떻게 생각할까? 혹시 시베리아의 수용소 군도로 보내버리고 싶은 유혹을 느끼지 않을까?

바트 심슨과 그 사이를 붉은 깃발을 든 다섯 명의 노동자들이 종아리께가 축축한 젖은 바지를 입고 천천히 지나갔다. 아마도 오후에 대규모 노동자 집회가 열리는 것 같았다. 그들은 조용히 무언가 이야기를 나누었다. 체 게바라에 아무 관심도 없는 노동자들은 자신들의 문제에 집중하고 있었다. 비정규직의 증가, 믿었던 좌파 정부의 반노동자적 정책, 그리고 단체협상을 이리저리 회피하는 교활하고 재수 없는 사용자에 대하여 떠들고 있었다.

이 세계에 있을 시간이 하루밖에 없을 수도 있다고 생각하자 그의 눈앞에서 펼쳐지는 모든 장면들, 하나의 상투성에 불과했던 이미지들이 살아서 꿈틀대기 시작했다. 그는 바싹 마른 재생지가 되어 세상이라는 만년필이 자신에게 휘갈기는 모든 것을 탐욕스럽게 빨아들였다. 창작열에 불타는 얼치기 시인처럼, 엉겁결에 첫 키스를 하게 된 소년처럼, 그를 둘러싼 모든 것이 시적인 것으로 몸을 바꿨다. 사물들은 대구를 이루거나(바트 심슨과 체 게바라) 갑자기 비유로 변신하여 시침을 뗐다(청바지 광고 모델과 깃발을 든 추레한 노동자들). 그들은 현실이 아니라 마치 자본주의사회에 대한 그의 감수성을 일깨우기 위해 불쑥 등장한 연극배우들 같았다.

그러나 이 모든 게 연극일 리 없다는 듯 요란한 소리를 내며 다시 전동차가 역 구내로 진입했다. 그는 승강장에 얌전히 서 있다가 전동차의 문이 열리자 머리에 터번을 두른 시크 교도와 엇갈리며 전동차에 올라탔다. 싸구려 향수 냄새가 확 끼쳐왔다가 사라졌다. 그는 빈 자리를 찾아 앉았다. 문이 닫히려는 순간, 한 남자가 달려와 자신의 오른발을 문 사이로 들이밀었다. 문이 다시 열리고 그가 전동차에 올라탔다. 갑자기 기영의 신경이 곤두서기 시작했다. 혹시 미행이 아닐까. 그가 타지 않거나 다시 내릴 것을 염려해 마지막 순간까지 기다렸던 건 아닐까. 검은색 점퍼를 입고 지나치게 반짝이는 구두를 신은 남자는 무가지를 손에 들고 천천히 걸어와 옆자리에 앉았다. 자리가 여기저기 텅텅 빈 것은 아니었지만 그렇다고 굳이 그의 옆으로 와서 앉아야 할 만큼 부족한 것도 아니었다. 앉자마자 말아쥐고 있던 무가지를 보고 있지만 어딘가 부자연스러워 보였다. 만약 미행이라면 어느 쪽일까. 자신의 귀환을 감시하고 안내할 안내조라면, 돌아가지 않는 편이 현명할 것이었다. 그를 신뢰한다면 이런 자를 붙여둘 리가 없지 않은가. 그런 경우 그는 자신도 모르는 새 범한 과오 때문에 소환되는 것이 명백했다. 만약 그 반대라면 순순히 명령에 따라 귀환하는 편이 신상에 좋을 것이었다. 그런 경우 4번 명령은 그의 안전을 위해 내려진 것이 된다. 체포되어 고문당하고, 약물과 불면으로 빚어진 환각과 자포자기 상태에서 두더지의 존재를 폭로하고, 그리하여 결국은 모두를 위태롭게 하고, 끝내는 자기 자신까지 증오하게 되는 사태를 미연에 막기 위함인 것이다.

자, 이제 문제는 간단했다. 뜬금없이 옆에 와서 궁둥이를 붙이고 앉은, 이 수상쩍은 사내의 정체만 밝혀내면 되는 것이었다. 시적인 정열은 던져버리고 산문의 차가움으로 무장했다. 남자가 읽는 글을 힐끗 훔쳐보았다. 별다른 힌트가 나오질 않았다. 그는 휴대폰을 꺼내 문자메시지를 찾는 척 만지작거려보기도 하고 폴더를 접었다 폈다 해보기도 했다. 그러다 마음을 굳게 먹고는 남자의 얼굴을, 마치 이제야 발견한 듯 빤히 쳐다봤다. 남자의 눈빛이 흔들리기 시작했다. 기영은 조용히 입을 열었다.

"혹시 영원한 생명을 믿으십니까?"

그러고는 팸플릿이라도 꺼내줄 것처럼 가방의 걸쇠를 풀었다. 그러면서도 그에 대한 경계를 늦추지 않았다. 만약 그가 수갑이나 권총을 꺼낸다면 팔꿈치로 옆구리를 가격하고 머리 위에 있는 비상탈출용 망치를 집어들 태세를 갖추었다. 망치를 손에 쥘 수 있다면 오래전에 배운 대로, 근육이 기억하는 대로 주저 없이 사내의 머리를 내려칠 것이었다. 두개골 골절. 뇌수술이 필요할 수도 있겠지. 만약 안내조라면 그러기 전에 약속된 신호를 보내올 것이다. 그러나 사내는 그러지 않았다. 대신 자리에서 벌떡 일어나 기영 쪽으로 몸을 돌렸다. 기영은 앉아 있고 그는 서 있었다. 불리한 위치였지만 쉽게 당하지는 않으리라 결심하며 허벅지와 종아리의 근육들을 긴장시켰다. 그러나 사내는 그저 눈을 가늘게 뜬 채 그를 내려다볼 뿐이었다. 놀란 것도 아니고 그렇다고 의심하는 눈빛도 아닌, 살짝 불쾌한 기색이었다. 허튼 선교의 수작으로 알았다면 그저 손을 내저으면 됐을 텐데 왜 자리에서 벌떡 일어났을까. 둘은 잠시 눈싸움을 벌이며 서로의 수를 가늠하였다. 그러나 남자는 기영보다 먼저 눈길을 거두어들였다. 그러고는 천천히 전동차가 진행하는 방향으로 걸어가다가 중년 여성과 젊은 여자 사이에 자리를 잡고 앉았다. 급제동으로 전동차가 가볍게 앞뒤로 출렁거렸다. 그러나 그는 중심을 완벽하게 잡으며, 전혀 비틀거리지 않으면서 엉덩이를 두 여자 사이에 사뿐히 밀어넣었다. 그러고는 기영 쪽을 한 번 힐끔거리더니 다시 무가지에 코를 박았다. 잘못 짚은 건가. 그저 선교꾼을 싫어하는 사람이었을까? 기영은 전동차의 문이 열리기를 기다렸다. 잠시 후 문이 열리고 사람들이 드나들었다. 곧 출발하겠다는 안내방송이 뒤따랐다. 기영은 자동문이 닫히기 직전에 자리에서 튕겨 일어나 승강장으로 뛰어내렸다. 남자는 계속 무가지만 보고 있었다. 조심해서 나쁠 거야 없지. 어쩌면 생각보다 간단하게 미행을 따돌리는 데 성공했을지도 몰랐다. 조용한 플랫폼에서 다시 전동차를 기다리며 그는 조금 여유를 되찾았다. 그리고 되뇌어보았다.

혹시 영원한 생명을 믿으십니까?

17

장마리는 자리에서 일어나며 시계를 보았다. 지점장이 언제나처럼 곁눈으로 슬쩍 그녀를 살폈다.

"저, 점심 약속이 있어서……"

지점장은 고개를 들지 않은 채 조용하게 물었다.

"차 파는 일이에요?"

비록 독일 차를 팔고 있지만 대학 때 전공은 불문학이었다는, 알베르 카뮈를 숭배했었다는 그의 언어감각에 장마리는 언제나 허를 찔렸다. 불쾌하지만 그렇다고 대놓고 따지기도 뭐한 묘한 공격성이 그의 언어에는 실려 있었다.

"아뇨."

"……다녀오세요."

그녀는 김이엽에게는 슬쩍 눈인사만 날리고 쇼룸을 걸어나갔다. 그리고 횡단보도 앞에 섰다. '나폴리'는 왕복 12차선 도로를 건너 왼쪽으로 삼백 미터쯤 가면 있었다. 쌀쌀한 곳으로 나와서인지 오전 내내 괴롭히던 왼팔의 가려움이 좀 가라앉는 느낌이었다. 그녀는 가려움을 주관하는, 뇌의 이름 모를 두엽을 생각했다. 순수한 고통이나 기쁨이 아니면서 그 두 감각이 공존하는, 당시에는 미칠 것 같지만 긁어주기만 하면 달콤한 즐거움을 안겨주는 기이한 감각. 가려움은 성감과도 비슷하다. 처음 섹스를 하기 위해 침대에 누웠던 밤, 왜 그렇게 그 남자의 손길이 닿는 모든 구석에서 가려움 혹은 간지러움을 느꼈는지 조금은 알 것 같았다.

건너편 신호등에 파란불이 들어왔지만 몇 대의 자동차가 더 횡단보도를 가로지르며 지나갔다. 사람들이 일제히 횡단보도를 건너기 시작했다. 그녀도 오른발을 성큼 차도 위로 내뻗었다.

PM 12:00
하모니카 아파트

18

 기영은 옛 허리우드극장 자리에 들어선 서울아트시네마를 좋아했다. 정부의 지원금에 기대어 옛 거장들의 작품을 주로 틀어주는 곳이었다. 관객 없는 어두운 극장에 들어앉아 있으면 관 속처럼 편안했다. 긴장이 사라지면서 스르륵 졸음이 쏟아질 때도 많았다. 그곳에 있노라면 자신도 더이상 국외자가 아니라는 느낌을 받곤 했다. 낡고 오래된 필름과 그것을 보러 오는 사람들, 그들은 서로에게 무심했다. 그것은 자본주의 속물들의 허세로부터 비롯된 이상한 편안함이었다. 속물이 속물인 것을 감추려면 쿨할 수밖에 없다. 쿨과 냉소가 없다면 그들의 속물성은 금세 무자비한 햇빛 아래 알몸을 드러낼 것이다. 대도시의 익명성은 세련을 가장한 이런 속물성 덕분에 유지된다. 다시 말해 이곳에선 누구든지 모습을 감추고 살 수 있다. 동성애자와 범죄자, 창녀 그리고 자신과 같은 불법 이민자까지도. 그러나 한편 그들이 정말 속물인 것일까. 혹시 그들을 속물로 믿고 싶어하는 건 아닐까, 반성할 때도 있었다. 이쪽이든 저쪽이든, 아마 그는 영원히 서울의 젊은이들을 이해할 수 없을지도 몰랐다. 그들은 속물일 수도, 아닐 수도 있었다. 그저 기영과 다른, 어려서부터 세계 각국의 다양한 영화들을 보고 자랐고, 할리우드 영화의 뻔함에 지쳤고, 그러다보니 찾아찾아 그 모든 클리셰가 시작된 곳까지 거슬러올랐고, 그 결과 진심으로 루치노 비스콘티나 오즈 야스지로를 좋아하게 됐을 수도 있는 사람들인 것이다. 기영에겐 그들이 당연하게 여기는 어린 날의 문화적 경험이 없었다. 그는 킹콩이나 마징가제트, 이소룡과 성룡, 도널드 덕과 딱따구리 그리고 슈퍼맨과 스파이더맨의 존재를 모른 채 어린 시절을 보냈다. 물론 남에서는 명절 때마다 틀어주었다는 스티브 맥퀸 주연의 〈빠삐용〉〈대탈주〉는 먼

훗날 비디오를 통해 '학습'하고 〈바람과 함께 사라지다〉와 〈벤허〉는 케이블TV에서 추체험할 수밖에 없었다. 또한 그는 차범근이 분데스리가를 주름잡던 시절을 몰랐고 김추자와 나훈아가 얼마나 큰 신드롬을 몰고 왔는지 알 수 없었다. 130연락소에서 매주 쪽지시험을 통해 외우고 또 외웠지만 그것은 머리로 배운 것일 뿐이었다. 질문에는 대답할 수 있지만 그 대답이 뭘 의미하는지는 전혀 느낄 수 없는, 회로와 마이크로칩으로 만들어진 사이보그와 같았다. 비록 조용필과 들국화, 서태지에 대해서는 누구보다 정통했고 프로야구의 역사나 팔십년대 학생운동의 진행에 대해서도 역시 훤했지만 공허감이 채워지지는 않았다. 또한 비록 이문세 2집의 충격을 잊지 못하고 선동열의 해태가 삼성을 꺾고 우승하던 86년과 87년의 한국시리즈를 생생하게 기억하고 있었지만 그것이 정신적 시민권이 될 수는 없었다.

어쩌면 기영은 시네마테크를 기웃거리는 영화광들이 드러내는 권태에 주눅들었다고 말해도 좋을 것이다. "이제 그런 건 너무 지겹지 않냐?"라고 그들이 심드렁하게 내뱉는 그 모든 것들이 그에겐 미지의 것이거나 적어도 참신한 것이었다. 도대체 '그런 것'의 어떤 면이 진부한 것인지 알기 위해 그는 많은 시간과 노력을 소비해야 했다. 진부함을 이해하기 위해 치열하게 사는 삶, 그것이 바로 '옮겨다 심은 사람'의 삶이라 할 수 있었다.

그는 안국동 로터리에서 낙원상가 쪽으로 걸었다. 노인복지재단 앞에는 돋보기와 밀수담배를 파는 할아버지들이 좌판을 벌이고 있었다. 대부분 모직 챙모자를 쓴 노인들은 좌판을 기웃거리며 무료함을 달랬다. 그들이 뿜어내는 담배연기 사이를 통과하여 폐백용 떡을 전시하는 떡집들을 지나 낙원상가로 올라갔다. 낙원이라. 늘 심상하게 보던 이름이 그날따라 낯설었다. 어렸을 적엔 '사회주의 낙원'이라는 말이 늘 입에 붙어 있었다. 그 시절 그는 단 한 번도 그가 태어난 평양과 북한이 사회주의 낙원임을 의심치 않았었다. 그러나 지금 생각해보면 참으로 대담한 구호였다. 낙원이라니. 히틀러가 그랬다던가. 대중들은 큰 거짓말에 속는다고.

그가 처음으로 사회주의 낙원이라는 구호를 의심하게 된 것은 롯데월드에서였다. 텔레비전을 켤 때마다 '여기는 롯데월드'라는 광고가 나오던 시절이었다. 호수 위 하늘에

폭죽이 터지는 가운데 너구리와 백설공주로 분장한 배우들이 춤을 추며 경중경중 걸어다녔다. 그는 남한의 어린이들이 왜 하필 너구리를 좋아하는지 이해할 수 없었다. 그가 들고 있던 티켓은 자유이용권이었다. 한 장만 끊으면 내부의 모든 시설을 다 이용할 수 있었는데 그가 자라난 세상의 논리와 가장 비슷하다고 할 수 있었다.

그러나 막상 롯데월드에서 가장 놀란 것은 현란한 쇼와 놀이기구들이 아니었다. 그렇게 많은 사람들이 줄을 서 있는데도 다툼을 벌이는 사람이 아무도 없었다. 사람들은 즐거운 얼굴로 제 차례를 기다렸다. 새치기도 없고 새치기를 한다고 따지는 사람도 없었다. 줄서기는 평양에서도 일상이었다. 대동강에서 보트를 타거나 소년문화궁전에 입장하려면 줄을 서야 했다. 그러나 그렇게 생긴 긴 줄에는 반드시 끼어드는 자들이 있었다. 십 년 가까이 군대생활을 해야 하는 젊은 군인들은 보상심리로, 당원들은 특권의식으로, 또 어떤 이들은 그저 그곳에 아는 사람이 있다는 이유로 끼어들었다. 그래서 줄이 길어지면 반드시 긴장이 증가했다. 사람들은 날카로워졌고 누가 조금만 건드려도 폭발할 준비가 돼 있었다. 끼어드는 것만이 문제는 아니었다. 가끔 아무 예고 없이 줄이 끊기거나 사라졌다. 준비된 물건이 떨어지거나 사정이 변경되었다는 이유로 몇 시간 동안 서 있던 줄이 그대로 녹아버렸다.

이제 더이상 그는 롯데월드에서 낙원의 이미지를 떠올리던 순진한 촌놈이 아니었다. 그래도 가끔 잠실역을 지날 때면 최초의 감상이 되살아나 가벼운 멀미처럼 그의 균형감각을 흔드는 것을 느끼곤 했다. 너무 두려워서 억눌러야 했던 생각, 사회주의 낙원은 거짓말이고 여기가 진짜 낙원일지도 모른다. 아 그래, 그런 생각을 하고는 지레 놀라 허둥지둥 손님도 별로 없던 멍청한 래프팅 보트를 타고 어두운 동굴 안에서 이리저리 쿵쿵 부딪히며 내려왔었지.

그는 이층에 주욱 늘어선 악기점들을 지나갔다. 전자기타로 게리 무어를 연주해 보이는 꽁지머리의 주인 앞에는 여드름이 덕지덕지한 고등학생이 그걸 갖고 싶어 죽겠다는 표정으로 서 있었다.

천천히 복도를 걸어가던 기영은 하모니카를 파는 가게 앞에서 발걸음을 멈췄다. 두 줄로 나란한 복음複音 하모니카의 리드를 바라보았다. 빛이 들어오지 않는, 아니 오직 복도의 양쪽 끝에서만 희미하게 빛이 들어오는 길고 긴 복도. 양쪽으로 늘어선 문들. 문을 열고 들어가면 열댓 평 남짓한 살림집들. 그는 그런 아파트에서 태어나 자랐다. 사람들은 그런 아파트를 하모니카 아파트라 불렀다. 위에서 조감해보면 정말 하모니카의 리드를 닮았다. 프라이버시라고는 없는 공간이었다. 벽은 얇았고 현관문을 열면 바로 앞집이었다. 촉수 낮은 전등마저 몇 개 달려 있지 않아 복도의 가운데는 늘 어두웠고, 햇볕을 쬔 적이 없는 구석구석에선 곰팡내가 풍겼다. 그의 집은 하모니카의 중심부에 가까웠다. 서향이어서 저녁이 되면 햇빛이 길게 집 안을 비추곤 했다. 가끔 복도의 한쪽 끝에서 바람이 불어와 반대쪽 끝으로 빠져나가면 아파트는 정말 하모니카처럼 소리를 냈다. 바람은 좁은 복도를 통과하다가 몇 개의 열린 문, 내놓은 짐에 가로막힐 때마다 음정을 높이며 몸을 뒤챘다. 때로 열린 문을 거세게 도로 닫으며 바람은 복도 끝으로, 햇빛 들어오는 곳으로 달려가며 음을 낮추었다. 우우우웅. 우우웅. 복도 끝 집의 누군가가 나와 창을 닫으면 그제야 거대한 하모니카는 연주를 멈췄다.

아버지는 낚시를 좋아해서 곧잘 어린 그를 데리고 대동강으로 나갔다. 부자는 말없이 낚싯대를 드리우고 있다가 잡은 물고기를 통에 담아 집까지 걸어오곤 했다. 아버지는 댐을 설계하는 토목공학자였다. 압록강과 임진강의 댐을 설계했고 그 방면에선 최고 대우를 받았다. 전기가 부족한 북한에서 수력발전소는 중요한 자원이었다. 미국의 폭격에 대비해 댐과 수력발전소의 위치는 기밀이었는데, 그래서 아버지는 늘 이중삼중의 감시를 받았다. 칠십년대 초에 잠시 모스크바에 유학을 갔을 때도 행동에 자유가 별로 없었고, 매일매일 보위부에 그날의 일과를 보고해야 할 지경이었다. 그러나 남으로 내려와보니 그 모든 게 헛된 노력이었다. 미국은 북한의 모든 것을 손바닥 보듯이 내려다보고 있었다. 북의 고위층도 미국의 이런 정보력을 모를 리 없었을 것이었다. 감시는 미국을 의식해서가 아니라 그저 관료들의 오랜 관습이었을 것이다. 그곳에선 무엇이든 일급비밀이 될 수 있었다. 심지어 강의 수질도 비밀이었다. 이렇다 할 정화장치도 없이 중금속이 함유된 공장 폐수와 생활 폐수가 강으로 쏟아져들어왔다. 그러나 사회주의 낙원의 신화를 허무는 모든 언어는 기밀이었다. 심지어 기밀이 아닌 것도 누가 어떻게 말하느냐에 따라 기밀이 되고 '미제국주의의 간첩'으로 몰리는 수가 있었다.

"춥나? 손난로 줄까?"

"일없습니다."

아버지는 붕어의 주둥이에서 바늘을 빼고 붕어를 통에 던져넣었다. 붕어는 제법 씨알이 굵었다.

"보라, 물고기를 물에서 건져놓으니까 파닥거리지 않네?"

"아니, 안 그런 물고기도 있습니까?"

아버지는 낚싯대를 다시 강으로 던졌다. 붕어 한 마리가 마른 통에서 몸부림치고 있었다.

"없지. 물고기는 물이 없으면 아가미를 벌렁거리고 퍼덕대다가 죽는 거야. 댐을 만들다보면 말이야, 보를 세우고 멀쩡한 물을 터널로 빼낼 때가 있어. 그래야 콘크리트를 갖다부을 테니 말야. 그러면 미처 못 빠져나온 물고기들은 바닥에 죄 죽어 널브러지지. 작업하던 동무들이야 좋다고 잡아서 찌개 끓여먹고 날뛰지만 아무리 그래도 다 못 먹을 정도로 많아. 썩지. 썩어서 냄새를 풍기는 거야. 고약하지. 먹었던 것도 다시 올라오는 것 같아. 그러니까 이 애비 말은 물고기가 되지 말고 개구리가 되라, 이 말이야. 물에서는 헤엄치고 나와서도 뜀치고…… 내 말 알간?"

그것은 그가 김정일 정치군사대학의 공작원반, 일명 130연락소로 뽑혀가기 직전의 마지막 낚시였다. 그의 아버지는 기영의 운명을 예감하고 있었던 것 같았다. 돌이켜 생각해보면 개구리가 되라는 아버지의 충고에는 예지적인 데가 있었다. 기영은 그 누구보다도 이 어지러운 남한 사회에 잘 적응한 편이었다. 그는 심지어 종파숙청으로 이상혁이 제거된 후에도 자력으로 살아남은 사람이었다.

 기영은 아버지와 함께 붕어를 담은 통을 들고 하모니카 아파트의 복도를 말없이 걸어갔다. 일몰 직후라 복도는 유난히 어두웠다. 집집마다 밥 끓는 냄새가 복도로 풍겨나와 서로 섞였다. 어느 집은 된장을 끓이고 또 어느 집은 야채를 삶고 있었다. 문을 열고 기웃거리던 새어머니가 통을 받아들었다. 곤로에선 벌써 물이 끓고 있었다.

 "부자가 어디 서해 용왕님이라도 만나고 왔어요?"

 아버지가 껄껄 웃으며 옷을 벗었다.

 "한 마리라도 잡고 와야 이거 체면이 설 것 아닌가?"

 붕어를 받아든 새어머니는 능숙한 손놀림으로 배를 갈라 내장을 꺼냈다. 그리고 고추장을 풀어넣은 펄펄 끓는 물에 먹기 좋게 다듬은 붕어 토막을 넣었다. 동생들이 순가락을 빨며 모여들었다. 새어머니가 야단을 치며 아버지와 기영의 눈치를 보았다. 그때만 해도 먹을 것이 크게 부족하지는 않던 시절이었다. 더군다나 수도 평양은 다른 지방에 비해 상황이 좋은 편이었다.

새어머니는 중학교 선생이었다. 가끔 학부모들이 자기 아이를 잘 봐달라며 이런저런 귀한 것들을 전해주고 가는 통에 다른 집보다 살림은 넉넉했다. 새어머니는 아버지와 같이 나가고 함께 들어왔지만 집안일까지 해야 했으니 아무래도 더 일이 많았다. 그 무렵 동생들의 주머니엔 언제나 못이 가득했다. 공사장의 못을 주워 친구들과 운동장에서 못치기를 즐겨 했기 때문이었다. 자기 못으로 남의 못을 쳐 금 밖으로 밀어내면 그것을 따먹는 놀이였다. 날카로운 못 때문에 주머니는 언제나 구멍투성이였지만 새어머니는 군말 없이 침침한 등불 아래에서 남의 배에서 나온 자식들의 옷을 기워주었다. 날카로운 물건을 어찌 그리 부드러운 것에 담아들 다녔던 것일까. 새어머니가 동생들을 가볍게 꾸짖었을 때 막내가 대꾸했던 말이 이랬다.

"어머니, 그래서 낭중지추라 하지 않습니까?"
"이 녀석들, 낭중지추는 그런 말이 아니야."

한쪽에서 신문을 보던 아버지가 어이없어하며 끼어들었다. 그는 물과 흙의 성질을 공부하는 이였지만 한학에도 조예가 깊었다.

뜻을 아는지 모르는지 동생들은 키득거리며 좁은 방바닥에서 서로 엉켜 뒹굴었다. 그들은 지금쯤 십 년도 넘는 지루한 군대생활을 마치고 직장에 배치되어 제 할 일을 하고 있을 것이고 새어머니도 어딘가에 살아 있을 것이다.

기영을 낳은 친어머니는 새어머니와 달리 출신성분이 참으로 좋았다. 황해도 재령 출신이었는데 외할아버지가 우익들의 손에 맞아 죽었기 때문에 피살자 가족으로 대우받았다. 그 시절, 피살자 가족이라면 그야말로 무엇 하나 아쉬울 게 없었다. 대부분이 당과 인민군대의 요직으로 진출했다.

그에 비하면 아버지는 출신성분이 좋지 않은 편이었다. 그는 거제도 포로수용소에서 북을 택하여 돌아온 '공산포로'로 이른바 '귀환병'이었다. 살아 돌아온 그들은 어디에서도 환영받지 못했다. 아주 소수만이 귀환병에 대한 지도자 김일성의 아량을 보여주기 위해 선택되었다. 기영의 아버지도 바로 그런 운좋은 케이스였다. 일군의 귀환병 출신 대학생들이 시베리아 횡단열차를 타고 모스크바로 떠났다. 그는 모스크바에서 수리학을 공부하고 1959년에 평양으로 돌아와 곧바로 '평양전력설계사업소'에 들어가 수력발전 부문의 일꾼이 되었다.

귀환병 출신의 아버지와 피살자 가족이자 노동당원인 어머니는 누가 봐도 어울리지 않는 한 쌍이었을 것이다. 그들이 도대체 왜, 어떻게 만났는지 기영은 들은 바가 없었다. 모두가 그 문제에 대해 함구했다. 어쨌든 그들은 만나 부부가 되었고 거기에 그 어떤 강압 같은 것이 있었을 리는 없다. 만약 아버지의 신분이 더 높았다면 그런 일이 가능했겠지만 이 경우는 그렇지가 않았기 때문이다.

이 어울리지 않는 부부, 몇 년 지나지 않아 기영의 부모가 될 이 두 남녀는 거실 하나에 방이 딸린, 폭이 좁고 긴 전형적인 평양의 아파트를 신혼집으로 부여받고 신랑의 직장에서 조촐하게 혼례를 치렀다. 그때만 해도 이들의 끔찍한 결말을 예상한 사람은 아무도 없었다. 그때만 해도 사이가 꽤 좋았고 부부로서도 별 문제가 없는 것처럼 보였다. 당시의 사진 속에서 젊고 새침한 어머니는 밝고 명랑한 얼굴로 아버지와 팔짱을 끼고 있었다.

둘은 결혼한 지 일 년 만에 기영을 낳았고 그 뒤로 두 명의 남자아이를 더 낳았다. 기영의 머릿속에 남아 있는 생애 첫 기억은 아버지가 빛이 들어오는 창가에 서서 짓궂게 웃으며 어머니의 코에 입맞춤을 하는 장면이었다. 어머니는 코가 간지럽다며, 이 양반이 도대체 왜 이러냐며 얼굴을 찌푸렸는데 기영은 그 표정이 까닭 없이 공포스러웠다. 그후로 기영은 어머니가 미간을 찌푸리기만 하면 울음을 터뜨렸고 더 커서는 아예 외면하며 달아났다. 그걸 재밌어하는 어른들은 어머니에게 자꾸 그 표정을 주문했고 기영이 기겁할 때마다 즐거워했다. 그러나 훗날 어머니가 불행한 종말을 맞고 나자 그제야 모두들 기영이 어린 넋에게만 보이는 어떤 징조를 감지했음에 틀림없다고 말했다.

어머니는 천천히, 아주 천천히 미쳐갔다. 처음에 그녀는 노동당 대외상업관리소에서 일했다. 주로 중국이나 홍콩, 마카오와 관련된 일, 그중에서도 숫자와 돈을 다루는 일을 했다. 가끔은 베이징으로 장기간 출장을 다녀오기도 했다. 외화를 만지고 외국을 드나드는 그녀의 자리는 다른 피살자 가족들도 호시탐탐 노리는 곳이었다. 어쩌면 신경줄이 얇은 어머니에겐 애초부터 무리한 자리였을지도 모른다.

 사람들은 그녀가 대외상업관리소 내부의 정치에 희생됐다고도 하고, 그 자리를 노리는 다른 피살자 가족의 억울한 모함을 받았다고도 하고, 실은 아주 심각한 부정에 연루돼 상부로부터 강한 질책을 받았다고도 했다. 그러나 그중 어떤 것이 진실인지 기영은 끝내 알아낼 수 없었고, 솔직히 말하면 알고 싶지도 않았다. 어쨌든 어머니는 그 직장을 나와 잠시 집에서 쉬다 외화상점의 지배인으로 들어갔다. 출신성분으로 보자면 몰락에 가까운 직장이었지만 그녀는 크게 내색하지 않고 묵묵히 다녔다.

 외화상점은 늘 사람들로 붐볐다. 평소에 사람들은 여러 경로로 구한 외화를 가지고 와 외제품들을 사갔다. 노임도 많았고 원하는 물건을 제때 구하려는 사람들의 뒷돈도 심심찮게 들어왔다. 그러나 그녀는 누구에게도 예외와 부정을 허용하지 않았다. 결산이 틀리면 자신을 용서하지 않았다. 계산이 맞을 때까지 집에 오지 않고 상점에 남아 밤늦도록 주판을 두들기곤 했다. 어떤 부정도 없었고 열심히 일하고 있는 것처럼 보였기 때문에 누구도 그녀에게 그런 심각한 문제가 있으리라고 생각하지 못했다. 단지 유명

숙 동무는 너무 꼼꼼해서, 라고 혀를 찰 뿐이었다.

외화상점은 기영이 다니던 외성중학교 가는 길에 있었다. 그는 가끔 어머니에게 들러 인사를 했다. 그러면 어머니는 누군가 줄 끝에서 자신을 욕하고 있다고 그에게 속삭였다.

"잘 들어보라. 저 여편네들은 저렇게 하루 종일 내 욕을 하고 있다."

귀를 기울여보면 결코 그렇지 않았다. 그들은 자기들끼리 수다를 떨고 있을 뿐이었다. 외화를 들고 온 이들은 값진 물건을 사들이는 기쁨에 대체로 밝은 표정을 띠고 있었지만, 그녀에겐 그 모든 것이 은밀한 공모의 수작처럼 보였다.

"어머니, 그렇지 않습니다."

그가 말하면 어머니는 미간을 찌푸리며 고개를 저었다.

"나는 입술을 읽을 수 있어. 인민군대에서 배웠지. 하지만 욕을 해도 소용없다. 위대한 수령님과 당이 내 뒤에 있으니까."

그래도 그게 병이라고는 생각하지 않았다. 상점의 업무라는 게 워낙 사람들의 요구와 정면으로 마주하는 일이고, 이런 소리 저런 소리 다 듣는 곳이니 뭐 그럴 수도 있겠다 싶었을 뿐이다. 집에서도 어머니는 7시 기상 사이렌이 울리기 전에 일어나 착착착 가족들의 식사 준비를 하고 함께 밥을 먹었으며 아버지와 함께 직장으로 출근을 했다.

기영이 열여섯 살이 되던 해, 어머니는 아버지도 의심하기 시작했다. 아니, 아주 오래전부터 의심해왔을지도 몰랐다. 아버지의 주머니에서 발견된 작은 쪽지가 의심에 방아쇠를 당겼다. 쪽지에는 예쁜 여자 글씨로 "남모르는 들가에 남모르게 피는 꽃. 그대는 아시는가 이름 없는 꽃. 거치른 들길 위에 그 향기 풍겨올 때, 그대여 알아다오 이내 마음을"이라는 글이 씌어 있었다고 했다. 아버지는 이 글이 〈기쁨의 노래 안고 함께 가리라〉의 가사라고 해명했고 어머니도 그 노래는 익히 들어 알고는 있었지만, 어머니는 아버지를 사모하는 '어떤 년'이 가사를 빙자하여 지어 바친 연서라고 믿었다. 아버지는 라디오에서 그 노래를 듣고 좋길래 아랫사람에게 부탁해 가사를 받은 것이라 말했지만 어머니는 의심을 풀지 않았다. 아버지와 대동강으로 낚시를 하러 간 어느 날, 아버지는 담배를 피워물고 기영에게 말했다.

"네 어머니가 걱정이다."

자식에게 비밀이 있을 수 없는 방 두 개짜리 아파트였다. 일찍 어른이 될 수밖에 없는 구조였다. 그런데 그 순간 기영은 아버지가 자신에게 결백을 주장하지 않고 있다는 것을 문득 깨닫게 되었다. 그러니까 아버지는, 억울하다고 말하는 대신 어머니가 걱정된다고 말하고 있었다. 그는 그게 뭘 의미하는지 어렴풋이 알아차렸지만 아무 내색도 하지 않았다.

어머니는 어머니대로 그를 붙잡고 하소연을 했다.

"너는 장남이니까 무슨 일이 생기더라도 이 에미 편을 들어야 한다. 아버지는 본래 여자가 많이 따랐느니라. 천성이 책상물림인 양반이라 여자들이 덤벼들면 늘 저리 휘둘리고는 하지."

어머니는 말을 하다 갑자기 목소리를 낮추고 주위를 두리번거렸다.

"쉿, 옆집에서 듣고 있구나. 쥐새끼 같은 놈들."

"어머니, 제발 그만하세요."

기영이 자기도 모르게 소리를 빽 질렀다. 어머니는 어리둥절한 표정이었다. 그러다 갑자기 비통한 절망 속으로 빠져들었다.

"너도 내 말을 안 믿는구나."

기영은 고개를 돌렸다. 아버지가 바람을 피웠어도 좋고 당원이 아니라도 좋고 다른 더한 일이 있어도 좋았다. 단지 그 순간 기영은 다른 어머니를 갈망하고 있었다. 푸근하고 따뜻하고 남을 의심하지 않는 성숙한 여자가 내 어머니였으면 하고 바랐다. 그녀는 기영에게 쏘아붙였다.

"그럴 줄 알았다. 너도 사내라고 아버지 편을 드는구나."

어머니는 당과 직장에 호소하겠다고 아버지를 협박했다. 아버지는 아무 대꾸도 하지 않았다. 어느 휴일 어머니를 집에 남겨두고 아버지는 기영과 동생들을 데리고 스케이트장에 갔다. 연못을 얼려 만든 스케이트장에서 동생들은 아무것도 모르는 채 얼음을 지쳤다. 스케이트장에 걸려 있는 커다란 온도계의 수은주는 영하 십 도를 가리키고 있었다. 주머니에서 옥수수를 꺼내 갉아먹으며 어린아이들은 썰매를, 더 큰 애늘은 스케이트를 탔다. 기영은 제 발보다 조금 큰 아버지의 스케이트를 신었다. 그날 아버지가 이런 말을 했었다.

"주체사상이 뭐이냐?"

그는 쭈뼛거리다 학교에서 배운 대로 대답했다.

"인간은 창조성, 의식성, 자주성을 가진 존재로서 자기 운명은 자기가 결정한다는 혁명사상입니다."

아버지는 피로해 보였다. 낮게 떠가는 겨울의 해가 그의 얼굴을 정면으로 비추자 눈을 찡그렸다.

"……정말 인간이 그렇게 대단한 것 같으냐?"

순간 기영은 제 귀를 의심했다. 그것은 학교에서는 듣기 힘든 불경의 언어였다.

"네?"

아버지는 담배를 피워물었다. 불이 마른 종이에 옮겨붙으며 훅 타올랐다 사그라졌다.

"옛날 그리스에선 세계가 네 가지 요소로 이루어졌다고 믿었다."

"저도 학교에서 배웠습니다."

"그 네 가지가 뭐이냐?"

"물, 불, 공기 그리고 흙입니다. 이러한 그리스 철학은 곧 변증법적 유물론으로……"

아버지는 그의 말을 끊었다.

"됐다. 너도 알다시피 나는 댐을 만들어 물을 가두는 사람이다. 그러니까 그 네 가지 중에서 물과 흙의 성질을 공부하는 사람이다. 다른 것은 잘 몰라. 예를 들어 인간이 어떻고 하는 것에는 본래부터 큰 관심이 없었다 이 말이야. 주체사상이야 뭐…… 옳겠지. 당에서 그렇다고들 하니까. 하지만 보라. 인간이 창조성, 의식성, 자주성을 지니고 제 운명을 개척한다? 좋은 말이지. 그런데 말이야, 생각해보라. 재작년에 황해도에 큰물이 났지 않나? 큰물이 나서 둑이 터지면 인간은 개돼지와 다를 게 없어. 그냥 휩쓸려서 떠내려가는 거야."

"그러니까 아버지 같은 분이 리론을 세워 댐을 쌓고, 자연을 다스리고 하는 것 아닙니까?"

"그건 잠깐 물을 막을 수 있을 뿐이야. 지난 전쟁은 불의 시기였다. 미제가 폭탄을 퍼부어 수도 평양은 석기시대로 되돌아갔지. 그다음은 흙의 시기였다. 우리는 삽을 들었고 도시를 세웠지. 천리마운동을 통해 세계에 남부럽지 않은 공화국을 건설했다. 지금은 물의 시기야. 겉으로 보기엔 평화롭지만 사실 물에는 아주 엄청난 에너지가 숨어 있다 말이야. 그래서 우리는 물을 잘 통제해야 하지. 아직까진 그렇게 하고 있지만 사실 그 부분은 누구도 장담을 못 해. 다음에는 아마 공기의 시기가 올 거야. 그때는 불과 흙, 물의 시기보다 훨씬 고통스러울지도 몰라. 공기는 눈에 뵈지 않지만 그게 없으면 사람이 숨을 쉴 수가 없지 않니?"

그때로선 아버지가 뭘 말하려고 하는지 감을 잡을 수 없었다. 그러나 세월이 지나 돌이켜보면 아버지는 주체사상의 그 허망한 자기 중심적 세계관을 비웃고 있었고 북한의 앞날도 정확히 예언하고 있었다. 그로부터 몇 년 후인 구십년대 초반, 잇따른 물난리를 겪으며 이른바 '고난의 행군'이 시작되었다. 그것은 굶주림의 시대, 풀뿌리를 캐고 나무껍질을 벗겨먹고 흙을 집어먹는 시절이었다. 먹을 게 없어 위장은 비고 텅 빈 속에서는 헛트림만 올라오는, 말 그대로 공기의 시대였던 것이다. 이럴 바엔 차라리 남조선이든 미국이든 붙어나보자, 한번 끝장을 보자며, 북한 군부가 내심 불의 시대를 그리워한다는 소식을 서울에서 전해들으며 기영은 새삼 아버지를 떠올렸었다.

아버지는 슬쩍 화제를 돌렸다.

"네 어머니는 흙의 사람이다. 대대로 농민의 집안이고. 하지만 나는 너도 아다시피 물의 사람이다."

기영의 할아버지는 대동강의 사공이었다. 일본이 대동강에 철교를 놓고 그 위로 나쓰메 소세키와 이광수, 그리고 나혜석이 지나가던 시절에도 여전히 사공이었다. 기영의 아버지가 거제도에서 돌아왔을 때에도 할아버지는 여전히 버드나무가 우거진 대동강가의 움막집에서 아들을 기다리고 있었다. 몇 가닥의 가지는 꼭 물에 드리우고야 마는 버드나무처럼 아버지에겐 어딘가 음습하고 축축한 데가 있었다. 분명하게 말하지 않고 늘 에둘러 말하기를 좋아하는 품성도 어쩐지 흙이나 불의 속성보다는 물에 가까워 보였다. 눈치가 빠르고 언어감각이 좋은 기영은 아버지가 물의 사람인 자신을 흙의 사람인 어머니가 가두고 있고, 언젠가는 그 물이 흙을 허물고 가고 싶은 데로 가리라는 이야기를 하고 있는 것인지도 모른다는 걸 알아차렸다. 기영은 불편했다. 왜 아버지와 어머니는 자신들의 감정놀음에 아들인 나를 끼워넣는가.

기영은 스케이트를 잘 타는 아이였다. 발에 잘 맞지 않는 스케이트를 타고서도 누구보다 빨리 코너를 돌았고, 서고 싶은 곳에 얼음조각을 튕기며 정확히 멈출 수 있었다. 그는 허리를 더욱 깊이 숙이고 오른발과 왼발을 번갈아 쭉쭉 뻗으며 앞으로 나갔다. 그는 시계 반대방향으로 도는 큰 링크에서 얼음을 지쳤다. 원 안쪽에는 초심자들이 시계 방향으로 천천히 돌고 있었다. 영하 십 도의 찬바람이 볼을 때렸지만 고통스럽지 않았다. 추위를 쫓기 위해 피운 짚불의 연기 때문에 고소하면서 매캐한 냄새가 풍겼다. 기영은 전력을 다해 뒷발로 얼음을 지치며 마지막 엔드라인을 지났다. 허리를 쭉 펴고 두발을 모아 얼음가루를 튕겨내며 멋지게 제동을 했다.

그날은 또한 정희와 처음 말을 섞은 날이기도 했다. 정희는 그가 살고 있는 하모니카 아파트의 같은 층, 빛이 들어오는 복도의 남쪽 끝방에 살고 있었다. 볼이 붉고 작은 코가 오똑한 아이였다. 아침 7시 20분, 각 학급별로 집결지에 모여 발을 맞춰 등교할 때마다 둘의 눈길이 간혹 헐겁게 얽혔다. 스케이트장에서도 그랬다. 털실로 짠 붉은 목도리를 목에 두른 정희가 기영을 향해 생긋 웃었고, 기영은 답례할 기회를 놓친 채 그녀를 지나갔다. 열여섯 살의 기영에게는 다시 돌아가 말을 걸 용기가 없었다. 기영이 아버지와 떨어져 말뚝을 붙잡고 하얀 입김을 내뿜고 있을 때 정희가 긴 팔다리를 우아하게 휘저으며 다가왔다.

"스케이트를 정말 잘 타는구나."

기영은 멀리서 분명 자신을 보고 있을 아버지와 또 어딘가에 있을 학교 동무들의 시선에 신경이 쓰였다. 자랑스럽기도 했지만 그것을 어떻게 표현해야 할지 모른다는 점에서 전적으로 무용한 긍지였다.

"네 스케이트니?"

참다 못한 정희가 물었다.

"아니, 아버지 것인데."

"말을 할 줄은 아는구나."

정희가 다시 한번 웃고는 날이 짧은 피겨스케이트를 지치며 링크의 안쪽으로 향했다. 생각해보면 낯이 뜨거울 정도로 촌스러운 대화였지만 그곳은 칠십년대 중반의 평양이었다. 남녀가 대놓고 연애를 한다는 건 사상적 안이함의 상징이고 당연히 혹독한 비판의 대상이었다. 기영뿐 아니라 그 누구도 스케이트장에서 만난 또래의 여자아이와 무슨 대화를 나누고 뭘 어찌 해야 하는지 알지 못했다. 그것은 명백히 금지된 것이었다. 얼마 지나지 않아 그녀의 몸에 뜨거운 것을 쏟고, 그리고 그로부터 이십 년이 지나 예기치 않은 곳에서 다시 조우하게 될 것을 그때 미리 알았더라면 그날의 만남이 그렇게 서먹하지 않았을지도 몰랐다.

정희는 학교에서 유명한 아이였다. 그녀는 노동당창건일이나 전승기념일을 기념하여 열리는 대규모 집단체조 공연에 열한 살 때부터 학교 대표로 뽑혀나가 전국에서 올라온 아이들과 함께 팀을 이뤄 공연을 하곤 했다. 팔만 명이 넘는 아이들이 십여 개의 팀으로 나뉘어 차례차례 나와 서커스에 가까운 현란한 집단체조를 벌였는데, 정희는 키가 크고 기량이 좋아 늘 맨 앞줄에 서곤 했다. 집단체조 공연은 한번 시작하면 이십 일간 계속되었고 평양 시내 대부분의 학교들이 단체로 관람을 가곤 했다. 학생들은 교복을, 남자들은 양복을, 여자들은 붉거나 푸른 한복을 입고 한껏 멋을 낸 뒤 거대한 기둥들 사이를 걸어 대극장으로 모여들었다. 집단체조의 내용은 항일무장투쟁을 비롯한 혁명사의 장면들을 극으로 구성한 것이었다. 기영은 반의 다른 남자아이들과 마찬가지로 같은 학교 대표인 정희의 동선을 좇아 눈동자를 굴렸다. 그녀는 허리를 뒤로 젖혀 작은 공을 집어 하늘 높이 던지고 사슴처럼 뛰어 구른 후, 양 허벅지를 오므려 떨어지는 공을 갈무리할 수 있었다. 백 명이 넘는 여자아이들이 동시에 공을 머리 위로 던지고 허벅지로 받았지만 공을 놓치는 아이는 한 명도 없었다. 강렬한 눈화장과 입술에 바른 불그죽죽한 루즈 때문에 정희는 나이보다 훨씬 성숙해 보였다. 기영과 친구들은 입을 딱 벌린 채 정희의 도약과 회전을 지켜보았고, 그녀를 높이 들어올리고 행진하는 다른 아이들을 부러워했다. 그런 정희가 왜 자신에게 와서 말을 걸었을까. 기영은 의아했고 한편 놀라웠다. 잠시 후에 보니 정희의 모습은 사라지고 없었다. 동생들은 썰매타기에 지쳐 있었고 해는 어느새 뉘엿뉘엿 모란봉 쪽으로 떨어지고 있었다. 아버지와 기영, 그리고 두 명의 동생은 스케이트와 썰매를 챙겨 집으로 돌아갔다.

그리고 며칠이 지났다. 아버지가 압록강 수계의 댐과 발전소를 점검하러 내려간 날이었다. 일제시대에 지은 댐에서 균열이 발견되었기 때문에 평양의 일꾼들이 대거 신의주로 가야 했던 것이다. 그날은 마침 기영의 열여섯번째 생일이었다. 모든 것이 상징적이었다. 댐에는 금이 가고 아버지는 집을 비웠으며 평양에는 불이 꺼졌고 학교 대표로 뽑힌 동생들은 묘향산으로 야영을 가고 없었다. 기영은 어머니와 단둘이 보내야 하는 생일이 이상하게 꺼림칙하게 느껴졌다.

"신의주 다녀오면서 선물을 사오마. 뭘 원하니?"

"원주필이 한 자루 있었으면 좋겠습니다."

사실은 아버지가 좋은 신발을 한 켤레 사오셨으면 하고 바라고 있었다. 그러나 입으로는 외제 볼펜을 사다달라는 말을 하고 말았다. 아버지는 오후 6시 기차로 평양역을 떠났다. 그가 탄 기차가 평양역을 떠나자마자 마치 스위치라도 내린 것처럼 평양 시내가 갑자기 암흑으로 변했다. 압록강의 수력발전소에 생긴 문제 때문이었는지 아니면 평양으로 들어오는 전력선에 문제가 있었는지는 아무도 몰랐다. 북에서는 누구도 그런 문제에 대한 답을 갖고 있지 못했다. 신문이나 텔레비전에서 보도할 리도 만무했고, 오직 풍문만이 미디어의 기능을 하고 있었다. 불이 꺼진 평양에선 아무 소란도 일어나지 않았다. 정전은 일상사였고 정전이 아니더라도 공습에 대비한 등화관제 훈련이 자주 있었다. 차이가 있다면 사이렌이 울리느냐 울리지 않느냐뿐이었다. 아버지가 기차를 타고 평양역을 떠났을 오후 6시에 기영은 지하철역에서 나와 집으로 걸어가고 있었다. 12월의 해는 일찍 져 사위는 어두웠다. 모든 불이 꺼져 있었다. 어머니가 일하는 외화상점도 문이 닫혀 있었다. 양철 셔터를 몇 번 흔들어보고는 집으로 걸어갔다. 아파트의 계단을 지나 집으로 다가가자 닭찜 냄새가 코를 찔렀다. 문을 열자 냄새는 더욱 강렬해졌다.

"어머니, 학교 다녀왔습니다."

집은 캄캄했고 부엌의 가스 불만 퍼렇게 빛나고 있었다. 가스 불을 끄고 안방에 들어갔다. 어머니는 거기에도 없었다. 기영은 다시 복도로 나가 주변을 둘러보았다. 어딘가 초라도 빌리러 가신 것일까. 문이 열린 집 몇 군데를 기웃거리며 찾아보았지만 어머니는 없었다. 복도에서 연습을 마치고 돌아오는 정희가 보였다. 희미한 촛불만으로도 정희가 자신을 보고 웃고 있다는 것을 알 수 있었다. 그녀는 복도 끝을 향해 또각또각 걸어갔다. 체조하는 아이답게 발걸음은 사뿐하고 경쾌했다. 기영은 다시 집으로 들어가 가방을 책상 밑으로 던졌다. 닭찜 냄새는 처음보다 좀 덜했다. 그는 화장실에 들어가 욕조에 받아놓은 차가운 물을 대야에 덜어 손과 얼굴, 목을 깨끗이 씻었다. 화장실은 거울 속 자기 얼굴도 보이지 않을 정도로 어두웠다. 그는 수건을 찾아 더듬거리다 그만 욕실 바닥에 꽈당 미끄러지고 말았다. 손으로 바닥을 짚고 일어나려 했지만 다시 넘어졌다. 바닥이 온통 축축하고 미끄러웠다. 뻐근한 엉치뼈를 만지며 바닥에 앉아 있던 기영은 자기 말고도 또 한 사람이 욕실 구석에 앉아 있다는 걸 알았다. 손으로 더듬어보자 옷이 만져졌고 옷 안쪽으로 여자의 브래지어가 느껴졌다. 기영은 얼굴과 허리께를 쓰다듬어보다가 비명을 질렀다. 함부로 허물어진 육체가 거기 있었다. 그는 벌떡 일어나 복도로 나가 희미한 빛이 들어오는 복도 끝을 향해 달렸다. 흐악, 흐악, 소리를 지르며 복도 끝 난간에 기대어 숨을 몰아쉬었다. 숨소리는 기영 자신의 귀에도 요란했고 그 순간 자신이 짐승처럼, 사냥터에서 궁지에 몰린 멧돼지처럼 느껴졌다. 바로 그때 문이 열리며 조금 전에 집으로 들어갔던 정희가 촛불을 들고 밖으로 나왔다. 온몸이 피투성이였지만 어두운 불빛 때문에 단지 더러운 흙 정도가 묻은 것으로밖에는 보이지 않았다. 비명에 놀란 주민들이 문을 열고 복도로 나오기 시작하자 정희가 대담하게 그를 끌어안고 몰려나온 사람들의 시선이 닿지 않도록 복도 끝에 옹색하게 매달린 베란다로 나갔다. 황해를 건너온 서풍이 거세게 그들을 때렸다. 그는 정희의 품에 안겨 숨을 몰아쉬다가 뜨끈하고 시큼한 체액을 그녀의 배에 울컥 토했다.

"왜 그래? 응? 왜 그러는 거야?"

그는 아무 대답도 하지 않았다. 정희가 무릎을 꿇은 기영의 얼굴을 끌어당겨 자기 배에 더욱 깊이 파묻었다. 그녀의 교복에 묻은 토사물이 그의 얼굴을 다시 더럽혔고, 마찬가지로 그의 손에 묻은 피가 그녀의 교복을 물들였다.

"내 잘못이 아니야. 정말 내 잘못이 아니야."

"그래, 알았어. 무슨 일인데?"

"어머니가, 어머니가, 죽은 것 같아."

발음이 엉키고 뭉개졌기 때문에 '죽은 것 같아'라는 말을 정희는 잘 알아듣지 못했다. 그렇지만 '어머니'라는 말은 똑똑히 알아들었다. 건너편 아파트의 창문들이 도깨비불처럼 흔들흔들 희미한 빛을 발하고 있었다.

"일없어, 일없어. 이제 일없어."

그녀는 괜찮다, 괜찮다고 말하며 그를 다독였다. 그러곤 기영을 이끌고 천천히 복도 쪽으로 발걸음을 옮겼다. 난간에서 뛰어내리기라도 할까봐 걱정하는 것 같았다. 아직 전기가 들어오지 않은 어두운 복도에는 사람들이 웅성거리고 있었다. 지하묘지를 배회하는 유령들처럼 촛불과 사람의 얼굴만 둥둥 떠다니는 것처럼 보였다.

"이게 무슨 일이야? 너 누구니?"

정희의 앞집에 사는 남자는 기영의 얼굴에 촛불을 들이댔다가 그의 몸을 뒤덮은 검붉은 피에 놀라 얼른 한 걸음 뒤로 물러섰다. 촛불들이 나방떼처럼 달려들었다. 피로 범벅된 기영의 몸과 얼굴이 카라바조의 그림처럼 어둠속에서 빛났다.

"으어어, 으어어."

기영은 '화장실에'라고 말하려 했지만 말이 되어 나오지 않았다. 대신 오른손 검지로 자신의 집만 힘겹게 가리킬 수 있을 뿐이었다. 여자들의 비명소리가 들리자마자 남자들이 신발을 신은 채 집 안으로 달려들어갔다. 불빛들이 열을 지어 기영의 집으로 몰려가자 복도는 다시 어두워졌다. 정희가 여전히 그의 손을 잡고 있었지만 거기에 주목하는 사람은 아무도 없었다.

사회안전부의 요원들이 찾아와 시체를 수습한 뒤 묘향산과 신의주로 전보를 쳤다. 기영은 동네 어른들이 준 깨끗한 옷으로 갈아입었다. 그제야 그는 격렬한 분노에 사로잡혔다. 왜 하필 자신의 열여섯번째 생일에 팔목을 그었단 말인가. 그렇게, 그렇게 내가 미웠단 말인가. 하필 아버지도 없는 날에 그런 까닭은 뭔가. 살아 있다면 몇 번이고 묻고 싶었지만 그럴 기회는 영원히 찾아오지 않았다.

시간이 흐르자 분노는 끈적끈적한 죄책감과 뒤섞였다. 어머니의 말을 조금만 더 귀 기울여 들었더라면, 그날 동무들과 농구를 하지 않고 좀더 일찍 집에 왔더라면, 아니 아예 태어나지 말았더라면. 생각은 꼬리에 꼬리를 물고 계속 이어져나가며 그를 괴롭혔다.

사회안전부에선 신의주에 갓 도착한 아버지를 다시 평양으로 불러내려 조사를 벌였고 어머니가 일하던 상점의 장부들을 뒤졌다. 그러나 별다른 것을 찾아내지 못했다. 공산주의자들이 가장 당혹스러워하는 상황이었다. 아무 이유 없이 사회주의 낙원을 자기 의지로 이탈하는 행위. 그것이 바로 자살이었다. 자살 통계가 없는, 그래서 자살

률도 알 수 없고, 공식적으로는 누구도 자살하지 않는 사회였다. 그러다 결국 사회안전부는 그녀가 정신병에 걸렸다는 증거를 찾아냈다. 상점의 캐비닛에서는 그녀가 자살하기 몇 달 전부터 작성된 무의미한 통계와 장부들이 쏟아져나왔다. 장부는 창고의 물품들과 일치하지 않았고 물품을 보급한 다른 기관의 장부와도 맞지 않았다. 그녀의 상상 속의 거래들이 몇십 권에 달하는 장부들을 빼곡히 채우고 있었다. 가상의 인물들이 가상의 물건을 엄청나게 자주 사 간 것으로 기록되어 있었다. 너무 짧은 시간에 방대한 분량의 장부가 작성되었고 물품의 실제 유통에는 아무 문제가 없었기 때문에 동료들 누구도 단 한 번의 사고도 내지 않고 언제나 성실히 일하는 그녀를 의심하지 않았다.

훗날 서울에서 기영은 스탠리 큐브릭 감독의 〈샤이닝〉을 뒤늦게 보게 되었다. 눈 덮인 로키 산맥의 산장에서 서서히 미쳐가는 잭 니콜슨의 모습을 보며 아주 오랜만에 어머니를 생각했다. 주인공 잭 니콜슨이 타자기로 수백 페이지에 걸쳐 똑같은 문장, "All work and no play makes Jack a dull boy(일만 하고 놀지 않으면 잭은 바보가 된다)"

를 타이핑하고 있는 장면이었다. 상점 사무실에서 히죽거리며 혼자 가상의 장부를 적어내려갔을 어머니의 모습이 거기 있었다. 그는 영화를 끝까지 보지 못했다. 빌려온 비디오는 반납기일을 어기고 결국 연체료를 물었다. 그후로 기영은 지금까지 닭찜과 스탠리 큐브릭의 영화를 멀리하며 살아왔다. 그러나 삼십 년 가까운 세월이 흐른 지금에는, 만약 그날 정전이 되지 않았다면, 그래서 어머니가 집으로 일찍 돌아와 닭찜을 해놓고 자기를 기다리는 대신 그냥 상점에서 일을 하고 있었더라면, 과연 그래도 자살을 했을까 간혹 궁금해지기도 했다. 어쩌면 아버지의 출장과 돌연한 정전, 그리고 기영의 생일이라는 사건들이 겹치면서 그녀의 리듬을 흔들어놓고 뇌 어딘가에 있었을 안전장치를 해제한 것인지도 몰랐다.

정희를 다시 만난 곳은 2001년의 서울이었다. 그는 남에서 북으로 한강을 가로지르는 3호선 지하철 위에 있었다. 정희는 그를 바라보고 있었다. 어머니가 죽던 날, 그의 머리를 안아주었던 그 손으로 아마도 짝퉁이지 싶은 루이뷔통 핸드백의 가죽 손잡이를 움켜쥐고 맞은편의 그를 보고 있었던 것이다. 그도 자신을 쳐다보는 그녀를 빤히 마주 보았다. 그러나 처음에는 그녀를 기억해낼 수 없었다. 맥락이 뒤엉켜버렸기 때문이었을 것이다. 서울에서 그녀를 만나리라고는 단 한 번도 생각해본 적이 없었다. 그는 생각을 더듬었다. 누굴까? 무릎을 살짝 덮는 길이의 단정한 청회색 스커트를 입었고 나이는 삼십대 후반. 눈가와 목에 살짝 주름이 잡히긴 했지만 이목구비가 또렷한 미인이었다. 머리를 핀과 끈으로 고정해 이마 위로 단단히 묶었다. 손목은 가늘었고 어깨는 좁았다. 화장은 어딘지 고전적인 데가 있었다. 눈썹은 가늘게 새로 그렸고 입술은 붉었고 마스카라는 하지 않았다. 그녀는 작은 토트백의 손잡이를 무슨 이유에선지 죽어라 움켜쥐고 있었다. 얼핏 보면 공포에 질려 있는 것 같기도 했고 또 달리 보면 슬퍼하고 있는 것 같기도 했다. 도무지 종잡을 수 없는 표정이었다. 그는 고개를 돌렸다. 그녀도 그제야 황급히 고개를 숙였다. 그러나 잠시 후 그들은 다시 서로를 바라보고 있었다.

서울 지하철의 객실은 승객을 꽤 불편하게 만드는 구조다. 의자에 나란히 앉은 승객들은 서로의 얼굴을 마주 봐야만 한다. 인사를 나누기에는 먼 거리고 무시하기에는 너무 가까운 거리여서 언제나 시선 처리에 곤란을 겪게 된다. 그는 눈을 가늘게 뜨고 다시 한번 그녀의 얼굴을 살폈다. 보면 볼수록 낯익은 얼굴이었다. 그러나 어디에서 본 사람인지 도무지 생각나지 않았다. 영화계 인사는 분명 아니었고 남한에서의 대학 시절에 알고 지내던 여자도 아닌 것 같았다. 혹시 영화 홍보사나 그쪽 계통이라면 저런 식으로 사람을 불편하게 만들 리가 없었다. 도대체 누구십니까? 가서 묻고 싶었다. 그러나 만약 자리에서 일어나 뚜벅뚜벅 걸어가 말을 걸었다면 사람들은 모두 그들을 주목했을 것이다. 이름도 모르는 여자에게 다가가 "실례지만 누구신데 저를 그렇게 뚫어져라 쳐다보시나요?"라고 물을 수는 없는 노릇이었다. 그것은 그의 생활방식과도 맞지 않는 짓이었다.

그녀의 응시는 기영의 참을성을 시험하고 있었다. 전동차는 여전히 한강 위를 지나고 있었다. 그녀는 입가를 비틀며 웃어 보였다. 부자연스런 웃음이었다. 거기에는 어떤 비통한 애원이 숨어 있었다. 바로 그때 그녀가 누구인지 번뜩 깨달았다. 정희야. 그는 조용히 그녀의 이름을 속삭여보았다. 음량이 너무 작아 그 음성은 입에서 나오자마자 흔적 없이 흩어져버렸다. 그러나 그녀는 그의 입술을 읽고 있었다. 표정이 딱딱하게 굳어지는가 싶더니 잠시 후, 전동차가 약수역에서 멈춰 서자 그녀는 갑자기 벌떡 일어나 급하게 내려버렸다. 기영도 그녀를 따라 내렸다. 그녀는 6호선으로 갈아타는 환승통로를 향해 빠르게 걸어가고 있었다. 몰려드는 사람들을 피하며 그녀를 쫓았다. 그녀는 연신 뒤를 돌아보며 걸었다. 공포에 질린 표정이었다. 넘어질 듯 비틀거리며 마침내 달리기 시작했다. 기영도 달렸다. 도대체 그녀가 왜 여기에 있는 것일까. 그리고 어째서 저토록 필사적으로 나를 피해 달아나는 것일까?

마침내 손만 닿으면 그녀를 잡을 수 있는 거리까지 접근했다. 그러자 그녀는 벽에 등을 기대고 어깨를 움츠린 채 숨을 몰아쉬었다. 사람들이 둘을 곁눈질하며 지나갔다. 그녀는 눈물을 흘리고 있었다.

"제발, 제발."

"정희야, 왜 이래? 너, 정희 맞지? 그렇지?"

기영이 물었지만 그녀는 이 말만을 반복했다.

"제발, 제발."

빌듯이 두 손을 모은 그녀는 머리까지 조아리며 기영의

자비를 구하고 있었다.

"알았어, 미안해. 건드리지 않을게. 나는 갈 테니까 이제 일어나."

벽에 붙어 천천히 흘러내리는 그녀의 몸을 부축하려 했으나 그녀는 뱀이라도 만진 것처럼 그의 손을 뿌리쳤다. 그는 양손을 펴 내보이며 한 걸음 뒤로 물러났다.

그녀는 힘겹게 몸을 일으켰다.

"고맙습니다, 고맙습니다."

기영은 3호선 쪽 환승통로로 몸을 돌렸다. 그녀는 기영이 가는 것을 보고서야 조심스럽게 6호선 쪽으로 걸어갔다. 한참을 걸어가다 뒤를 돌아보니 그녀는 이미 사라지고 없었다.

얼마 후 기영은 그녀가 남편과 함께 마카오와 방콕을 거쳐 탈북했음을 알게 되었다. 인터넷 뉴스 검색은 그녀의 탈북경로와 동기를 상세하게 보여주고 있었다. 21세기로 넘어오면서 탈북은 이제 대수롭지 않은 뉴스가 되었다. 어쩌면 평양에서 알고 지내던 사람들 중에서 몇은 이미 서울에 와 있을 수도 있었고, 길 가다 그들과 마주친다 해도 이상하지 않은 일일지도 몰랐다.

그가 130연락소로 차출되어 가면서 마지막으로 만난 사람도 정희였다. 그때엔 그녀도 북한 최고의 무용단인 만수대예술단에 들어가 있었다. 그는 그녀에게 오랫동안 만나지 못할 수도 있다고 말했다. 그녀는 130연락소와 35호실이 무엇을 의미하는지 모르지 않았다. 당연히 그가 공작원으로 남파될 것도 알고 있었다. 그렇다면 지하철에서의 그 겁먹은 표정도 이해 못 할 바는 아니었다. 자신을 죽이라는 명령을 받고 나타난 것으로 오해했던 것이다. 터무니없는 일은 아니었다. 1997년에도 김정일의 처조카 이한영이 작전부 소속의 암살조에게 아파트 현관에서 총을 맞고 죽었으니까. 암살조는 멀쩡하게 살아 북으로 돌아갔다.

마카오에서 북한의 해외 비자금을 관리했던 그녀의 남편이 서울에서 얼마 전 냉면집을 개업했다는 소식도 들었다. 한때 북한 최고의 무용수였던 그녀도 남편을 도와 냉면을 나르고 있으리라. 한번 찾아가볼 마음을 먹지 않은 것은 아니나 결국 실행에 옮기지는 못했다. 이제 겨우 안정을 찾아 평온하게 살고 있을 그들에게 다시 공포감을 심어주고 싶지 않았다. 정착을 돕는 경찰관에게 그의 출현을 신고할 가능성도 있었다. 그러나 가끔은 정희를 생각했다. 남파되지 않고 정희와 살았더라면 어땠을까 상상하기도 했다.

영화관 입구에 있는 카페에서 에스프레소에 물을 탄 아메리카노 커피를 주문해서 받아들고 개미의 허리를 본떠 만든 검은색 철제 의자에 앉았다. 필름포럼 사무실에서 몇몇이 지나가며 알은체를 했다. 잘 지내시죠? 영화 보러 오셨어요? 다음에 무슨 영화 들여오세요? 따위의 의례적 인사가 오갔다.

휴대폰을 꺼내 버튼을 눌렀다. 그러나 신호는 가지 않았다. 고객이 전화를 받을 수 없는 상태라는 안내만 돌아왔다. 다시 일일이 번호를 눌러가며 전화를 걸었다. 잠시 후, 선 저쪽에서 소리가 들려왔다.

"여보세요?"

"아, 실례지만 사장님 계세요?"

잠시 말이 떴다. 잠시 후 여자가 좀더 톤을 높여 물어왔다.

"어디신데요?"

"친군데요."

"……사장님 해외출장 가셨는데요."

정훈의 사무실에 갈 때면 그녀는 언제나 메신저를 띄워놓고 열심히 타이핑을 하고 있었다. 모든 말의 어미를 '데요'로 통일하기로 굳게 결심한 듯한 여자였다. 그러나 짐짓 모른 척하고 계속 물었다.

"해외요? 어디로요? 왜 갑자기?"

"글쎄요, 저도 잘 모르겠는데요."

기영은 침을 꿀꺽 삼켰다. 그가 아는 한 자동차부품 대리점 주인이 떠날 이토록 급박한 해외출장은 없었다. 잠시 침묵이 흐른 후 선 너머의 여자가 신경질적으로 물었다.

"여보세요? 근데 정말 어디신데요? 친구 맞아요?"

"네, 잘 알겠습니다."

엉뚱한 대답과 함께 전화를 끊으려고 할 때 선 저쪽에서 다급한 목소리가 들려왔다.

"혹시 김기영 사장님 아니세요?"

"……맞습니다. 제 목소리 아시네요."

"그럼요."

늘 한심하게 메신저나 하는 여자라 생각해왔던 터라 속으로 조금 머쓱했다.

"실은 사장님 어디 계신지 저도 몰라요. 그저께 갑자기 사무실로 들어오시더니 벼락처럼 짐 챙겨서 나가셨어요. 오늘 아침부터 어찌나 전화도 많이 오는지. 참, 사모님도 왔다 가셨어요. 이틀째 집에도 안 들어오셨다며 반쯤 정신이 나가신 것 같았어요. 혹시 어디 짐작 가는 데 없으세요?"

"혹시 예전에도 이런 적 있었어요?"

"아아뇨, 제가 여기 들어온 지 벌써 사 년인데요, 지각 한 번 안 하셨어요."

"혹시 요즘 빚독촉 같은 거 받지 않았어요?"

"빚이요? 경찰하고 똑같은 얘길 하시네. 저희가 빚질 게 뭐 있어요?"

"경찰도 다녀갔어요?"

"사모님이 실종신고를 하셨는지 아까 와서는 사무실 다 뒤집어놓고 갔는데요."

전화를 끊어야 했다.

"너무 걱정 마요. 나도 좀 알아볼게요."

"찾으시면 사모님한테 전화 좀 해주세요."

"그래요."

전화를 끊었다. 분명 무슨 일인가 벌어지고 있었다. 어쩌면 며칠 전부터 어떤 신호가 있었을지도 몰랐다. 단지 그가 눈치채지 못했을 뿐.

정훈은 130연락소의 동기였고 그와 함께 이상혁 라인이었다. 그의 사람이 되어 남파되었고, 그와 마찬가지로 이상혁이 숙청된 후 선이 끊긴 채 표류해왔다. 한 명이 더 있었지만 선이 끊긴 것이 분명해지자 곧장 시애틀로 유학을 떠나버렸다. 거기에서 학위를 따 교수가 되었고, 시민권까지 받았다. 그를 제외하면 기영이 알고 있는 유일한 동지는 한정훈이었다. 그렇다고 그와 기영이 서로를 의지하며 친분을 쌓아왔느냐 하면 그건 아니었다. 우주선을 고치러 나갔다가 모선과 줄이 끊어져 우주공간으로 날아간 영화 속 우주인들처럼, 둘은 그동안 자신들을 결속시켜주었던 힘이 사라지자 각자도생의 길을 걸었다. 그와 기영 모두 일가붙이 하나 없는 남한에서 자력으로 살아남아야 했고 새로 생긴 가족을 거두어야 했다. 그래도 가끔은 만나 술잔을 기울였지만 화제는 남한의 여느 고등학교 동창회처럼 진부한 것뿐이었다. 어떻게 지내냐? 노무현은 과연 대통령이 될까? 내년 경제는 좀 나아지려나? 너는 마누라하고 사이가 좋냐? 아, 뱃살이 나오다니, 따위의 대화를 나누며 술잔을 기울이고 가끔 노래방에 가서 김건모와 신승훈의 노래를 부르고 각자의 집으로 흩어졌던 것이다. 그들은 한 번도 작금의 사태와 같은 상황에 대해 이야기를 나눈 적이 없었다. 공포가 언제나 유령처럼 그들 주위를 배회했으므로 술자리가 유쾌할 리 없었다. 입 밖에 내면 현실이 될까봐 그들은 애써 시시한 화제를 가지고 떠들어댔다. 그러나 어쨌든 그들의 불안한 예감은 이제 현실이 되어버렸다.

2002년 FIFA월드컵을 앞두고 기영은 사십 인치 텔레비전을 장만했었다. 월드컵을 보겠다고 산 것은 아니었지만 사고 보니 시점이 그랬다. 남한과 포르투갈의 조별 리그 예선전이 있던 날, 기영은 정훈을 집으로 초대했다. 아마도 새로 산 텔레비전과 집을 자랑하고 싶은 마음이 조금은 있었을 것이다. 정훈은 아직 이십 평대 임대아파트에 살고 있었지만 기영은 삼십 평대 민영아파트의 주인이 되어 있었다.

"집 좋구나."

정훈이 맥주를 내밀며 말했다.

"처음 와보나?"

"널찍하구나. 세 식구 살기엔 딱인데."

"……대출을 좀 냈어."

기영은 부끄러움을 느꼈다. 그러나 그 부끄러움은 아주 복잡한 것이었다. 과거를 알고 있는 친구에게 내면의 속물성을 들켜버린 듯하다고 해야 할까. 서울에서 태어나 자란 사람들도 이루기 어려운 꿈을 기영은 이루었고, 또 그것을 자랑하기까지 하고 있었다.

"그래야지. 자기 돈 가지고 집 사는 사람이 어딨겠어? 참, 현미하고 제수씨는?"

"마리는 좀 늦는다고 하구 현미는 친구들하고 응원하러 나갔어."

"대에에한민국 하러 갔구나. 오랜만에 너하고 나하고 단둘이구나."

정훈이 응원 흉내를 내며 웃었다. 둘은 나란히 소파에 앉아 구운 오징어와 김을 안주로 맥주를 마셨다. 정훈이 말했다.

"나는 아직 김을 잘 못 먹어. 우린 본래 김 잘 안 먹잖아."

"북쪽이야 본래 김이 안 나니까. 하지만 맛들이면 괜찮아. 다른 안주 좀 줄까?"

"노가리나 뭐 그런 거 없을까?"

기영은 말린 북어를 내왔다. 둘은 포르투갈과의 축구경기를 봤다. 거스 히딩크 감독이 이끄는 남한팀은 한 치도 밀리지 않고 포르투갈팀과 맞서고 있었다.

"1966년 세계축구선수권대회 알지?"

정훈이 물었다.

"런던에서 열린 거?"

그 유명한 경기를 모르는 사람은 휴전선 이북에서 아무도 없었다. 그것은 북한이 세계 스포츠 무대에서 가장 높이 이름을 날린 사건이었다.

"조선이 이탈리아 이기고 본선에서 포르투갈하고 붙었잖아."

조선이라는 말이 문득 생소해 기영은 잠시 대꾸를 하지 못했다.

"어려서 그 경기 많이 봤지."

"그 천리마축구단의 박승진이라고 있잖아? 칠레전에서 후반 사십이 분에 한 골 넣고 포르투갈전에서도 한 골 넣은……."

"아, 있지."

"그분이 우리 외삼촌이야."

"정말?"

그는 깜짝 놀라 자세를 고쳐잡았다. 박승진은 박두익과 함께 북한의 체육 영웅이었다.

"왜 지금까지 얘기 안 했어?"

정훈은 씁쓸하게 웃었다.

"……자꾸 축구하라 그럴까봐. 나는 스포츠에 젬병인데 외삼촌이 박승진이라고 하면 모두 나더러 축구 솜씨 좀 보자는 거야."

"그랬겠네."

"어렸을 때 외삼촌이 놀러 오면 동네 아이들이 다 모여들었지. 그럼 외삼촌이 일렬로 줄을 세운 다음 헤딩을 하라고 공을 던져주셨지. 아이들은 헤딩을 하고 다시 뒤로 돌아가서 또 줄을 서고."

"지금 그쪽에서도 이 게임 보고 있을까?"

"설마 그렇겠어? 혹시 모르지, 녹화해서 틀어줄지도."

경기가 접전으로 갈수록 둘의 몸이 들썩거렸다. 그들은

공의 주인이 바뀔 때마다 자신들도 모르게 신음소리를 냈다. 그러다 박지성이 문전에서 쏜 슛이 포르투갈의 골대 안으로 빨려들어가자 누가 먼저랄 것도 없이 소파에서 튕겨일어나 소리를 질렀다. 그러나 골을 넣은 박지성이 벤치의 거스 히딩크 감독에게 달려가 몸을 솟구쳐 그의 품에 안기자 정훈의 표정이 굳어졌다. 그는 다시 소파에 앉아 맥주로 입을 축였다.

"왜 나는 아직도 저런 게 납득이 안 될까? 꼭 외국인이 감독을 해야 하는 걸까? 선수들은 머리를 물들이고, 감독과 코치는 외국인이고, 그런데 저 팀이 과연 우리 민족의 대표라 할 수 있는 거야?"

그는 그 의견에 동의하지 않았지만 그렇다고 굳이 반박하지도 않았다. 민족주의, 특히 북의 그것은 일종의 정치적 혈액이었다. 아마 김일성과 김정일에 대한 종교에 가까운 숭배는 그 어떤 계기로 철회될 수 있을지라도 민족주의는 그보다 더 오래 지속될 거라고 기영은 생각했다. 정훈을 만날 때마다 이런 생각은 확신이 되어갔다. 어쩌면 정훈은 이미 북한 정권에 대한 신뢰와 충성은 철회했을 수도 있다. 전 세계 민족들이 김일성 수령과 그가 창시한 주체사상을 우러르고 있다는 소아병적 환상은 북한을 떠나는 순간 깨질 수밖에 없었다. 그러나 어렸을 때 형성된 어떤 가치관만은 결코 바꾸려 하지 않았다. 민족주의를 넘어선 순혈주의, 단일성에 대한 과도한 집착, 한민족이 세계에서 가장 우수한 민족이라는 선민의식은 털끝만큼도 버리지 않았다.

남한팀이 포르투갈을 꺾고 조1위로 결선 진출을 확정지을 때까지도 마리는 들어오지 않았고, 둘은 주종을 양주로 바꿔 몇 잔을 더 기울였다. 그때 정훈은 불쑥 이런 질문을 기영에게 던졌다. 애써 무심함을 가장했지만 그 질문에서 기영은 어떤 절박함이 육박해오는 것을 느꼈다.

"넌 밤에 꿈 안 꾸니? 응? 무슨 꿈 꾸니? 응?"

무슨 대답을 했는지는 기억나지 않았다. 그러나 그 질문이 어딘가 위험하다고 생각했던 기억만은 지워지지 않았다. 그런데 그는 도대체 어디로 사라진 것일까? 커피를 담았던 종이컵을 쓰레기통에 던지고 낙원상가의 계단을 내려가기 시작했다.

19

 고성욱은 에드거 스노의 『중국의 붉은 별』을 가방에서 꺼내 하얗게 표백한 테이블보 위에 올려놓았다. 붉은색 바탕 위에 희미하게 마오쩌둥의 살찐 얼굴이 점묘로 표현된 표지가 이탈리안 레스토랑의 흰 테이블보와 아주 잘 어울렸다. 지하철에서 읽다가 덮어둔 부분을 다시 펼쳤다. 마오쩌둥과 홍군을 따라가며 대장정을 취재하던 스노가 보안保安시에서 이른바 '붉은 연극'을 관람하는 장면이었다. 항일투쟁을 그린 여러 편의 연극이 소개됐지만 그중에서 그의 흥미를 끈 것은 〈붉은 기계의 춤〉이라는 연극이었다. "어린 무용수들은 소리와 몸짓으로, 또 팔다리와 머리를 서로 어긋나거나 맞물리게 하면서 피스톤의 왕복운동과 톱니바퀴의 회전, 발동기 돌아가는 소리를 교묘하게 흉내내어 앞으로 맞을 중국의 기계화 시대를 그려냈다"고 1936년의 스노는 적고 있었다. 어린 무용수들이 일종의 마임처럼 기계 흉내를 내는 장면은, 만약 실제로 본다면 꽤나 자극적일 것 같았다.

 공산주의와 혁명, 붉은색과 기계에서 풍기는 이미지가

좋았다. 그 넷은 잘 어울리는 조합이었다. 바쿠닌 식 무정부주의보다 마오쩌둥이나 스탈린 식 혁명관이 더 근사해 보였다. 거대한 건축물이 굽어보는 널찍한 광장을 〈스타워즈〉의 클론들처럼 행진해가는 끝없는 잿빛 유니폼과 붉은 깃발의 물결. 기름칠한 방직기처럼 한 치의 오차도 없이 착착착 진행되는 퍼레이드를 볼 때마다 가벼운 성적 흥분을 느꼈다. 그것은 히틀러 제3제국의 친위대 SS의 유니폼을 사모으는 페티시즘과 궤를 같이 하는 것이었다. 물론 몸소 발을 높이 쳐들고 땡볕이 내리쬐는 광장을 행진하고 싶은 것은 아니었다. 단지 케이블TV의 다큐멘터리 채널에서 흔히 나오는 그런 장면들이 좋을 뿐이었다. 남들은 모르는 칠십년대 아트록 밴드의 음악을 찾아 듣는 것과 비슷했다. 친구들 앞에서 마오쩌둥과 스탈린, 히틀러 시대의 이야기를 떠들어대면 좌중은 조용해졌다. 사람들은 도대체 무슨 말을 해야 할지 몰라 입을 다물었다. 그들의 대꾸 없음을 자신의 독특한 취향에 대한 경탄의 표시로 잘못 이해했다. 그럴 수 있는 나이였다. 그는 스물한 살이었다.

고개를 들자 테이블 옆에 마리가 서 있었다. 가운데로

모은 풍만한 가슴이 보였다. 그는 고개를 더 들어 마리와 눈을 마주치며 반갑게 웃었다. 마리가 건너편 의자에 앉았다.

"많이 기다렸어?"

마리가 핸드백을 놓으며 의자에 앉았다. 성욱은 목소리를 낮춰 속삭였다.

"가슴 너무 예뻐요."

"어휴."

그녀가 싫지 않은 듯 눈을 흘겼다.

"아직 깁스 안 풀었네요?"

"응, 주말에 풀 것 같아."

"답답하겠다."

"응, 가려워 죽겠어."

그녀는 자기도 모르게 응석을 섞었다. 흰 앞치마를 두른 웨이트리스가 메뉴판을 들고 다가왔다. 둘은 메뉴판을 받아들었다. 마리는 메뉴판을 바라보다 슬쩍 치우고 테이블 위의 『중국의 붉은 별』을 힐끔 쳐다보았다.

"『중국의 붉은 별』이네?"

"이 책 아세요?"

성욱이 놀라 물었다. 마리는 뭐라고 말해야 하나 잠시 망설였다. 너에게는 내가 그저 마흔줄에 접어든 아줌마로 보일지 모르지만, 한때 나는 가슴을 졸이며 저 책을 책가방에 넣고 전투경찰들이 줄줄이 서 있는 인간장벽을 지나 학교를 드나들던 사람이란다. 그리고 그땐 이렇게 이탈리안 레스토랑의 흰 테이블보 위에 저 책을 올려놓을 수 있으리라곤 전혀 생각하지 못했지. 물론 마리는 그 말을 입 밖으로 내지는 않았다. 오히려 그 책을 아는 척한 걸 후회했다. 그러나 이미 늦었다.

"모택동의 대장정 얘기잖아?"

"마오쩌둥이라고 불러야죠."

"그거나 그거나."

"책 많이 읽으시나봐요."

그녀는 그냥 씩 웃었다.

"한때 그랬지. 지금은 아니야. 뭐 먹을래?"

"저는 해물 리소토 먹을래요. 정하셨어요?"

"글쎄, 음…… 나는…… 아, 이거…… 토마토 모차렐라 치즈 샐러드."

"다른 건 안 하구요?"

"됐어, 별로 배 안 고파."

마리와 눈이 마주친 웨이트리스가 다가왔다. 앞치마 주머니에서 주문서를 꺼내들자 마리 대신 성욱이 주문을 했다. 마리에게는 차갑던 웨이트리스가 성욱을 향해서는 은근히 환하게 미소짓는 것을 마리는 놓치지 않았다.

"저, 해물 리소토하구요, 토마토 모차렐라 치즈 샐러드······."

그녀는 손을 들어 성욱을 제지했다. 그리고 말했다.

"아니, 그거 말고 그냥 이 봉골레 스파게티 먹을래."

"어, 그새 맘 변한 거예요?"

웨이트리스가 이미 체크했던 내역을 지우고 싸늘한 표정으로 새로운 주문을 받아적었다. 마리는 다시 웨이트리스를 불렀다.

"잠깐만요."

"네?"

"그냥 아까 거 주세요."

"아까 거요?"

웨이트리스의 반문에는 가벼운 짜증이 얹혀 있었다.

"토마토 모차렐라 치즈 샐러드요."

웨이트리스는 말없이 주문만 받아적으며 사무적으로 물었다.

"더 필요하신 건 없으세요?"

"콜라 안 해?"

마리가 묻자 성욱은 고개를 끄덕였다.

"콜라 한 잔하고 따뜻한 물 주세요."

웨이트리스가 인사를 하고 돌아섰다. 뒷모습을 마리는 흘깃 쳐다보았다.

"아까 쟤가 너 보고 웃더라."

성욱은 기분 좋게 웃었다.

"지금 질투하는 거예요?"

"우리 둘을 어떤 관계라고 생각할까?"

"그런 얘기 안 하기로 했잖아요. 난 저런 애들 싫어해요. 천박하고 취향도 없고."

"아무리 그래도 또래가 좋지 않아?"

"에이, 왜 이러세요? 나 그렇게 평범한 사람 아니에요."

그녀는 진공관 앰프나 아빠의 LP판이 된 기분이었다. 하지만 저 스물한 살짜리 법대생의 특별한 취향에 기대지 않았다면 어떻게 이런 연애가 가능했겠는가.

"생각해보셨어요?"

"뭘?"

"제가 전에 말씀드린 거요."

그녀는 난처한 표정으로 웃었다. 과자라도 사달라는 듯한 천진한 얼굴에 대고 화를 낼 수도 없었고, 그렇다고 미소를 지을 수는 더더욱 없었다.

"……아무래도 안 될 것 같아."

"뭐가 그렇게 복잡해요? 네? 간단하게 생각해요."

"난 너 하나만으로도 이미 충분해."

발설하는 순간 그녀는 이미 그 말을 믿고 있었다. 그러나 어린 육체는 한 여성의 자기 신뢰 따위에는 관심이 없었다.

"사실은 벌써…… 젖었죠?"

그의 발이 테이블을 건너와 스커트 아래로 파고들기 시작했다. 동시에 그가 혀를 낼름 내밀었다. 그녀는 눈을 감았다. 그리고 낮지만 단호한 목소리로 말했다.

"이런다고 안 되는 게 되는 건 아니야."

성욱은 발을 그녀의 사타구니에서 뺐다. 그리고 샐쭉 삐친 표정으로 물었다.

"꼭 우리 엄마처럼 구네?"

"뭐?"

아무 말도 할 수 없었다. 누군가 마른 솜을 식도로 억지로 밀어넣는 것만 같았다. 그녀는 마음을 가다듬고 천천히 말했다.

"정말 이렇게, 이런 식으로 나올래?"

"우리는 서로 사랑하잖아요. 그런데 왜 안 된다는 거죠?"

"사랑은 배타적인 거야. 나는 너를 사랑하고 너는 나를 사랑하는 거야. 내가 만약에 너를 사랑하면서 다른 남자를 사랑한다면 그건 반칙인 거야."

"아니에요. 사랑은 상대방이 원하는 걸 해주는 거예요."

그는 고집스럽게 입을 다물고 그녀를 노려보았다.

"원하는 걸 해주지 않는다면?"

"사랑하지 않는 거죠."

단호한 그를 향해 마리는 한 단어 한 단어를 고통스럽게 발음했다.

"정말…… 그렇게…… 생각해?"

글자들이 날아가 견고한 벽에 부딪혀 바닥으로 떨어졌다.

"네."

"만약 내가 말을 들어주지 않으면 날…… 떠나겠네?"

이 말은 성욱에게라기보다 그녀 자신을 향한 질문이라고 할 수 있었다. 그녀는 조금씩 후퇴하고 있었고 공격측도 그것을 알고 있었다. 추격은 계속되었다.

"난 하고 싶은 게 있으면 꼭 해야 돼요."

그는 고집스럽게 입술을 꾹 다물었다. 그렇겠지. 어려서부터 영재 소리를 듣고 자라 서울대학교 법대를 다니며 태블릿 노트북을 사기 위해 심심풀이로 과외를 하고, 판사나 검사, 외교관이나 정치가를 꿈꾸는 친구들과 살다보면, 그렇게 살아오다보면 저렇게 말할 수 있겠지. 그럴 거야. 저렇게 말하면 다들 죄책감을 느끼며, 그래, 내가 잘못했다, 너 하고 싶은 대로 하렴, 하고 엎어지겠지. 하지만 난 달라. 난 너 같은 애들을 잘 알지. 나한테 모성애 같은 걸 기대하는 모양인데, 그건 곤란해. 나는 여자지 네 엄마가 아니야. 그녀는 물을 미셨다. 잔이 비자 웨이트리스가 다가와 콜라를 내려놓고 따뜻한 물을 마리의 잔에 부어주었다. 웨이트리스가 떠나자 그는 다시 어린애처럼 졸라댔다.

"다시는 이런 부탁 안 할게요. 정말이에요. 딱 한 번만이에요. 밤마다 이 생각 때문에 잠이 안 와요. 공부도 안 되고."

"너, 참 집요하구나."

"그렇지 않아요. 마리가 너무 고답적인 거예요. 다른 건 다 되면서 왜 그것만 안 된다는 거예요? 우리가 부부도 아니잖아요?"

"너는 나를 잃을까봐 두렵거나 하지 않니?"

"두려워요. 하지만 마리가 결국엔 받아들일 거라는 걸 난 알아요."

저런 확신은 도대체 어디에서 비롯된 것일까. 그녀는 눈앞에 앉아 있는 이 수컷의 욕망을 잠재우는 일이 결코 녹록하지 않다는 것을 깨달아가고 있었다.

"잠깐 화장실 좀 다녀올게."

그녀는 핸드백을 들고 일어나 여자화장실로 가 대형 거울 앞에 섰다. 눈가에 잔주름이 생기고 머리에는 윤기가 사라지기 시작한 여자가 서 있었다. 살짝 열린 문틈으로는 자리에 앉아 있는 성욱의 자신만만한 얼굴이 보였다. 그는 젊고 앞으로도 한동안 젊을 것이다. 그러나 나는 늙어가고 있다. 그것은 숨길 수 없는 분명한 사실이었다. 어리고 돈도 없고 패션 감각도 떨어지는 남자가 번듯한 직업에 돈도 있는 여자를 쥐고 흔들고 있었다. 더 젊다는 것 말고 도대체 저 아이가 나보다 나은 게 뭐란 말인가. 한도가 얼마 남아 있지 않은 신용카드를 내밀 때의 기분이었다. "아마 이건 결제가 될 거예요." 패배가 분명했지만 당장 그것을 인정하고 싶지는 않았다.

한 여자가 문을 밀고 들어오며 핸드백 속 파우치에서 라이터를 꺼내고 있었다.

"저, 담배 한 대만 빌릴 수 있을까요?"

이집트의 파라오처럼 짧게 자른 생머리를 부풀려 세팅한 여자는 마리에게 선선히 말보로 라이트 한 개비를 내주었다. 들어온 여자는 들창을 향해, 마리는 거울을 향해 서서 담배를 피웠다. 마음이 조금 가라앉았다. 좋아, 그렇게 원하는 건데 까짓 들어주지. 들어주는 거야. 그러나 쉽게는 안 돼. 그럴 수는 없지. 언젠가 이런 제안을 한 걸 후회하게 만들어주겠어. 어디 가서 말하기도 부끄럽게 만들겠어. 아니야, 도대체 무슨 생각을 하는 거야? 그럴 수는 없지. 역시 안 되겠어. 안 되는 건 안 되는 거야. 마지막 한 모금을 폐부 깊숙이 들이마시고 담배를 재떨이에 비벼껐다. 그리고 손을 씻었다.

그녀는 테이블로 돌아갔다. 웨이트리스가 그녀에 앞서 음식을 갖다놓고 있었다. 웨이트리스는 그녀가 뒤에서 기다리고 있는 것을 뻔히 알면서도 비켜주지 않았다. 그녀는 웨이트리스가 접시를 다 내려놓은 후에야 자리에 앉을 수 있었다. 포크를 집어들던 그가 인상을 찌푸렸다.

"또 담배 피웠죠?"

"……응, 속이 너무 안 좋아서. 냄새 많이 나?"

"끊는다고 약속했잖아요."

"끊었었어. 하지만……"

"내가 싫어하는 거 알잖아요?"

"미안해. 정말 끊을게. 정말이야."

"약속했어요?"

그가 다시 한번 다짐을 두었다.

"응, 어서 먹어."

그녀는 성욱이 대신 썰어준 생토마토와 모차렐라 치즈를 포크로 찍어 입에 넣었다. 우물우물 토마토를 씹으며 그녀가 말했다.

"근데."

그가 고개를 들었다.

"네?"

"담배 피우는 여자 왜 싫어해? 갑자기 궁금해서."

"모든 여자가 피우는 걸 싫어하는 건 아니에요. 단지 내 여자가 피우는 게 싫어요."

"왜?"

"네?"

"왜 싫으냐구."

왜라니? 기습적인 질문에 그는 얼른 대답하지 못하고 생각에 잠겼다. 왜 나는 '내 여자'가 담배 피우는 것을 못 견디는 것일까? 흥미로운 질문이었다. 예를 들어 학교 벤치에서 담배를 피우는 여자들이 때로 멋져 보일 때도 있었다. 누아르 풍의 영화에서 이브닝드레스를 입은 여자들이 길고 가는 담배를 피우는 모습도 그는 좋아했다. 그런데 왜?

"글쎄요, 방금 생각난 건데, 아마 여자가 담배를 피울 때, 그때 표정 때문인 것 같아요."

"표정이 어때서?"

"자족적인 느낌이 들어요. 느긋하게 연기를 뿜고 있는 여자를 보면 말이죠, 나를, 나 같은 남자를 밀어내고 있는 것 같아요. 무슨 말인지 아시겠어요?"

"글쎄, 잘 모르겠는데."

"음…… 중고등학교 때 여자애들이 지들끼리 모여서 까르르까르르 웃고 자지러질 때가 있어요. 남자애들은 그럴 때면 상당히 당혹스러워져요. 여자애들이 꼭 자기를 비웃고 있는 것만 같거든요. 그애들은 분명히 남자애들을 의식하면서 웃고 있다구요. 봐라, 우리는 너희들이 필요하지 않아. 너희들은 웃기는 자식들이야. 언제나 우리를 곁눈질하지. 이런 표정이라구요. 담배도 그래요. 담배를 피우고 있을 때 여자들은 눈을 감고 쾌감을 음미하고 있어요. 여자들이 그러고 있으면 나는 초라해지는 것 같아요."

"질투하고 있구나."

"맞아요, 그거예요. 여자들은 쾌감이라는 걸 아는 것 같아요."

그는 목소리를 더욱 낮췄다.

"마리도 몇 번이고 끝까지 오르잖아요. 남자는 한 번

짧게 오르고 끝이에요. 여자들처럼 정신을 잃지도 않고 미친 듯이 소리를 지르지도 않아요. 나는 가끔 여자가 되고 싶어요."

가끔 여자가 되고 싶어요. 그 말을 듣자 그녀의 몸속에 있는 어떤 스위치가 켜졌다. 난데없는 성욕이 분수처럼 솟구쳤다. 어서 이 남자와 하얀 시트가 깔린 침대에서 벌거벗고 뒹굴고 싶은 기분이었다. 담배 같은 건 이제 피우지 않아도 좋아. 하자는 대로 다 할게. 제발 어서 일어나 가까운 호텔로 가자. 빌고 싶은 심정이었다. 갑자기 앞에 앉아 있는 어린 남자가 위대한 술탄처럼 보였다. 그녀는 포크를 들어 삶은 아스파라거스를 찍어 먹었다.

"재미없어요?"

"아니, 재미있어. 응, 재미있어."

"『전쟁과 폭력』이란 책이 있는데요, 거기 보면 군인들이 전쟁터에서 여자들을 강간하고 잔인하게 살해하는 건 평소에 여자들에게 억눌렸던 걸 복수하는 거래요. 평화시에 여자들은 군인들을 무시하고 지나가면 웃어대고 말을 길면 싸늘하게 거절하잖아요."

"자기도 그래? 여자들이 자기를 무시한다고 생각해?"

"그렇지 않지만, 아까 말한 것처럼 여자들이 약을 올린다고 생각할 때는 있어요."

"언제?"

"마리도 그러잖아요."

"내가?"

"내가 얼마나 원하는지 잘 알면서 몇 달째 약만 올리잖아요."

"그건……"

"변명하지 마세요."

"아직 깁스도 풀지 않았는데……"

그러나 어느새 변명조로 말하고 있었다.

"난 그게 더 좋아요. 더 섹시하잖아요. 깁스한 여자와 언제 그걸 해보겠어요?"

해물 리소토는 식어가고 있었다. 그 음식은 식어서는 안 된다. 그것은 어린 애인의 입속으로 들어갈 음식이었다. 그녀는 초조하게 식어가는 리소토를 바라보았다. 손끝이 파르르 떨렸다. 동시에 어깨에서부터 시작된 미세한 진저리가 턱까지 올라왔다.

"좋아."

"네? 뭐가요?"

그녀는 마지막 남은 모차렐라 치즈 조각을 포크로 찍어 입에 넣었다.

"할게."

"뭘요?"

"싫음 말구."

그녀는 젊은 애인의 입이 벌어지기 시작하는 것을 빤히 쳐다보았다.

"아, 정말요?"

그는 환한 표정으로, 진심으로, 온 마음을 다해 기뻐했다. 그가 무엇 때문에 기뻐하는지 잠시 잊은 채, 그를 기쁘게 할 수 있다는 그것만으로 아주 잠시 행복했다.

"고마워요, 정말 고마워요."

"하지만 자기가 모르는 사람은 싫어. 잘 아는 사람이었으면 좋겠어. 입도 무겁고."

"알았어요. 좋은 친구가 하나 있어요. 법대 동긴데요. 저랑은 어렸을 때부터 죽고 못 사는 친구예요. 벌써 사시 일차도 합격했고 한마디로 대단한 녀석이죠."

"사법시험 일차가 그렇게 대단한 거야?"

"뭐 그렇진 않죠. 제 말은……"

그녀는 손을 들어 제지했다.

"그만! 너무 자세히 얘기할 필요는 없어. 어쨌든 됐어. 그렇게 가까운 친구라니."

"그럼 오늘 밤 어때요?"

"너무 빠르지 않아?"

"뭐가 빨라요? 몇 달이나 기다렸는데요."

차라리 홀가분한 기분이었다. 이렇게 좋아하는 것을 그렇게 오래 거절해왔다니, 가벼운 죄책감까지 들었다.

"그렇게 좋아?"

"마리가 너무 자랑스러워요. 이따 일곱시에 어때요?"

"좋아."

"저녁은 제가 살게요."

"됐어. 내가 살게."

"맛있는 거 사줄 거예요?"

"뭐 먹고 싶은데?"

"그 친구는 삼겹살 같은 거 좋아해요. 그때 그 와인삼겹살집 어때요?"

"그래, 거기서 봐."

그는 가벼운 흥분으로 몸을 떨며 식어버린 해물 리소토를 입에 퍼넣고 있었다. 그러면서 왼손으로는 새로 도착한 문자메시지를 확인했다. 삐리링. 신호음이 다시 울리자 이번에는 포크를 왼손으로 옮겨잡고 오른손 엄지로 재빨리 문자를 입력하기 시작했다. 아마도 법대 동기라는 친구한테 보내는 문자겠지. 뭐라고 치고 있을까? 그 친구는 이미 나에 대해 알고 있을까? 그녀는 미지근하게 식어버린 물을 들이켰다. 웨이트리스가 물병을 들고 다가와 쿨럭쿨럭 빈 잔을 채웠다. 북적대는 레스토랑 한가운데였지만 마치 황야에 홀로 버려진 기분이었다. 핸드백 속의 휴대폰을 꺼내보았다. 두 통의 문자메시지가 와 있었다. 하나는 남편이 보낸 것이었다.

'나 오늘 좀 늦을지도 몰라.'

갑자기 무슨 일이 생긴 걸까. 다음 문자는 딸 현미에게서 온 것이었다.

'엄마, 나 오늘 친구 생일집 가. 저녁 먹고 갈게. 걱정 뚝.'

약속이라도 한듯 저녁 늦게 들어오겠다는 둘의 문자를 받자 기분이 묘했다. 마치 가족이 공모하여 자신의 등을 떠밀어 성욱에게 보내는 것 같았다. 그녀도 빠른 손가락 놀림으로 답장을 쳐 두 사람에게 날렸다. 현미에게는 자신 역시 늦을 것 같다고 했지만 남편에게는 그냥 알았다고만 답했다. 고개를 들자 성욱이 자신을 바라보고 있었다. 그의 눈동자 흰자위 위를 가는 실핏줄이 가로지르고 있었다. 뜬금없이 푹 끓인 찌개 속의 생태 알이 떠올랐다.

20

현미는 문자메시지를 확인했다. 들고 가던 급식판을 반납하고 아영과 함께 매점에 내려가 바나나우유를 사서 마셨다. 현미는 그 달짝지근한 우유 중독이었다. 하루에 서너 개씩 마셔대고도 늘 입맛을 다셨다. 우유를 들고 둘은 매점 밖 화단으로 나와 벤치에 앉았다. 두 소녀의 눈앞으로 한 무리의 여자애들이 지나갔다. 그리고 뒤를 이어 진국이 나타났다.

"야."

아영이 진국을 불러세웠다. 진국은 그제야 둘을 발견한

눈치였다.

"안녕."

"안녕."

진국의 얼굴이 살짝 붉어졌다. 지나가는 남자애들이 이들을 힐끗거렸다.

"이따 누구누구 와?"

아영이 물었다. 진국은 주변을 살피며 말했다.

"너네하고 내 친구 둘하고."

현미가 끼어들었다.

"우리가 아는 애들이야?"

"모를 거야."

"우리 학교 애들 아냐?"

"아니, 학교 안 다녀."

"학교를 안 다녀?"

아영이 놀라며 물었다.

"왜, 싫어?"

진국은 그런 반응을 익히 예상한 표정이다.

"그치만 니들이 생각하는 그런 애들 아냐."

"흥, 우리가 뭘 생각하는데?"

"싫으면 안 와도 돼."

현미와 아영이 서로의 얼굴을 쳐다보았다. 진국은 어서 그 자리를 벗어나고 싶은 눈치였다. 진국이 머리를 긁으며 말했다.

"하지만 와줬으면 좋겠어."

그러나 현미와 아영 모두 샐쭉한 표정이었다. 아영이 현미를 대신해 말했다.

"글쎄, 좀 생각해볼게."

진국의 얼굴이 조금 더 붉어졌다.

"그래, 그럼 이따 문자 해."

"우리 안 가더라도 재밌게 놀아."

"그러지 말고 꼭 와."

진국은 매점으로 들어갔다. 현미는 바나나우유 빈 통을 휴지통에 던져넣었다. 둘은 화단을 따라 국기게양대 쪽으로 걸어갔다. 점심시간을 틈타 농구를 하러 나온 남자아이들이 유인원처럼 손을 번쩍 들고 이리저리 뛰어다니고 있었다.

"진국이 특이하지?"

아영이 묻자 현미는 고개를 끄덕였다.

"그러게. 친구들도 좀 깰 것 같지 않냐?"

"응, 그치만 난 좋아."

"왜?"

"우리 학교 애들 싫거든."

아영의 표정이 살짝 어두워졌다. 현미는 아영의 손을 꼭 잡았다. 둘은 갑자기 까르르 웃으며 앞으로 달려나갔다. 그러다 또 돌연 멈춰 서서 숨을 몰아쉬었다.

"오늘은 우리 엄마도 늦는대."

"그래?"

아영이 반색을 했다.

"좀 늦어도 되겠네, 그럼."

"너 학원은 어쩌려구?"

"오늘 하룬데 뭘. 넌 좋겠다. 학원도 안 다니구."

"나도 다니고 싶은데, 엄마가 계모라 돈을 안 주잖아."

아영이 웃으며 현미의 어깨를 때렸다. 현미는 아얏, 과장되게 비명을 지르고는 갑자기 교사 안으로 뛰어들어갔다. 아영은 그런 현미를 뒤쫓았다. 점심시간의 끝을 알리는 음악소리가 그들의 발걸음을 따라 건물 안으로 퍼져나갔다.

PM 01:00
평양의 힐튼호텔

21

　김기영은 종로4가에서 서쪽을 향해 걸었다. 꽤 많은 사람들이 오가고 있었다. 기영은 간판들을 읽으며 걸었다. 늘 보는 것들이었지만 새삼스러웠다. 거리는 익숙한 것과 낯선 것들이 조화를 이루고 있었다. 아니, 종로의 모든 것이 익숙하면서 또한 낯설었다. 종로는 처음에도 낯설지 않았고 이십 년이 지난 지금까지도 익숙해지지 않는 거리였다. 그곳은 서울의 중심이지만 어쩐지 늘 변방 같았고 그럼에도 불구하고 가장 서울다웠다.

평양의 130연락소 시절, 기영은 동료들과 함께 버스에 올랐다. 운전석 앞 창문을 제외한 버스의 모든 차창들은 판자로 막혀 있었다. 희미한 실내등만 켜 있는 버스에선 모두가 조금 초췌해 보였다. 버스는 평양 시내를 맴돌았다. 도대체 어디로 가는지 가늠하기 어려웠다. 그러다가 갑자기 쑤욱 꺼지듯 아래로 내려가기 시작하더니 한참을 내려가다 덜컥 멈추었다. 모두 고개를 들어 유일하게 막히지 않은 앞쪽을 바라보자 검문소에서 흔히 볼 수 있는 삼각 바리케이드가 눈에 띄었다. 그 너머엔 방공호를 닮은 콘크리트 구조물과 버스 한 대가 겨우 통과할 수 있을 것 같은 철문이 있었다. 이글루 형태의 입구는 위장막으로 덮여 있었다. 문이 열리자 그들이 탄 버스는 그 어둠 속으로 들어갔다. 핵폭탄이 떨어져도 안전할 것 같고, 미국의 위성정찰로부터도 능히 은폐될 만한 곳이었다. 한참을 내리달리던 버스가 멈추자 그들은 안내원의 지시에 따라 버스에서 내렸다. 그러곤 줄을 지어 작은 회색빛 건물로 걸어갔다. 혹시 교화소에라도 끌려온 것은 아닐까, 누군가 기영의 귀에 속삭였다. 영 터무니없는 말은 아니었다. 그들은 탈의실로 들어가 옷과 양말, 구두를 새로 지급받았다. 입고 온 옷과 신발은 바구니에 넣어 선반에 올려놓았다. 고등중학교 시절, 기영은 아우슈비츠에 관한 영화를 본 적이 있었다. 수용소에 들어가는 첫 절차와 군대에 입대하는 절차가 같다는 것이 흥미로웠다. 그들은 입고 온 옷을 벗어 제출하고 지급한 유니폼을 입어야 했다. 머리를 깎였고 강제로 목욕을 했다. 그러나 그날의 탈의실에선 목욕과 이발 절차가 빠져 있었다. 그렇다면 교화소일 리가 없었다. 기영은 조용히 안도했다.

그들은 들어온 문과 다른 문으로 나왔다. 누가 먼저랄 것도 없이 그들은 탄성을 질렀다. 서울의 밤거리였다. 네온 사인 간판들이 번쩍거리고 자줏빛 보도블록이 깔린 거리엔 남한 옷을 입은 사람들이 무표정하게 오가고 있었다. 슈퍼마켓에는 과일들이 수북이 쌓여 있었고 OB맥주를 파는 생맥줏집이 그 옆에 있었다. 단지 조금 기이하게 느껴졌던 것은 슈퍼마켓 옆에 파출소, 파출소 옆에 나이트클럽이 붙어 있다는 점이었다. 남한의 거리를 직접 본 적은 없었지만 그것들은 어쩐지 서로 잘 어울리지 않았다. 그 밖에는 상당히 사실적으로 재현되어 있었다. 심지어 거리에는 거지까지 있었다. 거지는 고무판으로 두 다리를 감싸고 바닥에 엎드려 손을 앞으로 내밀고 있었다.

상점과 파출소, 호텔과 은행에는 남한에서 납치되었거나 자진 월북한 자들이 점원이나 직원, 경찰로 분장한 채 일하고 있었다. 이들은 완벽한 남한말을 구사하면서 서울의 거리를 그대로 재현한 곳으로 출근해 하루하루를 살아가고 있었다. 남편이 사과 위에 앉은 파리를 파리채로 쫓으면 아내는 앉아서 장부를 정리하는 식이었다. 그러나 그들이 진짜 부부인지는 알 수 없었다.

평소에는 모습을 잘 드러내지 않던 이상혁이 뚜벅뚜벅 '힐튼호텔' 정문의 회전문을 통해 걸어나오는 장면은 비현실적이었다. 이상혁은 영화계의 스타처럼 씩 웃었다. 그리고 계단을 내려와 공작원 후보들 앞에 섰다.

"여러분, 안녕하십니까?"

평소라면 "동무들!"이라는 말로 시작했을 그의 연설은 완전히 서울식으로 바뀌어 있었다. 기영과 동료들도 서울식으로 대답했다.

"네, 안녕하십니까?"

그는 거리를 손으로 가리키며 물었다.

"어떻습니까? 환상적이죠?"

"네."

"입을 모아 대답하지 마세요. 서울에서는 누가 묻는다고 그렇게 입을 모아 대답하지 않습니다. 알겠습니까?"

이번에는 아무도 대답을 하지 않았다.

"자, 이 거리는 공화국의 영화 일꾼들이 친애하는 지도자 김정일 동지의 지도 아래 전력을 다해 완성한 것입니다. 여기서 여러분은 서울에 내려간 것과 마찬가지로 행동해야 합니다."

돌이켜 짚어보면 기영이 그곳에서 현지적응훈련을 받던 때는 김정일의 지시로 납치한 남한 최고의 감독인 신상옥과 그의 부인이자 인기 배우인 최은희가 다시 탈출해 남한으로 가기 직전이었다. 기영의 남파 직후 신상옥 최은희 부부는 오스트리아의 빈에서 북한 감시원들을 따돌리고 미국 대사관을 통해 탈출했다. 그 사건은 그동안 바깥에 거의 알려져 있지 않았던 지도자의 취향과 열정을 전 세계에 널리 알리는 계기가 되었다. 그러나 영화에 대한 그의 애정은 단순히 보고 즐기는 데에서 그치지 않았다. 좋아하는 감독과 배우를 납치하고, 촬영 현장에 나타나 제 맘대로 줄거리를 수정하고, 배우들의 연기까지 지도했다.

그런 절대 권력자의 머릿속에 남파 공작원의 교육과 영화 제작 방식을 접목한다는 아이디어가 떠올랐다고 해서 이상한 일은 아닐 것이다. 영화와 가극을 좋아했던 김정일은 결국 북한사회 전체를 거대한 연극무대로 만들었다. 팔만 명이 한데 모여 매스게임을 벌이고, 붉은 깃발을 휘두르는 청년들은 군가에 맞춰 이 거리 저 거리를 날마다 뛰어다닌다. 그는 몇 명의 주연배우와 수천만 명의 엑스트라로 이루어진 거대한 서사창작물을 만든 것이다. 북한에는 엄밀한 의미의 개인이 없었다. 인간에게는 생물학적 생명보다 사회적 생명이 더 중요하다는 주체사상에 따라 모든 사람은 조직에 소속되어야 했다. 사로청이나 여맹, 노동당이 한 인간의 정체성을 대변했다. 모든 조직은 매일 혹은 며칠에 한 번은 모여 총화를 해야만 했는데 그것은 사실 시선과 시선의 감옥이었다. 자신이 부지불식간에 저지른 과오까지 동지들 앞에서 고백하고 그 고백을 평가받는 일이 평생 계속되는 사회에선 그 누구도 자신을 지켜보는 시선을 의식하지 않을 수 없었다. 마치 촬영 현장의 배우들처럼, 북한에선 누구나 '감독'과 '동료 배우'들의 시선을 의식하며 움직이게 된다. 한 사람의 배우는 자신의 실수만 생각하는 게 아니라 동료 배우의 실수까지 늘 유념해야 한다. 왜냐하면 단 한 사람의 실수로도 촬영은 중지되고 감독의 질책이 떨어지기 때문이다.

이상하게도 그 세트장은 별로 낯설지가 않았다. 지금와 돌이켜 생각해보면 그것은 남한을 흉내냈으나 본질적으로는 북한 그 자신을 빼닮은 것이었다. 기영은 자신이 현재 걸어가고 있는 종로5가를 둘러보았다. 아무리 좋게 봐주어도 아름답다고는 말할 수 없는 거리였다. 만약 잘 정돈된, 깔끔하고 단정한 상태를 아름다움이라 부른다면 평양이 서울보다 훨씬 '아름답다'고 할 수 있었다. 종로에는 더럽고 지저분하고 조악한 것들이 화려하고 세련된 것들과 뒤섞여 있었다. 그러나 적어도 거기에 인공적인 느낌은 없었다. 오래된 기와집 위에 노란 호박꽃이 피고 그 위로 다시 민들레씨가 날아와 자라듯, 종로의 거리는 영화 세트장보다는 자연의 들판에 더 가깝다고 할 수 있었다. 그러나 평양 지하에 건설된 터널 속의 거리는, 일광을 대신해 높은 조도의 인공조명이 힘겹게 비추던 그 거리는, 자신이 닮고자 했던 것과는 너무 멀리 떨어져 있었다. 그러나 만약 김정일 같은 설계자의 눈으로 본다면 미적 기준은 달라질 수도 있을 것이다. 그에게 그곳은 자신만의 근사한 미니어처 테마파크였을 것이다. 그곳에선 단 오 분 만에 서울의 종로에서 런던의 피카딜리 서커스에 갈 수 있었다. 남파공작원들을 교육하는 서울 거리 너머에는 네덜란드인과 영국인, 프랑스인 들이 모여 사는 또다른 세상이 있다고 했다. 한국전쟁 때 탈영한 늙은 미군이 마카오에서 납치된 태국 여자와 결혼해 살면서 취업 사기로 평양까지 끌려온 프랑스 여성과 스리랑카 산 홍차를 마시는 세상이었다. 어떤 면에서 그들은 도쿄나 서울의 학원에서 영어를 가르치는 네이티브 스피커들과 다르지 않았다. 국적을 세탁해 남한으로 입국할 공작원들에게 외국어를 가르치고 저녁엔 퇴근해 아내와 함께 텔레비전을 보는 삶이었다. 단지 죽는 날까지 그 나라를 떠날 수 없으며 텔레비전이 하루에 여섯 시간밖에는 나오지 않는다는 차이가 있을 뿐이다.

김정일은 『영화예술론』이라는 저서에서 이렇게 말한 바 있다. "자주 시대의 요구를 반영하여 나온 주체의 인간학인 영화문학은 자주성을 생명으로 하는 사람의 본성과 그로부터 흘러나오는 인간 문제를 밝힘으로써 사람을 세계와 자기 운명의 주인으로 내세우며 사람이 주인으로서의 책임과 역할을 다하도록 하는 데 이바지하여야 한다."

그는 아직도 그 구절을 외우고 있었다. 그러나 그가 그 기이한 세트장에서 만났던 사람 중 누구도 "자기 운명의 주인"으로는 보이지 않았다. 만약 이 세계에 기독교라는 곳에서 말하는 연옥이라는 게 정말 있다면 바로 그곳일 것이다. 그들은 피안도 차안도 아닌 점이지대에서 아무것도 절박할 것이 없는 삶을 계속해나가고 있었다. 그곳은 시간이 흐르지 않는 세계였고 대량실업이나 전염병, 대공황이 일어나지 않는 곳이었다.

이상혁은 삼층짜리 힐튼호텔을 가리키며 말했다.

"여러분은 호텔에 들어가 여장을 풀게 됩니다. 방에는 각자의 임무카드가 있을 겁니다. 거기 적힌 대로 움직이면 됩니다. 길을 오가는 사람들이나 가게에 있는 지도원들이 여러분을 지켜보게 될 겁니다. 만약 이쪽 억양으로 말한다거나 남쪽 물정을 몰라 실수하면 여러분은 체포됩니다. 남한 사람들은 신고정신이 아주 투철합니다. 잘 알고 있겠지만 남한의 안기부와 경찰들은 공작원을 잡으면 악랄한 고문을 자행합니다. 여러분은 그 고문까지도 이겨내야 합니다."

 이상혁이 다시 씩 웃었다. 남한의 고문을 흉내냈을 고문은 아마도 실제보다 훨씬 잔혹할 것이었다. 기영은 한국은행에서 발행한 삼백만원가량의 지폐뭉치를 지급받고 호텔로 들어갔다. 프런트의 직원이 무표정한 얼굴로 종이를 내밀었다. 거기에 이름과 주소, 전화번호를 적었다. 직원이 종이를 되가져가면서 이것저것 물어왔다. 담배를 피우느냐, 어떤 방을 원하느냐 등등의 질문이었다. 늘 연습해왔던 것이지만 개인의 기호를 물어오는 자본주의식 질문은 그때만 해도 여전히 낯설었다. 그러나 기영은 최대한 침착하게 대답했고 방의 열쇠를 받을 수 있었다. 그는 작은 가방을 들고 방으로 들어가 짐을 옷장 옆에 놓았다. 임무카드부터 펼쳐보았다. 우선 슈퍼마켓에서 몇 가지 생필품을 구입하고 은행에 통장을 만들어 돈을 입금한 후, 백화점에서 아내에게 줄 속옷을 사라는 명령이었다.

 한 방에 같이 들어온 정훈은 나이트클럽에서 맥주를 마시고 책방에서 소설책을 사는 임무를 받았다.

 "정말 고문을 할까?"

 "할 거야. 전에 산에서도 받았잖아?"

침투훈련을 말하는 것이었다. 거기서도 남한의 특수부대로 분장한 요원들이 그들을 붙잡아 나무에 거꾸로 매달고 고춧가루 푼 물을 코에 들이부은 일이 있었다. 그런 일은 다시는 당하고 싶지 않았다. 외국어 회화 연습을 하듯 기영은 몇 번이고 대사를 암기하였다.

"······집사람의 사이즈를 잘 모르는데 어떻게 하죠? 집사람의 사이즈를 잘 모르는데 어떻게 하죠? 집사람의 사이즈를 잘 모르는데 어떻게 하죠?"

"발음 좋구나. 역시 외국어대학 출신답구나."

정훈이 기영의 자연스러운 억양에 감탄했었다. 그는 억양만큼은 자신이 있었다. 130연락소에서 기영에게 서울 억양을 지도해주던 사람도 그의 억양을 칭찬했었다. 그는 기영과 격의 없이 친해지자 불쑥 이렇게 말했다. "혹시 내려가더라도 해변에서 놀고 있는 철없는 어린아이만큼은 데려오지 마시오." 그는 전북 부안이 고향이었다. 그렇게 말하는 그의 얼굴에 아주 잠깐 소년의 얼굴이 홀로그램처럼 나타났다 사라지는 것을 기영은 놓치지 않았다.

힐튼호텔을 나왔다. 스쳐 지나가는 모든 사람들이 그를 힐끔거리는 것 같았다. 얼마간은 사실일 것이었다. 그들 중

몇몇은 지도원임에 분명했고 일거수일투족을 점수로 매겨 총화시간에 발표할 것이었다. 슈퍼마켓으로 들어갔다. 사과를 몇 개 집어 비닐봉지에 넣었다. 무료한 얼굴로 과일판매대에 기대서 있던 점원이 그것을 계량하여 가격표를 붙여주었다. 바구니에 동원참치 통조림 하나와 삼양라면 네 봉지를 보태 계산대로 갔다. 계산대의 여성이 그를 빤히 쳐다보고 있었다. 그는 주머니를 뒤져 돈을 꺼내 내밀었다. 계산대의 여성이 눈짓으로 그가 들고 있는 바구니를 가리켰다. 아, 그제야 서둘러 바구니를 계산대에 올려놓았다. 북한에서는 돈을 먼저 주면 점원이 진열대에서 물건을 내주는 방식이었기 때문에 아무래도 물건을 먼저 골라 계산을 치르는 이런 방식이 낯설 수밖에 없었다. 하마터면 고문실로 끌려갈 뻔한 자기를 도와준 여성이 고마웠지만 뒤에 벌써 누군가가 차례를 기다리고 있었기 때문에 아무 말도 할 수 없었다. 점원은 물건을 큼직한 비닐봉지에 담아주었다. 그것을 들고 밖으로 나왔다. 점원은 슈퍼마켓을 떠나는 그에게 인사를 했다.

"감사합니다."

문턱을 넘어가던 그의 발걸음이 잠시 멈칫거렸다. 평양

의 어떤 가게에서도 점원이 손님에게 고맙다고 인사하는 경우를 보지 못했기 때문에 그는 뭔가가 잘못됐다고 생각했던 것이다. 도대체 뭐가 감사하다는 거지? 물건을 받은 것은 바로 난데.

그는 이십 미터쯤 떨어진 은행으로 들어갔다. 은행에는 오직 한 명의 행원만 창구를 지키고 있었다.

"어떻게 오셨습니까?"

"통장을 하나 만들려고 하는데요."

"이거 좀 써주세요."

행원이 거래신청서 양식을 내밀었다. 조흥은행에서 사용하는 양식이었다. 빈칸에 외우고 있던 주소와 전화번호, 주민등록번호를 적었다.

"도장도 주세요."

도장을 꺼내주자 행원은 몇 군데에 도장을 찍었다.

"오늘 얼마 입금하시겠어요?"

그는 지갑에서 백만원을 꺼내 내밀었다. 여자는 그것을 서랍에 넣고 통장에 기록했다. 통장을 받으려던 기영의 눈이 행원의 눈과 마주쳤다. 그 행원도 슈퍼마켓의 점원처럼 눈으로 뭔가를 말하고 있었다. 통장을 펼쳐 살폈다.

통장 가운데에 연필로 뭔가가 쓰여 있었다. 남한의 일곱 자리 전화번호와 사람의 이름이었다. 이름 밑에는 "잘 있다고 전해주세요. 부탁입니다"라고 적혀 있었다. 다시 행원을 쳐다보자 그녀는 눈길을 피한 채 책상을 정리하기 시작했다.

"안녕히 가세요."

혼란스러웠다. 정말 가족에게 안부를 전하고자 하는 사람일 수도 있지만 기영의 사상성을 떠보기 위한 술책일 가능성도 충분했다. 그는 망설였다. 그 잠깐의 망설임이 기영을 나약하게 만들었다. 그는 돌아서서 은행을 나왔다. 그리고 잠시 거리에 서서 주변을 둘러보았다.

"어떤 거리에서도 멍하니 서 있지 마라. 가장 눈에 잘 띄는 행동이다. 어디로든 움직여라."

이상혁은 늘 그렇게 말하곤 했다. 적당한 속도로 백화점 쪽으로 걸었다. 백화점에 들어가서는 화장실로 향했다. 바지의 지퍼를 내리고 소변을 보면서 오른손으로 조금 전 은행에서 받은 통장을 다시 꺼내보았다. "잘 있다고 전해주세요. 부탁입니다." 그는 엄지손가락으로 그 부분을 거세게 문질렀다. 한 인간의 절박함을 담은 글자와 숫자는 형체를 알아보기 어려울 정도로 뭉개져버렸다. 그래도 그 불길한 검은 얼룩은 완전히 사라지지 않았다. 그 페이지를 북 찢어 잘근잘근 찢은 다음 입에 넣고 씹었다. 종이는 말라비틀어진 국멸치처럼 질겼다. 필사적으로 이와 혀를 놀려 씹었다. 한참을 씹자 비로소 부드럽고 물컹물컹해졌다. 하나 둘 셋을 세고 침으로 잘 반죽된 펄프덩어리를 꿀꺽 삼켜버렸다.

그로부터 이십 년이 지나 그는 이제 세트장이 아닌 진짜 서울, 그 한복판에 서 있었다. 그때 그 사람들은 모두 어떻게 됐을까? 혹시 그들이 바로 귀환 이후 맞닥뜨리게 될 내 미래는 아닐까? 나도 거기서 생을 마감하게 될까? 그런데 과연 북한이라는 나라가 그렇게 오래 존속할 수 있을까?

그는 귀금속상들이 즐비한 거리를 지나 롯데리아 앞에서 발걸음을 멈추었다. 목이 말랐다. 안으로 들어가 콜라를 시켰다.

"콜라. 스몰로 얼음 좀 적게요."

"콜라, 스몰, 천원입니다. 네, 천원 받았습니다."

이제는 모든 게 물 흐르듯 자연스러웠다. 처음 서울에 내려왔을 때, 그를 가장 주눅들게 만들었던 게 바로 이 롯데리아였다. 평양의 그 터널 속에는 맥도널드나 버거킹 같은 셀프서비스 패스트푸드점이 없었던 것이다. 1986년 당시엔 남한에도 들어온 지 몇 년 안 되는 신종 업태였다. 기영은 몇 번이고 롯데리아 밖에서 서성이며 도대체 벽에 떡하니 붙어 있는 '셀프서비스'라는 문구가 뭘 의미하는지 알아내려 애썼던 것이다. 사람들은 계산대로 걸어갔고 몇몇은 쟁반을 들고 어디론가 걸어가 쟁반 위의 내용물을 버리고 돈도 치르지 않고 밖으로 나왔다. 모두가, 어린 중학생들마저도, 마치 어디선가 단체교육이라도 받고 온 것처럼 자연스러웠고 아무 거침이 없었다. 그렇다고 누군가에게 물어볼 수도 없는 문제였다. 롯데리아 안으로 들어가 자리에 앉아보았다. 한참을 그러고 있어도 아무도 그에게 다가오지 않았다. 그렇게 앉아 주문하는 사람들을 유심히 지켜보고 나서야 '셀프서비스'가 의미하는 바를 알 수 있었다. 스스로 주문하고 받아서 제 손으로 버리는 것을 어찌 서비스라 부를 수 있을까. 그러나 곧 익숙해졌다. 그것 말고도 적응해야 할 것들, 평양의 그 거대한 터널에서 배우지 못한 것들이 수도 없이 많았다.

사람들로 북적거리는 종로 한복판에서 그는 자신이 떠나온 나라가 어떤 곳이었는지 점점 더 구체적으로 떠올릴 수 있었다. 기억들은 여름날의 파리처럼 그의 뇌 근처에서 앵앵거렸다. 그는 들고 있던 콜라를 마시기 시작했다. 갈증이 사라지면서 짧고 강렬한 행복감이 찾아왔다. 곧 크르륵 소리를 내며 마지막 한 방울의 콜라가 그의 입속으로 빨려들어갔다.

22

마리는 천천히 걸었다. 그녀는 인생의 중요한 문제에 대해 오래 생각하는 유형의 인간은 아니었다. 그러나 이번에는 달랐다. 살다보면 마치 농구경기에서처럼 "타임!"이라고 외치고 싶은 순간이 있다. 지금이 바로 그랬다. 게임이 뒤집힌 건 아니었다. 아직 이기고 있고 점수차도 있다. 그러나 상대방은 맹렬히 추격중이고 경기장의 분위기도 상대팀 쪽으로 기울고 있다는 것을 그녀는 느낄 수 있었다.

이대로 간다면 경기는 뒤집어지고 다시 역전하기 어려울지도 모른다.

어디서부터 잘못된 걸까? 직장을 옮기기 위해 이력서를 쓸 때마다 그녀는 최초로 삶이 어긋나기 시작한 순간이 언제인가를 되짚어보곤 했다. 어쩌면 이력이 아니라 가족과의 문제 때문이 아닐까 생각해보기도 했다. 그럴 때마다 생각은 언제나 엄마 쪽으로 흘러갔다.

마리의 어머니는 이십대 후반부터 줄곧 우울증에 시달려온 사람이었다. 팔십년대 말까지는 그게 병인지도 모르고 살아왔고, 병이라는 것을 알게 되고 나서는 약물치료를 받았지만 크게 나아지지 않았다. 우울증은 두꺼운 솜이불처럼 온 가족을 짓눌렀다. 특히 그녀의 아버지, 역도산과 같은 날 태어난 것을 유일한 자랑으로 삼고 있던 장익덕은 어두운 방에 누워 있는 아내를 생각할 때마다 마음이 무거웠다. 전형적인 우울증 환자답게 마리의 어머니는 밤이면 불면증 때문에 잠을 설쳤다. 잠이 오지 않았기 때문에 점점 더 비관적인 생각들에 사로잡혔고, 그래서 더욱 잠을 이루지 못하는 악순환이 계속되었다. 마리의 아버지는 성당의 신부를 찾아가 상담하다가 비로소 자기 아내가 병을 앓고 있다는 것을 알게 되었다. 알게 되었다고 달라진 것은 없었다. 서울에서 대학을 나왔으나 광주로 낙향하여 가업인 주류도매업을 물려받은 그는 애당초 우울증과 같은 부조리한 병을 이해할 수 없는 환경에서 살아왔던 것이다. 엄청나게 술을 마신 다음날의 숙취, 그것과 함께 밀려오는 우울함 비슷한 그 무엇이 아닐까, 정도가 그가 유추할 수 있는 한계였다. 그는 건달과 마초들이 득실거리는 주류도매업을 하고 있었다. 그 자신 건달은 아니었지만 주변의 건달들과 늘 좋은 관계를 유지하고 있었고, 또 그래야만 하는 사업이었다.

"술 마실 때, 고수레하잖여? 고만큼만 빼고 다 세금이라고 보면 돼. 팔 때 걷으면 되지 부가가치세는 또 뭣이여?"

그의 일생은 세금과의 투쟁이라고 봐도 과언이 아니었다. 장익덕이라는 인간을 한마디로 정리하는 단어를 굳이 찾는다면 그것은 아마 '무자료'일 것이었다. 그는 영수증이나 회계장부 같은 것은 믿지 않았다. 암호문 같은 글자와 숫자들이 적혀 있는 대학노트가 장부를 대신했고, 평생을 쌓아온 알음알음의 인맥이 곧 영수증이었다. 그가 사는 세계는 영수증을 잃어버렸다고 이미 낸 세금을 또 내야 한다거나 장부에 안 적었다고 대금을 떼먹는, 그런 곳이 아니었다. 입증할 수 없다고 받아야 할 돈을 받은 셈 치는 곳도 아니었다. 칼과 얼굴이 근대적 계약관계를 대신하는 곳이었지만 그 나름대로 꽤 효율적이고 합리적인 구석도 있었다.

"국가는 산적 같은 거여. 안 만날수록 좋아."

그는 교통위반을 단속하는 경찰에게 만원짜리 몇 장을 찔러주면서 이렇게 말하는 사람이었다.

"만나면 이렇게 뜯기니까."

"어차피 몇만원짜리인데 굳이 이러실 필요가 있을까요? 그냥 나중에 고지서 날아오면 내시면 되잖아요?"

그는 이해하기 어렵다는 듯, 딸의 얼굴을 똑바로 쳐다보며 말했다.

"그럼 기록이 남잖여?"

마리뿐 아니라 누구도 그의 인생철학을 교정할 수 없었다. 만약 그걸 교정하려 들었다간 그의 산적론을 하루 종일 들어야만 했기 때문이었다. 그 장광설은 예를 들면 이런 식이었다.

"만약 어떤 산적이 단 일주일만 마을을 다스린다 하자. 그놈들은 아마 하루도 안 돼 마을을 거덜내고 말 것이여. 그러나 일 년을 다스린다면 추수 때까지는 기다리겠고 사람들도 살려두겠지. 만약 십 년을 다스린다면 계획도 세울 거여. 다 굶어 죽으면 안 되니까 밥과 옷도 주면서 다스리겠지. 삼십 년을 다스린다면 애를 낳느냐 안 낳느냐까지 신경을 쓸 거다. 삼십 년을 다스리는 산적, 고것이 바로 국가란 것이다."

"이왕 산적 밑에서 살 거면 오래 다스리는 산적이 좋겠네요?"

마리가 물으면 장익덕은 씩 웃으며 "아, 말이 그렇다는 거여. 어디 가서 애비가 그러더라고 떠들지는 마라"라고 알쏭달쏭한 대답을 했다. 그에게 논리는 중요하지 않았다. 단지 세금을 내지 않을 그럴듯한 수사가 필요할 뿐이라고 마리는 생각했다. 때는 국가보안법의 시대였고 그 정도 얘기로도 고초를 당할 수 있었다.

어떤 면에서 그는 훗날 사위가 되는 기영과 같은 일종의 유령이라고 할 수 있었다. 국가와는 어떤 형태로도 부딪치지 않으려 노력했다. 일 년에 몇 억씩 벌 때도 많았지만 언제나 부가가치세 간이과세 사업자였다. 여러 개의 업소를 등록해 수입을 분산시켰다. 세무서 직원들의 노고를 잊지 않고 명절 때마다 인사를 했다. 그런 식으로 어찌어찌 세금은 피해갈 수 있었던 그도 아내의 우울증만은 어찌할 수가 없었다. 집에 돌아와 두꺼운 커튼이 쳐진 컴컴한 안방에 누워 있는 아내를 보면 깊은 무력감에 사로잡혔다. 억지로 끌고 나가 산보를 시켜보기도 하고 한약도 지어 먹여보았지만 효과는 없었다.

멀쩡하게 서울에서 대학을 잘 다니던 여자를 지방으로 끌고 내려온 탓은 아닌가 싶어 미안할 때도 있었고, 울화가 치밀 때는 확 이혼을 해버릴까 싶기도 했다. 아내는 서울에서 태어나 자랐고, 장익덕을 만나기 전까지 자신이 광주에 내려가 주류도매업자의 아내로 살아가게 되리라고는 한 번도 생각해보지 못했을 것이다. 그러나 어쨌든 일은 그렇게 되어버렸다. 그것 때문에 찾아온 우울증은 아닐 거라고 믿었고, 임상심리를 따로 공부했다는 본당의 보좌신부도 그렇게 말해주었지만 마음이 상쾌하지는 않았다.

그래도 아이들은 태어났다. 마리는 그중 막내였고 공부

를 잘했다. 고등학교 시절에는 전교1등도 심심찮게 하는 통에 은근히 자랑도 많이 하고 다녔다. 결국 마리는 서울에 있는 대학으로 진학해 집을 떠났다. 첫째 아들이자 마리의 큰오빠인 정석은 다섯 살 때, 불을 끄러 가던 소방차를 따라 도로로 뛰어나갔다가 뒤따라오던 다른 소방차에 치여 뇌를 다쳤다. 몇 차례 뇌수술을 했지만 결국 1급 정신지체 판정을 받았다. 둘째인 인석은 늘 어두운 표정으로 혼자 조용히 책을 보며 놀기를 좋아하는 아이였다. 소주상자가 쌓여 있는 창고에서 언제나 숨을 곳을 찾아냈고 그곳에 틀어박혀 하루를 보냈다. 키우던 진돗개 말고는 아무도 그를 찾아낼 수 없을 정도로 창고의 구석구석을 잘 알았다. 인석은 공부를 꽤 하는 축이었지만 서울로 올라가지 않고 부모 곁에 남아 지방의 국립대학을 다녔다. 그러나 그녀는 달랐다. 이상할 정도로 어머니를 전혀 닮지 않았고 오히려 아버지의 태생적 낙천성을 물려받았다. 밝고 명랑했으며 무엇이든 적극적이었다. 어떤 것에도 쉽게 굴하는 법이 없었다. 과시하고 자랑하는 것을 좋아했고 남에게 지는 것을 싫어했다.

그러나 한편으로 그녀는 엄마의 우울증 때문에 심한 스

트레스를 받고 있었다. 학교에서 돌아올 때마다 안방에 누워 있는 엄마를 보는 일이 실로 끔찍했다. 엄마는 인사를 해도 대꾸하지 않았고 이불만 눈썹까지 끌어올렸다. 그때마다 마리는 혹시 엄마가 죽은 것은 아닐까 두려워하면서도 또 한편으로는 엄마가 그 속에서 조용히 죽어 있기를 바라는 마음과 싸웠다. 어차피 엄마에게는 희망이 없잖아? 그렇게 엄마에게 인사를 하고 돌아서면 큰오빠가 히죽거리며 서 있었다. 악한 구석이라고는 전혀 없는 사람이었지만 가끔 자기 방에서 문이 열린 줄도 모르고 자위를 하고 있기도 해, 사람이라기보다 거대한 오랑우탄처럼 느껴질 때가 더 많았다. 체중도 점점 불어 그녀가 집을 떠날 무렵엔 백오십 킬로그램에 육박하였고 그후로는 누구도 그의 체중을 정확히 알지 못했다. 그가 체중계에 올라가는 것을 끔찍하게 싫어했기 때문에 강제로 그 거구를 체중계에 올려놓을 수 없었던 것이다. 집에는 큰오빠 전용의 화장실까지 있었다. 도기로 만든 일반 변기가 그의 체중 때문에 부서지는 바람에 강화플라스틱으로 특별 제작한 변기를 사용해야만 했던 것이다. 엄마가 우울증만 아니었다면 오빠가 그렇게까지 살이 찌지는 않았을 거라고 마리는 생각했다. 입 밖에 낸 적은 없었지만 그 시절 그녀의 꿈은 집을 떠나 가능한 먼 곳으로 가버리는 것이었고, 그러려면 공부를 잘하는 수밖에 없다는 것을 잘 알고 있었다.

그러나 대학에 입학해 집을 떠나고 엄마의 어두운 그늘에서 벗어나자마자 그녀의 내부에 숨어 있던 낙천성이 갑자기 되살아났다. 아무리 힘든 일이 있어도 "뭐, 잘될 거야. 크게 문제될 거 없잖아?"라고 중얼거리는 것이 말버릇이었다. '말이 중요해. 말이 바뀌면 행동이 바뀌고, 행동이 바뀌면 운명이 바뀌는 거야.' 그녀는 일기장에 끼적거리곤 했다.

솜사탕장수와 필름장수, 중형 카메라를 든 사진사들로 득실거리는 소란스러운 입학식이 끝나고 다음날이 되자 안개가 걷히듯 그녀가 다녀야 할 대학이 알몸을 드러냈다. 일제시대에 지어진 멋진 벽돌건물은 몇 채 되지 않았고, 서방의 원조에 기대 날림으로 지은 값싼 콘크리트 건물들이 곳곳에 금이 간 채 그녀를 기다리고 있었다. 조악한 건축을 가려줄 진달래와 목련은 아직 피지 않았고, 북쪽의 야트막한 야산을 넘어온 바람은 휑하니 뚫린 대로를 따라 교문으로 내달렸다. 창립자의 동상은 볼품없었고, 도서관

앞 광장은 학생들이 깨서 던지지 못하도록 보도블록 대신 검은 아스팔트로 덮여 있었다. 1986년 초, 새로 등장한 신민당을 중심으로 직선제 개헌론이 제기되고, 이런 흐름은 곧 5·3인천사태로 이어지게 되지만 신입생 장마리가 그런 상황을 알 리 없었다. 단지 도서관 벽에 나붙어 너덜거리던 대자보들만이 서서히 불어오는 정치적 격동을 암시하고 있었다. 광주학살 현장을 촬영한 NHK의 다큐멘터리도 여기저기서 상영되고 있었지만 광주에서 올라온 그녀에겐 별로 새롭거나 충격적인 내용이 아니었다.

오히려 입학식 날 열아홉 살 장마리의 관심을 끈 것은 구두회사인 에스콰이어가 주최하는 '차밍 워크 스쿨'이었다. 신문 하단의 통광고는 이제 갓 성인이 된 그녀에게 이렇게 묻고 있었다.

"당신의 걸음걸이에는 다음 일곱 가지의 아름다움이 담겨 있습니까?"

1. 걸을 때 구두 앞끝이 땅에 먼저 가 닿는다.
2. 다리를 쭉 펴고 걷는다.

3. 무릎과 무릎을 스치면서 걷는다.

4. 스텝이 가볍고 일직선이 되도록 걷는다.

5. 허리와 가슴을 펴고 걷는다.

6. 팔을 15° 정도 흔들면서 걷는다.

7. 고개를 들고 정면을 보면서 걷는다.

"과연 당신의 걸음걸이는 어떻습니까? 사람들은 당신의 걸음걸이를 보고 당신의 성격과 교양, 지성을 평가합니다. 아름다운 걸음걸이는 편안한 구두와 올바른 자세로부터 시작됩니다."

광고를 읽어본 그녀는 갑자기 자신의 발걸음이 부끄러워졌다. 일곱 가지의 항목 모두가 낯선 것이었다. 한 지점에서 다른 한 지점으로 이동하는 것만이 걸음의 목적이 아니라는 것을 처음 깨달은 순간이었다. 광고에 따르면 걸음은 성격과 교양, 지성을 표현하는 하나의 언어라고 할 수 있었다. 우선 그녀는 나이키 운동화 대신 앙증맞은 하이힐이 필요하다는 것을 알았다. 그녀는 명동에 나가 에스콰이어 구두를 사고, 한국을 대표하는 여성 모델이 직접

지도한다는 차밍 워크 스쿨의 티켓을 받았다. 강의는 압구정동에서 오후 2시와 저녁 7시 30분에 두 번 열렸는데 그녀는 저녁시간을 선택했다. 새로 산, 뾰족한 구두코가 반들거리는 검은 하이힐을 신은 그녀는 신촌에서 압구정동행 좌석버스에 올라탔다. 한남대교를 건넌 버스는 신사동을 지나 압구정동으로 달려갔다. 아직 개발이 채 끝나지 않은 강남은 이가 빠진 듯 듬성듬성 건물이 들어서 있었고, 새로 올라간 빌딩마다 '임대'라는 큼직한 문구가 나붙어 있었다. 누군가는 녹지도 없이 빌딩만 가득한 강남을 일컬어 거대한 벽돌 야적장처럼 난개발되었다고 비판했지만 그녀의 눈에 비친 신사동과 압구정동은 오히려 녹지가 없다는 점에서 더 근사했다. 푸름은 촌스러웠고 회색이 첨단이었다. 화려한 간판들, 한껏 차려입은 여자들이 승용차를 몰고 넓게 뚫린 대로를 운전해가는 곳이었다. 그녀는 단박에 강남에 매료되었다. 만일 그날의 그 사소한 사고만 없었다면 그녀는 아마 전혀 다른 삶을 살게 되었을 수도 있었다.

지금은 갤러리아백화점이 된, 그 시절의 한양백화점 앞에서 내린 그녀는 맥도널드와 피자헛을 비롯한 미국식 프랜차이즈의 간판을 구경하며 걸어갔다. 새로 산 구두는 아무래도 발에 잘 맞지 않았고 벌써 뒤꿈치가 아파오기 시작했다. 과연 이런 상태로 워킹 강습을 잘 받을 수 있을까 의심하는 찰나, 힐이 보도블록 사이의 틈에 끼면서 그녀는 오른쪽 발목을 삐고 말았다. 그때나 지금이나 그녀의 관절은 작은 충격에도 쉽게 상했다. 얼른 그 자리에 주저앉아 발목을 주무르면서 놀란 근육과 인대를 진정시켰다면 곧 나아졌을 증세였으나 부끄러운 마음에 그녀는 아픔을 참고 계속 걸었다. 버스정류장과 맥도널드 앞에 모여 있는 사람들이 모두 자기만 쳐다보고 있는 것 같았다. 결국 얼마 가지 못해 화단의 경계석에 주저앉고 말았다. 영하 삼 도의 쌀쌀한 날씨에 무릎 위로 올라오는 스커트를 입은 그녀는 발목의 고통보다는 차밍 워크 스쿨에 참가할 수 없게 되었다는 사실이 분해서 찔끔 눈물을 흘렸다. 발목은 이제 발을 디디지도 못할 정도로 아파왔고 살짝 만져보니 벌써 퉁퉁 부어오르고 있었다. 그녀는 화단의 경계석에 앉아 애써 태연을 가장하며, 마치 친구라도 기다리는 듯 한참을 버텼다. 그러나 해가 지자 추위는 점점 더 심해졌고 도움을 청할 사람 하나 없는 이 도시가 공포스럽게 느껴졌다. 조금 전까지 그녀를 매료시켰던 강남은 알고 보니 싸늘하고 냉정한 콘크리트 괴물이었다. 누구 하나 그녀에게 다가와 도와주려 하지 않았다. 그녀는 이러다간 얼어 죽겠다고 생각하고 과감하게 하이힐을 벗어 가방에 넣고 맨발로 영하의 거리를 절뚝거리며 걸어갔다. 스타킹을 신기는 했지만 맨발이나 마찬가지였고 얼어붙은 보도블록의 차디찬 느낌이 그대로 심장까지 전해져왔다. 압구정동의 세련된 주민들은 맨발로 걸어가는 그녀에게 아무도 참견하지 않았다. 그런 냉정함이, 호기심을 감출 줄 아는 그 도회적 태도가 그녀에게는 정말 놀라웠다. 광주의 충장로에서 어떤 여자가 다리를 절뚝거리며 맨발로 걸어갔다면 벌써 누군가가 등을 빌려주거나 택시에 태워 집으로 보내주었을 것이었다. 그러나 압구정동에선 똑바로 쳐다보는 사람 하나 없었다. 맨발로 절룩거리며 횡단보도를 건너 버스를 기다렸다. 심은 지 얼마 되지 않은 은행나무 가로수를 붙잡고 기다렸지만 버스는 쉽게 오지 않았다. 마침내 버스가 도착하자 겨우 올라타 천신만고 끝에 신촌의 하숙집까지 올 수 있었다.

그날 그렇게 다리를 삐지 않았다면, 그래서 아름다운

걸음걸이를 갖게 되고 강남에 대해서도 매력적이고 친근한 이미지를 계속 가지고 있었다면 어떻게 되었을까. 아마 자신의 운명이 조금은 달라졌을 거라고 그녀는 생각하곤 했다. 다리를 삐지만 않았다면 하숙집에 드러누워 며칠을 보내지 않아도 되었을 것이고, 그녀를 병원에 데려다준 고향 출신의 남자 선배를 따라 운동권 동아리에 가입하지 않아도 되었을 것이다. 그녀는 강남 혹은 서울이라는 도시로부터 버림받은 느낌이었고 때마침 나타나 그녀를 도와준, 같은 사투리를 쓰는 이들이 반가웠다.

만약 현미를 낳지 않았더라면 내 인생은 어떻게 됐을까? 가끔 생각해보곤 했다. 엄마가 우울증을 앓지 않았다면? 기영을 만나지 않았다면? 아니, 서울에 있는 대학으로 진학하지 않았다면? 도대체 어디서부터 어긋나기 시작한 걸까? 이 질문은 잘못된 것일지도 모른다. 좋아, 질문을 바꿔보자. 만약 다시 스무 살이 된다면 어떻게 할 것인가? 그녀는 횡단보도 앞에서 곰곰이 생각했다. 아마……그녀는 너무 빨리 떠오른 결론에 조금 놀랐다. 학생운동 같은 건 하지 않았을 거야. 영어를 배우고, 주말이면 테니스를 치고, 여름에는 요트부의 남학생들과 바다로 떠나는 거야. 곧 유학을 떠날 부유한 집안의 아들과 연애를 하다가 옆에서 그를 질투하는 더 부유한 집안의 아들과 결혼해서 멀리 떠나는 거지. 가서는 사회학이나 심리학 학위를 따고 한국으로 돌아와 지금쯤이면 대학에서 학생들을 가르치고 있었겠지. 이렇게 우왕좌왕하며 이 직업 저 직업을 전전하다 마흔이 되지는 않았을 텐데. 보험설계사였을 때도, 지금처럼 자동차 영업사원일 때도, 아니 김일성주의를 지지하는 운동권 대학생이었을 때마저도, 그녀는 어느 것 하나 잘한 게 없었고 어디에서도 두각을 나타내지 못했었다. 고등학교 시절엔 그렇게 공부를 잘해서 온 학교의 선생들한테 귀염을 받던 내가 왜 그 이후엔 어디에서도, 단 한 번도 두각을 나타낸 적이 없을까? 혹시 이것은 누군가의 음모가 아닐까? 이 모든 것이 내가 저지른 과오 때문이라는 결론은 받아들일 수 없다. 누군가의 집요한 악의가, 보이지 않는 손이, 제대로 잘 나가고 있던 내 삶의 행로를 슬쩍 뒤틀어놓은 것임에 틀림없다. 그렇지 않고서야……

삐리리리. 횡단보도에 파란불이 들어왔음을 알리는 소리를 듣고 그녀는 무심코 앞으로 발을 뻗었다. 네 발짝 정도 앞으로 나갔을까, 그녀의 코앞으로, 비유가 아니라 정말 그녀의 코끝과 불과 몇 센티미터도 떨어지지 않은 곳으로 산타페 한 대가 전혀 속력을 줄이지 않은 채 쌩 하고 지나갔다. 영화에서의 암전처럼 잠시 앞이 캄캄했고, 강한 후폭풍이 그녀의 몸을 휘청 흔들고 지나갔다. 깜짝 놀라 오른쪽으로 고개를 틀어 하마터면 자신을 칠 뻔했던 산타페를 노려보았다. 그런데 거기에는 경찰관이 서 있었다. 경찰관은 3차선으로 어슬렁 걸어나와 산타페의 속도를 늦춘 다음 갓길로 데려갔다. 경찰관이 신호위반 차량을 낚아채는 장면은 곰의 사냥과 비슷한 데가 있었다. 일견 굼떠 보이지만 정확하고 날카롭게 목표를 포착했다. 경찰관이 다가오자 운전석의 차창이 천천히 내려갔다. 장마리는 숨을 한번 깊게 들이쉬고 천천히 그들 쪽으로 걸어갔다. 아, 출근길에는 경찰한테 담배를 빌리더니. 그녀의 입꼬리가 가볍게 위로 치켜올라갔다. 가서, 만약 산타페 운전자가 위반을 하지 않았다고 버틴다면 그에 맞서 증언을 해줄 참이었다. 이 차는 분명 신호를 위반했다구요! 그때까지만 해도 그녀에겐 어떤 여유가 있었다고 할 수 있다. 경찰관이 자신을 향해 다가오는 그녀를 힐끗 쳐다보았다.

산타페 운전자도 무슨 일인가 싶어 차창 밖으로 고개를 빼 돌아보았다. 젊고 거친 근육질의 남자를 예상했지만 의외로 운전자는 이십대 초반의 젊은 여자였다. 가슴이 깊게 파인 프라다 풍의 근사한 검은색 정장을 입고 있었고, 세심하게 층을 내 커트한 머리카락이 작고 앙증맞은 얼굴을 감싸며 찰랑거렸다. 그녀는 다가오는 마리에게는 적의를 드러내면서, 경찰관에게는 애교를 떨고 있었다.

"아니, 제가 너무 바쁜 일이 있어서 그랬거든요. 면허 딴 지도 얼마 안 됐구요. 보세요."

그녀는 눈웃음을 치며 면허증을 내밀었다. 그러면서도 가까이 다가와 사태를 지켜보기 시작한 마리에게는 경계를 늦추지 않았다. 마리의 날카로운 침묵을 더는 못 견디고 마침내 경찰관이 물었다.

"무슨 일이세요?"

그녀는 최대한 침착하려고 노력하며 또박또박 말했다.

"좀전에 저 횡단보도에서 이 차에 치일 뻔했던 사람이에요."

경찰관은 그녀의 깁스한 팔과 얼굴을 번갈아가며 쳐다보았다.

"그래서, 어디 다치셨어요?"

"아뇨, 다치지는 않았지만 까딱하면 죽을 뻔했다구요."

그녀의 언성이 조금 더 높아졌다. 그러자 프라다가 끼어들었다.

"그거야 아줌마가 아직 파란불도 안 켜졌는데 튀어나오니까 그렇죠. 아니 신호를 보고……"

갑자기 통제불가능한 분노가 그녀를 집어삼켰다. 보통의 여자라면 일생에 몇 번 경험할까 말까 한 수준의 노여움이었다. 그녀의 오른손이 꼬리를 밟힌 독사처럼 빠르게 운전석으로 치고 들어가 아직 말을 채 끝내지도 못한 프라다의 찰랑거리는 머리카락을 거세게 움켜쥐었다. 으아악, 여자는 비명을 질렀다. 마리는 아랑곳하지 않고 움켜쥔 머리카락을 쥐고 흔들어댔다.

"야, 너 저기 하루 종일 서 있어봐. 왕복 12차선 도로를 빨간불에 건너가는 미친놈이 하나라도 있는지, 엉? 이게 죄송하다고 빌어도 시원찮을 판에, 뭐?"

경찰관이 급히 그녀를 떼어내지 않았다면 아마 운전자의 윤기 흐르는 머리카락이 한 움큼은 빠졌을 터였다. 그녀는 아쉬운 듯 머리카락을 쥐고 있던 아귀의 힘을 풀었다. 머리카락이 흘러내려 이마를 가린 여자는 잠시 넋이 나간 표정이었다. 경찰관은 마리를 차에서 떼어놓은 뒤 축구 경기의 주심처럼 단호하게 그녀에게 경고했다.

"이거 왜 이러세요? 자꾸 이러시면 폭행으로 사건 처리할 겁니다."

울컥 눈물이 솟았다. 갑자기 모든 게 억울했다. 죽을 뻔한 건 자기였는데 경찰관은 어린 여자의 편을 들고 있었다. 세상이 작당하고 자신을 비난하고 공격하는 것만 같았고, 심지어 경찰관마저 자신을 무슨 자해공갈단처럼 취급하는 느낌이었다. 운전석에 있던 여자가 문을 열고 내리려는 것을 경찰이 막았다. 그리고 말했다.

"아가씨, 딱지 안 뗄 테니까 그냥 가세요."

프라다는 그제야 헝클어진 머리를 손으로 대충 매만지고 다시 핸들과 기어레버에 손을 올렸다. 기어를 D로 거칠게 당겨놓은 그녀는 마리를 슬쩍 흘겨보며 혼잣말처럼 "뭐, 저딴 게 다 있어"라고 내뱉었다. 그러면서도 경찰관을 향한 눈웃음은 잊지 않았다.

"그럼, 수고하세요."

마리는 경찰관에게 따졌다.

"왜 그냥 보내시는 거예요?"

경찰관은 마리 쪽을 노려보며 말했다.

"아줌마, 신분증 좀 줘보세요."

산타페는 크르릉 소리와 함께 배기가스를 뿜으며 그들에게서 멀어져갔다.

"아니, 내가 왜 신분증을 줘요? 도대체 뭘 잘못했다고?"

그녀가 악을 썼다.

"글쎄, 줘보세요."

"그럴 권리 있어요? 경찰이면 다야?"

머리끝이 쭈뼛쭈뼛 서는 기분은 참으로 오랜만이었지만 결코 유쾌하지 않았다. 적은 사라지고 엉뚱한 자와 싸우고 있었다. 바로 그때 누군가가 다가왔다.

"저, 실례지만 무슨 일입니까?"

마리는 목소리를 듣자마자 그가 누구인지 알 수 있었다. 지점장은 마리와 경찰관을 번갈아가며 보고 있었다.

"저희 직원인데 무슨 일이십니까?"

성공한 남자들에게서만 볼 수 있는, 부드럽지만 엄격한 어조였다. 경찰관은 마리를 대할 때와는 사뭇 다른 정중

한 태도로 말했다.

"아, 직원이십니까? 좀 모시고 가십시오."

경찰관은 마리가 공무집행을 방해했노라고 부연했고 지점장은 묵묵히 듣고만 있었다. 그녀는 항변을 포기했다. 대신 지점장을 따라 횡단보도를 건넜다.

"장마리씨."

지점장이 말했다.

"네?"

"요새 무슨 일 있어요?"

리듬이 흐트러지고 다시 피가 역류하는 느낌이었다. 여자가 화를 내면 거기에는 비정상적이고 감정적인 무언가가 숨어 있다는 식의 인식은 부당하다고 생각했다. 교통법규를 위반한 건 저 빌어먹을 산타페이지 내가 아니란 말이다. 그리고 경찰관은 시민의 정당한 항의를 무시하고 위반자를 그냥 보내주었다. 나는 단지 그 사실에 분노하는 것이다. 그녀는 지점장 쪽으로 고개를 돌리고 이런 말을 퍼부어주려다가 문득, 그게 무슨 소용인가 싶어 그만두었다. 그리고, 그리고 말이다. 자신에게는 분명 '무슨 일'이 있지 아니한가.

"아무 일도 없어요. 그냥 좀 너무 열을 받아서요."

"장마리씨도 잘 알다시피 우린 감정 노동자야. 사람 상대하는 직업이잖아? 분노 통제를 좀 하세요. 분노도 못 숨기면서 어떻게 다른 감정을 통제하겠어요?"

다 맞는 말이었지만 그녀의 분노는 더욱 통제불가능한 지경으로 치닫고 있었다. 그렇게 잘난 분이 왜 대마초는 피우셨을까? 비아냥거리고 싶은 마음을 겨우 눌러 참았다. 둘은 말없이 쇼룸을 지나 사무실의 자기 자리로 돌아갔다. 강렬한 흡연욕에 시달렸지만 뒤에 앉아 있을 지점장에게 또 씹히고 싶지는 않았기에 심호흡을 하며 간신히 참았다. 그리고 최선을 다해 성욱과 성욱의 몸, 그의 냄새와 피부의 결, 관절의 움직임을 떠올렸다. 뇌의 중추가 벌써 마리의 의도를 알고 도파민을 뿜어대고 있는지 분노가 조금씩 누그러졌다. 그러자 어제까지만 해도 있을 수 없는 일, 말도 안 되는 짓이라고 생각했던 성욱의 제안이 이제는 마치 세상을 향한 통렬한 복수처럼 생각되기 시작했다.

23

 박철수는 성인전자오락실 건물 앞에서 담배를 껐다. 습관처럼 주변을 슬쩍 둘러보았다. 그리고 계단을 올라가기 시작했다. 계단은 당구장으로 이어져 있었다. 이십대의 젊은이 셋이 떠들며 당구장에서 내려오고 있었다. 한 명의 입가에 짜장면 찌꺼기가 묻어 있었다. 그는 당구장이 있는 이층을 지나 철문을 열고 삼층으로 올라갔다. 삼층에는 '대동 TNC'라는 문패가 붙어 있었다. 그는 오른손 검지를 문패 밑에 붙어 있는 검은색 필름에 갖다댔다. 삐릭, 지문인식 소리와 함께 자동문이 열렸다. 그가 들어가자 문은 스르륵 닫혔다.
 "다녀왔습니다."
 회색 조끼를 입은 남자가 물었다.
 "점심은 먹은 거야?"
 "아, 네."
 "뭐 먹었어?"
 "스파게티요."
 "혼자서?"

"자주 그러는데요."

"그런 걸 어떻게 혼자서 먹어?"

"자주 가는 데가 있어요."

"혹시 해먹기도 해?"

"가끔은요."

회색 조끼는 이해가 안 된다는 표정으로 고개를 절레절레 흔들었다.

"여자는 어때?"

박철수는 책상에 엉덩이를 걸쳤다.

"아무 낌새도 못 챈 것 같던데요."

"그래?"

"모르죠, 위장하고 있는지도."

"설마 끼고 자는 마누라가 모르겠어?"

회색 조끼는 고개를 갸웃거렸다.

"모를 수도 있는 것 같아요. 김기영은 오늘 어때요?"

"글쎄, 이 자식이 눈치 깐 것 같아. 아침엔 갑자기 딸애 학교에 들렀는데 거의 한 시간쯤 있다 나왔다더군."

"딸을 만나러 간 걸까요?"

"학교 안에서의 행적은 잘 모르겠어."

회색 조끼는 면봉으로 오른쪽 귀를 후볐다. 위암 수술을 받은 후부터 생긴 버릇이었다. 위를 잘라낸 이후 그는 늘 귀가 가렵다며 면봉으로 귀를 후벼대곤 했다. 하루에 일곱 번 식사를 했고 수백 번 귀를 후볐다. 나머지 모든 행위는 그 두 가지, 식사와 귀 후비기를 위한 것 같았다.

"김기영이, 지금 어디 있는 거예요?"

"어, 차를 회사에 갖다놓고 짐을 챙겨서 지하철을 탔어."

"그래서요?"

"샜지 뭐. 종로에서 휴대폰을 사용한 기록이 나오는데 그 뒤로는 아직 반응이 없어."

회색 조끼는 오른손에 들고 있던 면봉을 왼손으로 옮겨 이번에는 왼쪽 귀를 후볐다.

"근데 김기영이 이 새끼, 진짜 이상한 놈이야. 지난 십년간 아무 활동도 없었던 것 같아. 어떻게 그럴 수가 있지? 졸려서 도저히 볼 수 없는 영화만 수입하고. 미친놈 아냐? 평양에서는 왜 그냥 두는 걸까?"

"지들끼리만 아는 임무가 있을지도 모르죠."

"옛날 이선실처럼? 그 할망구도 대단했어. 팔공년에

내려온 년이 구일년이 될 때까지 조용히 아무 짓도 안 하고……."

"노동당 서열 22위였죠?"

"그러게 말야. 22위면 총리급인데. 총리급 간첩이 내려와 십 년 동안 동네 아줌마들하고 친구하고, 콩나물값 깎고, 곗돈 부으면서 살았다니. 결국 안 잡히고 강화도에서 잠수정 타고 태연히 올라갔잖아. 타고난 공작원이지. 천부적이야. 일단 십 년을 아무것도 안 하고 지낼 수 있다는 게……."

"김기영도 그런 거물일까요?"

그는 책상에 걸친 엉덩이를 떼고 커피메이커 쪽으로 걸어갔다.

"그런 것 같지는 않아. 그러기엔 좀 젊고. 어쨌든 움직이기 시작했으니까 며칠만 더 두고 보자고. 바구니를 흔들어놨으니 어디로든 뛰겠지. 줄줄이 나올 수도 있어. 이 새끼들은 메뚜기떼 같아. 한 놈이 뛰면 덩달아 이리저리 뛰거든."

그는 커피를 잔에 담아 자기 자리로 돌아와 앉았다. 회색 조끼는 일간신문을 뒤적이기 시작했다. 그는 김기영이 아니라 장마리에 대해 생각하고 있었다. 살집이 붙은 볼은 부드러운 목선을 지나 풍만하지만 아직 처지지 않은 가슴으로 이어졌다. 진주색 블라우스와 색을 맞춘 갈색 아이섀도는 젊지도 늙지도 않은 현재 그녀의 복잡한 심사를 드러내는 것 같았다. 주름과 다크서클을 감추는 세련된 화장은 역설적으로 그녀가 늙어가고 있음을 보여주는 것이었지만, 한편으로는 아직 외면적 아름다움을 포기할 생각이 없음도 나타내고 있었다. 그녀는 온몸으로 그 갈등을 표현하고 있었다. 그래서일까, 잠깐의 시승이었지만 좁은 차에선 그녀가 풍기는 강렬한 여자 냄새 때문에 숨이 막힐 지경이었다. 그것은 향수와는 다른 성질의 것이었다. 사실 그녀가 대단히 매력적인 여자라고 보기는 어려웠다. 그러나 그녀를 둘러싼 맥락이 후광처럼 그녀를 감싸고 있어 실제보다 훨씬 더 화려해 보이는 것도 사실이었다. 삶의 신산辛酸이 아직 그 육체와 정신을 허물어뜨리지 못한, 단정한 정장을 입은 여자와 독일산 승용차, 그리고 화려한 쇼룸. 모두가 그의 일상과는 거리가 먼 것들이었다. 문득 박철수는 미치도록 부자가 되고 싶었다. 이런 공무원 생활은 지긋지긋했다. 매달 정해진 날마다 온갖 자질구레

한 항목들이 망라된 월급으로 신용카드 대금을 치르고 그 어떤 일을 당하더라도 퇴직 후에 나올 연금에 매여 모든 것을 참아나가는 삶. 이렇게 살면서도 장마리 같은 여자를 매료시킬 수 있는 걸까? 그의 질문과 상상은 계속되었다. 혹시 이번에 기영이 검거되거나 북으로 올라가버린다면 장마리의 삶은 어떻게 될까? 흔들리겠지. 삶의 기저가 흐물흐물해지면서 모든 게 비틀거리겠지. 정말 그럴까? 그럴 수 있을까?

24

5교시 끝을 알리는 종소리가 울렸다. 갑자기 주파수가 어긋난 라디오처럼 교실이 온갖 잡음으로 가득 찼다. 아이들은 튕겨일어나 이리저리 움직이며 떠들어댔다. 물에 열을 가해 백 도에 가까워졌을 때의 분자들이 아마 저런 모습일 거야. 현미는 생각했다. 서랍에서 덜덜덜 소리가 울렸다. 연필이 데구르르 굴러 바닥으로 떨어졌다. 서랍 속의 휴대폰을 꺼냈다.

'담임이야. 교무실로 오렴.'

그녀는 자리에서 일어났다. 그리고 옆에 앉은 아영에게 말했다.

"담임이 오래서 교무실 가거든. 혹시 늦으면 수학한테 말 좀 해줘."

"그래."

아이들 사이를 헤집고 복도로 나갔다. 그리고 두 층 아래에 있는 교무실로 내려갔다. 담임은 현미를 보자 활짝 웃으며 옆자리의 회전의자를 끌어왔다. 담임은 영어를 전공한 사십대 초반의 남자였는데 최근에는 『주역』에 빠져 있었다. 틈만 나면 『주역』을 펴놓고 학생들의 사주팔자를 짚어보곤 했다.

"여기 앉아."

"괜찮아요."

"내가 목이 아파서 그래."

현미는 꽃무늬 방석이 깔린 회전의자에 앉았다.

"환경미화는 어떻게 할 거니?"

"미술반 재경이하고 태수 데리고 하려구요."

"둘이면 되겠어?"

"네."

"한샘이는 어때?"

"한샘이요?"

그녀는 한샘이를 별로 좋아하지 않는 편이었다.

"데리고 해."

담임이 명령했다. 현미는 고개를 끄덕였다.

"네."

"그럼 가봐."

현미는 회전의자에서 일어나 인사를 하고 문 쪽으로 걸어갔다. 그러다 소지와 딱 마주치고 말았다.

"안녕하세요."

"응, 현미구나. 안녕."

소지가 그녀의 머리를 쓰다듬었다.

"여기 좀 앉아볼래?"

소지는 자기 자리에 앉으며 현미에게 옆자리를 권했다.

"엄마 잘 계시니?"

"네."

"너 볼수록 엄마 많이 닮았어."

현미는 불만스럽게 입을 샐쭉거렸다.

"아닌데, 다들 아빠 닮았다던데."

"그래? 마리 언니, 참 똑소리났었지."

"그랬어요?"

"그럼. 그땐 참 멋진 여자들이 많았어. 너네 엄마도 그중 하나였지."

"안 믿겨요."

"왜?"

"엄마는 그냥…… 에이, 몰라요. 모르겠어요."

현미는 고개를 가로저었다. 한 번도 엄마가 똑똑하다거나 영리하다고 생각해본 적은 없었다. 그런 건 자기 같은 아이들한테나 쓰는 말인 줄 알았다. 물론 엄마에게도 학창 시절은 있었을 것이다. 그렇지만 영 실감이 나지 않았다.

소지가 물었다.

"참, 현미는 앞으로 뭐가 되고 싶어?"

"저요? 글쎄요, 지금 생각에는…… 음, 비웃지 않으실 거죠?"

"그럼."

"저는 판사가 되고 싶어요."

"그래?"

현미는 소지의 표정을 살폈다.

"벌써 비웃고 계시네요. 너도 뻔하구나, 하는 표정이신데요?"

"아니야."

그녀는 황급히 변명했다.

"왜 판사가 되려고 하는데?"

현미는 진지한 표정으로 답했다.

"저는 법이 제일 중요하다고 생각해요. 법이 없다면 인간들은 다수의 폭력 앞에 무방비로 노출되고 말 거예요. 선생님도 아영이 사건 아시죠? 만약 법이 없었다면 아영이 같은 애는 아무 보호도 받지 못했을 거예요. 법은 아영이 같은 사회적 약자를 위한 최소한의 보루라고 생각해요."

현미는 점점 더 다부진 표정으로 말했다. 그 표정은 소지가 아주 오래전에 보았던 누군가의 표정을 연상시켰다. 세상이 선과 악으로 이분되어 있고 인간은 그것을 분명히 판단할 수 있으며 따라서 모두가 양심에 따라 살아가기만 한다면 세상은 곧 유토피아가 될 거라고 믿었던 시절, 그런 유토피아를 위해 필요한 것은 억압적 국가제도를 전복하고 그것으로 이득을 얻는 자들을 제거하는 것이었다. 그 모든 것들이 아주 간단하게 이루어질 수 있다고 믿었던 시절의 장마리가 바로 저랬던 것이다. 저런 유사성을 빚어내는 것은 유전자의 힘일까 아니면 동일한 신념의 힘일까.

"너는 법을 참 남다르게 이해하는구나. 다른 애들은 법은 나쁜 짓을 저지른 자들을 처벌하는 걸로 이해하던데?"

"물론 그런 면도 있죠. 그렇지만 저는 법이 정말로 중요한 이유는 아영이 같은 피해자를 보호해주는 데 있는 것 같아요. 법이 있었기 때문에 그 거지 같은 동영상을 돌린 애들을 잡을 수 있었잖아요? 그래서 더이상의 확산을 막을 수 있었구요."

현미의 언성이 높아지고 있었다. 소지는 슬슬 근처에 앉아 있는 다른 선생들의 눈치가 보였다.

"그랬지."

"아이들은 모두 아영이를 욕하고 손가락질했지만 법만은 아영이 편을 들었어요."

소지는 고개를 끄덕이면서 현미의 반듯한 이마를 물끄

러미 바라보았다. 어른이 되면 현미는 어떤 얼굴이 될까 생각해보았다. 어쩐지 현미는 금세 어른이 될 것 같았다. 소지는 법과 제도의 순기능을 아무 의심 없이 긍정하는 현미의 모습에서 가벼운 충격을 받았다.

"악법이 있을 수 있다는 생각은 안 해?"

현미가 고개를 갸웃거렸다.

"선생님은 예를 들어 어떤 게 악법이라고 생각하세요?"

막상 그런 질문을 받자 할말이 없었다. 그리고 참으로 오랫동안 그런 문제에 대해 한 번도 고민해본 적이 없다는 것도 깨달았다. 어린 학생들은 때로 어른들은 전혀 생각하지 않는 근본적인 질문을 품었다. 현미는 소지의 당혹감까지 헤아리는 것 같았다.

"그런 걸 고치라고 입법부가 있는 거잖아요. 차차 고쳐나가겠죠."

"우리 현미 참 어른스럽네. 근데 현미는 남자친구는 없어?"

갑자기 현미의 얼굴이 발그레해졌다. 그리고 말도 더듬거리기 시작했다.

빛의 제국

"아뇨. 아, 그게요, 없어요. 하핫, 이제 겨우 중2잖아요."

"초등학생들도 다 있다던데?"

"아, 그거야 그냥 소꿉장난 같은 거죠. 걔들이 뭐 인생을 아나요?"

"그럼 너는 아니?"

소지가 웃음을 참지 못하고 손으로 입을 가렸다. 수업 시작을 알리는 종소리가 들렸다. 현미가 뭔가 더 말하려는 듯 몸을 앞으로 살짝 기울였다. 그러나 소지는 검지를 치켜들어 마치 소리가 허공을 돌아다니기라도 한다는 듯 가리키며 말했다.

"어, 종 울리네. 현미, 수업 들어가야지."

"네, 알겠습니다."

현미는 일어나 소지에게 고개를 꾸벅 숙이고 교실로 달려갔다.

PM 02:00
세 나라

25

 기영이 대학에 입학한 것은 1986년이었다. 그는 그 전해인 85년부터 노량진에서 학원을 다니며 대입검정고시와 학력고사를 준비했다. 비록 졸업은 하지 못했으나 평양외국어대학에서 영어를 전공했고 평소 수학을 좋아했기 때문에 그 두 과목은 어려움이 없었지만 다른 과목들은 녹록지 않았다. 만약 주관식으로 보는 시험이었다면 남한 어휘에 약한 그로서는 불리할 수도 있었지만 그 시절의 대입시험은 다행히도 전부 객관식으로 치러졌다. 그리고 혹독했던 사 년간의 공작원반 시절을 생각하면 따뜻한 독서실에 앉아서 공부하는 시간은 달콤했다. 뿐만 아니라 '정치경제'나 '국민윤리' 같은 과목은 남한사회에 적응하는 데에도 도움을 주었다. 국가와 사회를 윤리의 제일선에 놓는 '국민윤리'가 그에게는 낯설지 않았다. '수령'과 '당'이 들어가야 할 자리에 '국가'와 '민족'만 넣으면 되었다. 남과 북의 윤리는 마크 트웨인의 『왕자와 거지』처럼 닮아 있어서 만나자마자 서로를 알아보았다.

그는 한눈을 팔 여자도 없었고 같이 술을 마실 친구도 없었다. 열심히 공부했고 그해 겨울 연세대학교 수학과에 입학할 수 있었다. 축축한 찬바람이 귓바퀴를 얼리던 겨울날, 그는 군데군데 눈과 얼음이 남아 있는 대운동장 한쪽의 게시판에서 합격자 명단을 올려다보고 있었다. 전화로 합격을 확인하고도 굳이 와서 제 번호를 짚어보는 열아홉 살짜리들이 주변에서 재잘거리며 떠들어대고 있었다. 김기영은 왜 평양외국어대학에서 가장 월등한 성적을 내고 있던 자신을 굳이 130연락소에서 차출했는지 알고 있었다. 그들은 남한의 유수한 대학에 무난히 입학할 수 있는 공작원이 필요했던 것이다.

김기영 모델은 모험이었다. 평양은 당시 급성장하고 있

던 남한의 학생운동에 주목하고 있었다. 위장 재외동포 혹은 고정간첩과 자생적 공산주의자로 이루어진 공작원 양성 방식을 바꿀 필요가 있었다. 잘 훈련된 공작원을 아예 신입생으로 집어넣어 학생운동의 인자들과 함께 커나가도록 하겠다는 야심찬 계획이었다. 때마침 1986년은 서울대학교의 김영환으로부터 시작된 주체사상 붐이 전국으로 퍼져나가며 대학가를 휩쓸기 시작한 시점이었다.

서울에서 맞이한 대학생활은 눈부셨다. 3월 말이 되자 노란 개나리가 피기 시작했고 뒤이어 진달래가 겨루듯 격렬하고 분주하게 꽃망울을 터뜨렸다. 신입생들이 몰려다니며 원색의 꽃밭을 배경으로 사진을 찍었다. 배경이 너무 화려하여 열아홉의 청춘들도 쉽게 그 빛이 바랬다. 4월은 더했다. 목련은 피었다가 가랑비에도 목을 부러뜨리며 땅으로 떨어졌다. 작은 언덕 너머 여자대학의 후문에서는 라일락 군락이 강렬한 향기를 남풍에 실어보냈다. 기영은 의대 뒤쪽의 일명 투르게네프의 언덕에 앉아 도서관에서 빌린 19세기 러시아 작가들과 칠십년대 한국 작가들의 소설을 읽곤 했다. 그렇게 혼자 있어도 아무도 찾지 않는다는 게 그에겐 여전히 신기했다. 평양에서의 행복은, 누군가 자기 이름을 불렀을 때 그 호명에 제대로 답할 수 있는 것을 의미했다. 그러면 다음에 이름이 불릴 때까지 안심할 수 있었다. 그러나 서울에선 수업에만 들어가면 나머지 시간은 자유였다. 물론 수업에 참가하지 않아도 뭐라는 사람은 없었다. 밤마다 열리는 총화도 없었고 스스로의 과오를 일부러 찾아내 고백할 필요도 없었다.

5월이 되자 캠퍼스는 흉흉해졌다. 최루탄 냄새가 풍기는 날이 늘어나기 시작했다. 헌법을 바꿔 대통령을 직접 뽑자는 시위가 인천을 시작으로 전국으로 확산되기 시작했다. 바야흐로 폭풍의 시기가 다가오고 있었다. 열정과 신념으로 무장한 어린 모험가들은 대담하게 혁명의 기운을 폐 속으로 빨아들이고 있었으나 그는 대학가의 이러한 변화를 전혀 감지하지 못했다. 그의 눈에는 언덕을 물들인 벚꽃사태와 아름답게 차려입은 짧은 스커트의 여학생들만 보였다. 그는 1984년 이전의 대학이 어떤 모습이었는지를 알지 못했다. 총학생회도 없이 관제 학도호국단이 학생을 대표하고, 전투경찰이 대학 교정에서 학생들과 함께 밥을 먹고, 몇 명의 결사대가 도서관의 대형 유리창을 깨고 제 몸을 밧줄에 묶은 채 유인물을 뿌리다 연행되는 시대를 살아보지 못했던 것이다. 우스꽝스러운 코미디 영화에서 시간 여행을 하는 주인공들은 곧잘 역사의 중요한 순간으로 떨어진다. 그들이 도착한 세상에선 잔 다르크를 화형시키려고 장작을 쌓고 있거나 나폴레옹 황제가 워털루를 향해 진군하고 있다. 어떤 면에서 그는 그런 자들과 같다고 할 수 있었다. 다른 점은 앞으로 어떤 일이 벌어질지 전혀 모르고 있다는 것이었다.

꽃들이 지고 더운 날들이 계속되던 6월의 어느 날, 그는 학생회관의 '정치경제연구회'의 문을 두드렸다. 담배 연기가 자욱한 동아리방에서는 네 명의 남학생과 한 명의 여학생이 기영을 맞이했다. 그 한 명의 여학생이 훗날 그의 아내가 된 장마리였다. "같은 신입생이니 잘 지내. 연애는 하지 말고." 한 선배가 씩 웃으며 둘에게 말했다. 훗날 그들이 다시 조우하게 되었을 때, 기영과 마리는 거의 동시에 자신들의 운명을 예견한 이 진담 반 농담 반의 말을 기억해냈고, 다른 많은 연인들처럼 자신들의 연애를 운명적인 만남으로 색칠하는 도료로 썼다.

그는 동아리방의 삐걱거리는 나무의자에 앉아 그들과 이야기를 나누었다. 퀴퀴한 담배 냄새가 고여 있었고, 구석에는 휴대용 부탄가스 버너와 라면 가닥이 말라붙은 양은냄비가 뒹굴고 있었다. 쥐가 옆구리를 갉아먹은 낡은 소파에는 카키색 침낭이 둘둘 말린 채 통기타와 함께 놓여 있었다. 벽에는 탈춤을 추는 남자를 새긴 오윤의 목판화 복제와 신동엽의 시 「금강」이 나란히 벽을 장식하고 있었다. 왜 이 동아리에 들어오려 하느냐? 고향이 어디냐? 같은 가벼운 질문이 오갔다. 삼학년이었던 한 선배는 자신들이 정치경제학을 공부하고 있다고 말하면서 죽은 학문이 아니라 살아 있는 실천을 중시한다고 덧붙였다. 기영은, 평소 이 사회의 모순에 대해 관심이 많이 있었다, 그러나 도대체 뭐가, 어디서부터 잘못됐는지 혼자서 알아가는 데에는 한계가 있어 함께 공부할 수 있는 사람들을 찾아왔노라고 말했다. 그의 답변은 그렇지 않아도 신입생을 기다리고 있던 선배들의 마음에 들었다. 그들은 기영을 데리고 학교 앞 술집으로 가 막걸리를 마셨다. 몇 달이 지나서 선배를 따라 처음으로 시위에 참가했다.

"잘 뛰던데?"

선배가 최루탄을 피하며 날쌔게 달아나는 그를 보고 감탄을 했다. 기영은 다음부터는 속도를 늦췄고 돌을 던지는 어깨에서 힘을 뺐다. 일학년 겨울방학이 되자 목포 출신의 선배가 그에게 다가와 말했다.

"이제 좀더 깊이 있는 학습이 필요한 것 같은데."

"그런가요?"

"열정과 정의감만으로는 세상을 바꿀 수 없어. 대중을 힘 있게 지도하고 일꾼들을 무장시킬 혁명적 사상이 필요하지."

기영은 그를 따라 빈 강의실로 갔다. 거기에는 시위현장에서 자주 마주치던 다른 동아리의 회원들과 낯선 얼굴들이 뒤섞여 있었다. 그중에서 얼굴이 검게 그을린 남자 하나가 다가와 악수를 청했다.

"만나서 반갑습니다. 이덕수라고 합니다."

이덕수는 우선 주의사항부터 일러주었다. 이 모임에 참석한 것은 비밀이다. 물론 동아리의 동료들에게까지도 그렇다. 이제부터 여러분은 혁명의 전위이며 이 사실을 자랑스럽게 생각할 필요가 있다. 전위는 강철처럼 자신을 단련하여 대중의 모범이 되어야 한다. 그러나 기영의 눈에 비친 그는 아직 강철처럼 단련된 혁명적 전위와는 거리가 있었다. 눈에 힘을 주고 있기는 했지만 스물세 살의 겁먹은 대학생에 불과했다.

"우리는 김일성주의를 혁명사상으로 삼아 남조선 혁명을 완수하고 이 땅에서 미제를 축출하는 것을 당면 목표로 합니다."

이어 이덕수는 약어들을 알려주었다. 그들은 김일성을 키스(KIS)로, 김정일을 친지김동(친애하는 지도자 김정일 동지)으로, 주체사상은 주사 혹은 서브(Sub)로, 북한은 엔케이(NK)로 부르고 있었다. 기영은 차분히 그들이 알려주는 것들을 들어 익혔다. 그러면서도 빈 강의실을 가득 채운 과장된 엄숙함 때문에 모든 상황이 현실이 아니라 한편의 소극처럼 느껴졌다. 이들이 정말 남한의 체제를 전복할 혁명적 전위들이란 말인가? 이 솜털 보송보송한 젊은이들이? 이들이 그 극악하다는 안기부의 고문을 견뎌내고 폭압적 국가제도를 전복할 수 있단 말인가? 기영은 믿을 수가 없었다. 그가 북에서 본 혁명가들은 오진우나 김일성처럼 모두 칠십줄을 넘긴 노인들이었다. 물론 김일성이 혁명을 시작한 건 이십대였지만 그건 〈피바다〉 같은 가극에서나 볼 수 있는 이미지여서 현실감이 전혀 없었다. 어쨌든 기영은 이제 NL진영의 활동가로 첫발을 내디뎠다.

학습은 주로 밤을 틈타 이루어졌다. 낮에는 공식적인 기구인 학생회나 동아리에서 활동하지만 밤에는 학습을 담당한 세포와 따로 만나 주체사상에 대해 공부했다. 그들은 불치병을 선고하는 의사처럼 잔뜩 움츠린 채 비밀리에 만나 김일성의 항일투쟁사를 공부하고, 경외에 찬 시선을 교환하며 곧 김일성과 김정일을 수령님과 장군님이라 부르게 되었다. 철저한 반공교육을 받고 성장한, 고작해야 스물두세 살인 남한의 젊은이들이 그 호칭을 입에 담는 장면은 정숙하게 자란 여자가 성기의 비속어를 공공연히 발음할 때처럼 어딘가 음란한 구석이 있었다. 처음에는 입이 잘 떨어지지 않지만 막상 발음하고 나면 금기를 위반하는 데에서 비롯된 쾌감이 뒤따르기 마련이었다. 물론 기영은 달랐다. 오히려 기영은 자신의 영혼에 새겨진 사상의 문신을 숨겨야 했다. 그는 김일성과 김정일의 이름을 암호로 부르지 않는 곳에서 자랐기 때문에 간혹 너무 자연스럽게 그 신성한 이름을 경칭과 함께 일컬어 가뜩이나 보안에 민감한 선배들의 주의를 받았다. 그는 다른 사람들처럼 머뭇거리며 눈을 질끈 감고 '위대한 김일성 장군님 만세'라고 나직이 뇌까리는 법을 배웠다. 배신자에게 돌아가며 칼침을 넣는 조직폭력배들처럼 그들은 자신들이 저지른 범법행위(그것은 분명 남한의 실정법 위반이었다)의 공범이 됨으로써 서로의 안전을 보장받았다. 어쩌면 학습보다 그게 더 중요한 절차였을지도 몰랐다. 김일성 주체사상은 가장 위험했기 때문에 역설적으로 가장 빨리 전파되었다고도 할 수 있었다.

정파에서는 자신을 둔하지만 성실하고 입이 무거운 활동가로 여기고 있었다. 그것은 가장 환영받는 멤버의 유형이었다. 지나치게 질문이 많거나 정파의 정식 멤버가 되었다고 우쭐대는 자는 기피의 대상이었다. 그는 그러지 않았고 그럴 수도 없었다. 그저 기영은 가끔, 주체사상이 세계 철학사상 가장 위대한 것이라는 데 의문을 제기했을 뿐이었다. 선배이지만 사실은 그와 나이가 비슷하거나 더 어렸을 그들은 그의 질문을 여유롭게 웃어넘겼다. 모든 사물과 사상은 변증법적으로 변화 발전한다면서 왜 주체사상에 이르러선 그 모든 과정이 멈추게 되느냐고도 조심스레 물었지만 이 질문은 너무나 많은 사람들이 던지는 모범질문이었기에 그들에게는 이미 준비된 답변이 있었다. 그는 그들의 열정에 찬, 그러나 그럴수록 설득력은 떨어지는 답변을 듣고 고개를 주억거려주었다. 주체사상에 대한 그들의 턱없는 맹신은 오히려 그의 사상적 신념에 조금씩 균열을 가했다. 몇 부의 앙상한 팸플릿과 한민전 방송의 조악한 녹취록만 읽고서 어떻게 저렇게 모든 것, 심지어 역사의 종착역까지를 아무 의심 없이 믿을 수 있는 것일까? 그러나 그것이 바로 주체사상의 힘이라고 말하는 선배도 있었다. 어렵고 난해한 부르주아 철학과는 달리 인민들이 쉽게 자신의 것으로 받아들일 수 있도록 창조된 새로운 철학이라는 것이다. 단지 의심받지 않기 위해 던진 몇 개의 질문들은 부메랑처럼 돌아와 날카롭게 박혔다.

그가 최초의 명령에 따라 주사파의 일원이 된 이후 당은 한동안 지시를 내려보내지 않았다. 그는 불 꺼진 하숙방에 홀로 누워 평양에서 자신에게 정말 원하는 것이 무엇일까를 생각했다. 그러나 그때는 아이러니로 가득한 이 명령의 의미를 잘 이해하지 못했다. 노동당원인 자신이 왜 이들을 지도하지 않고 오히려 주체사상을 배워야 하는지 알 수 없었던 것이다. 한참의 시간이 흐른 뒤에야 이상혁을 비롯한 평양의 거물들이 원했던 것은 남한의 학생운동을 지도하는 것이 아니라 자연스러운 경력을 가진, 그야말로 전형적인 인물을 확보하는 것이었을지도 모른다는 결론에 도달했다. 어쩌면 130연락소에선 그가 집시법 전과 하나쯤 얻어갖는 것까지도 바랐을 수 있다고 생각했다. 흉터를 자랑스러워하는 폴리네시아의 전사들처럼 누군가와 완벽하게 닮으려면 상처까지도 빠뜨려서는 안 되는 것이다. 그러나 불행인지 다행인지 모르겠지만 그는 한번도 체포되지 않았다. 처음부터 그렇게 훈련받기도 했지만 원체 눈에 잘 띄질 않았다. 술자리에서 머릿수를 셀 때에도 그는 곧잘 누락되었고, 자기들끼리 한참 동안을 떠들다 문득 기영이 앉아 있는 걸 보고 언제 왔느냐 묻는 사람이 있을 정도였다. 그렇게 존재감이 없는 사람이긴 했어도 몇몇은 그를 살뜰히 챙겨주었다. 그들, 어린 주사파들은 비장한 표정으로 '대회'에 참석하고 문건들을 돌리고 시위에 참가해 화염병을 던졌지만, 실은 아직 여드름 자국이 남아 있는 겉늙은 소년들에 불과했다. 그들은 함께 떡볶이를 사먹고 좋아하는 여학생 얘기를 하고 극장에 가선 〈영웅본색〉 같은 홍콩영화를 보며 흥분했다. 명절이 되면 가족이 없는 기영을 집으로 데리고 가 떡국을 먹여주기도 했다.

이현세의 만화에서 따온 까치라는 가명을 쓰던 더벅머리 친구, 주둥이라는 가명을 쓰는 친구, 그리고 망치라는 가명을 쓰던 기영, 이렇게 셋이 어느 여름날 인천 월미도로 놀러 간 적이 있었다. 소주와 바닷바람에 취해 바닷가 벤치에 축 늘어져 있던 까치가 문득 물었다.

"너희들은 혁명의 그날이 올 것 같냐?"

까치의 형은 까치보다 먼저 학생운동에 투신한 투철한 활동가였고 소수파인 PD의 핵심적 이론가 중 한 명이었는데 고등학생인 까치가 대학에 들어가는 것을 반대했다고 한다. 대학에 들어가서 뭐 할 거냐, 부르주아의 개가 될 거냐, 그럴 바엔 차라리 공단에 바로 들어가서 노동운동을 해라. 날 봐라, 대학에 들어갔지만 곧 때려치우고 공장에서 활동하는데 너무 늦게 온 것이 늘 후회스럽다, 너는 일 년이라도 빨리 노동자가 되어 나와 같은 죄책감 없이 계급투쟁에 몸을 던지라고 종용했다고 한다. 책상도 없이 온 가족이 공유하는 단칸방에서 어렸을 때부터 어깨를 맞대고 함께 살아온 까치에게 형의 말은 무시하기 어려운 압박이었다. 까치의 형은 그의 교과서를 빼앗고 책상 대용으로 쓰던 사과궤짝도 갖다버렸다. 흥, 자기만 대학 가고 나는 가지 말라는 거냐. 대학을 다니다 그만두는 거하고 처음부터 안 가는 거하고 어떻게 같냐? 까치는 반발심으로 형의 눈에 띄지 않는 곳에서 몰래, 그렇기에 더욱 열심히 공부해 대학에 합격했다. 오히려 평소 성적보다 더 월등한 점수를 받았지만 그 역시 대학에 들어오자마자 자기 형과 마찬가지로 학생운동에 뛰어들었고 강의실은 근처에도 가지 않았다. 단지 형과는 다른 정파를 택해 NL이 되었고 곧 주체사상을 '사상원리'로 받아들였다.

주둥이가 까치에게 말했다.

"혁명의 그날이라…… 언젠간 오지 않겠냐?"

그러자 까치가 조심스럽게 말했다.

"난 말이야, 실은 혁명의 그날이 올까봐 두려워."

"왜?"

"……내가 좋아하는 만화방도 못 가고, 전자오락도 못 하고."

맨정신이었다면 정색을 하고 따졌을 주둥이도 고개를 끄덕였다.

"그런 건 못 하겠지."

"미제를 축출하고 독재정권 타도하고 반제반봉건체제

를 깨부순다 치자. 그래서 사람이 자기 운명의 주인이 되는 그런 세상이 온다 치자. 그다음엔 뭘 하지? 너무 지루하지 않을까?"

기영은 묵묵히 그들의 대화를 들었다. 아침 7시, 사이렌 소리와 함께 일어나 일제히 직장으로 출근하고, 일요일은 당 중앙위원회의 결정이 있을 때만 쉬고, 매일 밤 함께 모여서 하루의 일과를 총화하는 세상을 너희는 모를 것이다. 물론 거기서도 삶의 즐거움은 얼마든지 찾을 수 있다. 공터에서 배드민턴도 치고 겨울에는 스케이트를 타고 친구들과 축구를 할 수도 있다. 그러나 골방에 틀어박혀 포르노를 보거나 이어폰으로 이글스를 듣거나 잔혹한 일본 만화를 볼 수는 없다.

주둥이가 옆에 앉아 있는 기영의 존재를 문득 의식하고 옆구리를 쿡 찔렀다.

"넌 어때?"

"글쎄, 아마 그런 건 못 하겠지. 까치 말대로 지루하긴 할 거야. 그렇지만 거기에도 나름의 재미가 있지 않을까?"

오랜 시간이 지난 후에도 기영은 월미도에서 나눈 그날

의 대화들이 생각나곤 했다. 바닷바람에선 자반고등어 냄새가 풍겼다. 어깨를 걸고 노래를 부르며 비틀거리던 휴가 장병들, 입술을 부비고 서로의 속살을 더듬는 연인들 사이에서 그들 셋은 오지도 않을 혁명 이후를 걱정하고 있었다. 결국 어린 혁명가들이 남몰래 걱정하던 '혁명의 그날'은 오지 않았다. 대신 국제통화기금이 진주해 1945년 미군정이 그랬던 것처럼 남한을 완전히 바꿔버렸다. 기영이 처음 보았던 팔십년대의 남한은 지금의 남한보다 차라리 당시의 북한과 더 비슷했다고 할 수 있었다. 직장들은 대부분 평생고용을 보장했고 대학생들은 취업 걱정 같은 것은 거의 하지 않았다. 수입 대리석으로 로비를 장식한 은행과 대기업은 영원불멸할 것처럼 보였다. 자식은 부모를 봉양했고 부모는 자식에게 권위를 가지고 있었다. 대통령은 체육관에서 압도적인 지지로 선출되었으며 야당은 유명무실했다. 대부분의 사람들은 국경 너머의 세계에는 큰 관심이 없었다. '우리 식대로 살아가자'는 북한의 구호는 팔십년대의 남한에도 그대로 적용되는 것이었다. 자원을 배분함에 있어 시장원리보다는 국가의 결정이 더 중요했기 때문에 공무원의 부패가 자심했고, 뇌물과 협잡이 사방에서 판을 쳤다는 점도 북한과 비슷했다. 고등학생, 대학생 할 것 없이 학도호국단으로 편성되어 일주일에 며칠은 교련복을 입고 등교하고 한 달에 한 번은 온 국민이 민방위 훈련을 하느라 법석을 떠는 것도 북한과 다르지 않았다. 공습에 대비한 등화관제 훈련으로 서울과 평양 모두 몇 달에 한 번은 캄캄한 암흑세상으로 변해버리곤 했다.

그러나 지금의 남한은 팔십년대의 남한과 비슷한 점이 거의 없는, 사실상 완전히 새로운 나라였고, 당연히 북한과도 전혀 다른 종류의 나라가 되어버렸다. 어쩌면 북한보다는 싱가포르나 프랑스에 가까울지 몰랐다. 결혼한 부부들은 아이를 낳지 않고, 일인당 국민소득은 이만 달러에 육박하고, 은행과 대기업의 운명도 한 치 앞을 내다볼 수 없고, 매년 수십만 명의 외국인이 결혼과 취업을 위해 입국하고, 영어권 국가에서 공부하려는 초등학생들이 날마다 인천공항을 떠난다. 부산에서는 러시아제 권총이 팔리고, 인터넷으로 섹스 파트너를 찾고, 휴대폰으로 동계올림픽의 생중계를 보고, 페덱스가 샌프란시스코 산 엑스터시를 운반하고, 온 국민의 반 이상이 적립식 펀드에 투자하는 사회였다. 최고지도자는 풍자를 감당할 카리스마도 없는 한갓 비아냥의 대상일 뿐이었고, 노동자 계급을 대표한다는 정당이 해방 이후 최초로 의회에 진출했다. 만약 기영이 처음 남파되었던 1984년에 누군가 이십 년 후 남한이 이런 사회로 변모하리라 예상했다면 아마 미친놈이란 소리를 들었을 것이었다.

종로5가 롯데리아의 붉은 플라스틱 의자에 앉아 그는 그가 살아온 세 나라—북한, 팔십년대의 남한 그리고 지금, 21세기의 남한에 대해 생각했다. 그중 하나는 이미 사라져버렸다. 그는 두 갈래의 길 앞에 서 있었다. 어디로 갈 것인가. 그는 처음으로 절실하게 누군가에게 무릎을 꿇고 묻고 싶었다. 네가 나라면 어떻게 할 것인가? 아니, 그런 가정도 필요치 않다. 그냥, 네 생각엔 내가 어떻게 했으면 좋겠는가, 묻고 싶었다. 그는 지난 이십 년간, 자신이 그저 조금 위험한 직업에 종사하고 있다고만 생각하며 살아왔다. 대규모 정리해고와 연쇄도산, 백화점과 다리의 붕괴, 지하철 화재가 난무하는 사회에서 잊혀진 스파이로 살아간다는 것이 다른 삶에 비해 크게 위태롭다고는 여기지 않았던 것이다. 그러나, 생각한 대로 살지 않으면 사는 대로 생각하게 될 것이라는 폴 부르제의 시구처럼, 그는 운명을 잊고 있었지만 운명은 그를 잊지 않고 있었다.

휴대폰이 부르르 떨기 시작했다. 발신자는 위성곤이었다. 그는 꾹, 통화 버튼을 눌렀다.

"사장님, 전데요."

"아, 성곤씨."

"키보드 사왔더니 안 계시네요."

"아, 미안. 급한 일이 있어서 잠깐 나왔어. 오늘 못 들어갈지도 몰라."

아주 짧은 침묵이 있었다. 평소라면 이상하게 생각하지 않았을지도 몰랐다. 그러나 신경이 날카로워진 그에게는 그 짧은 침묵이 아주 부자연스럽게 느껴졌다.

"사장님, 근데 지금 어디세요?"

"그건 왜? 누가 찾아?"

그는 차분하게 반문했다.

"……아뇨, 그냥. 혹시 누가 찾으면 어디 계신다고 할까요?"

"응, 내일 전화하라고 해."

"알겠습니다. 아, 참……"

성곤이 뭔가를 더 말하려 했지만 그는 말을 끊었다.

"성곤씨, 미안한데 내가 지금 누구랑 얘기중이거든."

"네, 알겠습니다."

성곤의 말끝이 질질 늘어졌다. 기영은 전화를 끊었다. 그리고 아예 전원도 꺼버렸다. 내가 사람을 잘못 봤구나. 기분이 묘했다. 해주에서 잠수정을 타고 남으로 내려오던 때의 심정과 비슷했다. 공기를 충분히 채우고 서서히 가라앉는 잠수정. 승무원들은 거대한 바다 속으로 여행을 떠나는 설렘과 좁은 잠수정에 갇히는 폐소공포를 동시에 느낀다. 그러면서 잠정적으로 강력한 체념에 자신을 맡기게 된다. 적어도 바다 속에 있는 동안만큼은 그들이 할 수 있는 일은 아무것도 없는 것이다. 신에 모든 것을 의탁할 수 없는, 기도조차 허용되지 않은 공산주의자들로선 오직 적극적 체념밖에는 할 게 없었다. 그런데 지금 이 순간 기영은 바로 그때의 심정을 그대로 다시 느끼고 있었다.

그는 종로 거리의 휴대폰 대리점으로 들어갔다. 점원이 반색을 했다. 그는 멋쩍게 웃으며 말했다.

"선불폰 좀 볼 수 있을까요?"

머리를 왁스로 발라 쳐올린 남자 점원이 눈을 가늘게 뜬다.

"선불폰요? 어떤 거 찾으세요?"

그는 머리를 긁적였다.

"제가 신용불량자라 제 명의로 개통하기는 좀 그렇고……"

점원은 눈치가 빠른 친구였다. 기영을 힐끔 보더니 여기저기 흠집이 난 중고 휴대폰 하나를 서랍에서 꺼내 그에게 보여주었다.

"얼맙니까?"

그는 점원이 부른 값에 얼마간의 지폐를 더 얹어 슬쩍 디밀었다. 점원은 명의자는 자기도 모르고 굳이 알 것도 없다며 무뚝뚝한 얼굴로 말했다. 그러면서 몇 개의 버튼을 눌러 휴대폰이 작동되는 모습을 보여주고 몇 가지 주의사항도 일러주었다. 그는 고맙다고 인사를 하고 밖으로 나왔다.

26

가만히 귀를 기울이고 있으면 아래층에서 희미하게 당

구공이 딱, 딱 부딪치는 소리가 들렸다. 박철수는 가끔 지그시 눈을 감고 그 소리를 들었다. 깊은 밤, 폭설이 가지를 부러뜨리는 소리 같았다. 딱, 따닥. 봄눈, 습기를 머금어 무거워진 눈은 키르케고르의 '치열한 고요'라는 말을 연상시킨다. 눈은 조용히 내리고 나뭇가지는 온 힘을 다해 버틴다. 가지는 위에서 누르는 힘에 버티도록 진화하지 않았다. 가지는 오직 다른 나뭇가지보다 더 높은 곳으로 뻗어 더 많은 햇빛을 쟁취하도록 만들어졌다. 눈이 많이 쌓이면 가지는 결국 부러진다.

밤무대 벌이가 시원찮을 때마다 아버지는 박철수를 강원도 횡성으로 보냈다. 해발 육백 미터의 고지대에 중풍에 걸려 다리를 저는 할아버지와 평생을 저능으로 살아온 할머니가 있었다. 다리를 절기는 했지만 할아버지에겐 부족한 것이 없었다. 작은 광에는 장작이 빼곡히 쌓여 있었고 감자와 옥수수, 쌀도 넉넉했다. 10월 마지막 주엔 곡괭이를 들고 김장독을 묻을 구덩이를 팠다. 할머니는 지능은 떨어졌지만 그렇다고 바보나 미치광이는 아니었다. 무엇보다 일관성이 있었다. 그녀는 천성이 따뜻하고 조용한 사람이었고 손자 철수를 누구보다도 사랑했다. 게다가 그 사랑을 남김없이 표현할 줄 아는 재능까지 가지고 있었다. 강원도 산골의 무뚝뚝한 할머니들에게선 정말 보기 힘든 특성이었다. 그녀는 셈에 서툴고(아니 거의 무지하여 다섯 이상의 수는 가늠하질 못했다) 글자를 읽을 줄 몰랐지만 남의 말을 듣고 이해하는 데에는 아무 무리가 없었다. 어린 철수가 동화책을 읽어줄 때면 할머니는 어린아이처럼 방에 누워 행복한 얼굴로 손자가 읽어주는 이야기에 빠져들었다.

"아, 이기 눈사람처럼 재밌다야."

"웃풍이 호루라기를 부나."

그녀는 늘 엉뚱한 비유들을 써 말하곤 했다. 슬픈 장면에선 눈물을 펑펑 흘렸고 기쁜 장면에선 손뼉을 쳤다. 그러나 이상하게 텔레비전 드라마는 싫어했다. 눈살을 찌푸리며 곤혹스러워했다. 장면이 자꾸 바뀌고 새로운 사람이 등장하는 드라마보다는 읽은 책을 또 읽어주는 것을 더 좋아했다. 할머니가 가장 사랑한 이야기는 오스카 와일드의 『행복한 왕자』와 프랜시스 버넷의 『소공녀』였다. 강원도 산골의 외딴집에 사는 할머니가 『소공녀』를 들으며 눈을 깜빡이는 모습은, 혹시 다른 사람이 본다면 기이하기도 했을 테지만, 적어도 철수에게만큼은 전혀 신기할 것이 없는 일상사에 불과했다. 오히려 친구들의 멀쩡한 할머니들이 철수의 눈에는 더 이상했다. 그 할머니들은 너무 무섭고 심술궂은 얼굴을 하고 있었고 금방이라도 이빨을 드러내고 거칠고 더러운 숨을 뿜어낼 것 같은 표정이었다.

할아버지의 집은 감자밭 사이에 있었다. 거센 겨울바람을 견디기 위해 지붕이 낮았고 돌멩이를 추처럼 매달아 고정시켰다. 할아버지와 할머니는 묻어놓은 김치와 감자와 함께 겨울을 났다. 눈이 많이 내려 가지들이 부러지는 어느 밤, 노부부는 조용조용히 정사를 벌였다.

"가마이 좀 있아."

할아버지가 이불 속에서 뒤척이며 성한 오른손으로 할머니의 치마를 들춰올리는 소리가 들렸다. 모슬린으로 지은 할머니의 속치마는 바스락 소리를 냈다. 정사는 할아버지의 끙, 소리와 함께 늘 금세 끝나버렸다. 정사가 끝나면 노부부는 이불을 뒤집어쓰고 그 안에서 뜻 모를 말을 주고받으며 애들처럼 키득거렸다.

할아버지는 역시 눈이 많이 내리던 어느 날, 다리를 절며 눈밭을 걸어 집을 나갔다. 할머니가 감기에 걸려 기침이 심해지자 이장 집에 내려가 약을 얻어보겠노라고 떠난 길이었다. 그러나 할아버지는 돌아오지 않았다. 철수는 밤새 서성이는 할머니의 기척 때문에 잠을 설쳤다. 멀리서 장끼 울음소리가 길게 이어졌다. 다음날 아침, 몰려든 마을 사람들이 할아버지의 행방을 추적하기 시작했다. 발자국은 산을 향하고 있었다. 처음부터 할아버지는 이장 집으로 가지 않았던 것이다. 오른발의 자국은 선명했지만 질질 끌고 간 왼발 쪽은 뭉개져 있었다. 발자국은 우유로 유명한 대기업이 운영하는 목장의 입구에서 홀연 사라졌다. 마치 하늘로 올라간 것처럼 발자국은 거기에서 끊겨 있었다. 주변에 나무도 없는 휑한 들판이었다. 겨울의 목장은 얼핏 보면 스키장처럼 생겼다. 나무도 없고 바위도 없고, 오직 부드럽고 완만한 능선뿐이다. 도대체 할아버지는 어디로 갔을까. 마을 사람들은 의아해했다. 다리를 절며 집에서 육 킬로미터나 떨어진 곳까지 올라가 흔적 없이 사라져버린 것이다. 아마 밤길을 두 시간은 걸어갔을 것이다. DMZ가 멀지 않은 곳이고 태백산맥 줄기를 타고 올라붙으면 빠른 사람은 하루 만에 북한으로 넘어갈 수 있는 지역이었기 때문에 경찰이 나와 월북 여부를 조사했다. 그들은 할아버지의 고향이 함경남도 원산이라는 것도 염두에 두고 있었다. 그러나 환갑 노인이 사랑하는 아내를 놔둔 채 발목까지 오는 눈을 헤치고 다리를 절며 수만 명의 군인이 경계를 서고 있는 휴전선을 지나 고향으로 갔다는 것은 아무래도 상식과 거리가 멀었다.

할머니는 사람들이 집 안을 드나들고 할아버지의 얼굴이 보이지 않자 직감적으로 무슨 일이 벌어졌는지를 알았다. 어떤 면에서 할머니의 직감은 다른 사람보다 훨씬 발달해 있었다. 언어에 대한 고급한 감각이 없는 대신에 어조나 억양에서 뭔가를 감지하는 능력이 뛰어났다. 어떤 면에서 할머니는 집에서 오래 산 개와 같았다. 그녀는 방 한쪽에 웅크려 슬피 울었다.

"나는 매미하고 슬프다이. 나는 매미하고 슬프다이."

철수는 할머니가 유난히 매미의 울음을 무서워한다고 생각해왔었다. 그러나 사실은 가여워하고 있었음을 알게 되었다. 문법은 틀려도, 아니 어쩌면 틀렸기 때문에 더더욱 할머니의 슬픔이 손실 없이 철수의 심장으로 그대로 전달되었다. 그것은 슬픔이라고 말하기엔 너무 비통한 것이어서 어린 철수는 그것의 무게를 몸으로 느낄 수 있을 정도였다. 정말 할머니의 슬픔이 감자자루처럼 어깨와 등을 짓누르는 기분이었다. 그는 어서 아버지가 내려와 자기를 데려가주기를 기도하며 잠이 들었다.

아버지는 할아버지가 실종된 이틀 후에야 서울에서 내려왔다. 할머니를 껴안고 한참을 아무 말도 하지 않았다. 할머니는 아버지 품에 안겨 소녀처럼 울었다. 남을 웃기는 게 직업이었던 아버지가 고향에선 단 한 번도 웃지 않았다. 일 년 동안 한 말을 다 합쳐도 국민교육헌장만큼도 안 되는 과묵한 할아버지와 제대로 된 말을 할 줄 모르는 할머니 사이에서 태어난 아버지가 어떻게 그렇게 화려한 언변을 지니게 되었는지는 수수께끼였다. 어쩌면 아버지는 어려서부터 자신의 언변을 입증해야 한다는 강박감을 느꼈을지도 몰랐다. 그것만이 바보 자식이라는 멍에에서 빨리 벗어나는 길이라고 믿었을 것이다. 아버지는 개다리춤을 추며 쉴새없이 속사포처럼 떠들어 유명해졌다. 어떤 프로그램에선 그가 일 분에 몇자를 말하는지를 세기도 했다. 단편소설 한 편에 담을 이야기도 아버지의 입을 통하면 이 분 안에 끝났다. 아버지는 끝없이 떠들어댔고 사람들은 그 이야기를 듣느라 무엇하나 되물을 틈도 없었다.

아버지의 장기는 누군가가 어떤 이야기를 하면 그 이야기를 그대로 복사한 후에 거기에 자기 이야기를 덧붙이는 것이었다. 아, 그러니까 선생님은 이러저러이러저러하시다는 말씀이죠? 그러나 제 생각은…… 이런 식이었다.

아버지와 할머니 사이에 구체적으로 어떤 이야기가 오고갔는지 박철수는 알지 못했다. 마을에 내려가 곶감을 먹고 올라오니 아버지가 짐을 싸고 있었다. 할머니는 아버지를 따라나서길 거부한 모양이었다. 할머니는 벌써 나름의 방법으로 슬픔을 이겨내고 있었다. 할머니는 언제나 할아버지 밥상을 함께 차려서 마치 할아버지가 앞에 있는 것처럼 이야기를 주고받으며 밥을 먹었다. 만약 멀쩡한 양반이 그랬다면 벌써 정신병원으로 보내졌겠지만 할머니가 그러는 것은 누구도 이상하게 생각하지 않았다.

아버지는 그를 데리고 서울로 돌아왔다.

"할머니는요?"

"마을 어른들이 돌봐주신다니……"

할아버지는 삼 년 후, 발자국이 사라진 곳에서 역시 오 킬로미터쯤 떨어진 계곡에서 푹 썩은 낙엽에 덮인 채 심마니에 의해 발견되었다. 어떻게 거기까지 갔는지, 왜 갔는지 여전히 의문이었지만 어쨌든 할아버지는 거기 누워 있었다. 할아버지의 장례를 치르고 얼마 지나지 않아 할머니는 고요히 잠든 채로 숨을 거뒀다. 때마침 텔레비전의 고정프로를 맡아 바빴던 박철수의 아버지는 못내 짜증스러운 얼굴로 다시 내려가 장례를 치렀다. 마치 '한꺼번에 돌아가셨으면 좋았잖아요?'라고 비난하는 듯한 표정이었다.

다시 딱, 따닥, 당구공 부딪치는 소리가 들려왔다. 회색 조끼는 나른한 얼굴로 꾸벅꾸벅 졸다가 박철수의 눈길을 느꼈는지 슬그머니 눈을 떴다.

"왜?"

"아무것도 아닙니다."

그는 고개를 돌렸다.

"아무래도 여자 쪽에 계속 붙어 있는 게 낫겠어. 여자 반반하다면서?"

"반반해봐야 마누라 아닙니까. 십 년도 넘게 데리고 살았는데요."

"그래도 마누라는 찾아갈 거야. 따라붙어봐."

그는 자리에서 천천히 몸을 일으켰다. 회색 조끼는 무심히 그의 등뒤에 대고 말했다.

"여자도 그쪽일 수 있어. 모든 걸 열어놓고 생각해."

그가 고개를 끄덕이며 출입구 쪽으로 걸어가려는 순간, 회색 조끼의 전화가 울렸다. 응, 응, 응, 알았어. 둘의 시선이 마주쳤다. 그는 밖으로 나가지 않고 가만히 서서 기다렸다. 회색 조끼는 전화를 끊었다.

"그쪽이 아니란다."

그러면서 메모지에 뭔가를 휘갈겨 그에게 건넸다.

"잡을까요?"

"아니, 그냥 붙어봐. 지금 이 새끼 똥줄이 타는 모양이니까."

"알겠습니다."

"만약 놓치면 여자 쪽으로 붙어. 알았지?"

그는 문을 닫고 사무실을 나왔다.

PM 03:00
쇄골절흔

27

 아, 초콜릿이 필요해. 장마리는 고개를 푹 꺾었다. 턱이 쇄골절흔鎖骨切痕에 닿을 때까지. 그런 채로 그녀는 고개를 절레절레 흔들어보았다. 그녀의 좁고 뾰족한 턱 끝은 쇄골이 끊어진, 말랑말랑한 그곳에 딱 맞았다. 턱을 더 깊숙이 처박으면 마치 줄이 끊어진 꼭두각시처럼 보일 것이다. 아, 진하고 검은 다크초콜릿이 있으면 좋겠는데. 그녀는 서랍을 뒤졌다. 그러나 함부로 구겨진 은박지만 뒹굴고 있었다. 은박지 안쪽엔 들러 붙은 초콜릿 자국이 있었다. 그녀는 은박지를 펴 그거라도 혓바닥으로 핥아먹고 싶은 심정이었다.

  책상 위엔 고객들에게 보낼 모터쇼 초대장이 수북이 쌓여 있었다. 그것은 단순한 아트지더미라고 할 수 없었다. 고객들 중 몇몇은 모터쇼에 올 것이고, 장마리를 찾을 것이고, 그녀의 웃음과 환대를 기대할 것이고, 그리고 아무도 차를 안 산 채 집으로 돌아갈 것이고, 그녀는 지점장에게 눈총을 받을 것이었다. 이 모든 정서적 과정을 함축한 종이뭉치였고, 때문에 그것을 볼 때마다 그녀는 초콜릿 한 조각이 그리워 몸이 달았다. 그러나 초콜릿이 있을 리가 없었다. 허리둘레가 이십구 인치에 육박하던 지난 달, 그녀는 입에 달고 있던 단것을 끊었다. 그러나 허리둘레는 좀체 줄어들지 않았다. 성욱은 살짝 불룩한 배와 살집이 붙기 시작하는 허리를 좋아한다고 말했지만 그녀는 믿지 않았다.

  "날 위로하려는 수작이지. 나도 알아, 내가 늙어간다는 걸."

  "아니에요, 난 정말 이 살집들이 좋다구요."

  이런 식의 대화는 경계근무를 서는 병사들의 암구어처럼 몇 번이고 반복된다. 성욱은 마리의 배를 쓰다듬으며 그것을 찬미하고, 마리는 의심하고, 성욱은 정말이라며 정색을 하고.

어느 날, 성욱은 이런 말을 했다.

"여자들의 나쁜 점만 다 가진 존재, 그게 바로 젊은 여자예요."

"그래?"

"날카롭고 까다롭고 불안정하고 어린애처럼 바라는 것만 많죠. 자기가 뭘 원하는지도 모르구요. 하지만 마리는 달라요. 여성의 좋은 점만 가지고 있어요. 따뜻하게 안아주고 남의 말도 잘 들어주고 안정돼 있어요. 뭔가를 받아들일 준비가 돼 있다는 거죠."

넌 날 모르는구나. 앞으로도 모를 거고, 또 몰라야 해. 미안하지만 난 그런 여자가 아니야. 단지 사랑에 빠졌을 뿐.

라파엘의 성모처럼 미소지으려 했지만 입꼬리에 냉소가 살짝 깃드는 것만은 막을 수 없었다. 어린 애인은 알아채지 못했고 둘은 입맞춤으로 할말을 대신했다. 그의 혀가 공격적으로 마리의 혀뿌리를 칼로 베듯 날카롭게 파고들었다. 넌 정말 인생에 대해 자신만만하구나. 지금 눈앞의 나이든 여자 하나쯤은 마음대로 할 수 있다고 생각하고 있겠지. 나도 한때는 세상을 바꿀 수 있을 줄 알았단다. 근데 이제야 알게 된 건 단 걸 먹고픈 충동 하나도 제대로 통제가 안 된다는 거야.

  마리는 다시 턱끝을 쇄골절흔에 처박았다. 스무 살 가까이 어린 남자와 만나는 데에는 분명 마조히스틱한 쾌감이 있었다. 마치 벌거벗은 채 천장에 매달려 부끄러운 부분을 중인환시리衆人環視裡에 다 드러내고 있는 것 같다고나 할까. 유독 비난에 대한 감수성만 기형적으로 발달하게 되고 주변의 사소한 눈초리에도 지레 날카로워져 눈길을 피하는, 속절없이 관계 속으로 빠져들면서도 한편으론 스스로를 처벌하고 있다는 느낌에 사로잡히는.

PM 04:00
볼링과 살인

28

"나는 피스타치오 아몬드."
"나는 그린티."
돈은 기영이 냈다. 얼굴에 여드름이 난 점원이 은색 스쿱을 아이스크림통에 푹 꽂았다. 그렇게 떠낸 아이스크림을 종이컵에 담아 두 남자에게 차례로 내주었다. 그들은 얌전히 플라스틱 스푼을 집어들고 자리에 앉았다. 기영은 힐끗 통유리창 밖을 살폈다. 개미굴을 닮은 무역센터 지하엔 수많은 사람들이 정말 일개미들처럼 맹렬히 어디론가 걸어가고 있었다.

"오랜만입니다."

기영이 말했다.

"그러게 말입니다."

배스킨라빈스 매장 안에는 사람이 많지 않았다. 중학생으로 뵈는 여자아이들이 세 명 있었지만 자기들끼리의 대화에 정신이 팔려 있었다. 두 남자는 스푼으로 아이스크림을 떠먹기 시작했다.

"요즘은 찬 게 좋아집니다."

"그래요? 보통은 나이들면 찬 거 싫어하는데."

"몸에 열이 많아지는 것 같아요."

"좋은 일이네요."

"땀도 많이 나고. 여름엔 좀 곤욕이죠."

기영은 물끄러미 사내를 바라보았다. 이렇게 쉽게 찾을 수 있으리라곤 생각하지 못했다. 130연락소 시절에도 가까운 사이는 아니었다. 이상혁은 자신과 이 사내를 완전히 별도의 라인으로 관리했었다.

"성함을 완전히 잊어버렸다고 생각했는데……"

기영이 말했다. 사내는 웃음기 없는 얼굴로 기영을 바라보고 있었다. 눈빛에 강한 의구심이 서려 있었다. 이봐, 도대체 무슨 꿍꿍이로 날 찾아온 거지?

"세월이 벌써 얼맙니까? 용케 찾으셨네."

"길을 걸어가는데 무슨 계시처럼 성함 석 자가 딱 떠오르는 거예요. 무슨 전광판처럼."

그가 피식 웃었다. 피부색이 거무튀튀한 게 과음으로 간이 나빠진 사람 같았다. 전체적으로 몸의 긴장이 무너져 있었다. 기영은 그것을 못마땅하게 생각하는 자신을 발견하고 깜짝 놀랐다. 마치 평양에서 사상 검증을 위해 내려보낸 검열자처럼 그를 바라보고 있었던 것이다. 어쩌면 그 역시 기영을 그런 시선으로 보고 있을지 몰랐다. 그 생각을 하자 조금 불편해졌다.

"그니까, 이름이 생각나서, 어, 그래, 한번 봐야겠다 싶어서 이렇게 무턱대고 날 찾아온 겁니까?"

"그건 아닙니다."

기영은 아이스크림을 한 숟가락 더 떠먹었다. 달콤한 유지방이 목젖을 타고 내려갔다. 기영은 고개를 들었다.

"이사장님."

"왜요?"

이사장이라 불린 사내가 스푼을 입에서 천천히 빼냈다.

눈빛엔 불안과 불만이 엇갈려 지나가고 있었다.

"혹시 어제오늘, 뭐 이상한 일 없었습니까?"

그는 다리를 떨기 시작했다. 테이블이 살짝 흔들리자 기영은 오른 팔꿈치로 지그시 테이블을 눌러 떨림을 진정시켰다.

"도대체 왜 이러십니까?"

사내는 눈동자를 이리저리 굴렸다.

"아무 일 없으셨냐구요."

사내는 고개를 돌려 통유리창 너머를 두루 살폈다.

"미행은 없습니다. 오면서 다 확인했습니다."

기영이 안심을 시켰다. 사내는 입을 열었다.

"이보세요."

"말씀하세요."

기영이 재촉하자 사내가 고개를 숙이고 목소리를 낮추며 말했다.

"……아이가 아픕니다."

"네?"

"뇌성마비요. 아내와는 헤어졌고 내가 없으면 아이를 돌볼 사람이 없습니다. 휴대폰 대리점 해서 근근이 하루 벌어 하루 먹고, 애 특수학교 보내고 나면 남는 게 없습니다."

사내는 거의 울먹이고 있었다. 기영은 난감했다.

"아니 왜 그런 얘기를?"

사내가 허리를 폈다. 허리를 굴신할 때마다 눈살을 살짝 찌푸리는 게 아마도 디스크에 문제가 있는 것 같았다.

"좀 봐주시오."

"……"

"좀 봐달란 말이오."

기영은 주위를 살피며 그의 팔목을 움켜쥐었다. 그를 진정시켜야 했다.

"이보세요, 이필 동무, 지금 무슨 생각 하는지 압니다. 걱정 마세요. 나, 사장님 모셔가려고 온 사람 아닙니다."

이필은 미심쩍은 표정을 지으며 고개를 오른쪽으로 살짝 기울였다. 아직 기영의 말을 모두 신뢰하지는 못하는 것 같았다.

"정말입니까?"

"그럼요. 그럴 거였다면 여기서 뵙자고 했겠습니까?"

사내는 다시 한번 주변을 둘러보았다. 마음이 조금 누

그러지는 것 같았다.

"하긴."

"놀라신 거 이해가 갑니다."

"당신 같으면 안 그러겠소? 십 년 만에 불쑥 나타나 이렇게 끌고 오니."

"끌고 오지는 않았습니다."

사내는 불만스러운 얼굴로 나머지 아이스크림을 퍼먹으려다 입맛을 잃었는지 스푼을 그대로 컵에 처박았다.

"그럼 도대체 무슨 일입니까?"

사내가 물었다. 기영은 그의 얼굴을 찬찬히 살펴보았다. 눈 아래엔 다크서클이 져 있었고 눈가엔 가는 주름도 여러 겹 잡혀 있었다. 몸에는 살이 붙었고 전체적으로 피로한 기색이었다. 달리의 그림에 나오는, 녹아서 축 늘어진 시계를 연상시키는 모습이었다.

의자를 끌어당겨 사내 쪽으로 몸을 붙였다. 둘의 거리는 좀더 가까워졌다.

"이비서가 돌아온 것 같습니다."

사내는 악몽에서 깨어난 사람처럼 미간을 좁히며 불안한 표정을 지었다. 그의 얼굴 전체가 검은 물음표처럼 보었다.

"누구요? 이상혁이? 이미 숙청된 것으로 아는데……"

"그랬죠. 그때 그 일, 우리 일을 마지막으로 그 사람은."

기영이 오른쪽 볼을 실룩이며 고개를 외로 꼬아, 어떤 물체가 멀리 날아가는 모습을 표현해 보였다.

"날아가버렸죠."

사내는 긍정의 뜻으로 고개를 끄덕였다. 그 긍정에는 기원도 담겨 있었다.

"지금 이상혁이……"

"?"

"여기, 그러니까 서울에 와 있습니까?"

"그건 아직 모르겠습니다."

"그럼?"

"나도 잘 모릅니다. 단지 확실한 것 하나, 누군가 우리의 존재를 알게 된 것 같습니다."

사내의 호흡이 거칠어졌다.

"아니, 끈 떨어진 지가 언제 적인데?"

"오늘 아침에."

기영은 손가락 네 개를 펴 보였다.

"명령을 받았습니다."

사내의 표정이 더 어두워졌다.

"누군가 전화를 걸어와서 메일을 확인하라고 하더군요. 메일을 열어보니 틀림없는 4번 명령이었습니다."

"복귀 시기는?"

"내일 새벽."

"이런."

그는 눈에 띄게 안절부절못하기 시작했다.

"당신이나 나나 모두 이상혁 라인이었잖소? 그런데 당신만 찾아냈을 리가 없어. 그렇지, 그랬을 리가 없어. 아, 아들놈을 어떡하지? 걘 죽어도 북에서는 못 살 거요. 그런 환경변화를 견딜 만한 애가 아니니까. 이번 학교에서도 얼마나 어려웠는데. 처음엔 일반학교에 넣었지만 애가 견디질 못했거든요. 나쁜 새끼들. 뇌성마비는 바보가 아닌데. 애들이 입에 휴지를 쑤셔넣고 궁둥이를 발로 차고. 그 자식들은 애가 아니라 악마야. 이 서울 애들은, 이 자본주의 개새끼들은 말야, 남하고 함께 사는 게 뭔지를 몰라. 공동체가 뭔지, 서로 돕는다는 게 뭔지 모른다니까. 그저 자기만 알아. 걔들 잘못도 아니지. 부모들이 그렇게 가르치니까."

"진정하세요."

사내는 이글거리는 눈빛에 강렬한 적의를 실어 기영을 바라보았다.

"혹시 당신."

"당신 뭐요?"

기영의 팔과 다리에 자기도 모르게 힘이 들어갔다.

"혹시 당신, 쥐새끼 아냐?"

기영도 미간을 좁혔다.

"안기부, 아니 요즘은 국정원이지. 그 새끼들한테 넘어간 거 아냐? 너 이 새끼……"

"이봐. 말조심해."

언성은 낮아졌지만 어절마다 단단한 옹이가 져 있었다.

"솔직히 말해보라. 야, 김기영이, 우리 이제 탁 까놓고 이야기하자우."

흥분한 그에게서 평안도 억양이 튀어나왔다. 그런 모습이 기영에게는 경각심을 불러일으켰다. 기영은 심호흡을 했다. 침착하자, 침착하자. 말려들어서는 안 된다. 나는 휘둘리지 않을 것이다. 그 무엇에도.

"그렇게 생각하는 것도 무리는 아닙니다만, 어쨌든 나는 쥐새끼가 아닙니다."

사내는 눈을 가늘게 떴다. 그리고 자리에서 일어나 앙증맞은 플라스틱 테이블을 에돌아 다가왔다. 그러더니 어린아이들의 장난처럼 갑자기 기영의 몸을 덮쳤다. 그러곤 아주 빠른 동작으로 그의 주머니와 바지춤을 훑었다. 아까의 허물어진 몸에서 나온 것이라고는 믿을 수 없는 민첩함이었다. 아마도 그는 권총이나 수갑 따위를 찾는 것 같았다. 기영은 그의 어깨를 붙잡고 자리에서 벌떡 일어났다. 둘은 클린치를 하는 권투선수처럼 엉켜 힘을 겨루었다. 와당탕. 플라스틱 의자 하나가 넘어졌다. 어린 아르바이트생이 새된 소리를 질렀다. 아악. 왜 그러세요?

"너 이 새끼, 여기서 이러지 말고 나가자."

그가 반말로 기영에게 제안했다. 둘의 팔은 아직 엉킨 채였다.

"좋아."

기영도 고개를 끄덕였다. 팔은 풀었지만 시선은 떼지 않았다. 둘은 의자를 바로 세우고 아르바이트생에게 사과한 뒤 아이스크림컵을 쓰레기통에 버리고 밖으로 걸어나갔다. 아이스크림 가게에 앉아 있던 여중생들은 그들의 소동에 전혀 아랑곳하지 않고 수다를 떨고 있었다. 가게를 나오자마자 기영이 팔을 쳐들었다.

"자, 뒤져봐."

"아까 다 뒤졌어."

사내는 주변을 둘러보며 말을 이었다.

"미안해. 하지만 니가 나라도 그랬을 거 아냐?"

"이젠 됐지?"

사내는 고개를 가로저었다.

"아니, 아직도야."

"뭐가 더 필요해?"

"혹시 날 매수할 생각이야? 그럴 거라면 난 생각 있어. 돈, 그래 돈이라면 씨팔, 나는 얼마든지 무릎을 꿇을 수 있어. 진심이야."

사내는 눈을 굴리며 기영의 기색을 살폈다. 그는 아무 대꾸도 하지 않았다. 대신 건너편의 작은 맥줏집을 가리켰다. 아직 손님이 북적대긴 이른 시각이었다. 메가박스에 영화를 보러 온 커플들이 시간을 때우려 생맥주 몇 잔으로 목을 축이는 곳이었다. 그들은 그곳으로 들어갔다. 퀴퀴한 맥주 곰팡내가 코를 찔렀다. 안은 어둑했고 종업원들은 장내를 정리하고 있었다.

"영업해요?"

눈이 어둠에 익자 이미 들어와 술을 마시고 있는 젊은 이들의 실루엣이 보였다. 나비넥타이를 맨 종업원이 그닥 달갑지 않은 얼굴로 그들을 자리로 안내했다. 앉자마자 기영은 하이네켄을, 이필은 기네스를 시켰다.

"하루 한두 잔 정도의 맥주는 몸에 좋다는데."

그런 얘기를 듣고 있자니 갑자기 조금 전의 소동이 먼 옛날 일처럼 느껴졌다. 기영이나 이필이나 모두 일진 더러운 날이었다. 어렵게든 아니든, 그럭저럭 평온한 하루하루를 보내고 있던 이들이었다. 둘은 말없이 웨이터가 맥주를 가져다주기만을 기다렸다. 잠시 후, 웨이터가 잰걸음으로 두 병의 맥주와 한 접시의 토르티야칩, 그리고 살사 소스를 가져다주었다. 웨이터는 이필 앞에 하이네켄을, 기영 앞에 기네스를 놓고 가버렸다. 둘은 잘못 놓인 맥주를 서로 바꾸었다. 기영은 말없이 네덜란드 산 맥주를 꿀꺽꿀꺽 들이켰다. 맥주는 시원했다. 이필이 먼저 말을 꺼냈다.

"그래서? 어쩔 거야? 올라갈 거야?"

기영은 토르티야 조각을 씹으며 물었다.

"한정훈이라고 기억해?"

"누구?"

"130연락소 동지 한정훈이. 그때 우리 셋이……"

이필은 인상을 찌푸렸다.

"아, 그 친구."

"없어졌어. 어제. 해외출장 간다고 회사에서 나가선 아직 연락이 없대. 마누라도 찾고 있더군."

"어떻게 된 거야?"

그는 정색을 하고 이필을 노려보았다.

"아까부터 왜 자꾸 날 다그치는 거야? 나도 아무것도 모른다구. 내가 뭘 알겠어? 당신이나 나나 끈 떨어진 지 오래고, 하루 벌어 하루 살기 바빴잖아. 안 그래?"

"그거야 알 수 없지."

이필은 입가를 치켜올리며 웃었다.

"아무도 모르는 거지. 당신이 왜 내 앞에서 울상을 하면서 개수작을 하는지, 그 꿍꿍이를 내가 알게 뭐냐고."

기영은 마음을 가라앉히려 애썼다. 그의 옛 동료는 지금 그보다 훨씬 더 불안해하고 있다. 신경이 날카롭고 예민해진 것도 당연했다. 그러나 기영도 그만큼이나 투정부리고 싶었고 위로도 받고 싶었다.

"이사장, 어쨌든 우린 연결돼 있어. 한정훈이가 위로 올라갔는지, 아님 어디로 숨어버렸는지, 나도 몰라. 그렇지만 나한테 명령이 내려온 걸 보면 당신한테도 곧 뭔가가 있을 거야."

"그걸 당신이 어떻게 알아?"

그는 시비조로 대들었다. 그러나 목소리는 낮았다. 기영은 대꾸하지 않았다. 그의 말이 이어졌다.

"이상혁은 잘렸어. 그 뒤에 온 놈은 이상혁의 라인은 건드리지도 않았을 거야. 우릴 믿을 수 없었을 테니까. 그 후임자는 우리가 있었다는 것도 아예 몰랐을 거야. 그렇게 사람이 바뀌다 드디어 어떤 놈, 아주 꼼꼼한 놈이 새로 왔겠지. 서류철을 뒤지다가 한정훈이하고 당신을 찾아냈겠지. 어쩌면 아직 나는 못 찾았을지도 몰라. 앞으로 찾는다는 보장도 없어. 지금 북쪽은 개판이라구. 알잖아?"

"나도 그랬으면 좋겠어."

"그럴 거야. 난 괜찮을 거야. 지금까지도 아무 일 없었는데, 뭘. 안 그래?"

기영은 가볍게 한숨을 쉬었다.

"좋아, 당신은 정말 아무것도 모르는 것 같아. 그럼 됐어. 좋아, 내 문제는 내가 해결할 거야."

기영이 선언했다. 이필이 조금 여유를 찾은 듯, 등을 등받이에 기댔다.

"올라갈 건가?"

"그럴 수도 있겠지."

그의 등이 다시 등받이에서 떨어졌다.

"올라가면 내 얘기, 하겠지?"

그는 맥줏잔을 입에 갖다대며 눈을 슬쩍 치켜떠 그의 눈치를 살폈다.

"글쎄."

"나는 뇌성마비 아들이 있어. 아까도 말했지만."

"나도 딸하고 마누라가 있다구."

"알아. 그땐 아직 젖먹이였는데, 이름이……"

"그때라니?"

"그때 있잖아."

'그때'가 뭘 의미하는지는 알고 있었다. 그러나 그 이야기는 더이상 하고 싶지 않았다. 그리고 이런 맥락에서 현미의 이름을 거론하고 싶지도 않았다. 불길한 그 무엇이 현미에게 끼쳐들까봐 겁이 났다.

"그 얘긴 그만하지."

이필은 두 손으로 마른세수를 했다. 그의 얼굴이 가면처럼 일그러졌다.

"가끔 볼링하는 꿈을 꿔."

"볼링이라니?"

"텅 빈 볼링장의 어느 레인에 나 혼자 서 있는 거야. 그렇지만 어디선가 사람들이 나를 지켜보고 있다고 생각하지. 나는 잘해야 한다는 중압감에 엄청 시달리면서 플로어에 올라서. 그리고 공에 손가락을 끼우고 자세를 잡은 후 스텝을 밟으며 앞으로 달려나가는 거야."

"그래서?"

"있는 힘껏 공을 뿌리고 나면 갑자기 볼링장은 사라지고 내 앞엔 으깨진 머리통만……"

"그만해."

손을 들어 그의 말을 제지했지만 그는 멈추지 않았다.

"나는 그게 내 볼링공이라고 생각하고 두 손으로 잡으려 하지만 잡히지 않아. 그 머리통이 나한테 말하기를, 볼링이 결코 만만한 스포츠가 아니라는 거야."

"그게 무슨 소리야?"

"모르지, 꿈이니까. 하여튼 그 소리를 반복해. 볼링은 만만한 스포츠가 아니다, 마인드컨트롤이 필요하다 등등. 정확한 문구는 알 수 없지만 대충 그런 뉘앙스의 말을 반복하는데, 듣고 있으면 굉장히 무서워. 으깨진 머리통이 하는 소리니까. 난 검은 눈구멍에 두 손가락을 집어넣어 그 머리통을 볼링공처럼 집어들어. 어떨 땐 그 구멍이 미끄러워서 자꾸 손에서 빠져나가기도 해."

십 년 전 그와 기영 그리고 한정훈에게 이상혁의 마지막(그때는 마지막이라는 걸 몰랐지만) 명령이 내려왔다. 그들의 목표는 북극성이라는 암호로 불리던 두더지였다. 왜 그를 제거해야 하는지는 알 수 없었다. 그러나 명령은 암호화도 제대로 되지 않은 상태로 전달될 만큼 급박한 것이었다. 암살은 그들 셋의 전문분야는 아니었지만 그런 사정을 헤아릴 틈이 없다는 것을 그들은 직감할 수 있었다. 그들 셋 중에서 사람을 죽여본 사람은 아무도 없었다. 그러나 해야 했다. 토론은 없었다.

한정훈은 북극성을 유인하는 임무를 맡았다. 그리고 실

행은 김기영과 이필이 하기로 했다. 정훈은 북극성에게 전달할 가방을 들고 있었다. 북극성은 그 안에 현찰이 들었다고 생각할 것이었다. 어둠침침한 아파트 지하 주차장 기둥 뒤에서 북극성은 정훈이 건넨 가방을 받아 왼손에 들었다. 무게를 가늠하듯 몇 번 가볍게 들어올려보는 것 같았다. 정훈이 먼저 차에 올라타고 주차장을 떠나자 안심한 북극성은 천천히 미리 세워두었던 자신의 차로 되돌아왔다. 북극성은 차의 문을 열고 운전석에 몸을 밀어넣었다. 그리고 돈가방을 조수석에 놓았다. 그러고 나서 안전벨트를 맸다. 당황한 기색은 없었다. 그러나 지켜보는 기영은 아드레날린 수치가 최고로 치솟는 것을 느꼈다. 뇌에서 쉭쉭, 스프링클러가 돌아가는 것 같았다. 북극성이 안전벨트 착용을 마치자마자 기영은 그에게로 걸어갔다. 품속엔 소음기를 단 45구경 6연발 콜트가 들어 있었다. 중지의 관절로 운전석의 창문을 부드럽게 두드렸다. 똑똑똑. 검게 틸팅된 창문이 천천히 내려갔다. 죽여야 할 자의 얼굴이 드러났다. 두 눈을 크게 뜬 북극성이 그를 향해 웃었다.

"아니, 너 기영이, 김기영이 아니니?"

그러나 도저히 마주 웃어줄 수 없었다. 혹시 뭔가 잘못된 것은 아닐까? 녀석이 그 유명한 두더지 북극성이라니? 짧은 순간, 정말 많은 생각들이 기영의 머릿속을 지나갔다. 너무 빨리, 너무 다양한 생각들이 폭발적으로 밀려왔기 때문에 거의 판단정지의 지경에 다다랐다. 그렇게 되자 언어는 오히려 아주 일상적이고 차분해졌다.

"그래, 지훈아. 나야."

품에서 권총을 꺼내 그의 머리를 겨냥했다. 아니, 사실 말처럼 그렇게 단순하진 않았다. 총신의 가늠자가 양복 안감에 걸려 잘 나오질 않았고 결국은 투두둑, 몇 가닥의 실을 끊고야 말았다. 그것은 꽤 우스꽝스런 장면이었겠으나 그런 어설픔이 오히려 진지함을 더해주었다.

"기영아, 너, 왜 이래?"

북극성의 얼굴에서 웃음이 사라졌다. 그는 "장난치지 마" 같은 상투적인 말도 하지 않았다. 위아래로 격하게 출렁이는 기영의 손끝에서 결의를 읽을 수 있었던 것이다. 기영은 말했다.

"미안해. 나도 지금 알았어. 너였구나. 미안해. 이젠 어쩔 수가 없는 것 같다."

조수석 쪽에선 그가 실수할 때를 대비해 이필이 권총을

천천히 뽑아들고 있었다. 기영은 퍽, 퍽, 퍽. 세 발을 쏘아 두 발을 머리에 명중시켰다. 북극성의 흉곽이 전기충격기를 갖다댄 것처럼 거세게 튀어올랐다가 가라앉았다. 그의 입이 반쯤 벌어진 채 그대로 굳어버리는 것을 기영은 똑똑히 보았다. 그 순간 이필이 반대쪽 조수석 문을 열고 가방을 챙겼다. 그러면서 탄두가 나선형으로 뚫고 지나간, 그리하여 갓 발굴된 유전처럼 검은 피와 뇌수를 쏟아내고 있는 오른쪽 두개골의 파열부를 힐끗 쳐다보았다. 그리고 문을 닫았다. 그 0.5초도 안 되는 일별 때문에 밤마다 악몽을 꾸게 될 줄은 정말 몰랐을 것이다. 게다가 살인은 기영이 한 것이지 그가 한 게 아니었다.

그의 악몽은 너무 직접적이었다. 마음을 가다듬고 목표를 노려본 후, 천천히, 그러나 있는 힘을 다해 목표를 향해 돌진한다는 점에서 암살은 볼링과 비슷한 구석이 있었다. 그리고 지금 이필이 바로 그 이야기를 하고 싶어한다는 걸, 그는 잘 알고 있었다. 그날 저녁, 그들은 각자의 차를 몰고 주차장을 떠났다. 그리고 이렇게 십 년이 흐른 뒤에야 조우하게 된 것이다. 지금껏 그들은 서로 만나기를 원치 않았다. 그러면서도 한편으론 그 누구와도 공유할 수 없는 경험을 털어놓을 사람이 필요했다.

"그 친구 말야, 북극성."

기영이 말했다. 이필은 기네스 잔을 비웠다. 갈색 거품이 더러운 진흙처럼 유리잔에 들러붙어 천천히 흘러내리고 있었다.

"대학 시절에 같이 뭘 한 적이 있었어."

"맞아, 당신은 대학을 다녔었지."

"맞아, 그래서 지금 내가 한정훈이나 당신보다 잘사는 거지."

이필이 씁쓸하게 웃으며 말했다.

"그게 바로 자본주의 아니겠어? 양극화, 학력차별, 부의 세습. 팔십 대 이십의 사회."

"언제부터 좌파가 된 거야?"

그러나 이필은 농담을 알아듣지 못했다.

"뭐라구?"

"아무것도 아니야."

"뭐랬는데?"

그가 집요하게 물었다.

"언제부터 마르크시스트였냐고."

여전히 그는 농담을 이해하지 못했다.

"그게 무슨 소리야?"

"그냥 농담이라고 그랬잖아."

"무슨 농담이 그래?"

기영은 사과의 뜻으로 머리를 긁적였다. 그러나 그는 아직 불쾌함이 풀리지 않은 듯 기영을 외면하고 있었다.

"미안, 미안. 내가 하고 싶은 말은 그게 아니었고, 뭐라고 해야 되나, 그러니까 왜 하필 내가 그걸, 그 짓을 하게 됐냐는 거지. 나는 나한테 인사를 하는 친구의 웃는 얼굴에 대고 총을 쏴야만 했어. 기분이 어땠을 거 같아?"

"애초에 그런 일을 하라고 훈련받은 거잖아."

그는 제 입 밖으로 튀어나온 냉소적인 어투에 스스로도 조금 놀란 것 같았다.

"무슨 기분인지는 알아."

기영은 고개를 가로저었다.

"모를걸."

호흡이 가빠졌다. 이필이 더이상은 감상에 빠져들지 않겠다는 듯 냉정하게 말했다.

"누가 쏠지를 정한 건 우리였어. 가위바위보를 했었다

구."

그 말은 이상하게도 따뜻한 위로처럼 들렸다.

"그랬지. 근데 나는 그 가위바위보까지도 어쩐지 속임수라는 생각이 들었어. 그것도 저 위에서 지시를 내렸을 거야. 나, 김기영이 쏘도록 처음부터 각본을 짰을 거야."

"그게 말이 된다고 생각해?"

"말이 안 되지. 그렇지만 자꾸 그런 생각이 드는 건, 그건 어쩔 수가 없는 거라구."

억지라는 것은 누구보다도 기영 자신이 잘 알았다. 그는 손목시계를 보았다. 어디든 너무 오래 있어서는 안 되었다. 이필이 아무것도 모르고 있다면 알 만한 누군가를 찾아봐야 했다. 그게 누굴까?

"이봐."

계산서를 집어들며 이필에게 말했다.

"고문은 어쩔 수 없어. 무슨 말이냐면, 누가 날 고문한다면 당신이 여기 있다는 걸 불 수밖에 없다는 뜻이야. 난 자신 없어. 그러나 그런 경우가 아니라면, 즉 협상이나 뭐 그런 게 가능한 상황이라면 나도 비밀을 지켜줄게. 대신 당신도 나처럼 해줬으면 해."

이필이 고개를 끄덕였다. 기영은 자리에서 일어났다.

"여기 계산은 내가 할게."

이필은 굳이 말리지 않았다. 둘은 인수합병 계약을 순조롭게 마무리지은 사업가들처럼 사무적인 다정함으로 서로의 어깨를 두드렸다. 그러곤 맥줏집을 나와 헤어졌다. 그새 인파는 더 불어나 있었다. 기영은 다시 더듬이를 세우고 지하철역을 향해 걸어가기 시작했다. 그렇게 걸어가다가 문득, 어째서 저자에게는 아무런 명령도 내려오지 않았을까, 자신도 십 년 만에 이렇게 쉽게 찾은 자가 어떻게 저렇게 멀쩡할 수 있을까, 어떻게 아무도 그를 건드리지 않은 것일까, 의아한 생각이 들었다. 기영의 발걸음이 빨라졌다. 복잡하게 뻗은 코엑스 지하의 미로를 성큼성큼 걸으며 계속 방향을 바꾸었다. 코너를 돌 때마다, 거울과 유리창이 나타날 때마다 미행자를 체크했다. 적어도 두 명의 발걸음이 그의 템포에 맞춰 빨라졌다 느려졌다를 반복하는 것을 발견할 수 있었다. 미행자들도 긴장하고 있었다. 미행을 잘한다는 것은 정말 어려운 일이다. 그것은 첩보전의 처음이자 끝이라 할 수 있다. 미행은 거의 언제나 쫓기는 자에게 유리한 게임이다. 일단 미행 사실을 눈치채기만 하면 그때부터는 언제나 쫓기는 자가 주도하게 된다. 마치 답을 알고 푸는 퍼즐과 비슷했다. 그는 반디앤루니스로 들어섰다. 대형서점엔 언제나 책이 들어오는 통로와 직원들만 드나드는 길이 따로 있다는 것을 그는 알고 있었다. 그는 책을 뒤적이거나 하는 위장동작도 없이 바로 '관계자외 출입금지'라고 쓰인 철문을 열고 그 안으로 들어섰다. 아무도 제지하지 않았다. 매장보다 어두운 복도엔 유니폼을 입은 여직원들만이 무심한 얼굴로 그를 스쳐 지나갔다. 그는 어딘가에 분명 출구가 있으리라 믿으며 당당한 태도로 걸었다. 마침내 복도는 끝나고 방화문이 나타났다. 문은 쉽게 열렸다. 박스들이 쌓여 있는 휑한 공간이었다. 그곳에서 엘리베이터를 타면 지하 주차장으로 내려가는 것이었다. 그는 버튼을 눌렀다. 덜컹거리며 화물용 엘리베이터가 움직이기 시작했다. 그러나 그 엘리베이터를 타지 않고 비상구를 통해 지하로 걸어내려갔다.

지하엔 차들이 많았다. 이게 영화였다면 아마 주인공은 아무 망설임 없이 능란한 손놀림으로 차문을 열고 들어가 글로브박스의 선을 접촉시켜 시동을 건 후, 한바탕 차량 추격전을 벌였을 것이다. 그러나 기영은 그런 신기한 기술은 배워본 적도 없었고 가능하리라 생각해보지도 않았다. 그는 자동차들 사이를 빠르게 걸었다. 지하 주차장엔 고층건물의 하중을 지탱하기 위한 두꺼운 벽과 기둥들이 많아 시야가 곧잘 차단되었다. 인터컨티넨탈호텔 쪽으로 이동하다가 도심공항터미널 쪽으로 방향을 틀었다. 그 앞엔 아마도 택시들이 줄을 서서 손님들을 기다리고 있을 것이었다. 그의 등은 차가운 땀으로 척척하게 젖어갔다. 왜 이렇게 땀이 나는 거지? 그는 본래 땀을 많이 흘리는 체질이 아니었다. 아, 셔츠를 갈아입을 수 있다면 정말 좋을 텐데. 이렇게 축축한 셔츠를 입은 채 어딘가로 끌려가는 건 정말이지 끔찍한 일이야. 나약해지는 마음을 다잡으려는듯, 그는 느슨해진 넥타이를 조여매며 걸음의 속도를 좀더 높였다.

29

박철수는 서점이 마련한 간이의자에 엉덩이를 걸쳤다. 이필의 제보는 정확했다. 김기영은 분명히 조금 전까지 여기, 이 지하도시에, 그의 눈앞에 있었다. 그러나 지금은 다시 종적이 묘연했다. 호텔과 무역센터, 도심공항터미널, 복합영화상영관, 지하철역 그리고 컨벤션센터가 모여 있는 이 복잡한 장소를 택한 것만 봐도 역시 보통은 아니었다. 놈은 서울을 속속들이 잘 알고 있었다.

그는 본래 미행을 싫어했다. 본질적으로 미행은 고행이었다. 목표가 정해지면 전 존재가 그것에 고정되었다. 목표가 주인이 되고 그는 종이 되는 것이다. 지배당하는 기분이 유쾌할 리 없었다. 목표는 자신의 자유의지로 방향을 선택하고 어디로든 움직일 수 있다. 그러면 따라갈 수밖에 없다. 카페에 들어가든 지하철을 타든 그것은 목표의 자유다. 그는 충성스러운 사냥개처럼 주인이 다시 움직이기를 끈기 있게 기다려야만 한다. 그는 온 신경을 곤두세운다. 목표를 놓치지 않기 위해 귀를 기울이고 도시를 가득 채운 엄청난 시각정보들을 처리한다. 간판과 표지판을 읽고 뒤에서 달려오는 오토바이의 배기음을 들으며, 동시에 목표의 이동속도에 추적의 템포를 적절히 맞추어야 한다. 그럴 때면 온몸의 땀구멍이 활짝 열리는 기분이다. 무엇보다, 그 무엇보다 중요한 것은 앞서가는 목표를 놓쳐서는 안 된다는 것이다. 그것이야말로 다른 모든 것에 우선하는 미행의 윤리다.

그러나 그는 목표를 놓쳤다. 정말 개 같은 기분이군. 한번 개라는 비유가 떠오르자 그것을 뇌리에서 떨쳐버리기가 어려웠다. 버려진 개들이 이런 기분일까? 그렇겠지? 개를 버리려면 여기 코엑스 같은 데가 좋겠어. 그는 정말 개처럼 코를 킁킁거렸다. 개 입장에선 이런 데가 가장 끔찍할 거야. 냄새의 홍수 속에서 한번 놓친 주인을 다시 따라잡는다는 것은.

휴대폰이 조용히 진동으로 울렸다.

"네, 아닙니다. 예약은 잘 해놨는데…… 네, 취소된 것 같습니다. 알겠습니다. 또 연락드리겠습니다."

휴대폰을 주머니에 집어넣었다. 서점에는 사람이 많았다. 그는 출구 쪽으로 걸어나갔다. 그가 막 서점을 나서려는데 청색 양복을 입은 사내 둘이 앞을 가로막았다. 그들은 부드럽게 말했다.

"죄송하지만 잠깐만 이쪽으로 오시겠습니까?"

"뭐요?"

박철수는 인상을 찌푸렸다.

"잠깐만 도와주시면 됩니다."

사람들이 힐끔거리고 있었다. 그는 잠시 갈등했다. 신분증을 내보일 것인가 아니면 그냥 순순히 이들의 검색에 응해줄 것인가. 소란을 피우고 싶지는 않았다. 그는 청색 양복을 입은 사내들을 따라 서점 구석의 '관계자외 출입금지'라고 쓰인 문으로 들어갔다. 문이 열리자 긴 통로가 모습을 드러냈다. 서점으로 들어온 김기영이 어떻게 감쪽같이 사라졌는지 알 것 같았다.

그들은 작은 회의실로 들어가 그에게 가방을 열어달라고 말했다.

"저 통로가 어디로 연결돼 있습니까?"

"그건 왜요?"

청색 양복을 입은 두 사내 중에서 키가 작은 쪽이 되물었다. 박철수는 가방을 보여주는 대신 지갑을 꺼내 신분증을 제시했다. 국가정보원에서 발부한 멋진 신분증이었다.

"지금 잠복중, 아니 범인을 쫓고 있는 중입니다."

그러나 청색 양복을 입은 그들은 아랑곳하지 않았다. 키가 큰 치가 그의 신분증을 건네받아 면밀히 살펴보았다. 그러나 그것을 다시 돌려주지는 않았다. 그들은 서로의 얼굴을 잠깐 쳐다보고는 실쭉 웃었다.

"주민등록증은 없습니까?"

지갑 안쪽에서 주민증을 꺼내 건넸다. 그들은 그것 역시 받아들었다. 그리고 말했다.

"가방 좀 열어보시라니까요."

모욕당한 기분이었다. 결코 가방을 보여줄 수 없다는 생각이 들었다.

"말귀를 못 알아듣나본데, 지금 간첩을 쫓고 있다니까. 당신들 지금 실수하는 거야. 이러는 사이에 간첩 도망가면 당신들이 책임질 거야?"

밖으로 나가려 하자 키가 큰 청색 양복이 그의 앞을 막아섰다.

"가방만 보여주시면 됩니다."

키가 작은 청색 양복이 말했다.

"선생님, 떳떳하다면 왜 못 보여주십니까?"

"당신들한테 그런 권리가 어딨어? 사생활 침해야."

"권리?"

"남의 가방을 뒤질 권리 말야. 수색영장 있어?"

"도난이 의심스러울 때는 동의를 얻어서 수색을 할 수

있습니다."

그는 보란듯이 비웃었다.

"그런 권리는 사법경찰관한테나 있는 거야."

청색 양복 둘이 씩 웃었다. 그들이 약속이라도 한 듯 동시에 신분증을 그의 눈앞에 들이댔다.

"우린 사법경찰관입니다. 됐습니까? 자, 이제 가방을 열어보시죠."

신분증은 정말 그들이 강남경찰서의 형사들이라고 말하고 있었다. 그는 자신의 눈과 귀를 의심하지 않을 수 없었다. 도대체 왜 이러는 거야? 그는 가방을 열어 그들에게 보여주었다. 그들은 가방 속에서 작은 도시바 무전기를 끄집어내 유심히 살펴보고는 책상 위에 올려놓았다. 그들이 그렇게 수색에 열중하자 박철수 자신도 스스로에 대한 확신이 사라지기 시작했다. 불쑥 이런 생각까지 들었다. 저 가방 속에서 혹시 내가 내가 아니라는 것을 입증할 그 무엇이 나오지 말란 법이 있는가.

"이봐, 내 신분증에 주민번호 있잖아. 상황실에 무전이라도 쳐보란 말이야."

그는 언성을 높였다. 그러나 그들은 가방을 꼼꼼하게 뒤질 뿐이었다. 키가 작은 청색 양복이 키가 큰 자를 바라보며 고개를 가로저었다. 키가 큰 청색 양복이 PDA를 꺼내 그의 주민번호와 발급일자를 긁어 상황실로 보냈다.

"도대체 뭡니까?"

그가 항의했다. 잠시 후, PDA로 신원조회 결과가 도착했다. 키가 큰 청색 양복은 가지고 있던 그의 신분증을 내밀었다. 그가 신분증을 받으려 오른손을 내미는 순간 키가 작은 청색 양복이 그의 팔을 꺾어 젖혔다. 현대 유도에서는 이제 금지된 겨드랑이대팔꺾기, 와키가타메 동작이었다. 그는 순식간에 팔이 꺾이며 제압당하고 말았다.

"이 주민증, 이거 당신 거 맞아?"

"무슨 소리야?"

그는 얼굴이 책상 표면에 눌린 채 고통스럽게 소리를 질렀다. 청색 양복은 그의 손목에 수갑을 채웠다.

"발급일자가 틀려. 오래전에 분실된 거야."

그제야 그는 어떤 상황인지 알 수 있었다.

"아, 그거, 내가 설명할게. 주민증을 분실해서 새로 발급받았는데 깜빡 잊고 예전 걸 들고 다닌 거라고."

그러나 그들은 그 말을 믿지 않는 것 같았다. 누군가 그의 팔을 잡아 일으켜세웠다. 그는 등뒤로 수갑이 채워진 채 처음보다 훨씬 흐트러진 모습으로 두 청색 양복 앞에 서게 되었다. 분노 이전에 굴욕감을 느꼈다. 수컷이 수컷에게만 느낄 수 있는 종류의 수치였다.

"우리 회사로 전화해보세요. 지갑에 명함 있습니다."

청색 양복 중에서 키가 작은 축이 지갑을 다시 뒤졌다. 명함을 한 장 찾아 그의 눈앞에 들이밀었다. 그는 고개를 끄덕였다. 그가 명함을 들고 방을 나갔다. 한 번도 누가 자기 주민등록증을 검사하리라고는 생각해본 적이 없었다. '회사'의 신분증만으로 언제나 충분했던 것이다.

밖에서 무슨 소리가 들리자 키가 큰 청색 양복이 알았어, 라고 외치며 그를 의자에 앉히고는 천천히 문을 열고 밖으로 나갔다. 아마 밖에서 키가 작은 청색 양복이 부른 모양이었다. 혼자 남겨진 그는 방 안을 둘러보았다. 난감한 노릇이었다. 이대로 끌려나가는 개망신을 당할 수는 없었다. 그러나 별 뾰족한 수가 없었다. 그는 많은 상상을 했다. 혹시 저들이 북쪽 애들인 것은 아닐까. 달아난 김기영을 보호하기 위해 이런 수작을 부리는 것일 수도 있었다. 아니면 혹시 경찰을 가장한 사기꾼일 수도 있었다. 저런 식으로 대형서점에서 다른 사람의 지갑을 홀랑 털어가는 놈들일 수도 있었다. 생각하면 할수록 수상쩍기만 했다. 하지만 그들은 그의 주민등록증의 발급일자가 잘못된 것을 정확히 알고 있었다. 그는 자리에서 벌떡 일어나 입구로 걸어갔다. 수갑 찬 손으로 겨우 문을 열고 밖으로 나갔다. 청색 양복 둘은 바로 문 옆에 서 있었다. 서로 눈길이 마주쳤다. 어쩐지 눈빛이 좀 부드러워졌다는 느낌이 들었다. 왜일까 궁금해하는 순간 복도 반대편에서 인기척이 들렸다. 그는 고개를 돌렸다. 감자였다. 다른 사무실에서 근무하지만 같은 회사 소속으로 이름 대신 감자라는 코드명으로 즐겨 불리는 자였다. 방첩 관련 연수 때마다 서로 얼굴을 마주치는 사이였고 나이도 비슷해 말을 놓고 있었다. 감자는 수갑이 채워진 그의 모습을 보고 씩 웃었다. '꼴좋다'는 표정이었다. 그의 뒤를 따라 네 명의 직원들이 나타났다. 감자는 청색 양복에게 다가가 무슨 말인가 귓속말을 했다. 그러자 청색 양복이 허둥대며 수갑 열쇠를 찾아 그의 수갑을 풀어주었다. 그리고 지갑과 신분증도 돌려주었다. 청색 양복들은 풀이 죽은 채 그에게서 한 발짝 물러났다. 그는 지갑을 뒷주머니에 넣자마자 그대로 몸을 돌려 키가 큰 청색 양복의 정강이를 옥스퍼드 구두코로 걷어차며 욕을 퍼부었다.

"이 개새끼야."

키가 큰 청색 양복이 그 자리에서 허리를 꺾으며 주저앉았다. 키가 작은 청색 양복을 향한 그의 두번째 발길질은 빗나갔다. 그가 동료를 내버려둔 채 재빨리 달아나버렸기 때문이었다. 감자와 부하들이 달려들어 그를 붙들었다.

"그만해."

그러나 그는 분이 가시지 않은 얼굴로 씩씩거리고 있었다. 주저앉았던 청색 양복은 절뚝거리며 동료가 달아난 쪽으로 뒤따라갔다.

"됐어, 놔둬."

"저 개새끼들을……"

"참아. 저 친구들도 첩보가 있어 출동한 거야. 시키는 대로 하는 거 아냐. 안 그래?"

감자는 차분했다. 그는 수갑 자국이 난 손목을 매만졌다.

"어떻게 알고 온 거야?"

"당신 신원조회 하는 게 우리 상황실에 잡혀서. 마침

근처에 잠복중이었거든. 정팀장이 우리 팀장한테 연락한 모양이더라."

회색 조끼를 말하는 것이었다.

"그럼 당신들도 여기 있었던 거야?"

"우리도 첩보가 있었거든."

감자가 옷의 먼지를 떨었다.

"첩보는 무슨. 그냥 내 신원조회가 뜨니까 뭔가 있다 싶어 뛰어나와 본 거 아니야?"

"그럴 수도 있지. 맘대로 생각해. 근데 어디 다친 데는 없고?"

감자가 씩 웃었다. 한동안 회사에선 이 일이 입방아에 오르내리리라. 바보처럼 경찰한테 붙들려 수갑이나 채워지고. 한심한 노릇이었다.

"도대체 저 새끼들 이름이 뭐야?"

"왜 청와대에 민원이라도 넣게? 자기도 잘한 거 없잖아? 그 주민증, 분실신고된 거라며."

그는 숨을 몰아쉰 후, 천천히 청색 양복들이 달아난 쪽으로 걸어가기 시작했다. 서점 직원 몇몇이 빼꼼 고개를 내밀고 구경하다가 그와 눈이 마주치자 문을 닫았다. 감자와 부하들은 그 자리에 남아서 뭔가를 숙의하고 있었다. 그는 복도의 끝에 다다르자 문을 열고 서점 구역 밖으로 나갔다. 화물용 엘리베이터와 비상구가 거기 있었다. 김기영이 어디로 어떻게 달아났는지 이제는 분명히 알 수 있었다. 뒤따라온 감자와 인사를 나눈 후, 철수는 천천히 비상계단을 통해 지하 이층으로 내려갔다. 그가 타고 온 차도 거기에 있을 것이었다. 그는 주차권이 그대로 있는지 양복 주머니를 뒤졌다.

30

현미는 청소가 끝난 오후의 교실이 좋았다. 가끔은 거기 남아서 수첩의 빈칸을 채우거나 간단한 숙제를 하기도 했다. 서향인 교실은 그때쯤엔 햇빛이 이 분단을 넘어 삼 분단 중간까지 뻗어들어왔다. 창문을 통해 내려다보면 운동장 구석 농구대에선 남자애들이 러닝셔츠만 입은 채 땀을 흘리고 있었다. 모든 게 평화로워 보이는 시간이었다. 그러나 오늘은 혼자가 아니었다. 현미 앞에는 세 명의 아이들이 책상에 엉덩이를 걸치고 앉아 현미를 바라보고 있었다.

"우리 학원 가야 되거든."

예술고등학교에 가기 위해 미술학원을 다니는 재경이었다.

"그래. 알았어, 재경아. 애들 다 왔으니까 시작하자."

현미가 아이들을 둘러보며 말을 시작했다.

"아까 담임 얘기 들었지? 환경미화 있잖아. 너네가 좀 도와줘야 할 거 같아."

"도와주기는. 우리보고 다 하라는 거잖아?"

현미에게 밀려 지난 월말고사에서 2등을 한 한샘이가 입을 비쭉거렸다. 아버지가 성형외과 의사여서 부유한 편이었다. 연예인들이 많이 드나든다고 소문난 병원이었는데, 여자 선생님 몇몇도 방학 때 거기에서 얼굴을 고쳤다는 말이 있었다.

"나도 할 거야. 그치만 니들도 알다시피 내가 워낙 이쪽에 재능이 없잖아."

"야, 이깟 거에 무슨 재능씩이나 필요하냐."

한샘이 다시 어깃장을 놓았다. 그러자 조용히 입을 다물고 있던 태수가 나섰다. 그는 모여 있는 넷 중에서 유일한 사내아이였다.

"그러지 말고 이왕 이렇게 된 거 얼른 할 거 하고 집에 가자. 반장, 내가 뭐 하면 돼?"

태수가 은근히 미술하는 재경이를 좋아한다는 것은 공공연한 비밀이었다. 그게 아니었으면 남자애들한테 놀림이나 받을 이런 일에 자원하지 않았을 거라고 현미는 생각했다. 경위야 어쨌든 태수가 고마웠다. 역시 여자애들보다는 남자애들이 낫다니까, 이럴 때는.

"일단 오늘은 저 뒤의 벽하고 게시판, 그리고 창가를 어떻게 꾸밀 건지만 결정하고 내일부터 학교 끝나면 잠깐씩만 남아서 같이 하는 거야."

그들은 책상을 붙이고 연습장을 꺼내 이런저런 기획을 했다. 학원에 가야 한다던 재경이도, 현미를 싫어하는 한샘이도 막상 회의가 시작되자 생각보다 열심히 이야기를 했다. 태수는 틈틈이 재경이의 얼굴을 훔쳐보았지만 재경이는 일부러 태수 쪽을 쳐다보지 않는 것 같았다. 현미는 자기 주장을 크게 내세우지 않았고 그 틈에 한샘이가 나서서 이런저런 의견을 관철시켰다. 그 재미에 한샘이의 목소리가 점점 커졌다. 어쨌든 일은 굴러가고 있었다. 기획이 어느 정도 마무리될 무렵 재경이가 현미의 옆구리를 쿡 찔렀다.

"반장, 화장실 안 갈래?"

현미는 별로 생각이 없었지만 재경을 따라 자리에서 일어섰다. 화장실에 들어서자 재경은 현미에게 말했다.

"반장, 나 태수가 너무너무 싫거든."
"그래? 태수는 너 좋아하는 것 같은데."
"글쎄, 그러거나 말거나. 난 걔가 너무 싫어."
"걔가 어디가 어때서?"
"사람 싫은 데 이유 있니?"
"얼굴도 보기 싫은 거야?"
"응."

현미는 심각한 얼굴로 재경을 쳐다보았다.

"난 빠질래."
"안 돼, 너 없으면 안 돼. 그림이랑 이런 거 누가 그려?"
"알 게 뭐야? 내가 뭐 환경미화하려고 그림 그리는 거야?"

재경이 입을 비쭉거렸다.

"태수가 너한테 뭐 어떻게 했어?"

"아니, 그치만 자꾸 쳐다봐. 징그러워 죽겠어."

"그럼 내가 태수한테 너 쳐다보지 말라고 할까?"

"아니, 그럴 필요 없어. 하지 마."

"왜?"

"그럼 내가 자기한테 신경쓰고 있다고 생각할 거야. 것도 싫어."

"좋아. 그럼 너는 그림만 그리고 태수는 못 박고 화분 나르고 뭐 그런 힘든 일만 하면 안 될까? 둘이 마주칠 일 없을 거야. 남자애들 구하기 힘들단 말야."

"넌 이해 못 하는구나. 나랑 걔랑 같이 환경미화를 하면 말야. 걔는 그 기억을 무슨 트로피처럼 간직할 거야. 난 걔 추억 속에 남아 있고 싶지 않단 말야. 걔 머릿속에 내가 남아 있는 게 끔찍해. 무슨 말인지 알아?"

현미는 할말이 있었지만 그게 뭐였는지 잊어버렸다. 태수는 도대체 그렇게까지 미워할 만한 애가 아니라고 생각하고 있었기 때문이었다. 태수는 지극히 평범한 애였다. 키가 또래 중에서 약간 작은 편이었고 공부는 10등 언저리를 왔다갔다했다. 일본만화와 J-POP의 광팬이었다. 쉬는 시간이면 이어폰을 끼고 일본만화를 보는 그냥 그런애였다. 약간 오타쿠스러운 면이 있기는 했지만 남에게 불쾌감을 줄 정도는 아니었다. 사람이 사람을 저렇게 아무 이유 없이 미워할 수도 있다는 것에 현미는 조금 충격을 받았다.

재경은 주머니에서 화장지를 꺼내 눈에 살짝 고인 눈물을 닦았다. 자기도 감정이 좀 북받쳤던 모양이었다. 현미는 왜 그래야 하는지 납득하지 못하면서도 재경의 어깨를 감싸안고 위로를 했다. 위로받을 사람은 재경이 아니라 태수인 것 같았지만 그런 공정함이 적절한 상황이 아니었다.

"난 빠질 거야. 담임 때문에 할 수 없이 오긴 했지만 태수 얼굴 보니까 도저히 안 되겠어. 담임한테 얘기 좀 잘 해주라, 응?"

둘은 교실로 돌아갔다. 한샘이가 눈을 가늘게 뜨고 함께 들어오는 재경과 현미를 살폈다. 뭔가 이상한 기미를 눈치챈 듯했다. 현미는 서둘러 자리를 정리했다.

"내일 수업 끝나고 이렇게 잠깐만 얘기하고 가자."

재경이는 아무 대꾸 없이 가방을 챙겨 제일 먼저 교실을 나갔다. 태수 역시 그 뒤를 따라나갔다. 그러나 재경과는 반대 방향으로 향했다.

"재경이 왜 저래?"

한샘이가 따라 나가려는 현미를 붙들었다.

"뭐가?"

"왜 삐쳤어?"

"안 삐쳤어."

현미는 복도를 걸어 계단으로 향했다. 한샘이 바짝 따라붙었다.

"너 오늘 진국이네 간다며?"

"뭐?"

현미는 걸음을 멈추고 한샘을 노려보았다. 한샘은 득의만만하게 웃고 있었다.

"왜 그렇게 놀라? 안 가?"

"누가 그래?"

"가는 거야, 안 가는 거야?"

"그걸 니가 왜 물어?"

"묻지도 못해?"

현미는 다시 발걸음을 앞으로 내디뎠다.

"안 가."

"그래? 진국이 생일이라던데."

"그래서?"

"초대 안 받았어?"

현미는 자신이야말로 궁지에 몰려 있다는 것을 깨달았다. 친구의 생일에 초대받은 것이 죄일 수는 없었다. 그러나 그녀는 또래의 여자아이들을 잘 알고 있었다. 내일이면 학교에는 소문이 파다할 것이고 얼마 후면 선생님들까지도 알게 될 것이다. 온갖 추잡한 헛소문들이 돌기 시작할 게 뻔했다. 그녀는 이런 상황을 어떻게 빠져나가야 하는지 잘 모르는 아이였다. 그런데 마치 계시와도 같이 머릿속에 어떤 생각이 떠올랐다. 그녀는 그 생각이 문장으로 변해 자신의 입을 통해 대기중으로 흘러나오는 것을 보았다.

"초대받은 건 내가 아니구…… 아영이야."

"그래?"

새로운 정보에 한샘이 눈을 크게 떴다.

"아, 그렇구나."

그럼 그렇지, 하는 표정으로 한샘이 고개를 끄덕였다.

"난 너랑 사귀는 줄 알았어."

"사실 아영이하고 사귀는데 너도 알다시피 아영이

상황이 좀 그렇잖아. 그래서 내가 대신 얘기도 전해주고……"

한샘은 말을 잘랐다.

"아, 그랬었구나. 어쩐지……"

"아영이는 나더러 자꾸 같이 가자는데……"

"완전 이상한 애구나. 근데 너 갈 거야?"

"잘 모르겠어."

그녀는 자신의 즉흥적 거짓말이 이렇게 잘 먹혀든다는 데 대해서 죄책감도 느꼈지만, 동시에 썩 유용한 물건을 만든 장인이 느낄 수 있을 자부심도 들었다. 무에서 유를 창조했고 그 유의 효용이 즉각적으로 입증된 것이었다. 궁지에 몰려 있던 그녀가 갑자기 상황을 주도하고 있었다. 그녀는 한 발 더 나아갔다.

"참, 아까 재경이 말야. 태수가 너무 싫대. 그래서 환경미화에서 빠지겠대."

"그래?"

한샘은 이번에도 어김없이 눈을 빛냈다.

"미친년, 태수가 어때서?"

"그러게 말야."

한샘은 팔짱을 껴왔다. 현미는 여자애들끼리 팔짱을 끼고 다니는 것을 좋아하지 않았다. 그러나 이때만큼은 단호하게 그 팔짱을 풀어내지 못했다. 대신 한샘이를 향해 씩 웃어주었다. 한샘이 팔짱을 더욱 꼭 끼어왔다.

31

 소지는 하루 종일 기영에 대한 생각에서 놓여날 수 없었다. 그를 알고 지낸 게 한두 해가 아니었지만 오늘 같은 모습은 처음이었다. 그녀는 그에 대해 알고 있는 것이 얼마나 없는가를 새삼 깨닫게 되었다. 사고무친의 고아에, 언제나 조금 어두운 표정으로, 농담 같은 것은 할 줄 모르는, 누군가를 해치거나 모함할 것 같지는 않고, 어찌보면 재능과 에너지를 잃어버린 수학자 같기도 하면서, 또 어찌보면 여자들에게 동정심을 불러일으키려 일부러 울상을 짓는 남자들을 닮은 것 같기도 했지만 그 어떤 경우에도 사악하다거나 비열하다는 인상은 주지 않았으며, 세상을 오래, 그리고 어렵게 살아온 남자만이 획득할 수 있는 단단한 무심함으로 무장한 사내, 제 감정을 다른 일에 앞세우지 않을 남자라고만 생각하고 있었던 것이다. 그러나 뒤집어보면 앞 문장은 그에 대해서 아무것도 알지 못한다고 고백하는 것과 마찬가지였다.

오늘의 그는 지난 세월 알고 지내던 그와는 완전히 달랐다. 마치 방금 전 누군가를 총으로 쏴 죽이고 나타난 남자 같았다. 소지는 얼마 전 아내를 죽이고 출근한 한 공무원의 이야기를 떠올렸다. 그는 하루 종일 허둥대다 아내가 전화를 받지 않는다며 경찰에 신고까지 했다가 결국 자기가 아내를 죽였다고 실토했다. 남편은 아내를 죽일 수 있다. 아니, 그러지 못할 이유가 뭐가 있겠는가. 그들은 여자보다 힘이 세고 공격적이고 여자의 말을 잘 알아듣지 못하고 비난에 취약한데.

그가 수년 전에 맡겨두었던, 갑자기 급히 갖다달라는 그 가방에는 무엇이 들어 있을까? 동창생을 찾아주는 사이트가 유행하던, 홈페이지 하나만 잘 만들면 수백억원이 굴러들어오던 벤처붐의 끝물에, 오랜만에 만난 그는 불쑥 그 가방을 들이밀었다.

"이거 좀 맡아주지 않을래?"

빛의 제국

"이게 뭐야?"

가방은 세 줄의 숫자로 된 앙증맞은 금색 잠금장치로 잠겨 있었고 배가 제법 불룩했다.

"나도 소설에 관심이 생겨서 좀 써봤는데, 집에 두기가 좀 뭐해서. 일기도 있고. 당분간 마리한테는 비밀로 하려구 그래."

그녀는 놀랐다. 그가 소설을 쓰리라고 생각해본 적은 한 번도 없었다. 책과 영화를 좋아하는 사람인 것은 알았지만 직접 쓰거나 뭘 만들 줄은 몰랐던 것이다. 소설가로 막 등단한 그녀는 그 무렵 첫번째 장편소설을 쓰고 있던 참이었다. 가제는 '수달'이었는데 자기 집을 지키기 위해 투쟁하는 한 남자의 이야기였다. 집장만에 목숨을 건 사내들이 즐비한 나라에, 집을 사고 그것을 지키는 이야기를 담은 제대로 된 소설이 하나도 없다는 것을 기이하게 생각하고 있던 참이었다.

"샘 페킨파 영화 중에 그런 게 있어. 제목이 뭐더라, 음……"

기영은 그녀의 구상을 듣더니 말했다.

"스트로 독스. 지푸라기 개? 그런 뜻일 거야. 더스틴 호프만이 폭력적인 도시를 피해 아내의 고향인 시골로 내려간 수학자로 나와. 그런데 아내와 예전부터 관계가 있었던 남자들이 차고를 지으면서 조금씩 조금씩 그의 집으로 다가오는 거야."

"그런 영화가 있었어?"

"더스틴 호프만은 그들의 제의를 거절하지 못하고 사냥에 나서지만 어느 순간 사냥터에 자기 혼자 남겨져 있다는 걸 알게 되지. 그사이에 동네 남자들은 아내를 강간하고 있었던 거야. 소심하고 겁 많던 더스틴 호프만은 엽총을 들고 그들로부터 집을 지키기 위한 투쟁을 벌이게 돼."

"봐야겠는데."

"네가 쓰려는 소설하고는 관계없을지도 몰라. 집을 지키기 위한 투쟁이라기보다 수컷의 폭력적 본능에 대한 영화라는 생각이 들어."

"그게 그거지. 수컷의 폭력적 본능? 그게 언제 발휘되는데? 집을 지키기 위한 투쟁이란 말에는 여자와 아이를 지킨다는 의미까지 들어 있는 거야."

기영이 동의하자 소지는 이어서 계속 말했다.

"그런데 왜 우리나라 소설에는 그런 부분이 빠져 있는지 모르겠어. 집을 사수하는 남자의 이야기 말야. 얼마나 많은 사람들이 집과 가정을 강탈당하면서 사는데. 이를테면 요즘 같은 신용불량의 시대에 수많은 남자들이 얼마 안 되는 빚 때문에 평생을 걸고 장만한 집이 남에게 넘어가는 걸 그냥 지켜보고만 있잖아. 왜 아무도 무기를 들지 않지? 왜 농성을 하거나 분신자살을 하지 않는 거지? 우리 대학 시절엔 잘 알지도 못하는 사람이 고문당했다고 궐기를 했는데, 그 사람들이 지금은 모두 한 집안의 가장으로서 이 시대의 중핵이 되어 살고 있는데, 왜 자기 집을 사채업자나 은행에 빼앗기면서도 무기력하게 당하고만 있을까?"

"나한테 묻는 거야?"

그가 물었다.

"그럼 이 맥줏집에 형 말고 누가 있어?"

"난 잘 모르겠어."

그녀는 맥주를 한 모금 들이켰다.

"미국 서부영화를 보면 순 그 얘기잖아. 누군가 자기 집과 농장을 빼앗으면 죽을 때까지 저항하고, 그래도 안 되면 복수를 하잖아. 우리에겐 왜 복수의 문화가 없을까? 그렇게 심한 일들을 당하면서 왜 복수하는 얘기는 발달하지 않았을까? 우리 소설 중에 복수를 다룬 소설, 형은 본 적 있어?"

"없는 것 같아. 그러고 보니 용서는 많이들 하는 것 같은데."

"그렇지? 내 생각에 우리는 선과 악에 대해서 서양 사람들처럼 깊은 관심이 없는 것 같아. 옳고 그름에 대해 생각하지 않으니까 복수도 맥이 빠지는 거야. 알고 보면 걔들도 다 불쌍한 놈들이다, 이런 식으로 끝내잖아."

"그렇지."

"그러나 아무리 선과 악에 대한 개념이 분명치 않아도 자기 집을 빼앗기는 것에 대해선 누구나 분노할 거야."

"독자들을 열받게 만드는 게 니 목표니?"

"아니, 그렇지만 사람들 마음속에 숨어 있는 그 분노를 건드리고는 싶어. 그게 있다는 것만은 알리고 싶어. 왜 그렇잖아? 위대한 작품은, 그게 나오고 나서야 지금까지 없었던 거라는 걸 비로소 깨닫게 만든다고."

둘 사이에 약간 어색한 침묵이 흘렀다.

"넌 위대한 작가가 될 거야."

기영이 덕담을 했다.

"괜히 믿지도 않는 말 하지 마."

그녀가 쑥스러워하자 그도 웃었다.

"사실 진심으로 믿기는 좀 어려운 말이다."

그녀는 그가 준 가방을 다시 만지작거리며 물었다.

"형이 쓰고 있다는 이 소설은 무슨 내용이야?"

"아무것도 아니야."

"말해봐."

소지가 재촉하자 기영은 마지못해 몇 마디 내뱉고는 입을 다물었다.

"그냥, 팔십년대 이야기야. 대학 시절 이야기……"

그녀는 그의 말을 가로막았다.

"형, 그 얘기라면 지금 하지 말고 나중에 해. 지금은 너무 식상해."

"그래?"

"그럼, 그런 소설들이 얼마나 많이 나왔는데."

"하긴."

그가 실제로 어떤 이야기를 쓰고 있는지 알았더라면 그

녀는 그렇게 함부로 말하지 않았을 것이다. 기영은 나름대로 인간의 삶과 죽음의 경계를 가르는 이야기를 줄기차게 써왔던 것이다. 단지 종이에 옮겨적지 않았을 뿐이다. 1984년에 내려온 이후 그는 십수 년을 포스트로 기능해왔다. 수백 명의 요원들이 그를 거쳐 남한 각지로 흩어졌다. 그는 그들에게 어울리는 이름과 직업을 만들어주었다. 그것은 남한이라는, 이 어지러운 언어의 바다에서 오래 살아남은 사람만이 할 수 있는 것이었다. 간접적인 정보와 도서, 잡지만 접하는 저 북쪽의 35호실에서 할 수 있는 일이 아니었다. 북에서 만든 이야기에는 늘 어딘가 아귀가 맞지 않는 구석이 있었다. 언어는 세월의 흐름에 따라 조금씩 낡아간다. 새로운 어휘들이 등장하고 과거의 어휘들은 뜻을 바꾸어 살아남거나 사라진다. 책이나 드라마로 익힌 언어는 공작원이 되기에 충분하지 못했다. 신선한 어휘와 누구에게도 의심받지 않을 그럴듯한 스토리를 준비하는 것이 기영의 임무였다. 이상혁은 그가 적임자라고 판단했다. 그 역시 그 임무가 마음에 들었다. 그것은 누군가의 가슴팍에 총을 겨누지 않아도 되는 일이었고, 축축한 잠수복을 입은 채 산소가 희박한 잠수정 선실에 처박혀 생라면을 씹으며 뱃멀미와 싸우지 않아도 되는 일이었다. 그는 한국문학전집을 읽고 다큐멘터리 〈인간시대〉를 녹화했다. 비디오의 자막을 읽고 문장을 통째로 외웠다. 남한의 다양한 계층들이 어떻게 살고 있는지 알아야만 했다. 주말이면 시장에 나가 이야기를 나누고 광화문에서 떠나는 관광버스에 올라 강원도의 산으로 떠났다. 주말 등산을 위해 모여든 사람들은 버스에서, 사찰의 약수터에서, 정상의 헬기장에서, 서리 내린 능선의 억새밭에서 아무 허물없이 자신들의 인생사를 들려주었다. 어찌보면 그는 극단에 고용된 전속 극작가 같은 존재였다. 배역이 정해지면 그를 위해 스토리를 만드는 것이 그의 일이었다. 김기영을 거쳐 간 공작원들은 울산의 노동자, 필리핀 출신 유학생, 은퇴한 전직 교사의 이야기를 외워 포스트를 떠났다. 연출까지 할 필요는 없었다. 연출과 연기는 다른 이들의 몫이었다. 그는 라디오의 구성작가처럼 끝없이 새로운 이야기를 지어내야만 했다. 그가 부여한 배역을 받아들고 세상으로 나아간 친구들은 대부분 임무를 수행하다 무사히 귀환했지만, 가끔 그렇지 못한 경우도 있었다. 불행한 결과를 접할 때마다 그는 우울해졌다. 하지만 그

우울이 한 인간의 불행에 대한 공감인지 자신의 피조물의 불완전성에 대한 불쾌감인지 구별하기 어려웠다.

"나중에 원고 나오면 나 보여줄 거지?"

"가방이나 잘 맡아줘."

"알았어. 소설 다시 시작하면 말해."

"독서실이나 하나 얻을까봐. 근데 정말 쓸 시간이 있을까 모르겠다."

"시간이 어디 기다리고 있나? 시간을 내야지."

둘의 대화는 그쯤에서 끝났던 것으로 소지는 기억하고 있었다. 그녀는 지하철역에서 내려 집으로 걸어갔다. 그녀는 아현동의 재개발 예정 지역의 단층집에 세들어 살고 있었다. 곧 된다던 재개발은 하염없이 지연되고 있었고, 덕분에 그녀는 저렴한 전세금으로 몇 년째 마당에 사과와 목련이 열리는 나무들을 바라보며 살 수 있었다. 오래된 동네답게 하늘을 가리는 높은 빌딩이 없었고 골목들이 남아 있었다. 전봇대와 전봇대 사이에선 '경축, 재개발 추진위원회 결성'이라는 플래카드만 남루하게 나부꼈다. 이웃들은 길에서 마주치면 인사를 했고 구멍가게에선 선뜻 외상을 주었다. 남자를 집으로 데려온다거나 하는 것은 꿈도 꾸기 어려운 동네였지만 소설을 쓰는 소지의 입장에선 흥미로운 곳이었다. 러닝셔츠만 입은 남자가 아내와 악다구니를 벌이는 생생한 현장도 들창만 열면 볼 수 있었고, 남의 집 고추장을 슬쩍해가는 여자와 눈이 마주칠 때도 있었다. 동네에서 그녀는 소선생님으로 불렸고 사는 집도 소선생댁으로 불렸다. 아예 그녀를 세입자가 아닌 주인으로 알고 있는 사람들도 있었다.

대문을 열고 안으로 들어갔다. 디지털 자물쇠에 전자열쇠를 갖다대자 문이 철커덕 열렸다. 집으로 들어가 문을 닫자 띠리링, 신호음이 울리며 문이 다시 잠겼다. 신발을 벗고 마루로 올라섰다. 들고 온 핸드백을 소파에 던지고 작업실로 쓰는 건넌방으로 들어갔다. 북향으로 창을 낸 방은 어둡고 축축했다. 그나마 들어오는 빛도 베니션 블라인드로 막아놓아 불을 켜지 않으면 사물을 분간할 수 없을 정도였다. 스탠드를 켜고 자리에 앉아 기영이 맡긴 그 가방을 어디 두었는지 곰곰이 생각했다. 잘 떠오르질 않았다. 중요한 물건이라 생각해서 깊이 넣어두었던 것 같은데 그 '깊이'가 어느 정도인지 기억이 나질 않았다.

장롱을 열었다. 이불들을 헤쳐가며 살폈지만 없었다. 화장대 의자를 놓고 올라가 장롱 위를 살폈지만 거기에도 없었다. 수북이 쌓인 먼지, 누군가의 박사논문, 미국에서 가져온 책들만 보였다. 그녀는 의자에서 내려와 책꽂이 주변을 살폈다. 가방이라면 책처럼 꽂혀 있지는 않을 것이고 서랍 속에 집어넣기도 쉽지 않았을 것이다. 싱크대를 열어보고 심지어 신발장까지 뒤졌다. 소파 밑도 보고 베란다에 나가 두리번거리기도 했다. 마루를 뜯고 그 안에 넣어두거나 화장실 천장에 놓지는 않았을 것이었다. 가방 속에 총이나 마약이 들어 있는 것도 아닌데…… 그렇게 생각하다가 문득 뭐, 그럴 수도 있지, 싶었다. 그 속엔 김기영이란 인물의 전혀 색다른 일면이 들어 있을 수도 있었다.

시계를 보았다. 5시가 다 되어가고 있었다. 조금 초조해졌고 한편으로 그 가방 속의 내용물이 궁금해 견딜 수가 없었다. 마침내 그녀는 닥치는 대로 물건들을 끄집어내며 서랍들을 뒤지기 시작했다. 서랍 속엔 잡동사니밖에 없었다. 마침내 그녀의 시선은, 에드거 앨런 포의 「잃어버린 편지」에서처럼, 책상 바로 옆에 우두커니 서 있는 가방에 멈추었다. 탄성이 강한 폴리프로필렌 소재로 된 가방은 단단하고 고집스러워 보였다. 온통 집 안을 헤집은 다음이라 그런지 그 가방은 아주 낯설어 보였다. 마치 그녀의 등 뒤로 슬그머니 다가와 "이 바보, 날 찾고 있었던 거야?"라고 면박을 주고 있는 것 같았다. 바보 같은 짓이라는 걸 알면서도 소리내어 물었다.

"너, 언제부터 거기 있었던 거야?"

가방은 아무 대답도 하지 않았다. 그녀는 가방을 끌어당겨 옆으로 뉘었다. 텅, 소리와 함께 쓰러진 가방은 순순히 입을 벌리지 않았다. 자물쇠가 비밀번호로 잠겨 있었기 때문이었다. 783에 맞춰보았지만 가방은 열리지 않았다. 783은 집 전화번호의 국번이었다. 이번에는 417로 해봤으나 그것 역시 먹히지 않았다. 그녀의 생일인 531도 아니었고 혹시나 싶어 해본 000도 아니었다. 마치 도둑이라도 맞은 것처럼 어지러운 방에서 비밀번호와 씨름을 했다. 이마에선 땀이 배어나왔고 헝클어진 앞머리가 이마에 들러붙었다. 기영을 만나기 전에 머리도 다시 좀 다듬고 화장도 새로 할 작정이었지만 그럴 시간이 없었다. 겨드랑이에도 땀이 차 그녀는 블라우스를 벗어던지고 브래지어 차림으로 다시 한번 가방에 덤벼들었다. 안 되겠군. 000, 001, 002, 003 순으로 차례로 맞춰나가는 수밖에는…… 그녀는 시작했다. 하나하나 다이얼을 돌려가며 모든 숫자를 점검하는 것은 쉽지 않았다. 가끔 두 다이얼이 동시에 돌아가 010 다음에 021이 오기도 하고 그것을 다시 뒤로 돌리면 011이 아니라 010이 되어버리는 것이었다. 시계를 보았다. 이미 5시에서 이십 분이나 지나 있었다. 다이얼은 이제 겨우 183을 지나고 있었다. 신발장에서 공구세트를 꺼냈다. 공구세트의 지퍼가 열려 있었는지 육각렌치가 떨어지며 그녀의 정수리를 때리고 땅으로 떨어졌다. 정신이 아득했다. 게다가 하마터면 발등까지 찍힐 뻔했던 것이다. 그녀는 거기에서 망치를 꺼냈다. 후, 하고 숨을 한번 크게 내쉬고 그 빌어먹을 가방에게로 다가갔다. 그리고 가방을 일으켜세웠다. "일어나, 이 씨발년아." 미국에서 만난 한 남자는 그녀의 머리채를 끌고 집 안을 돌아다니곤 했다. 잠을 자다 미처 정신도 속옷도 못 추스린 채, 침대에서 굴러떨어지다시피 끌려나와, 염소처럼 메에에, 메에에, 바닥만 보며 끌려다니는 것은 유쾌한 경험이 아니었다. 열 살 때 부모를 따라 미국으로 이민을 간 그 남자는 뉴욕대학에서 MBA를 따고 맨해튼 남쪽의 세계무역센터 빌딩에 있는 일본계 투자은행에서 일하고 있었다. 부모는 미국에 오자마자 이혼했고 그는 아버지 밑에서 자랐다. 아버지는 방사선과 의사로 일하며 비교적 자리를 일찍 잡았지만 알코올중독이었다. 유학생인 그녀는 집과 직장, 의료보험이 있는 남자가 필요했다. 뉴욕은 물가가 비싼 곳이었고 아버지가 보내주는 더러운 돈은 받기 싫었다.

2001년 9월 11일. 그녀는 서울의 바로 이 집에서 뒹굴며 케이블로 잉그리드 버그만이 나오는 옛날 영화를 보고 있었다. 그때 '뉴욕 세계무역센터 빌딩에 경비행기 충돌'이라는 자막이 깔렸다. 그녀는 채널을 돌리지 않았다. 그러나 자막이 '경비행기'에서 '민항기'로 바뀌자 그녀는 CNN으로 채널을 돌렸다. 사람들이 바람에 불려 날아가는 꽃잎처럼, 저 높은 곳에서 팔랑거리며 아래로 떨어지고 있었다. 잠시 후, 북쪽 빌딩이 갑자기 무너지기 시작했다. 달아나는 구경꾼들을 따라잡은 화면이 흔들렸다. 카메라맨도 뛰고 있었다. 아랍어와 중국어, 영어와 스페인어, 한국어와 일본어, 그리고 분간할 수 없는 세상의 모든 언어로 비명이 들려왔다. 그도 죽었을까? 여느 때처럼 아침 일찍 일어나 출근했겠지. 깨끗하게 다려진 면셔츠에 실크넥타이, 잘 재단된 회색 수트를 입고 리셉션데스크의 뚱뚱한 여자에게 눈인사를 하며. 그의 사무실은 유나이티드 에어라인의 UA175편이 충돌한 남쪽 타워 구십이층에 있었다. 충돌 지점은 팔십층 언저리였다. 그 위에 있던 사람들 중엔 살아남은 사람보다 죽은 사람이 훨씬 많았다. 그러나 소지는 그가 죽었을 거라고는 생각하지 않았다.

뉴욕에서 같이 알고 지내던 친구에게서 전화가 걸려온 것은 9월 12일이었다. 공부를 하다 포기하고 브루클린에서 미용실을 하고 있는 여자였다. 그녀는 그가 기적적으로 살아남았다는 소식을 전해주었다. 그녀는 '기적적'이라는 단어를 여러 차례 사용했지만 소지는 결코 기적이라고 생각하지 않았다. 그렇게 죽을 남자가 아니었다. 듣자하니 그는 아메리칸에어 항공기가 옆 건물에 충돌한 사실을 알자마자 그 누구의 지시나 구조도 기다리지 않고 엘리베이터를 타고 아래로 내려갔다고 한다. 많은 미국인들이 학교와 방송에서 배운 대로 구조대원이 올 때까지 사무실에서 기다렸지만 그는 시스템의 호의 같은 것은 기대하지 않는 종류의 인간이었다. 경비원은, 대피할 필요가 없다, 사무실로 돌아가 기다리라고 말했지만 그는 그 경비원의 제지를 무시하고, 심지어 떠밀고 아래로 내달렸다. 로비에 도착한 시간은 오전 9시가 되기 직전이었다. 그가 지하 아케이드로 내려가는 순간, 다시 한번 강력한 폭발음이 들렸다. 마침내 그의 사무실이 있던 남쪽 타워에도 비행기가 충돌한 것이었다. 뜨거운 물질들—항공기 꼬리날개의 두랄루민 파편, 콘크리트덩어리, 복사기의 토너, 에르메스 가방, 클립, 베네통 수트케이스, 강화유리, 오디오 시스템, 소형 금고, 구부러진 철근, 계단의 손잡이 등이 우박처럼 쏟아져내릴 때, 그는 다행히 지하 아케이드에 있었다. 그리고 잠시 후엔 웨스트 가 북쪽에서 여유 있게 나란히 불을 뿜는 두 빌딩을 바라보았을 것이다. 소지는 이제 그에게 아무 감정도 없었다. 단지, 오직 생존과 통제력, 이 두 가지만이 관심사인 남자가 존재한다는 게 경이로울 따름이었다. 내면도 없고, 신이나 초자연적 존재에 대한 관심은 물론 내세도 믿지 않는 사람.

그녀는 망치를 들어 조심스레 가방의 손잡이를 밀어 누인 후, 183을 가리키고 있는 다이얼을 겨누었다. 그러다 다시 망치를 내려놓고 184, 185, 186까지 맞춰보았다. 역시 가방은 열리지 않았다. 그녀는 다시 망치를 들고 거세게 내리쳤다. 탄성이 강한 우레탄 소재가 망치의 머리를 거세게 되튕겨내는 바람에 하마터면 장도리가 그녀의 이마를 때릴 뻔하였다. 그녀는 다시 망치질을 했다. 한 번, 두 번, 세 번. 다이얼은 으스러져 번호를 알아보기 어려울 정도였다. 그러나 가방은 열리지 않았다. 만약 톱이 있었다면 가방을 썰어버렸을지도 몰랐다. 그녀는 주방에서 식칼을 가져와 가방의 틈새에 밀어넣었다. 그리고 그것을 옆으로 움직여보았다. 날카로운 쇠와 칼날이 부딪치는 소리가 들렸다. 소리가 무척이나 거슬렸지만 멈추지 않았다. 내친 김에 칼로 그 잠금장치를 썰어보았다. 소리만 요란했을 뿐, 아무 소용이 없었다. 쇠톱이라도 있었으면. 조바심이 났다. 부엌으로 가 문이 닫히지 않도록 고여놓은 나무 쐐기를 들고 와 식칼로 겨우 벌려놓은 틈에 밀어넣어 고정하고 망치로 쐐기의 등을 두들겼다. 조금씩 틈이 벌어졌다. 마침내 그 완강하던 잠금장치가 턱, 하고 떨어져나갔다. 가방은 힘없이 나자빠지며 입을 벌렸다. 가방 안에는 더 작은 서류가방이 들어있었다. 그리고 그것도 비밀번호로 잠겨 있었다.

PM 05:00
늑대 사냥

32

 박철수는 차를 세웠다. 그리고 운전석의 창을 열었다. 습기를 머금은 축축한 바람 때문에 살짝 한기가 느껴졌다. 멀리 길 건너에 폭스바겐 전시장이 보였다. 이미 바깥보다 안이 더 환해 전시장은 SF영화 속의 우주정거장처럼 보였다. 그 안에는 장마리로 보이는 여자가 앉아서 일을 하고 있었다. 가끔씩 일어나 뒤에 앉아 있는 남자에게 다가가 이야기를 나누었다.
 김기영이라면 어떻게 할까? 상상해보았다. 쫓기고 있다는 것이 분명해진 지금, 그는 과연 자기 아내를 찾아올까,

그럴 수 있을까?

  회색 조끼에게 전화를 걸었다. 회색 조끼는 뭔가를 주워먹고 있는 듯 수화기 너머로 계속 쩝쩝 소리가 들렸다.

  "어이, 인간이 머리로 사는 거 같지? 아니야. 인간은 말야, 본능으로 사는 거야. 옛날 양키들이 늑대를 어떻게 잡았는지 알아? 발정난 사냥개를 묶어놓고 기다려. 그러면 그 냄새를 맡고 늑대 수놈이 찾아와. 이 개과들은 말이야, 일단 교미를 하면 귀두가 엄청 부풀어올라서 잘 빠지지가 않는단 말야. 무슨 말인지 알아? 왜 못 박을 때 앵커 있잖아? 그런 원리지. 그렇게 둘이 붙어 있을 때, 그때 짠 하고 나타나서 몽둥이로 두들겨패서 잡는 거야."

  "암캐는요?"

  "암캐? 아, 그 사냥개? 뭐 쓰다듬어주고 칭찬해주면 좋아서 꼬리를 흔들지. 그리고 또 냄새를 풍기면서 다음 늑대를 기다리는 거야."

  그는 또 쩝쩝 소리를 내며 뭔가를 씹어대기 시작했다. 위는 줄었지만 예전보다 훨씬 더 많은 음식을 필요로 했다.

  "두고 보라구. 나타날 거야. 수컷들은 그러게 돼 있어."

  그는 인사를 하고 전화를 끊었다. 회색 조끼는 현재 감청조도 투입됐다고 강조했다. 김기영이 전화를 걸어오면 즉각 포착할 수 있는 상태였다. 그는 좀 느긋한 마음으로 시트에 몸을 파묻었다. 갑자기 피로가 몰려왔다. 코엑스에서 당한 봉변이 의외로 기력을 많이 빼앗아간 것 같았다. 그는 살아오면서 한 번도 남에게 체포된 적이 없는 사람이었다. 난생처음 피의자들의 피로에 대해 생각했다. 낯선 곳에서 자기 운명을 주무르는 자들과 대면해야 할 피의자들의 스트레스에 대해 처음으로 공감했던 것이다. 그는 눈을 감았다. 그러자 조금 전 회색 조끼의 말이 자꾸 떠올랐다. 대낮에도 어둑한 19세기의 숲. 차가운 공기를 찢으며 들려오는 늑대의 울음소리. 말뚝에 묶인 채 낑낑대는 암캐. 곤봉과 총을 들고 늑대를 기다리는, 붉은 얼굴의 앵글로색슨족 사냥꾼들. 주변을 배회하며 욕망과 두려움 사이에서 갈등하는 늑대. 아마도 그 늑대는 꽤 서열이 낮은 놈이거나 집단에서 배제된 방랑자임이 분명하다. 그렇지 않다면 이런 모험을 감수하지 않았을 것이다. 늑대가 주춤거리며 다가와 암캐의 등에 앞발을 얹고 부풀어오른 생식기에 제 것을 밀어넣는 장면까지 떠올리다가 그만 깜빡 졸고 말았다. 아무것도 의식하지 못하는 죽음과도 같은 시간.

얼마나 이렇게 무방비로 있었던 것일까? 가늠할 수 없는 시간. 그가 잠든 사이에도 사람들은 바삐 걸어다녔고, 전화를 걸었고, 누군가와 약속을 정했다.

가벼운 몸서리를 치며 눈을 떴을 때, 세상은 잠들기 전과 별로 달라진 게 없어 보였다. 현실감이 천천히, 욕조의 물처럼 차올랐다. 그는 폭스바겐 전시장을 살폈다. 날은 좀더 어두워져 있어 전시장 안은 훨씬 더 밝아 보였다. 다행히 장마리는 거기 있었다. 그녀는 퇴근 준비를 하는 듯 책상을 정리하고 있었다. 그는 시계를 보았다. 5시 50분을 막 지나고 있었다.

33

기영은 코엑스에서 가장 가까운 삼성역을 피해 그다음 역인 선릉역에서 지하철 2호선을 탔다. 그리고 3호선으로 갈아타기 위해 교대역에서 내렸다. 그는 미행에 주의하며 빠른 걸음으로 걸었다. 걸어가면서 생각했다. 도대체 무엇으로부터 이렇게 달아나는 걸까? 아까의 미행도, 그렇게까지 해서 따돌릴 절박함이 있었던 걸까? 지금 이 순간 가장 절실하게 간직하고자 하는 것은 무엇인가? 그런 게 있기는 있는가?

전동차는 한산했다. 그는 빈 자리에 앉았다. 생각은 잘 정리되지 않았다. 잠시 후, 고속터미널역에서 많은 사람들이 올라탔다. 늘 사람이 북적이는 곳이었다. 그는 남자들에게 주의를 집중하고 있었다. 그러나 별다른 움직임은 보이지 않았다. 눈을 감았다. 피곤했지만 정신은 맑았다. 옆자리의 여자는 휴대폰으로 통화를 하고 있었다.

"……알아, 알아. 글쎄, 안다니까."

뭘 안다는 것일까.

"내 말이…… 글쎄, 내 말이…… 응, 응."

저쪽에서 무슨 말을 할 때마다 그녀는 '내 말이……'를 반복하고 있었다.

"알아. 그래, 내 말이. 걔가 원래 그래. 재수없어…… 내 말이……"

그녀의 전화는 무슨 이유에선지 끊겼다. 그녀가 '여보세요?'를 반복하다가 다시 통화 버튼을 누르는 동안 전동차에는 잠시 침묵이 찾아왔다. 그 사이, 그의 건너편에 앉은 오십대 남자가 전화를 받았다.

"어, 여기?"

그는 주위를 둘러보았다.

"여기, 지금 약수역이야. 응, 거의 다 왔어."

그는 태연히 거짓말을 하고 있었다. 지하철은 신사역을 지나고 있었고, 약수역은 아직 다섯 정거장이나 더 가야 했다. 그가 조금 머쓱한 얼굴로 전화를 끊자 '내 말이……'의 통화가 다시 시작되었다.

"너 왜 전화 끊어? 안 끊었어? 응, 난 또. 아까 어디까지 얘기했지? 아, 그래, 그래. 그래, 내 말이. 글쎄, 내 말이……"

그녀는 전화기를 귀에 붙인 채 압구정역에서 내렸다. 기영은 문득, 평양으로 돌아가면 저런 일은 없겠구나 생각하며 혼자 슬며시 웃었다. 전동차는 이제 압구정역을 출발해 동호대교 구간에 접어들었다. 덜커덩덜커덩. 한강을 건너고 있었다. 멀리 하류 쪽에서 입을 벌린 붉은 석양이 강을 집어삼키고 있었다.

34

아영은 문구점 게임기 앞에서 현미를 기다리고 있었다.

"오래 기다렸지?"

"뭐가 이렇게 오래 걸려?"

아영이 툴툴댔다. 현미는 아무 대답도 하지 않았다. 그러자 오히려 아영이 답을 내놓았다.

"애들이 말 안 들어? 뭐가 복잡해?"

"아니, 그런 거 없어. 그냥 이런저런 얘기 좀 하다보니까 이렇게 됐네."

"으응, 그래?"

둘은 조금 서먹해진 느낌으로 천천히 걸었다.

"진국이네 갈 거야?"

아영이 묻자 그녀는 조금 쌀쌀한 태도로 딴전을 피웠다.

"너 학원 정말 안 가도 돼?"

아영이 발걸음을 멈추었다. 현미는 몇 발짝 걸어가다 아영이 따라오지 않자 몸을 획 돌리며 짜증을 부렸다.

"너가 진국이 좋아하는 거 아냐?"

"뭐?"

아영이 어이없는 얼굴로 언성을 높였다.

"아님 왜 이렇게 보채? 내가 안 간다 그랬잖아."

"니가 언제?"

"아까 그랬잖아!"

"너 정말 성격 이상하다."

아영이 눈을 흘겼다.

"내가 뭐?"

"됐어."

아영의 눈에 눈물이 맺히자 그녀는 더 화를 냈다.

"왜 울고 지랄이야!"

"누가 운다고 그래?"

아영은 오른손으로 눈물을 훔치고는 그녀를 남겨둔 채 걸어가기 시작했다.

"어디 가는 거야?"

"정말 잘났어!"

현미가 불렀지만 아영은 돌아보지 않고 계속 걸었다. 그러다 종내에는 뛰기 시작했다. 그녀는 따라가지 않았다. 한두 번 이름을 불러보다가 거리가 멀어지자 그것도 포기했다. 기분이 씁쓸했다. 그녀는 휴대폰을 꺼냈다가 다시 집어넣었다. 기분이 더 우울해졌다. 그녀는 길에 굴러다니는 돌멩이를 발로 힘껏 찼다. 돌멩이는 또르르 굴러 하수구로 떨어졌다. 야, 김현미. 도대체 무슨 일을 저지른 거니, 응? 아영이는 너를 믿고 친구라고 생각해왔는데 말야. 넌 친구를 배신하고 게다가 울리기까지 했어. 걘 사회적 약자고 그래서 잘난 너 김현미의 도움을 필요로 하는 걸 뻔히 알면서 말야.

그녀는 걷기 시작했다. 어쩌면 아영은 집 근처, 둘이 늘 앉아서 수다를 떠는 놀이터의 벤치에서 자신을 기다리고 있을지도 몰랐다. 울다가 웃으면 엉덩이에 뿔난대요, 같은 유치한 말을 준비하고서 말이다. 현미는 점점 더 발걸음을 빨리했다. 심장의 박동이 갑작스레 빨라졌다. 가위에 눌릴 때처럼 마음이 초조해지고 급해지는 기분이었다. 그녀는 멀리 아영과 자신이 살고 있는 아파트 단지가 나타나자 아예 달리기 시작했다. 어디에도 아영의 그림자는 보이지 않았다. 테니스장과 아파트 단지 사이의 쪽문으로 들어갔다. 남자 고등학생 셋이 담배를 피우며 그녀가 달려가는 것을 빤히 쳐다보고 있었다. 그녀는 장미덩굴로 만든 아치와 등나무 쉼터, 이제는 물을 내뿜지 않는 작은 분수대를 지나 계속 달렸다. 마침내 놀이터에 다다르자 숨이 턱까지 차올랐다. 정글짐에서 발걸음을 멈추고 주변을 둘러보았다. 놀이터엔 아직 걸음마도 제대로 못하는 아이와 그 엄마로 보이는 여자, 그 둘밖에는 아무도 없었다. 아이 엄마는 갑자기 달려와 숨을 헐떡이는 그녀를 이상한 눈길로 쳐다보았다. 그러면서 혹시 누가 뒤따라오는지 살폈다. 그러곤 흙장난을 하는 아이를 번쩍 들어 유모차에 태웠다. 현미는 통나무를 본떠 만든 콘크리트 벤치에 앉았다. 엉덩이가 차가웠다. 아이 엄마는 유모차를 밀고 놀이터를 떠났다. 놀이터엔 이제 아무도 없었다. 습기를 머금은 바람이 드러난 종아리를 감고 지나갔다.

왜 이런 기분이지? 아영이를 보낸 건 난데, 왜 내가 버려진 것 같은 느낌일까. 휴대폰을 꺼내 문자메시지를 확인했다. 낮에 도착한, 오늘 늦겠다는 엄마의 문자메시지밖에 없었다. 엄마의 문자를 지웠다. 집에 들어가서 컵라면이나 끓여먹을까? 아니면 오랜만에 대여점에 가서 만화를 빌려볼까? 그런데 그때 문자가 도착했음을 알리는 벨이 울렸다.

'기다리고 있어. 나 심심해. ㅋ'

빛의 제국

진국이었다. 그녀는 답장을 보냈다.

'어디야? ㅋ'

'오게? 우와 ㅋㅋ'

　잠시 망설이는 사이 진국의 새로운 메시지가 도착했다. 메시지엔 그의 집 주소가 적혀 있었다. 그녀는 답장을 하지 않았다. 그러나 어느새 벤치에서 일어나 진국이네 집이 있는 아파트 단지를 향해 걸어가고 있었다. 난생처음으로 그녀는, 정신과 육체 사이에, 생물시간에 배운 자율신경과는 별도의, 참으로 이해하기 어려운 또다른 의미의 자율적 신경이 존재할 수도 있겠다는 생각을 했다. 그 신경은 이성의 통제도 받지 않았고 육체적 욕망과도 관계가 없었다. 그러나 그녀의 몸과 마음은 그 정체불명의 자율신경의 통제를 따르고 있었다. 마치 외계인이 들어와 정신을 장악하고선 사악한 짓을 시키고 있는 것 같았다. 환각상태도 아니고 그렇다고 최면상태도 아니었다. 냉철하게 자신이 하는 모든 행동을 마치 다른 사람처럼 내려다보고 있었다. 단지 자신의 행동을 막을 수 없을 뿐이었다.

PM 06:00

Those were the days

35

 6시가 되었지만 장마리는 자리에서 일어나지 않았다. 직원들이 하나둘 퇴근을 했다. 마지막으로 지점장이 가방을 챙겨 그녀에게 다가왔다.
 "안 가요?"
 지점장이 물었다. 그녀는 살짝 뾰로통한 표정으로 대꾸했다.
 "먼저 가세요. 저는 좀……"
 "그럼 내일 봐요."
 그는 내키지 않는 듯, 아니면 자기 뒷모습을 의식하는

듯, 천천히 걸어 전시장을 떠났다. 이제 지점엔 그녀 혼자였다. 걸어가는 그의 뒷모습을 보며 그녀는 뜬금없이 그와 살고 있는 패션모델을 생각했다. 둘은 잘 살고 있을까? 언젠가 그가 술자리에서 남자 직원들에게 "마른 여자 별로야. 골반에 멍든다니까"라고 속삭이는 것을 화장실에 다녀오다 엿들은 일도 있었다. 정말 그들은 골반뼈가 서로 부딪칠 정도로 그렇게 격렬히 정사를 벌이는 것일까? 글쎄, 한때는 그랬을 수도 있겠지. 하지만 설마 아직도? 그녀는 볼펜으로 흰 종이에 낙서를 하기 시작했다. 삼각형 위에 또 삼각형. 그러자 다윗의 별처럼 육각형이 되었다. 거기에 또 삼각형, 또 삼각형. 그림은 점점 원에 가까워졌다. 그리고 그 옆에 '골반'이라고 적었다. '골반에 멍이 들다'라고도 썼다. 그 위에 다시 삼각형을 겹쳐 그렸다. 그리고 또 빈 자리에 '골반'이라고 큼직하게 썼다. '멍이 들다'와 '골반'을 무수히 썼다. 그렇게 쓰다보니 그 두 단어가 무의미하게 느껴졌다. 그저 삼각형과 같은 하나의 기호처럼 보였다. 그녀는 A4지 한 장을 더 집어 거기에도 '골반'과 '멍이 들다'를 쓰고 삼각형을 그리기 시작했다.

"뭐 하세요?"

화들짝 놀라 뒤를 돌아보았다. 뒤에는 김이엽이 서 있었다. 종이를 가렸지만 이미 늦었다.

"안 갔어?"

"차가 안 움직여요. 삼십 분쯤 기다려야 긴급출동차가 온다네요."

그는 지점장과는 달리 빌딩 뒤쪽의 유료주차장에 차를 세웠다. 폭스바겐이 아니었기 때문에 쇼룸 앞에 세울 수가 없었던 것이다.

"그냥 낙서중이었어. 약속이 일곱시거든."

둘 사이에 잠시 어색한 침묵이 흘렀다. 장난이라도 칠까 싶어 몰래 다가와 슬쩍 넘겨본 종이에 '골반에 멍이 들다' 만 잔뜩 써 있었으니 김이엽의 머릿속엔 온통 그 단어만 명멸하고 있을 것이었다.

"차가 어디가 어떻게 됐는데?"

그녀가 물었다.

"모르죠. 그냥 안 움직이네요. 손에 뭐 묻히기 싫어서 보닛도 안 열어봤어요. 보험에서 알아서 해주겠죠, 뭐."

"시동은 걸려?"

"아뇨."

"그럼 배터리 방전인가보네."

"그런가봐요. 큰일났어요. 애 이모가 화낼 텐데."

"아, 애 이모가 애를 봐준다고 했지?"

"요즘 연애하나봐요. 조금만 늦어도 이마에 내천자가 그려져요."

"나한테 점프선이 있는데."

배터리와 배터리를 이어줄 점프선이 있으니 빌려주겠노라는 범상한 말이었지만 말해놓고 보니 스스로 천하게 느껴졌다. 좀 심하게 비유하자면, 마치 길에서 지나가는 남자를 유혹한 것 같은 기분이었다. 이것은 어조 때문인가 아니면 그 제의 자체의 문제인가. 그녀는 생각했다.

"아니, 그런 것도 갖고 다니세요?"

"그럼."

그녀는 씩씩하게 자리에서 일어났다. 그는 놀란 얼굴로 마리를 따라 매장 앞으로 나왔다. 경비아저씨가 달려와 열쇠를 건네주며 호들갑을 떨었다.

"아, 내가 차 빼놨어."

지하에 있던 골프는 어느새 지상으로 올라와 있었다. 경비는 언제부터인가 의사도 묻지 않고 조금씩 조금씩 그녀의 영역 안으로 들어오고 있었다. 지금처럼 시키지도 않은 일을 해놓거나 오지랖 넓게 이런저런 문제에 참견을 하고 있었다.

"고맙습니다."

그녀는 인사를 하고 골프에 올라탔다. 김이엽은 조수석에 탔다. 막 시동을 걸고 예열을 하는데 문득 뒤에서 불편한 얼굴로 골프의 뒤꽁무니를 노려보고 있는 경비의 얼굴이 백미러에 잡혔다. 질투하는 거야, 뭐야? 그녀는 절레절레 고개를 저었다. 도대체 오늘 왜 이러지. 왜 모든 표정이, 모든 어조가 이런 식으로 해석되는 걸까. 내가 너무 민감해진 건가. 아니면 원래 인간과 인간의 관계가 이랬던 걸까. 마리는 혀로 입술을 축였다.

그때 경비아저씨가 다가와 창문을 두드렸다.

"매장 불 끄고 문 잠가야지? 내가 할까?"

"아뇨, 지금 퇴근하는 게 아니구요, 김이엽씨 차 배터리가 방전돼서 그거 좀 점프해주려구요."

"아아."

경비는 그제야 안심한 듯 고개를 주억거리며 옆으로 물러나 마리가 차를 빼는 것을 뒤에서 봐주었다. 마리는 차를 빼 골목으로 들어가 김이엽이 차를 대놓은 유료주차장으로 갔다. 그는 차창을 열고 주차장 관리인에게, 이 차는 자기를 도와주러 왔으니 주차비를 받지 말라고 소리쳤다. 그녀는 김이엽의 차 앞에 자기 차를 마주 세웠다. 두 차는 서로를 마주 보고 있었다. 마치 두 대의 차가 "안녕" 하고 인사를 하는 것 같았다. 그녀는 골프에 시동을 걸었다. 그리고 트렁크에서 두꺼운 점프선을 꺼내 자기 차의 (+)극과 김이엽 차의 (+)극을, 그리고 (-)극과 (-)극을 연결했다. 깁스한 왼손이 자꾸 어딘가에 부딪혔고 그때마다 김이엽은 마리 대신 '이크' 소리를 냈다. 두 대의 차가 드러낸 오장육부를 그는 물끄러미 내려다보고 있었다.

"자기는 차에 들어가 있어."

그는 자기 차 운전석에 앉았다. 이런 일을 한 번도 해본 적이 없는 것 같았다.

"시동 걸어봐."

부르릉. 시동이 걸렸다. 그는 몇 번 액셀러레이터를 밟아보더니 밝은 얼굴로 차에서 내렸다.

"우와, 신기하네요."

무능한 남자에게서 풍기는 이 매력은 혹시 진화과정의

산물이 아닐까? 그녀는 맥없이 웃었다.

그녀는 그가 지켜보는 가운데 먼저 (-)극을 연결한 선을 떼고 그 다음엔 (+)극을 연결한 선을 제거했다. 그러자 그가 두 차의 보닛을 내려닫았다.

"이십 분 정도는 시동을 끄지 마."

"네, 그럼 내일 뵐게요. 아, 근데 깁스는 언제 풀어요?"

"몰라. 곧 풀겠지, 뭐."

착한 소년처럼 고개를 끄덕이고 그는 다시 운전석에 올랐다. 그녀도 차에 올라 후진을 한 다음 주차장을 빠져나왔다. 뒤를 이어 그도 차를 몰고 주차장 밖으로 나왔다. 그녀는 골프를 다시 회사 앞에 세웠다. 경비에게는 차를 나중에 가져갈 테니 신경쓰지 말라고 말해두었다. 시계를 보니 6시 35분이었다. 성욱과 만날 시간이 된 것이었다. 그녀는 매장으로 들어가 서랍을 잠근 뒤 쇼룸의 전등만 남겨놓고 뒤쪽의 모든 전등을 껐다. 그리고 화장실에 가 손을 씻은 후 화장을 매만졌다. 루즈가 거의 다 지워져 있었다. 그녀는 꼼꼼하게 얼굴 곳곳을 매만졌다. 담배나 한 대 피울까 하는 유혹에 시달렸지만 처음 만나는 사람도 있을 텐데 담배 냄새를 풍기고 싶지는 않았다. 그리고 어린 애인도 싫어하는 바였다. 그녀는 매장 앞으로 나와 배웅하는 경비에게 짧게 목례를 하고 횡단보도 앞에 멈춰 섰다.

신호등에 파란불이 들어오자 그녀는 사람들과 보조를 맞춰 횡단보도를 건너갔다. 그리고 정차해 있는 택시에 올라탔다.

"강남역이요."

기사는 말없이 차를 출발시켰다.

36

장마리가 갑자기 차를 몰고 김이엽과 함께 건물 뒤로 사라졌을 때, 박철수는 그를 김기영이라고 착각했다. 그래서 급히 차를 유턴시켜 따라붙었다. 그러나 그녀는 회사 바로 뒤 유료주차장으로 들어가버렸다. 살펴보니 김기영이 아니라 다른 남자였고, 둘은 진지하게 배터리를 연결해 시동을 걸고 있었다. 그러더니 잠시 후 마리는 다시 회사로 돌아왔다. 그는 다시 회사 건너편 길가에 차를 세우고 그녀가 퇴근하기를 기다렸다. 그녀는 잠시 후 혼자 나왔다. 이번에는 차를 회사에 두고 횡단보도를 건넜다. 도대체 왜 차를 두고 가는 거지? 가까운 데에 저녁이라도 먹으러 가나? 야근이라도 하는 건가? 그러나 그녀는 횡단보도를 건너자마자 택시에 올라탔다. 택시는 그의 차를 지나 앞으로 내달렸다. 그는 황급히 그 택시를 따라붙었다. 택시는 별로 서두르는 기색 없이 다른 차량의 흐름에 맞춰 천천히 남쪽으로 움직였다. 퇴근길의 강남은 어디나 북적였다. 자동차들은 빽빽하고 촘촘하게 도로 위를 덮고 있었다. 박철수는 현재의 상황을 보고했다. 차를 버리고 택시를 이용해 유동인구가 많은 곳으로 움직이는 것으로 보아 남편을 만나러 가는 것이 분명하다, 지원이 필요하다. 그러나 팀장은 조금 회의적이었다. 너무 대놓고 움직이는 것 같다, 오히려 주의를 분산시키려는 술책일 수 있다, 조심하라고 했다. 그리고 지원요원들이 조금 늦을 수도 있다고 덧붙였다.

택시는 강남역에 멈췄다. 그녀는 택시에서 내리자 주저하지 않고 뉴욕제과 뒷골목으로 걸어들어갔다. 그는 차를 안전지대에 세우고 운전대 앞 대시보드에 '공무중'이라는 표찰을 붙여놓은 뒤 차에서 내려 그녀를 따라갔다. 미행을 전혀 경계하지 않는 기색이었다. 오히려 수많은 인파 속에서 사람들과 부딪치지 않고 앞으로 나아가는 데 더 관심이 많은 듯했다. 마침내 목적지에 도달한 듯 발걸음을 멈추고 핸드백에서 손거울을 꺼내 다시 한번 얼굴을 비춰 보았다. 손거울을 다시 백에 집어넣었다. 그녀는 '와인숙성 삼겹살'이라는 붉은 간판 앞에 서 있었다. 거리를 향한 환풍기들이 지방을 태운 연기를 맹렬히 뿜어내고 있었다.

그는 오 년 전부터 고기를 먹지 않고 있었다. 스코트 니어링의 아내인 헬렌 니어링이 쓴 『소박한 밥상』이라는 책을 읽고 난 뒤부터였다. 그 책에는, 스코트 니어링은 100세, 헬렌 니어링은 92세에 죽었다고 나와 있었다.

그는 오래 살고 싶었다.

그게 소망이라고 하면 모두들 뜨악해하리라는 것을 그는 알고 있었다. 그래서 입 밖에 내 말하지는 않았다. 그러나 앞으로 몇십 년 후엔 지금의 인류가 상상도 못 할 만큼 수명이 늘어날 수 있다고 그는 생각했다. 그러자면 그런 의학의 혁명적 발전이 도래할 때까지 비교적 건강한 몸을 만들어놓을 필요가 있었다. 그는 주위를 둘러보았다. 강남역 뒷길을 다니는 이 수많은 젊은이들은 과연 몇살까지 살게 될까? 몇십 년 전만 해도 칠순잔치는 집안의 경사였지만 이제는 그야말로 흔해빠진, 귀찮기만 한 행사가 되어버리지 않았는가. 마음속 깊은 곳에서 누군가가 물었다. 오래 살아서 뭘 할 건가? 그는 답한다. 오래 사는 것. 그것 자체가 목적이다. 누군가는 카사노바를 꿈꾸고 또 누군가는 나폴레옹이 되기를 바란다. 또 누군가는 히말라야의 팔천 미터급 고봉을 모두 정복하길 원하고 다른 누군가는 걸어서 세계일주를 하고자 하고 어떤 누군가는 백 미터 달리기의 세계기록을 수립하고자 한다. 그런데 나는 그저 그 누구보다도 오래 살기를 바랄 뿐이다. 오래 살아서, 출세를 뽐내던 자들과 수많은 여자를 섭렵하며 군림하던 자들이 맥없이 죽어가는 것을 보리라. 우리는 똑같은 티켓을 받고 지구라는 극장에 들어왔다. 그렇다면 이왕이면 더 많은 것을 보고 가기를 원하는 게 당연하지 않겠는가.

헬렌 니어링은 이렇게 말했다. 육식은 부자연스럽다. 생각해보라. 길을 가다 사과나무에 사과가 열려 있으면 우리는 아무 죄의식 없이 그것을 따 베어물 수 있다. 그러나 지나가는 닭의 다리를 쭉 찢어 뜯어먹을 수 있는 사람은 거의 없을 것이다. 그는 그녀의 의견에 동의했다. 그렇다.

육식은 너무 잔인하다. 게다가 인간의 장은 채식에 걸맞게 진화한 탓에 육식동물의 그것보다 길다. 따라서 육류는 장을 통과하는 동안에 부패해버린다고 했다. 그것도 동의할 수 있었다. 고기를 먹은 다음날이면 늘 더부룩한 장 때문에 고생을 하곤 했으니까. 그러나 사회생활을 하며, 특히 그처럼 정보기관 같은 마초적 조직에서 일하며 고기를 멀리하기란 쉽지 않은 일이었다. 고깃집에서 회식이 열릴 때면 배가 고프다며 먼저 된장찌개를 시켜 먹었고 상추에 밥과 고추를 싸 먹었다. 그렇게 일 년이 지나자 만성적인 복부 팽만감이 사라지고 얼굴이 맑아졌다. 구취가 사라지고 거북한 트림도 나오지 않게 되었다. 그는 아침마다 일어나 천변을 달렸고 밤이면 근육을 단련했다. 고기 굽는 냄새를 맡으면 욕지기가 올라왔다. 그는 또한 『엔트로피』의 저자 제레미 리프킨이 쓴 『육식의 종말』도 사서 읽었다. 그의 신념은 좀더 강해졌다. 그 책에는 사육당하는 소와 돼지, 닭들이 얼마나 끔찍한 환경에서 살아가는지 상세하게 묘사되어 있었다. 그는 인간의 잔혹함에 치를 떨었다. 그리고 조용히 채식을 실천하기로 마음을 먹었다. 정확히 말하자면 채식이 아니라 비육식이 맞는 표현이었다.

사육하지 않는 생선이나 해물은 굳이 피할 이유가 없다고 생각했다. 거기엔 항생제나 유전자변형 곡물이 들어 있지 않을 테고 동물학대도 없었을 것이니까.

그런데 고기를 멀리하기 시작한 후부터 이상한 일이 생겼다. 그 전에는 다만 몇 달간이라도 가끔 만나 영화도 보고 밥도 먹는 여자들이 있었다. 결혼을 해야겠다는 생각이 드는 여자는 아직 만나지 못했지만 그것은 시간문제라고 생각했다. 만나다보면, 언젠가 짝을 찾으리라. 그는 대수롭지 않게 생각하고 있었다. 그러나 고기를 멀리한 후부터 주변에서 여자가 사라졌다. 비정기적으로 만나던 여자들도 이런저런 일들로 사이가 멀어졌고 예전의 여자친구들과도 역시 관계가 소원해졌다. 그들은 결혼을 하거나 다른 남자와 사랑에 빠졌다고 했다. 새로 소개받은 여자들과는 다음 약속을 잡을 수가 없었다. 그녀들은 그에게 흥미를 느끼지 못했고 밤 10시만 되면 하품을 했다. 단지 고기를 먹지 않을 뿐인데, "저는 육식을 하지 않습니다" 천명한 것도 아닌데, 여자들이 멀어져갔다. 혹시 육류에 페로몬의 원료가 들어 있는 걸까? 그런 근거 없는 생각까지 해본 적이 있었다. 어쩌면 여성들은 그에게서 경쟁을 포기한 자의 나태한 자기 변명 같은 걸 감지했을 수도 있었다. 뭐든 잘 먹고 공격적인 남자, 오래 사는 것보다는 짧고 굵게 살겠다는 남자들에게 매료되는 여자가 아무래도 더 많을지도 몰랐다. 그러나 그는 그렇게까지 깊이 생각하지는 않았다. 뭐, 헬렌은 스코트보다 스무 살이나 어렸다지. 내게도 헬렌 같은 여자, 내 식물성을 사랑하는 여자가 오지 말란 법은 없지. 어쨌든 그는 삼십 년이 넘도록 지켜온 습관을 무 자르듯 단번에 바꾼 스스로가 대견했다. 이런 식이라면 훨씬 더 많은 것을 바꿔갈 수 있을 것이고, 얼마 지나지 않아 온몸의 노폐물과 독소가 빠져나간 산뜻한 육체를 지니게 되리라. 생각만으로도 자아에 대한 존중감이 높아지는 것 같았다.

그런데 장마리는 그 지독한 냄새를 풍기는 삼겹살집으로 주저 없이 들어가버린 것이다. 그녀에 대한 흥미가 불현듯 사라졌다. 역한 냄새를 풍기며 지글지글 타는 비계가 그녀의 입을 지나 위와 소장 그리고 대장을 통과하는 상상은 유쾌하지 않았다. 그러나 뇌리에서 쉽게 떨쳐버릴 수는 없었다. 그는 통유리창의 '와 인 숙'과 '성 삼 겹 살' 사이의 빈틈으로 고깃집 안을 살폈다. 조명은 좀 어두운 편이었고 실내는 이른바 젠스타일로 꾸며져 있었다. 삼겹살 집치고는 고급스러운 인테리어였다. 그녀는 구석에 앉아 있었다. 그는 눈을 가늘게 뜨고 그녀 앞에 앉아 있는 남자가 누군지를 살폈다. 김기영은 분명 아니었다. 이십대 초반의, 그녀의 고객이나 가족이라고는 도저히 생각하기 어려운, 대학생풍의 남자였다. 그는 긴 앞머리가 이마와 눈을 살짝 덮었고 끝단이 풀린 힙합 스타일의 청바지를 걸치고 있었다. 잠시 후, 또 한 명의 남자가 화장실 쪽에서 나와 그 테이블에 앉았다. 그들은 서로의 잔에 소주를 따르고 있었다.

37

기영은 을지로입구 지하철역을 나와 롯데백화점 앞을 지났다. 마침 퇴근시간을 맞아 빌딩들이 사람들을 꾸역꾸역 거리로 토해내고 있었다. 어깨를 부딪치지 않고 걸어가기 어려울 정도였다. 백화점 뒤는 웨스틴조선호텔이었다. 그는 로비로 들어가지 않고 호텔 주위를 빙빙 돌았다. 몰락해가던 조선왕조의 마지막 허세, 원구단을 둘러보고 발레파킹 전용 주차장의 자동차들을 슬쩍슬쩍 곁눈질해 보았다. 만약 기관에서 도감청용 차를 세워놓는다면 바로 저곳일 터였다. 그러나 창이 없는 승합차 따위는 보이지 않았다. 그는 로비 입구에서 소파에 앉아 있는 사람들을 살폈다. 역시 수상한 조짐은 없었다. 소지는 콘시어지 서비스 뒤쪽의 소파에 앉아 책을 읽고 있었다.

이 호텔은 유사시에 어디로든 달아나기 좋은 장소였다. 롯데백화점 쪽으로 가면 인파 속으로 파묻힐 수 있었고, 소공동 지하도는 남대문시장 입구까지 이어졌다. 명동이나 시청 방면의 무수한 지하 아케이드와 어두운 골목들도 도망자를 능히 숨겨줄 것이었다. 호텔의 지하 주차장은 프레지던트호텔의 주차장과도 연결돼 있었다.

그는 시계를 보았다. 6시 15분이었다. 공중전화로 걸어가 전화를 걸었다. 신호음 대신 러시아 로망스가 흘러나왔다. 잠시 후, 소지의 음성이 들렸다.

"여보세요?"

"응, 나야."

"네? 아, 근데 이게 무슨 번호예요?"

"휴대폰 배터리가 다 돼서…… 공중전화야. 갑자기 무슨 일이 좀 생겨서 늦게 출발했어. 좀 늦을 것 같은데…… 미안."

"전 괜찮아요."

그는 그녀의 말투가 혹시 부자연스럽지는 않은가 유심히 들었다. 그는 공중전화를 끊고 바깥으로 다시 걸어나가 그녀가 앉아 있는 모습을 계속 살폈다. 오 분 그리고 십 분이 지나도 아무도 그녀에게 다가오지 않았고 휴대폰도 걸려오지 않았다. 그녀는 가만히 앉아 책을 읽고 있었다. 그래도 그는 로비로 들어가지 않고 좀더 지켜보았다. 조심해서 나쁠 건 없었다. 그는 호텔을 등지고 다시 명동 쪽으로 걸었다. 그런데 명동 쪽 출구에 정복을 입은 경찰들이 줄지어 도열하고 있었다. 무슨 일일까. 외교관이나 고위관리가 오는 것일까? 시위라도 벌어질 예정인가? 어쨌든 경찰의 터널을 지나가고 싶은 기분은 아니었다. 그는 마치 전화가 걸려온 것처럼 발걸음을 멈추고 휴대폰을 꺼내 귀에 댔다. 그리고 방향을 바꿔 다시 조선호텔 쪽으로 걸어가기 시작했다. 호텔의 입구에서 다시 주위를 살폈다.

오랜만에 수영을 하거나 테니스를 치면 굳어버린 근육

과 잦은 실수에 실망하면서도 기본적인 원리를 잊어버리지 않은 몸에 새삼 놀라게 된다. 지금의 기영이 그랬다. 불과 몇 시간 만에 그는 쓰지 않았던 정신적 근육을 다시 사용하고 있었다. 오감은 예민해지고 시야는 넓어졌다. 망막으로 들어오는 이미지들은 즉각 언어화되어 저장되었다. 양복을 입은 건장한 남자 셋, 선글라스를 낀 여자 하나, 차에 앉아 있는 운전자 둘, 벨보이 둘, 갑자기 이상한 움직임을 보이는 차량은 없음. 이런 식이었다.

그는 호텔 뒤로 빙 돌아 후문 쪽에서 로비로 진입했다. 냉동탑차에서 사내 여럿이 짐을 부리고 있었다. 문을 열어놓은 차에서는 메리 홉킨스의 〈Those were the days〉의 뒷부분이 흘러나오고 있었다. "친구여, 우리는 나이들었지만 더 현명해지지는 못했구나. 랄라라라랄라, 랄라랄랄라······."

그는 소지 앞에 섰다. 그녀가 고개를 들어 그를 올려보았다.

"왔어요?"

"일찍 왔어?"

"아뇨, 저도 조금 전에 왔어요. 아까 전화 받을 때쯤."

"내려가자. 밥 먹어야지."

둘은 계단을 통해 지하로 내려갔다. 일식당에선 매니저의 친절하고 정중한 안내를 받았다. 둘은 자리에 앉아 따뜻한 물수건으로 손을 닦았다. 그는 그녀의 손을 보았다.

"소지, 너 손이 왜 그래?"

그녀의 손등에 붉은 상처가 나 있었다. 그 위에 연고를 발라 붉은 상처는 분홍색을 띠었다.

"좀 다쳤어. 뭘 좀 하다가."

그녀는 잘못을 지적당한 학생처럼 웃었다.

"아침에도 그랬었나?"

"아니. 낮에."

"애들 패니?"

"아아니."

그녀가 화들짝 놀라 손을 휘저었다.

"농담이야."

그는 초밥을 주문했다. 그녀는 대구머리찜을 시키려고 했지만 준비해 놓은 대구머리가 다 떨어졌다는 말에 그와 마찬가지로 초밥을 시켰다. 그것만으로는 양이 모자랄 것 같아 그는 새우튀김도 추가했다.

"정종, 뜨거운 거, 어때?"

"좋죠."

그는 메뉴판을 걷는 종업원에게 데운 정종을 주문했다.

"나 잠깐 화장실 좀 다녀올게."

그는 자리에서 일어나 일식당을 나와 주변을 둘러보았다. 배회하는 자들은 없었다. 지하 일층의 길은 크게 세 방향으로 이어져 있었다. 빠른 걸음으로 각각의 퇴로를 확인했다. 일식당과 양식당의 주방으로 이어지는 문이 있었다. 주방들은 아마도 식재료들이 들어오는, 호텔 바깥으로 이어지는 쪽문을 가지고 있을 것이었다. 지하 주차장으로 나가는 통로도 마저 확인한 후 자리로 돌아와 앉았다.

"참, 그거 가져왔니?"

둘의 눈이 마주쳤다. 소지가 물었다.

"형, 뭐 하나 물어봐도 돼?"

"안 가져온 거야?"

"글쎄, 뭐 하나만 물어봐도 되냐구."

"그래."

그는 마지못해 고개를 끄덕였다.

"거기 들어 있는 게 뭐야? 정말 소설이야?"

"그게 갑자기 왜 궁금해?"

"그게 말이야."

그녀는 멋쩍게 웃으며 말을 이었다.

"오래 갖고 있었더니 꼭 내 거 같은 기분이 들어. 그런 기분 알아?"

"그래, 그런 기분 알아. 하지만 그건 내 거야. 잠깐 너한테 맡겨둔 거잖아."

"그렇지. 그렇지만 그렇게 오래 갖고 있었더니 적어도 내가 뭘 갖고 있었는지는 알아야겠다는 생각이 들어. 이승우라는 작가 소설집 중에 이런 제목이 있어. '사람들은 자기 집에 무엇이 있는지도 모른다.'"

머리를 틀어올려 쪽을 찐 종업원이 달걀찜과 정종 두 잔을 가져다주었다. 그는 스푼을 들어 보드라운 달걀찜의 표면에 꽂았다.

"모르는 게 좋은 것도 있는 거야."

달걀찜은 향기로웠다. 그러나 식도로 넘어갈 때는 깔깔했다.

"내가 알기론, 무지가 인류에 도움이 된 적은 한 번도 없어. 무지는 모든 무의미한 폭력의 원천이었다구."

그는 스푼을 빈 접시 위에 내려놓았다. 쨍, 소리가 유난히 크게 들렸다.

"소지야, 이건 인류와 관련된 문제가 아니라 나, 김기영 개인의 문제야. 개인적인 거라구. 내 미래와 관련된 거야."

그녀는 말없이 달걀찜을 떠먹었다. 그리고 말했다.

"형, 내가 그 개인적인, 그래, 그 개인적인 문제를 함께 하면 절대, 절대 안 되는 거야? 그 미래에 내가 있으면 안 되는 거야?"

목소리는 나지막하고 부드러웠지만 그 의미에 실린 절박함 때문에 그는 움찔하였다.

"그게 무슨 소리야?"

"형, 지금껏 이런 적 한 번도 없었잖아? 내가 이상하게 생각하는 것도 당연한 거 아냐?"

"이상하다니."

"갑자기 학교에 나타나서 오래 전에 맡긴 물건을 달라고 하고, 호텔 일식당에서 밥을 사고, 좀 이상하잖아. 꼭 어디 멀리 떠날 사람 같아."

그는 젓가락으로 생강을 집어 입에 넣었다. 그리고 물었다.

"생강 좋아해?"

"아니."

그녀가 눈을 크게 뜨며 고개를 저었다.

"꿀은? 꿀은 좋아하니?"

"말 돌리지 마."

"말 돌리는 거 아니야. 정말 궁금해서 묻는 거야."

"둘 다 좋아하진 않아. 가끔 먹지만 찾아서 먹지는 않아."

그는 생강을 삼킨 후, 데운 정종을 한 모금 마셨다.

"그래, 생강이나 꿀은 그런 거야. 가끔씩은 다들 먹을 거야. 이렇게 일식집에 왔다거나 또는 전날 술을 많이 마셨다거나 하면."

"그렇지."

"지현아, 난 말이지, 꿀이나 생강, 이런 게 귀한 곳으로 가야 할지도 몰라. 거기선 산모가 애를 낳으면 병원에서 꿀 몇 숟가락을 물에 타서 줘. 너무 귀해서 산모들은 감사히 여기며 받아먹지."

그녀는 눈살을 찌푸렸다.

"도대체 무슨 소리를 하는 거야?"

그는 그녀의 눈을 바라보았다.

"너 같으면 가겠니?"

"글쎄, 얼마나?"

"잠깐은 아니야. 가면 다시 못 올지도 몰라."

종업원이 튀김과 초밥을 가져오는 바람에 둘의 대화는 잠시 중단되었다. 그녀는 생강을 집어먹었고 그는 데운 정종을 다시 한 모금 들이켰다. 그녀가 말했다.

"난 이런 날이 올 줄을 예전부터 알고 있었던 것 같아. 이상하게 형은 여기 사람이 아닌 것만 같았어. 늘 낯선 기차역에 내려서 두리번거리는 사람처럼 보였단 말이야."

"내가 그렇게 보였어?"

"나한테 얘기해봐, 형. 도대체 어디로 가는 거야?"

그는 초밥 한 덩이를 입에 밀어넣었다. 무슨 생선인지 알 수 없었다. 기름기가 적은 흰살 생선이라는 것밖에는.

"안 듣는 게 좋을 거야."

"왜?"

"초밥 좀 들어."

그가 젓가락으로 소지의 초밥을 가리켰다. 소지는 새우초밥을 들어 입에 넣었다. 그리고 오물오물 씹었다. 기영은 미소수프를 떠먹었다. 고소하고 부드러웠다. 그녀가 말했다.

"형, 난 말이야, 이건 진심인데, 그러니까 여기서 즉흥적으로 생각한 건 아니란 말이지. 옛날부터 어쩐지 선생으로 늙어갈 것 같지는 않았어. 비극적이고 드라마틱한 인생이 내 눈앞에 펼쳐질 거라고 믿었어. 내 꿈은 말이지, 헤밍웨이나 조이스처럼 고향을 떠나 먼 곳에서 소설을 쓰는 거였어. 마리 언니는 따라가겠대?"

"얘기 안 했어."

"뭐?"

그녀는 입을 벌렸다. 그러나 곧 입을 다물고 이 말이 무엇을 의미하는지 곰곰이 생각했다.

"아직 안 한 거야, 아니면 앞으로도 안 할 거야?"

"안 할 거야."

"왜?"

"따라가지 않을 게 뻔하니까. 그리고 걔를 불행하게 만들 권리가 나한테는 없어."

"그래도 부부잖아."

"부부였지, 지금까지는."

"형, 되게 싸한 사람이다? 그렇게 안 봤는데."

"너 정말 나 따라서 갈래?"

"근데 좀 기다려줘야 해. 퇴직금도 받아야 하고 전세도 빼야 하고."

그는 호텔에 들어온 이후로 가장 밝게 웃었다.

"하하하."

"왜 웃어? 좋아? 지금 좋아하는 거야?"

"아니."

그는 고개를 저었다.

"너 정말 모르는구나. 내가 어디로 가는지."

"몰라, 그걸 내가 어떻게 알아?"

"가방 좀 줄래?"

그가 손을 내밀었다. 소지는 옆자리에 놓아둔 가방을 기영에게 건넸다.

기영은 가방을 살폈다. 그리고 희미하게 미소를 지었다.

"이게 전부는 아닐 텐데"

"그래, 더 큰 가방이 있었지. 내가 부쉈어. 도대체 뭐가 들었나 궁금해서. 미안해 형."

"그래도 이건 멀쩡하네?"

"중간에 이성을 찾았거든."

"이해할 수 있어. 나라면 벌써 두 개 다 열어봤을 거야."

"이해해줘서 고마워. 이젠 직접 형 입으로 듣고 싶네. 거기 뭐가 든 거야?"

잠시 침묵이 흘렀다. 둘의 초밥 접시가 점점 비어갔다.

"소지, 넌 작가잖아."

"응, 그런데?"

그녀가 대답했다.

"혹시 작가로서, 그 어떤 일이 인생에 일어나도 기쁘게 받아들이겠다, 설마 이런 생각 하는 거야?"

그녀는 잠시 생각을 하더니 고개를 끄덕였다.

"그런 것 같아. 지난 몇 년간 너무 평탄하게 살아왔다는 생각을 하던 참이었거든. 헤밍웨이는 스페인 내전에, 앙드레 말로는 마오의 대장정에 참여했잖아. 그런데 문득 주위를 둘러보니 이제 혁명의 가능성은 사라졌고 어디에도 위험이 없어. 오직 불륜밖에는. 그러나 그 흔하디흔한 모험에는 참여하고 싶은 생각이 없어. 무슨 말인지 알지?"

"정말 경험이란 것은 그 어떤 경우에도 창작에 도움이 되는 걸까?"

빛의 제국

"적어도 없는 것보다는 나을 거야. 맹인도 그림을 그릴 수 있지. 아주 놀라운 그림을 그릴 수도 있을 거야. 그러나 눈이 보인다면 더 잘 그릴 수 있을 거야."

"오히려 보이는 것에 압도당해서 원래 갖고 있던 감각마저 흔들려버리지 않을까?"

"혹시 연암 얘기 하는 거야? 연암 산문에 그런 게 있어. 어떤 맹인이 갑자기 눈이 보여서 시내에 나왔다가 길을 잃고 헤매잖아. 그러면서 하소연을 하지. 집으로 돌아가는 길을 도통 모르겠으니 누가 자기를 집에 좀 데려다달라고. 그러니까 지나가던 사람이 충고를 하는 거야. 그렇다면 도로 눈을 감고 가시오."

그는 평생 단 한 번도 그런 식의 에피그램에 매혹되어본 적이 없었다. 멋진 말, 재치 있는 표현, 역설적 수사를 좋아하지 않는 사람이었고, 그게 삶의 진실을 드러낸다고도 생각하지 않았다. 그렇지만 그런 말을 들을 때마다 대꾸는 늘 이렇게 했다.

"재밌는 얘기네."

"하지만 난 그건 연암의 오만이라고 생각해. 당장은 헤맬 수도 있겠지. 그렇지만 맹인이었을 때의 감각과 눈을 뜨고 난 뒤 체득한 감각, 즉 시각을 조화시킬 수 있다면 훨씬 나아질 거라구."

그는 그런 사람을 하나 알고 있었다. 올더스 헉슬리는 젊어서 시력을 잃었다가 수술을 받고 이십대 후반에 다시 시력을 회복해 정력적으로 글을 썼다. 그는 '도로 눈을 감고 가지' 않았다.

"변증법적 발전?"

"그렇지! 바로 그거야. 직감에만 의존하고 무지를 찬미하는 건, 결국 자신을 방기하는 거야."

그녀가 눈을 빛냈다. 대학 시절의 그녀를 보는 것 같았다. 기영은 눈을 감았다. 오랜만에 만난 사람들과 헤어져 돌아오는 길은 슬픈데, 그것은 그들이 자신의 어린 모습을 간직한 채로 늙어가기 때문이었다. 소년이 늙어 노인이 되는 것이 아니라 소년은 늙어 늙은 소년이 되고 소녀도 늙어 늙은 소녀가 된다.

"형?"

"응?"

그는 눈을 떴다.

"피곤해?"

"아니. 그냥, 눈이 좀 아려서."

그는 두 손으로 눈을 꾹꾹 눌렀다.

"언제 떠나?"

그는 눈두덩에서 손을 뗐다. 눈을 떴지만 시야가 밝지 않았다.

"내일."

"그렇게 빨리? 준비는 다 했어?"

"아니."

"혹시 이상한 생각 하는 거 아니지?"

그녀는 눈을 가늘게 떴다.

"이상한 생각이라니?"

"우울증 없어?"

"없어."

"우울증 같은데?"

"우울증이면 집에 드러누워 있겠지. 이렇게 나돌아다 니겠어?"

"그렇다면 안심이야."

"고마워. 적어도 한 사람쯤은 내가 자살할까봐 염려해 주는구나."

"마리 언니가 있잖아."

"마리는 그냥 룸메이트일 뿐이야."

"혹시 날 꼬셔서 저 위로 데려가려는 수작이라면 이쯤에서 그만둬."

소지가 오른손 검지로 천장을 가리켰다. 천장 위로는 희고 깨끗한 시트가 깔린 객실들이 있을 터였다.

"마리는 성욕이 없는 것 같아. 벌써 남성호르몬이 많이 나오는 나이가 된 걸까?"

"진실을 말해도 돼?"

"말해봐."

"형을 좋아하지 않는 거야. 그걸 아직도 모른단 말야?"

"좋아하진 않아도 성욕은 있을 거 아냐. 그게 없어."

"형이 그걸 어떻게 알아?"

"난 알 수 있어."

"어떻게?"

대화는 탁구공처럼 네트 위를 오갔다. 둘의 호흡도 조금씩 거칠어졌다.

"알 수 있어."

"글쎄, 어떻게?"

"훈련을 받았으니까."

"무슨 훈련?"

"사람들의 말을 엿듣고 사정을 염탐하는 기술. 말의 참과 거짓을 알아내는 기술."

소지가 갑자기 뭔가를 깨달은 듯 눈을 크게 떴다.

"설마 국정원 요원이었던 거야? 맞지?"

기영은 소지의 추궁에 자기도 모르게 웃고 말았다.

"그럴듯한 추리이긴 한데 아니야. 너 내 고향이 어딘지 알아?"

"어딘데?"

그는 주머니에서 펜을 꺼내 냅킨에 한자로 '平壤'이라고 썼다. 소지는 눈을 가늘게 뜨고 그것을 읽다가 깜짝 놀라 고개를 쳐들었다.

"엉? 정말이야?"

"호들갑 떨지 마. 목소리 낮춰."

그는 마지막 남은 초밥을 입에 넣었다. 목이 메어 미소 수프를 떠먹었다.

"정말이야."

"그럴 리가. 우리가 알고 지낸 게 얼만데? 대학 때부터 알았는데…… 그랬잖아? 아니야?"

"그러니까 그 전에 내려온 거지."

소지가 오른손으로 이마를 짚었다. 놀랄 때마다 그녀가 하는 버릇이었다.

"니가 알고 있는 것보다 난 몇 살쯤 나이가 더 많아."

"아, 그랬구나. 그래서, 그래, 아, 어쩐지, 그렇구나. 그래, 그래서…… 형은, 아니 정말, 여보세요, 김기영씨, 아니, 이 이름도 가짜겠지. 도대체 그럼 진짜, 왜, 우리한테, 우리가 뭘 잘못했길래, 아니 꼭 잘못한 게 있어야 오는 건 아니겠지만."

"진정해. 나는 그냥 명령을 받았을 뿐이야. 이 얘기는 너한테 처음으로 하는 거야."

"마리 언니도 몰라?"

"몰라."

그녀의 얼굴엔 자부심과 당혹감이 동시에 떠올랐다.

"그럼 마리 언니는 십오 년 동안 자기가 누구랑 살았다고 생각하는 거예요?"

"별볼일없는 영화수입업자지."

"근데 왜 나한테는 얘기하는 거예요?"

그녀는 눈을 크게 뜨고 기영을 바라보았다.

"넌……"

기영은 망설였다.

"넌…… 작가잖아. 작가라면, 인생에 어떤 일이 일어나도 달게 받아들이겠다……"

그녀의 표정이 싸늘하게 식었다.

"그게 전부예요?"

"글쎄……"

"지금 소재를 줬다 이거예요? 고맙다고 사례라도 해야 하는 거예요?"

"그런 건 아니야. 날 좀 이해해줘. 오늘 아침에 명령을 받았고, 내일 아침엔 돌아가야 해. 이건 너무 잔인한 거야. 안 그래? 하루 종일 쫓겼고 지금 겨우 그들을 따돌리고 여기서 한숨 돌리고 있는 거야."

"우리나라 국가보안법에 불고지죄라는 게 있다는 거 알지?"

그는 고개를 끄덕였다.

"형 같은 사람을 보고 가만있기만 해도 범죄사실이 성립하는 거잖아?"

"그렇지."

"뭘 해서가 아니라 뭘 하지 않아서 죄가 되는, 정말 독특한 범죄라고 생각했었어. 생각하면서, 저런 일을 당한 사람들, 참 황당하겠다 싶었는데."

"미안하다."

"아까 무지가 인류에게 결코 도움을 준 적이 없었다는 말 취소할래. 앎 그 자체만으로도 죄가 되는 법이 엄존하는데, 내가 아무것도 모르고 까불었어."

그는 고개를 숙이고 생강을 집어먹었다. 그리고 락교도 먹었다. 혹시 당장 붙들려 취조라도 당하면 입에서 락교 냄새가 나겠다는 생각이 뜬금없이 떠올랐다.

"형."

"왜?"

"가지 마."

"안 가면?"

"자수해."

"넌 내가 무섭지도 않니? 난 공작원이고 당과 수령에게 충성을 맹세한 노동당원이야."

"형은 변했어. 아니, 변했을 거야. 난 형을 알아. 형은 히레사케와 초밥, 하이네켄 맥주와 샘 페킨파나 빔 벤더스 영화를 좋아하는 인간이잖아? 제3세계 인민을 권총으로 쏴 죽이는 뢰르소의 이야기를 사랑하고, 미시마 유키오의 미문에 밑줄을 긋는 사람이잖아? 일요일 오전엔 미국식 브런치를 먹고 금요일 밤엔 홍대앞 바에서 스카치 위스키를 마시는 사람이고. 안 그래? 돌아가기 싫어서 나한테 털어놓은 거잖아. 내가 잡아주기를 내심 바라는 거잖아. 아니야?"

"그 모든 취향도 위장일 수 있지 않을까? 그런 생각은 안 해봤니?"

"뭘 위해서? 나를 포섭하려고?"

"이를테면."

그녀는 잠시 생각을 가다듬는 듯 눈을 감았다.

"왜 있잖아, 아주 오래, 십 년 혹은 심지어 이십 년씩 장기 공연하는 연극들 있잖아. 형은 그런 연극에 너무 오래 출연해서 자기가 원래 누구였는지를 잊어버린 사람 같아. 낮에는 어떻게 살든지 간에, 밤에는 그 배역으로 사는 사람. 그러다보니 낮의 삶보다 밤의 삶이 더 일관성이 있는 거야. 형은 이 배역을 너무 잘 소화한 나머지, 이제 배역과 구별이 안 되는 지경에 이르렀어. 아니, 이제 배역이 형의 진짜일 거야. 원래의 자기는 잊어버려."

"저쪽 친구들은 그렇게 생각하지 않아. 그쪽에선 나, 김기영이 가짜라고 생각해. 사실 난 지난 십 년간 완전히 잊혀져 있었어. 그런데 누군가 날 찾아내서 서류상의 나와 실제의 나를 일치시키려고 마음먹은 것 같아. 박수, 짝짝짝. 쇼는 끝났다. 분장실로 돌아오라. 말하자면 그런 거야."

그녀는 테이블 위로 손을 뻗어 그의 손을 잡았다.

"가지 마, 형."

"내가 돌아가지 않으면 사람을 보낼 거야. 날 죽일 거야."

게다가 남한의 공안당국은 자신을 체포해 살인죄로 기소할 것이었다. 그러나 그 말은 입 밖에 내지 않았다.

"가도 무사하지 못할 거야."

"그렇지만 돌아가면 적어도 반 정도는 살 확률이 있거든. 그러나 돌아가지 않으면……"

종업원이 다가와 말차를 잔에 부어주었다. 그녀는 잡고 있던 손을 풀었다.

PM 07:00
처음처럼

38

마리는 소주병을 들었다.

'처음처럼'.

날아가는 새의 날갯죽지 아래에 목판화풍의 서체로 그렇게 쓰여 있었다. 그녀는 소리를 내어 레이블 하단에 프린트된 문구를 읽었다.

"자연미네랄이 풍부한 알칼리수 소주."

성욱이 잔을 들었다. 그녀는 그의 잔에 소주를 부었다. 그리고 말했다.

"처음처럼!"

무심코 내뱉고 나니 왠지 애걸하는 기분이었다. 그도 의미심장하게 웃으며 복창했다.

"처음처럼."

둘은 술이 가득한 잔을 부딪혔다. 옆에 머쓱하게 앉아 있던, 그의 친구도 허겁지겁 자기 잔을 들었다. 본더치Von Dutch 모자를 깊숙이 눌러쓴, 그래서 눈빛을 잘 가늠할 수 없는 사내였다. 이름은 듣자마자 잊어버렸다. 성욱은 그를 판다라고 불렀다. 눈가에 다크서클이 심해서 생긴 별명이라고 했다. 사법시험 일차 합격자라고 미리 얘기해주지 않았다면 믿지 않았을 외모였다.

셋의 잔이 어지럽게 얽혔다. 각자의 잔이 각자의 입술을 만났다. 도수 이십 도의, 순하지도 독하지도 않은 밍밍한 술이 혀뿌리와 식도를 적셨다.

"아까 하던 얘기를 계속하자면."

성욱이 판다를 향해 말했다. 비트가 강한 댄스음악을 틀어놓아 그의 말소리는 잘 전달되지 않았다.

"그건 허무주의야."

판다가 비웃듯 입가를 슬쩍 치켜올렸다.

"뭐, 뭐, 뭐가 허무주의야?"

빛의 제국

판다는 말을 더듬는 버릇이 있었다.

"관광지에서 사람들이 체 게바라의 얼굴이 새겨진 티셔츠를 입는다고 그가 지향했던 비전까지 무의미해지는 건 아니란 말이지. 그러니까 내 말은, 체 게바라가 상품으로 팔리는 건 팔리는 거구, 혁명은 혁명이란 거야. 쿠바 혁명이 없었다면 지금 쿠바 인민들이 어떻게 살고 있을 것 같아? 아이티와 다를 바 없었을 거야. 정치 불안에, 쿠데타에, 끝없는 혼란에……"

"그걸 어, 어, 어떻게 알아?"

말을 더듬어도 훌륭한 판사가 될 수 있을까? 그녀는 엉뚱한 생각을 하며 소주잔을 만지작거렸다.

"라틴아메리카에 안 그런 나라 봤어?"

"치, 치, 칠레 있잖아."

성욱은 노골적으로 불쾌한 기색을 드러냈다.

"설마 독재자 피노체트를 지지하는 건 아니겠지?"

"내, 내, 내 말은, 저저저정정치가 안정된 나라도 있다는 거야. 피노체트가 됐든 뭐가 됐든."

"그 끔찍한 고문, 납치, 학살, 쿠데타, 이런 걸 지지하는 거야?"

"그럼 너는 마오가 문화혁명이라는 이름으로 저지른 그 대학살은 어떻게 생각해? 중국 전역에서 수천만이 죽었다구. 스탈린보다 더했으면 더했지 못하진 않았어."

판다가 반격했다. 이번엔 단 한 번도 말을 더듬지 않았다.

"그래서 지금 피노체트하고 마오가 같다는 거야?"

마리가 끼어들었다.

"이것들 보세요. 고기 다 타요."

두 남자의 시선이 불판으로 떨어졌다. 불판 위에선 누리끼리한 삼겹살이 연기를 내고 있었다. 그녀가 덧붙였다.

"둘이 계속 싸울 거면 난 그만 갈래."

성욱은 판다를 잠깐 쏘아보더니 그녀를 달래기 시작했다.

"미안해요. 그치만 이건 싸우는 게 아니라 그냥 가벼운 정치적 논쟁이에요. 서로 입장이 다를 뿐이죠."

그녀는 오른손 검지로 왼팔 팔목 부분을 긁었다. 너희들은 참으로 편리하구나. 정치적 입장이 달라도 섹스는 한 침대에서 할 수 있구나.

"그래? 그렇구나. 근데 어쨌든 아까운 고기가 다 타고 있어. 차라리 육식과 채식에 관한 논쟁은 어때? 가엾은 가축들을 고통스럽게 착취하는 육식에 대해선 왜 아무도 말을 안 해?"

분위기가 더 가라앉았다. 성욱이 그녀 쪽으로 다가앉으며 속삭였다.

"갑자기 왜 그래요? 우리끼리만 떠들어서 삐친 거예요?"

마리는 고개를 저었다. 깁스한 왼팔의 등 부분이 미친 듯이 가려웠다.

"삐치다니. 그냥 궁금해서 물어본 거야."

성욱이 판다에게 그만 나가자는 눈짓을 했다. 판다는 가방을 챙겼다.

"그만 나갈까요?"

그녀는 고깃집 안을 둘러보았다. 고기를 태운 연기와 담배연기가 뒤섞여 안개라도 낀 것처럼 뿌옜다. 문득, 담배 한 대를 피우고 싶은 강렬한 유혹에 사로잡혔다. 한 대만, 한 대만 피울 수 있다면, 이 불편한 자리를 좀더 견딜 수 있을 텐데.

"조금만 있다 나가면 안 될까?"

실내 공기는 나빴지만 그렇다고 나가고 싶지도 않았다. 나가면 그들은 마치 석기시대의 수컷들처럼 그녀를 데리고 득의양양하게 어두운 모텔로 가겠지.

"다 먹었잖아요. 나가서 맥주 한잔 할까요?"

성욱은 불판의 공기조절 스위치를 'Off'로 돌려놓으며 불판 위의 고기 몇 점을 재빨리 집어먹었다. 목 부분을 덥히던 더운 공기가, 마치 누군가 뒤에서 스카프를 채간 것처럼 휙 사라졌다. 그녀는 자리에서 일어나 핸드백을 챙겼다. 어린 두 남자는 마리의 뒤를 따라왔다. 그녀는 계산대에 신용카드를 내밀었다.

"사만오천원입니다."

주인이 웃으며 그녀에게 분무식 섬유탈취제를 건넸다. 그녀는 그것을 성욱에게 건넸다. 성욱이 그녀의 등과 엉덩이 쪽에 탈취제를 뿌렸다. 인공 라일락향이 코를 찔렀다. 그녀는 변명하듯 말했다.

"이렇게 안 하면 고기 냄새 때문에……"

고깃집 주인이 신용카드 영수증을 내밀었다. 그녀는 사인을 하고 영수증 사본을 받아들고 밖으로 나왔다.

"잘 먹었습니다."

판다가 인사를 했다. 성욱은 자랑스러운 얼굴로, 마치 자기가 음식값을 내기라도 한 양 판다의 등을 가볍게 툭 쳤다. 그러자 판다가 성욱의 팔을 친근하게 쓰다듬었다. 그들은 사이좋은 두 마리의 침팬지 같았다.

39

오직 토마토 소스만 얹은 스파게티였다. 그래도 현미는 맛있게 먹었다. 자기와 동갑인, 이제 고작 열다섯 살인 남자아이가 만들었다고는 믿기 어려운 스파게티였다. 면발은 부드럽게 쫄깃거렸지만 심은 단단하여 씹는 맛이 있었다.

"진국아, 너 이거 어디서 배웠어?"

"엄마한테. 왜? 맛있어?"

"응, 되게 맛있어."

"쉬워. 다른 게 좀 들어갔으면 더 맛있었을 텐데. 피자도 같이 먹어."

오이피클을 담은 작은 접시 옆에는 종이상자에 담긴 라

지 사이즈의 피자헛 피자가 놓여 있었다.

"벌써 배부르려고 그래."

현미는 피자 한 조각을 들어 입에 물었다. 모차렐라 치즈 맛이 강하게 느껴졌다. 피자를 우물우물 씹으며 그녀는 얼음을 채운 콜라를 한 모금 마셨다. 기분이 한결 누그러졌다. 아영과 다투었던 일 때문에 진국의 집으로 오는 내내 기분이 좋지 않았었다. 그러나 토마토 소스 냄새와 진국의 다정한 환대에 마음이 좀 편안해졌던 것이다. 그리고 스파게티와 피자는 그녀가 무척이나 좋아하는 음식이었다.

"다른 애들은 언제 와? 학원 갔어?"

그녀는 피자를 우물우물 씹으며 물었다.

"아, 철이? 철이는 잠깐 나갔어."

"그래? 벌써 와 있었던 거야? 그 학교 안 다닌다는 걔야?"

그녀는 주변을 둘러보았다.

"응."

"어딜 갔는데? 뭐 사러 갔어?"

술이나 담배, 안줏거리, 뭐 그런 것들을 사러 갔겠지. 그녀는 짐작하고 있었다. 모범생인 그녀는 한 번도 경험해본 적이 없었지만 그런 얘기는 심심찮게 들어왔던 터였다.

"아니, 걔가 좀 낯을 가려."

"어, 그럼, 나 땜에 간 거야?"

그는 당황하며 손을 내저었다.

"아, 아니야. 금방 올 거야. 잠깐 나가서 좀 돌아다닌대. 그리고 걔는 총, 아, 진짜 총은 아니고 모형을 수집하는데, 마침 좋은 물건이 나와서 그거 직거래도 할 겸 나간 거야. 파는 애하고 지하철역에서 만나기로 했대."

"아, 그렇구나. 근데 걔만 오는 거야? 다른 애들은 안 와?"

"응, 다들 학원 땜에 못 오겠대."

그녀는 고개를 끄덕이며 콜라잔을 내려놓았다. 그는 눈을 빛내며 말했다.

"걘 말이야, 존나 웃기는 게, 총을 차고 공부를 해. 집에 들어오면 총을 딱 차고 책상에 앉아서 게임도 하고 책도 보고 그래. 웃기지?"

"정말? 웃기다."

"가끔 총집에서 총을 뽑아서, 탕탕탕, 쏘고 다시 집어넣고 그래."

"뭘 쏘는 거야?"

"그냥 허공에다 대고 쏘는 거지, 뭐. 총을 되게 좋아하니까."

"걔, 참, 이름이 뭐라구?"

"철이."

"응, 철이는 학교는 왜 안 다녀?"

"다닐 필요가 없어."

"그래?"

"모르는 게 없거든. 궁금한 게 있으면 도서관에 가서 책을 읽어. 인터넷에서 찾을 때도 있고."

"걔네 부모님도 대따 특이하시다. 아영이네 부모님도 이상한데……"

"아영이네 엄마, 아빠가 어떠신데?"

"좀 이상한 종교를 믿으셔. 사람이 죽지 않고 영원히 살 수 있다고 믿으신다나봐."

"그렇구나."

잠시 침묵이 흘렀다. 그녀가 먼저 입을 뗐다.

"진국아, 넌 인간이 영원히 살 수 있다고 생각해?"

"글쎄…… 넌?"

"난 내세가 있을 거라고 생각해. 그게 없다면 인생이 너무 무의미하잖아. 너 어제 신문에 난 거 봤어?"

"뭔데?"

그는 고개를 살짝 오른쪽으로 기울이며 호기심을 드러냈다.

"여덟 살짜리 여자애를 동네 비디오가게 아저씨가 죽였잖아. 그리고 아들하고 같이 그 시체를 논에다 버리고 불태웠잖아. 너, 안 봤어?"

"아, 그거."

"그런 애한테 내세가 없다면 너무 억울하잖아. 걔는 그냥 엄마 심부름으로 비디오를 반납하러 갔을 뿐인데, 그냥 거기서 생이 끝난다면 허무하잖아. 안 그래?"

"그럴지도."

"그래서 귀신 같은 게 있는 걸까?"

현미의 말에 진국은 웃으며 손을 내저었다.

"에이, 세상에 귀신이 어딨냐?"

그는 빈 스파게티 접시를 들고 자리에서 일어났다. 그리고 그녀의 접시도 왼손으로 집어들었다. 그녀가 말했다.

"난 말이야, 세상에는 눈에 보이는 것들보다 보이지 않는 것들이 더 많다고 생각해."

진국은 개수대에 접시를 집어넣고 수도꼭지를 돌려 물을 틀었다. 물이 접시 위로 떨어졌다.

"그게 무슨 소리야?"

진국이 몸을 돌리며 물었다. 현미는 발가락을 꼬물거리며 대답했다.

"바둑을 두다보면 말이야, 내가 바둑 했었잖아, 빈 데가 더 중요해. 그게 집이라는 건데, 뭐가 차 있는 데가 아니란 말야. 근데 집이 크면, 그니까 많이 비어 있으면 이기는 거야, 바둑이라는 게. 그러니까 인간이라는 것두 보이는 것보다 안 보이는 거, 그런 게 더 중요한 거 아닐까. 아, 내가 지금 무슨 소리 하는 거냐?"

진국은 식탁을 행주로 훔치며 말했다.

"그러게. 뭔 말인지 하나도 모르겠다. 근데 우리 거실로 가자. 여기 의자가 너무 딱딱하지 않니?"

그녀는 자리에서 일어났다. 끼기기긱. 의자 다리가 마룻바닥을 긁는 소리가 크게 울렸다.

"윽."

진국이 몸을 움츠렸다.

"왜?"

"아래층에 사이코 아줌마가 살거든. 그 아줌마는 하루종일 우리집에서 무슨 소리 안 나나, 귀를 쫑긋하고 있다구. 조금 전의 소리도 아마 들었을 거야."

바로 그때, 인터폰이 울려대기 시작했다. 〈유모레스크〉였다. 진국은 마지못해 거실에 있는 인터폰을 들었다. 음악이 끊겼다.

"네…… 네…… 네…… 알겠습니다. 네…… 엄마요? 엄마 안 계세요…… 네, 알겠습니다."

그는 인터폰을 끊고 고개를 절레절레 저으며 아래층을 오른손 검지로 가리켰다. 그러고는 그 검지를 자기 머리에 대고 둥글게 돌렸다. 아랫집 여자가 미쳤다는 뜻이었다. 현미는 푹, 하고 웃음을 터뜨렸다. 진국이 조용히 하라며 자기 검지를 입술에 갖다대며 속삭였다.

"요 아래층에 고등학생 누나가 하나 있었는데 이 아파트 십팔층에 올라가서 뛰어내렸어."

"언제?"

"공부도 대따 잘하는 누나였어. 전교에서 일이등 하고

그랬대."

그녀가 눈을 크게 뜨며 물었다.

"그럼 아까 그 아줌마가 그 언니 엄마야?"

"아니. 그 집은 그 일 있고 나서 이사 갔어. 그런데 아랫집 아줌마는 그걸 모르고 산 거야. 부동산에서 얘길 안 해줬으니까."

"……"

"꼭 부동산 잘못이라고 할 수도 없어. 집에서 그런 것도 아니잖아? 여하튼 이 아줌마는 이사 오고 나서 그걸 알게 됐다나봐. 그 뒤로 좀 이상해졌대. 우리 엄마 말로는."

"으응."

"참, 소파에 앉아 있어. 내가 케이크 가져올게. 엄마가 생일이라고 케이크 사놓으셨거든."

"내가 도와줄까?"

"아냐, 내가 할게."

잠시 후, 그는 케이크를 한 조각씩 잘라 흰 접시에 받쳐 가져왔다. 흰 치즈 케이크였다. 케이크는 나쁘지 않았다. 배가 부르지 않았다면 훨씬 맛있게 느껴졌을 것이다. 둘은 포크를 빨아가며 케이크를 먹었다.

"철이는 안 오네?"

그녀가 손목시계를 보았다. 7시 40분이 되어가고 있었다.

"글쎄, 곧 오겠지."

그가 무심하게 말했다. 그러다 문득 뭔가가 생각난 듯 자기 방으로 들어가더니 사진첩을 들고 왔다.

"철이라는 애, 집은 어디니?"

그녀가 물었다.

"집?"

그는 사진첩의 표지를 손으로 쓸었다.

"집은 왜?"

"미안해. 근데 물어보면 안 되는 거야?"

"아아니."

그는 고개를 저었다.

"철이는…… 여기 살아."

"여기? 너하고 같이?"

"응."

그녀는 다시 한번 집을 둘러보았다. 중학생 하나가 더 살지 못할 만큼 좁은 집은 아니었다. 전형적인 방 세 개짜리 삼십 평대 아파트였다. 그녀는 화장실 옆방을 가리켰다.

"그럼 저 방이 걔 방이야?"

"아니."

그는 조금 시무룩해졌다. 이 화제를 좋아하지 않는 것이 분명했다. 그녀는 그만 물어볼까 생각했지만 이제 와 갑자기 화제를 돌리면 그것도 이상할 것 같았다.

"그럼 너하고 같은 방을 쓰니?"

"응."

그는 계속 사진첩을 만지작거리고 있었다. 현미는 사진첩보다 방에서 함께 지낸다는 철이라는 아이가 더 궁금했다. 그렇지만 여기서 산다니 곧 오겠고 그때 보면 되리라고 생각했다. 어쩌면 진국의 먼 친척일 수도 있었다. 그렇다면 안심이 되는 면도 있었다. 여기 오기 전까지만 해도 학교에 다니지 않는다는 그의 친구들이 조금 꺼림칙했었다. 도대체 걔들은 어디에서 무슨 일을 하며 하루를 보낼까? 혹시 애들 돈을 뜯는 일진들은 아닐까? 신경이 쓰였다. 진국을 봐서는 그럴 리가 없다고 생각하면서도 사람을 누가 알랴 싶었던 것이다.

"혹시 철이라는 애, 너희 부모님 노래방에서 일하니? 그래서 학교에 안 다니는 거야?"

그의 표정이 더 굳어졌다.

"부모님은 걜 모르셔."

그녀의 미간이 저절로 좁아졌다.

"아니, 어떻게 그럴 수가 있어?"

그녀는 바보처럼 보일 것을 알면서 다시 아파트 내부를 둘러보았다. 도무지 그런 일이 가능할 것 같지 않은 공간이었다. 아무리 부모님이 노래방 사업 때문에 새벽에야 곤죽이 되어 돌아온다 해도, 자식한테 신경을 못 쓴다 해도 집에 아들 또래의 남자아이 하나가 더 있는데도 그걸 모를 수 있을까?

"지금껏 아무한테도 말한 적이 없어. 너도 아무한테도 말하면 안 돼."

"그래, 아무한테도 말 안 할게."

그는 눈을 치켜떠 현미의 눈치를 봤다.

"좋은 애야. 아주 어렸을 때 부모님이 돌아가셨어. 시설에 들어갔지만 금방 나왔고, 그때부터는 우리집에서 나하고 같이 살았던 거야."

"부모님 몰래?"

"그럼...... 알면 가만뒀겠니?"

그녀는 사진첩을 펼치며 물었다.

"여기, 철이라는 애 사진도 있어?"

그가 사진첩을 다시 덮으며 말했다.

"아니, 없어. 철이는 사진 찍는 거 싫어해."

"왜?"

"걔는 사람들 앞에 나서는 거 싫어해."

"그럼 친구는 너뿐이야?"

"그런 셈이야. 걔가 좋아하는 건 인터넷하고 총이야. 인터넷 대따 잘해. 해킹도 해."

"정말?"

"마음만 먹으면 청와대 홈피도 해킹할 수 있대. 그런데 그걸 하면 로그가 남아서 추적당하고, 그럼 이 집에 사는 게 들통나니까 나한테도 피해를 주고, 그래서 안 한대. 걘 남의 주민번호로 게임도 하고, 하여간 못하는 게 없어."

"대단한 애구나."

그는 신이 나서 떠들어댔다.

"걘 책을 많이 읽어서 채팅도 잘해."

"책 많이 읽는 거랑 채팅이랑 무슨 상관이 있어?"

"말이 되잖아. 여자애들이 얼마나 좋아하는데. 대학생 누나하고도 막 해."

"그래?"

"그러엄. 그리고 걔는 게임 아이템을 팔아서 용돈을 벌어. 아이템을 해킹해서 다른 유저들한테 팔아먹는 거야. 나 학교 가면 걔도 나름 바빠."

"초등학교 때 친구니?"

"아니."

그는 고개를 저었다.

"그럼?"

"초등학교 입학 전인데, 우리 아파트 놀이터에서 만났어. 날마다 같이 놀다보니 친해졌지. 둘이 피시방 가서 게임도 하고 야구도 보러 다니고."

"되게 오래된 친구네?"

"그렇지, 근데 우리 아까부터 철이 얘기만 하네."

"맞아, 니 생일인데…… 참 생일 다시 한번 축하해."

"고마워."

둘은 잠시 말없이 앉아 있었다. 텔레비전은 꺼져 있었고 방에서 가져온 사진첩은 어느새 덮여 있었다. 진국은 다리를 가늘게 떨었다. 현미가 오른손을 들어 그의 무릎을, 나비 두 마리쯤이 동시에 앉을 때의 무게로, 살짝 눌렀다.

"우리 아빠가 그러는데 다리 떨면 복 나간대."

둘의 몸이 처음으로 맞닿았다. 그 접촉을 신호로 그가 와락 그녀를 안았다. 그리고 그의 입술이 그녀의 입술에 닿았다. 그녀는 놀라기는 했지만 그렇다고 소란을 피우지는 않았다. 두 손을 허공으로 치켜든 채, 그의 등을 감싸지도 않고 그렇다고 그를 밀어내지도 않은 채, 가볍게 허우적거리며 그의 입술을 받았다. 그는 서툴게 입술을 부벼대다가 조심스럽게 혀를 밀어넣었다. 혀는 그녀의 앞니를 더듬다가 혀뿌리를 향해 밀고 들어왔다. 그녀의 혀는 천천히 마중을 나갔다. 그의 혀는 그녀의 혀를 만나 미끄러졌다. 오래 걸어온 달팽이들이 더듬이를 빼 서로를 확인하듯, 둘의 혀는 조심스럽게 서로를 건드렸다. 그럴 때마다 둘의 혀는 뒤로 수줍게 후퇴했다가 다시 앞으로 나와 서로를 맞았다. 마침내 소년과 소녀의 혀가 격렬히 엉키며 입속을 가득 채웠고, 그의 혀가 좀더 자유롭게 돌아다닐 수 있도록 그녀는 입을 조금 더 크게 벌렸다. 침이 입가로 흘러 허벅지로 떨어졌다.

그녀의 손은 이제 그의 가슴을 감싸안았다. 가볍게 힘을 주어 그의 몸을 자신에게로 끌어당겼다. 그러자 그의 오른손이 그녀의 허리춤을 더듬다가 블라우스의 안쪽을 파고들었다. 그제야 정신이 번쩍 든 그녀가 갑자기 그를 밀어냈다. 그와 그녀의 눈이 마주쳤다. 그는 눈길을 떨궜다. 그녀는 자리에서 벌떡 일어나 화장실로 갔다. 그리고 변기에 앉아 방금 전에 일어난 일에 대해 생각했다. 가슴이 거세게 뛰고 있었다. 키스가 처음은 아니었다. 초등학교 때에도 짝이었던 남자애와 얼떨결에 아파트 복도에서 이런 딥키스를 나눈 적이 있었지만 그것은 어디까지나 좀 심한 장난에 불과했다. 그런데 이번엔 달랐다. 화가 난 것과 비슷했다. 열이 나고 얼굴이 화끈거리면서 무슨 말을 해야 할지 모르게 됐고, 조금 전의 자신을 용서하기 어려웠다. 그러나 한편으로는 누군가에게 전화를 걸어 이 느낌을 전하고 싶었다. 이런 느낌을 잘 표현한 글을 읽고 싶었고, 그런 음악을 듣고 싶었다.

똑똑. 밖에서 진국이 문을 두드렸다.

"응? 왜?"

그녀가 답했다.

"괜찮아?"

그의 목소리가 들렸다.

"응, 나 괜찮아."

"화난 거 아니지?"

"아니야. 금방 나갈게."

그녀는 레버를 눌러 변기의 물을 내렸다. 쏴아아아악. 물이 저 깊은 곳으로 빨려내려가는 소리가 아래로부터 들려왔다. 그녀는 몸을 단장하고 얼굴을 살짝 매만진 후에 밖으로 나갔다. 그가 죄지은 사람처럼 서 있었다. 피가 몰린 얼굴은 색이 붉었다. 그녀는 엄마처럼 진국을 달랬다.

"진국아, 나, 괜찮아. 우리 가서 사진 보자."

그는 아무 말 없이 그녀를 따라 소파로 갔다. 둘은 조금 거리를 두고 떨어져 앉아 천천히 사진을 보았다. 그의 어렸을 때의 모습이 그대로 있었다. 백일사진에서 그는 고추를 내놓고 헤벌레 웃고 있었다. 그러나 돌 사진에서는 조금 놀란 듯한 모습으로 눈을 크게 뜨고 있었다. 사진첩 속에서 그는 아주 빨리 나이를 먹어가고 있었다. 흰 스타킹을 신고 유치원에 들어갔다가 금세 유니폼을 입은 보이스카우트가 되었다. 엄마 품에 안겨 회전목마를 타던 어린 아이가 어느새 학원버스에서 손을 흔들고 있었다. 그녀는 문득, 엄마가 된다는 것은 무슨 의미일까, 그런 일이 과연 자신의 인생에 닥쳐올까, 따위를 생각했다. 아까의 키스처럼, 일어날 것 같지 않은 어떤 일들이 어느샌가 아무렇지 않게 여겨지는 것, 그런 일이 반복되는 것, 혹시 그런 게 인생이 아닐까.

40

어두운 피시방의 구석에서 기영은 슬쩍 주위를 둘러보았다. 담배를 피우며 스타크래프트나 리니지, 카트라이더에 몰두하는 십대와 하릴없이 시간을 보내는 실업자들이 있었다. 헤드폰을 끼고 화상캠으로 전송되는 화면을 보며 떠들어대고 있는 여자아이들도 군데군데 있었다. 모두들 자기 모니터에만 정신이 팔려 옆에서 무슨 일이 벌어지는지에 전혀 관심이 없었다. 그는 옆에서 스타크래프트에 열중하는 고등학생의 모니터를 엿보았다. 전장은 누런 황무지였다. 적들이 몰려오고 총알은 빗발치고 우군은 죽어나가고 체력도 점점 약해진다. 살아남아야 한다. 게임의 윤리는 오직 그것뿐이다. 벙커 속의 마린들은 벙커가 깨진 후에도 후퇴하지 않고 달려드는 저글링을 향해 격렬하게 응사하나 저글링들은 잔혹하고 무심하다. 벙커를 유린한 아드레날린 저글링들은 본진 앞마당의 커맨드센터를 공격하고, 후발대는 바로 본진으로 올라가 일꾼들을 때리고 있다. 감염된 파이어뱃의 몸속에서는 두 마리의 작은 괴물이 튀어나오고, 하늘을 날아온 퀸은 파괴되기 직전의 커맨드센터를 먹어치워 자신의 것으로 만든다. 내려앉은 커맨드센터에선 자살폭탄이 걸어나와 테란의 탱크를 향해 달려간다. 언덕 위의 탱크와 그를 중심으로 방어진을 친 마린들은 곧 폭사하게 되리라.

이렇듯 소년의 LCD 화면 속은 유혈이 낭자하고 상황은 절박하다. 그러나 오십 센티만 떨어져서 보면 코 묻은 돈을 우려내는, 한갓 게임일 뿐이며 그 절실함은 결코 전달되지 않는다.

그는 소지에게서 건네받은 가방을 열어보았다. 가방에서 여권을 꺼냈다. 여권의 속지에는 김기영이 아니라 이만

희라는 이름이 적혀 있다. 가방 속에 손을 넣어 영어판 구약성경을 꺼냈다. 묵직했다. 성경을 펼쳤다. 오 년 전, 책의 속을 파내고 집어넣은 콜트 권총이 그대로 들어 있다. 정지훈의 머리에 박힌 총알은 바로 거기에서 나간 것이었다. 기영은 성경책을 덮고 다시 가방에 넣었다. 백 달러 뭉치도 그대로였다. 그의 기억이 정확하다면 삼만 달러일 것이다. 그쯤이면 아쉬운 대로 마닐라쯤에서 자리를 잡고 당분간 살아갈 만한 돈이었다.

그는 가방을 무릎에 놓아둔 채, 오른손으로 마우스를 잡았다. 검색엔진을 띄우고 키보드로 '항공권'이라고 입력했다. 인터넷 항공권 판매 사이트들이 줄줄이 떴다. 그는 목적지로 마닐라를 선택했다가 곧 방콕으로 바꾸었다. 그러나 잠시 후, 방콕을 경유해 파리로 가는 비행편을 선택했다. 물론 파리까지 가지 않고 방콕에서 내려 사라질 생각이었다. 그는 이름을 입력하고 예약번호를 받았다.

그런데 모든 예약을 완료한 후에 그는 작은 경고문 하나를 사이트 하단에서 발견했다. 거기에는 여권의 유효기간이 충분히 남았는지를 반드시 확인하라고 되어 있었다. 그는 가방 속에서 여권을 꺼냈다. 기영은 표지를 젖혀 유효기간이 표기돼 있는 면을 펼쳤다. 유효기간은 열 달 전에 이미 만료돼 있었다. 그는 휴지나 다름없는 여권을 한참 동안 들여다보았다. 더이상 연장이 불가능한 여권이었다. 그는 그것을 다시 가방 속에 넣었다. 그리고 종로에서 새로 구입한 선불폰을 꺼냈다. 마리의 전화번호는 잘 기억나지 않았다. 한참을 생각한 후에야 마침내 번호를 기억해낼 수 있었다. 급한 마음에 버튼들이 잘 눌러지지 않았다. 두 번이나 엉뚱한 번호로 신호가 갔다. 심호흡을 하고 열한 개의 버튼을 하나하나 누른 후에야 정상적으로 신호가 갔다.

PM 08:00
모텔 보헤미안

41

 마리는 발걸음을 멈췄다. 핸드백 지퍼를 열려고 했지만 한손으로는 쉽지 않았다. 지퍼는 무언가에 자꾸 걸려 앞으로 나아가지 않았다. 성욱이 그녀의 핸드백을 잡아주었다. 그녀는 손을 쑥 집어넣어 휴대폰을 꺼냈다. 처음 보는 번호였다. 성욱과 판다는 그녀를 호위하듯 등지고 서서 주변을 경계하고 있었다. 마리는 진동이 계속되는 휴대폰을 그대로 다시 핸드백에 집어넣었다.
 "누구예요?"
 "몰라, 처음 보는 번호야."

그녀는 성욱의 도움을 받아 지퍼를 잠그고 고개를 들었다. 검은 대리석으로 전면을 치장한 작고 고급스러운 모텔이 그들의 눈앞에 있었다.

"제가 말한 데가 여기예요. 인터넷에서 봤어요."

성욱이 먼저 계단에 발을 올려놓았다. 그녀는 구조라도 바라듯 힐끗 뒤를 돌아다보았지만 지나가는 누구도 그들에게 관심을 보이고 있지 않았다. 마치 발을 삔 채 혼자 절룩이며 압구정동 거리를 걸어가던 대학 신입생 시절로 돌아간 기분이었다.

그들 셋은 자동문을 지나 모텔의 입구로 들어갔다. 입구에는 아무도 없었다. 대신, 이십오 인치 정도 크기의 터치스크린이 그들을 기다리고 있었다.

스크린에는 '어서 오십시오. 원하시는 방을 선택해주십시오'라는 문장만 떠 있었다. 마리는 '지중해 테마'라는 항목을 오른손 검지손가락으로 눌렀다. 그러자 '지중해 테마' 방의 사진이 오른쪽에 나타났다. 회칠한 벽을 흉내낸 벽지, 환한 조명 그리고 월풀 욕조가 차례로 보였다. 광각 렌즈로 찍어서인지 방은 넓고 쾌적해 보였다. 그녀는 동의를 구하듯 양쪽에 서 있는 둘을 번갈아 바라보았다.

그들은 고개를 힘차게 끄덕였다. 마음이 급한 것 같았다. 그녀는 무대에 선 쇼걸처럼 그들을 지배하고 있는 기분이었다. 하나일 때는 어쩐지 끌려간다는 느낌이었는데 둘이 되니 조금 달랐다.

그녀가 '확인'을 누르자 스크린은 그들에게 물었다.

"결제하시겠습니까?"

그러자 성욱이 허둥지둥 지갑을 꺼냈다.

"제가 할게요."

건축가인 아버지로부터 받은 선불카드를 휘두르는 그를 마리는 조용히 제지했다.

"아니야, 내가 할게."

"제가 할게요."

"성욱아, 니가 해."

판다도 뒤에서 거들었다. 그녀는 조금 더 단호하게 선언했다.

"계산은 내가 해. 싫으면 난 갈 거야."

남자아이들은 금세 풀이 죽어 뒤로 물러섰다. 그녀는 스크린 옆에 마련된 검고 길쭉한 홈에 신용카드를 대고 위에서 아래로 부드럽게 긁었다. 무인 러브호텔의 컴퓨터는 인터넷을 통해 그녀의 정보를 신용카드사에 보냈다. 비자카드사는 신용이 건전한 그녀에게 사면이 막힌 방에서 두 젊은 남자와 얼마든지 섹스를 해도 좋다는 허가를 내주었다. 러브호텔의 컴퓨터는 그들 셋에게 가야 할 방의 층수와 번호를 알려주었다. 그들은 엘리베이터까지 말없이 걸었다. 엘리베이터 앞에서 마리가 가장 골똘히 생각한 것은 앞으로 벌어질 일이 아니었다. 조금 전 도대체 왜 그렇게 완강히 버텼던가, 그러니까 왜 자신이 계산을 하겠다며 끝내 고집을 피웠던가에 대한 것이었다. 못 이기는 척 남자들이 돈을 치르도록 할 수도 있었을 텐데, 그리고 그것이야말로 공정한 것이었는데, 도대체 왜 그랬을까?

그러는 사이, 그녀의 핸드백 속에서 휴대폰이 다시 울리기 시작했다. 이번엔 좀더 수월하게 휴대폰을 꺼냈지만 역시 아까와 같은 번호였다. 그녀는 고개를 절레절레 저으며 휴대폰의 전원을 껐다. 전원이 꺼지는 시간이 꽤 길게 느껴졌다. 문이 열리자 셋은 나란히 엘리베이터에 올라탔다. 엘리베이터에선 오래 말린 장미 냄새와 옅은 물비린내가 함께 풍겼다. 한 평 남짓한 크기의 좁은 엘리베이터는 오층까지 단숨에 올라갔다. 너무 빨라서 혹시 문에 무슨 문제가 있어 다시 열린 게 아닌가 의심스러울 정도였다.

그들에게 지정된 방은 503호였다. 손잡이를 돌리자 문은 쉽게 열렸다. 그들은 안으로 들어갔다. 그녀는 핸드백을 화장대 위에 올려놓았다. 남자들은 가방을 아무 데나 던졌다. 그렇게 그들은 간단하게 서로의 영역을 표시했다.

"먼저들 씻어."

뭘 해야 할지 모르고 멀뚱히 서 있는 두 남자에게 그녀가 말했다.

"그럴까요?"

그들은 함께 자란 형제처럼 나란히 화장실로 들어갔다. 누군가 물을 트는 소리가 들렸고 킥킥거리는 웃음소리, 뭔가가 바닥으로 떨어지는 소리가 들렸다. 마리는 가만히 앉아 방을 둘러보았다. 문득, 부켄발트와 아우슈비츠 같은 유대인 집단수용소 이야기가 떠올랐다. 아주 오래전 그녀는 읽었다. 유대인들은 질서를 지키며 가스실 앞에 도열했다. 유대인 대표들이 줄을 제대로 서지 않는 자들에게 손가락질을 했다. "이러니까 우리가 더러운 유대인이란 소리를 듣는 겁니다!" 그들은 질서정연하게 옷을 벗어 각자의 이름이 적힌 바구니에 옷을 담았다. 목욕과 소독, 이발을 하면 그들은 '깨끗한 유대인'으로 거듭나게 될 것이었다. 그들은 어떤 명령에도 저항하지 않고 순순히 가스실로 들어갔다. 죽음에 대한 풍문이 파다했지만 그들은 애써 그것을 믿지 않고 명령에 따랐다고 한다. 마리 역시 여기, 이 침대까지 오는 동안 수없이 많은 기회가 있었다. 달아날 수도 있었고, 화장실에 가는 척하고 사라질 수도 있었다. 지금이라도 그냥 나가버리면 그만이었다. 그런데 하나의 절차가 다른 하나의 절차를 물고 들어갔다. 작은 결정이 또다른 작은 결정으로 이어졌고, 마침내는 돌이킬 수 없는 결정으로 이어진 것이다. 그것들은 모두 연결되어 있었다. 애초에 그녀는 나폴리에서, 지금 와선 도대체 어떤 마음으로 그랬는지 기억조차 할 수 없지만 어쨌든, 성욱의 제의를 받아들였고, 그랬기 때문에 와인숙성삼겹살집으로 갔고, 거기서 이들에게 술과 고기를 사주었으며, 그들과 함께 무인 러브호텔로 들어와 역시 자신의 카드로 대금을 지불했던 것이다. 그렇다. 지금의 그녀를 붙들고 있는 것은 그 알량한 신용카드였다. 결제만 하지 않았더라도!

만약 그녀가 아닌 그들이 돈을 냈다면, 그녀는 더욱더

이곳에서 달아날 수 없었을 것이다. 그것은 남에게 피해를 주는 행동이었고 신의를 적극적으로 저버리는 행위였다. 물론 그럴 생각은 하지 않았다. 단지, 조금 전 자신의 어리석은 행동—멋지게 신용카드로 숙박비를 지불한 일—만을 탓했다. 그러나 그 행동이 그녀에게 만족감을 준 것만은 사실이었다. 이제 몇 분 후엔 두 남자에게 가랑이를 벌리게 되겠지만 돈을 낸 이상 이것은 내 자발적인 선택이야. 쟤들은 고용된 지골로에 불과해. 많은 사내들은 자신들이 여자를 유혹했다고 믿지만 그건 오산이야. 사실은 그 반대지. 그녀는 그렇게 스스로를 설득했다.

 욕실의 물소리가 끊겼다. 그녀는 자기도 모르게 숨을 헉, 들이쉬었다. 그리고 인정하지 않을 수 없었다. 어떻게 생각하든, 어떻게 믿든, 어떻게 상상하든, 그녀로선 이 자리가 편치 않았다. 그랬다. 편할 리가 없었다. 잠시 후, 그녀는 피부가 탱탱한 스물한 살의 법대생들에게 자기 육신을 드러내야 하는 것이다. 살집이 잡힌 배에는 임신으로 생긴 튼살 자국이 아직도 남아 있었다. 습진을 앓은 사타구니는 거무스름하게 변색되어 있었고, 허벅지는 지방의 덩어리였다. 산부인과에서 검진을 기다리는 기분이었다. 섹스를 앞둔 흥분상태는 분명 아니었다. 손에 난 땀을 침대 시트에 문질러 닦았다. 그리고 벌떡 일어섰다. 침대에 걸터앉아 있는 모습을 곧 욕실에서 나올 사내애들에게 보여주고 싶지 않았다. 몸이 달아 있다는 인상도 피하고 싶었다. 그녀는 옹색한 발코니에 만들어진 작은 정원을 바라보았다. 인공정원에는 산세베리아와 선인장들이 화분 속에 뿌리를 내리고 있었다. 베란다는 반투명 유리로 밖이 보이지 않도록 막고 조명을 밝혀놓았기 때문에 낮인지 밤인지 정확히 알 수 없게 되어 있었다. 그녀는 시계를 보았다. 밤 8시가 넘어 있었는데 마치 낮 2시밖에 안 된 것 같았다.

성욱과 판다가 타월로 하체를 가리고 욕실에서 나왔다.

"씨, 씨, 씻으세요."

판다가 큰 호의라도 베푸는 듯이 말했다. 그녀는 핸드백에서 파우치를 꺼내 욕실로 들어갔다. 문을 닫으려는 찰나, 성욱이 고개를 내밀었다.

"손이 그래가지고 어떻게 씻으려고 그래요?"

그녀는 깁스한 자신의 왼팔을 내려다보았다.

"그러게."

"우리가 같이 하면 안 될까요?"

성욱이 판다를 돌아보곤 그녀에게 물었다. 그녀는 잠시 생각하다가 말했다.

"성욱씨만 들어와."

성욱이 의기양양하게 문을 닫고 욕실 안으로 들어왔다. 그는 블라우스의 단추를 풀고 그녀의 두 팔을 위로 올려 블라우스를 벗겨냈다. 브래지어의 호크를 끌렀고 스커트를 벗겨 욕실 밖으로 던졌다. 팬티는 마리가 자신의 오른손으로 벗은 후 잘 말아 라디에이터 그릴 위에 올려놓았다. 그녀가 욕조 속으로 들어가 왼손을 들자 성욱이 샤워기를 오른손으로 붙잡아 물을 틀었다. 물은 그녀의 발부터 적신 후, 천천히 위로 올라왔다. 벌거벗은 성욱은 샤워기를 끄고 입을 내밀어 그녀의 젖꼭지를 물었다. 그녀가 고개를 젓자 그는 보디클렌저를 몇 방울 받아 음모에 문질러 거품을 냈다. 그녀는 눈을 감았다. 그는 그 거품을 온몸에 고루 발랐다. 거품이 따뜻하고 부드러워 마리는 간지럼을 탔다.

"그만해."

성욱은 그녀의 두 엉덩짝 사이의 골을 오른손으로 문질렀다. 미끌미끌한 손이 마리의 항문을 스치고 회음부를 자극했다. 그녀는 허리를 살짝 구부렸다. 성욱은 거품으로 그녀의 젖무덤을 둥글게 문질렀다.

"그거 알아요? 남자들이 왜 여자 가슴을 좋아하는지?"

"왜 좋아하는데?"

"엉덩이를 닮아서래요. 그러니까 젖가슴은 앞에 있는 엉덩이인 거죠. 그렇지 않다면 그렇게 튀어나올 필요가 없죠. 꼭지만 달려 있으면 되는데 말이에요. 남자들은 가슴을 보며 사실은 여자의 엉덩이를 생각하는 거래요."

"말도 안 돼."

"책에서 본 거예요."

그녀는 그의 사타구니를 보았다. 붉게 충혈된 성기가 그녀의 꼭지 달린 엉덩이를 겨냥한 채 그의 움직임에 따라 끄덕거리고 있었다. 성욱은 샤워기를 다시 틀었다. 물살이 거세게 쏟아져내렸다. 마리는 자신의 몸을 내려다보았다. 몸에 들러붙은 거품은 누군가 뱉어놓은 침처럼 보였다. 성욱은 샤워기의 물살로 거품을 씻어내렸다.

"좀 돌아보세요."

그녀는 그에게 등과 엉덩이를 내보였다. 물살이 그녀가

볼 수 없는 부분들을 두들겼다. 성욱이 마른 수건으로 비눗기가 씻겨나간 몸을 천천히 구석구석 잘 닦아주었다. 그러고 있자니 그가 남편처럼 느껴졌다. 그녀는 아직 물기가 채 가시지 않은 몸으로 수건을 든 성욱을 껴안았다.

"알지, 내가 자기만 사랑하는 거?"

"그럼요."

"분명히 해둘래. 나는 이런 걸 원한 적이 없어."

"알아요. 제가 하자고 했잖아요."

"지금이라도 잘 생각해봐. 내가 다른 남자하고 하는 게 정말 좋아? 괜찮겠어?"

"다른 남자하고 하는 게 아니래두요. 나하고 마리가 하는 거예요. 쟤는 우리의 섹스를 돕는 일종의 딜도인 거예요."

"정말 나 사랑하지?"

"그럼요. 더 사랑스러워요. 날 위해서 이런 결단을 내려 줬잖아요. 아마 평생 못 잊을 거예요."

"……내가 저 친구랑…… 아니야."

"뭔데요? 말해봐요."

"그러니까 저 친구랑…… 어디까지 하는 설 원해?"

그는 뭘 그런 걸 묻느냐는 표정으로 씩 웃었다. 그러면서 두 팔을 내려 그녀의 머리를 잡았다. 그녀는 성욱의 성기를 입에 물었다.

"다요, 다. 다른 남자가 마리를 범하는 걸 보고 싶어요. 그냥 나랑 한다 생각하고 하면 돼요. 이건 그냥 게임이에요. 너무 심각하게 생각하지 말자구요."

42

박철수는 차에 앉은 채로 '모텔 보헤미안'이라는 간판을 물끄러미 바라보았다.

"보헤미안 다 죽었군."

혼잣말로 중얼거리곤 좁은 의자 위에서 몸을 쭉 뻗었다. 그는 손을 뻗어 조수석에 놓아둔 휴대폰을 집어들었다가 다시 던졌다. 그리고 두 손으로 이마로 흘러내린 머리를 위로 쓸어올렸다. 머리카락이 습기를 머금고 있어 눅눅했다. 손을 씻고 싶었다. 그는 차에서 내려 뚜벅뚜벅 모텔 안으로 걸어들어갔다. 현관 천장에는 파리의 겹눈을 닮은 폐쇄회로 TV 두 대가 자신을 내려다보고 있었다. 자동문 안으로 들어간 박철수를 기다리는 것은 오직 LCD 스크린뿐이었다. 그는 주위를 둘러보았다. 화장실이 있을 것 같아 보이지 않는 구조였다. 손을 씻어야 하는데……

"무슨 일로 오셨습니까?"

머리 위에서 남자의 굵직한 음성이 들려오자 그는 반사적으로 고개를 쳐들어 천장을 보았다. 거기엔 작은 스피커가 달려 있었다.

"무인텔이라더니, 완전히 무인은 아닌가보군요."

상대는 다시 한번 무심히 물었다.

"무슨 일로 오셨습니까? 누구 찾으시는 분 있습니까?"

그는 천장을 향해 말했다.

"아뇨, 그냥 화장실을 좀 써볼까 하고……"

"나가서 왼쪽으로 삼백 미터쯤 가면 지하철역 있습니다."

"네, 알겠습니다."

그는 다시 허공에 대고 소리를 치고는 모텔 밖으로 나왔다. 모텔 주위를 조금 둘러보았다. 또다른 모텔을 짓는지 공사장이 있었고, 공사장을 드나드는 덤프트럭의 바퀴를 세척하기 위한 수도 설비가 보였다. 공사장의 불은 꺼져 있었고 인부들은 아무도 없었다. 공사장 입구의 수도 밸브를 열었다. 물이 생각보다 거세게 쏟아져 양복이 조금 젖어버렸다. 그는 수압을 조절해가며 손을 씻었다. 비누가 좀 있었으면…… 그러나 비누가 있을 리 없었다. 그는 자기 차로 돌아와 운전석에 앉아 휴지로 손을 닦았다. 그리고 다시 '모텔 보헤미안'을 바라보았다. 이 '회사'에 다니며 이런저런 일을 겪어봤지만 오늘 같은 경험은 또 처음이었다. 장마리는 두 명의 어린 남자를 끌고 여왕처럼 모텔로 입성했다. 그들은 그녀 뒤에 시종처럼 서 있었다. 지금쯤 그들은 저 위 어딘가에서 열락을 맛보고 있으리라. 그녀는 얼마나 자주 이런 짓을 하는 것일까. 그는 궁금했다. 어쨌든 확실한 것은 그녀는 남편의 상황을 전혀 모르고 있다는 것이었다. 안다면, 적어도 저럴 수는 없을 것이었다.

그는 휴대폰으로 전화를 걸었다.

"접니다."

"응, 아직도 거기야?"

"네."

"철수해. 거긴 아닌 것 같아."

"혹시 이거 김기영이가 수 쓰는 거 아닐까요?"

"너도 거기 합류하고 싶어서 그러는 거 아니야?"

그는 인상을 확 찌푸리고는 전화기에서 입을 떼고 독순술사만 이해할 정도로 조용히 욕을 했다. 씨발새끼, 그걸 농담이라고 하냐?

"그럼 어떻게……"

그런데 바로 그때 젊은 남자 하나가 주변을 두리번거리며 모텔 안으로 들어서고 있었다. 천 숄더백을 메고 스니커즈를 신은 전형적인 대학생이었고 걸음걸이가 빨랐다.

"잠깐만요. 이상한 놈이…… 하나…… 나타났어요."

"뭐가 이상한데? 김기영이야?"

"아뇨, 대학생 같은데요."

"대학생이 뭐가 이상해?"

"아까 장마리하고 들어간 두 놈하고 아주 비슷해요. 하고 다니는 게 꼭 친구 같은데요."

"다른 년이랑 약속했을 수도 있어."

"그렇겠죠?"

자신의 목소리가 필요 이상으로 애절하게 들렸을 수도 있다는 생각에 그는 마음 한구석이 찜찜했다. 회색 조끼는 그런 어조의 변화를 놓치지 않았다.

"아주 기도를 해라, 기도를……"

"……"

"어서 철수해."

그는 전화를 끊고 다시 한번 욕을 퍼부었다. 다시 모텔 쪽을 살피니 아까의 청년은 어느새 벌써 사라지고 없었다.

43

작은 천막 안은 후텁지근했다. 기영은 아직도 마음을 정하지 못하고 있었다. 돌아갈 것인가, 남을 것인가. 이런 딜레마에 대해 지난 이십 년 동안 한 번도 생각해보지 않았다는 것에 그는 새삼 놀랐다. 운명에 대한 태만일까 아니면 회피일까. 그러고 보면 그는 단 한 번도 건강검진을 받은 적이 없었다. 그는 자신의 혈압과 혈당의 수치를 몰랐다. 침대에서 가족에 둘러싸여 편안히 죽음을 맞이하게 되리라고는 한 번도 생각하지 않았던 탓일 것이다. 림프암 선고를 받은 직후, 가브리엘 가르시아 마르케스는 평생 지독한 골초로 살아온 까닭에 대해 이렇게 말한 바 있다. 무정부상태에 가까운 콜롬비아에서 비판적 지식인, 반체제 언론인으로 살아오면서 단 한 번도 이렇게 오래 살아남을 수 있으리라 믿지 않았었노라고. 그의 조국 콜롬비아. 월드컵에서 자책골을 넣은 수비수를 백주에 쏴 죽이는 나라가 아닌가. 바로 그 암살과 마약의 도시 보고타에서 쿠바산 시가의 연기쯤은 향기에 가까웠으리라. 모든 총탄과 린치와 구금과 추방을 피해온 그는 결국 암이 자신을 찾아올 때까지 살아남았다.

총. 그는 자신의 두개골로 금빛으로 반짝이는 작은 탄두가 거세게 밀고 들어오는 장면을 떠올려 보았다. 그는 이 이미지를 집요하게 붙들었다. 이미지는 지훈의 관자놀이에 콜트45 총구를 겨누던 실제의 기억으로 이어졌다. 상상이 실제와 얽히면서 현실성이 빠르게 휘발했다. 피부에 에탄올을 발랐을 때처럼 짧고 짜릿한 상쾌함이 찾아왔다.

그는 자신처럼 오직 단 하루의 시간만이 허락된 한 남자의 이야기를, 오래전에 읽어 알고 있었다. 에바리스트 갈루아. 마치 스탕달이나 발자크의 소설처럼 이야기는 나폴레옹으로부터 시작한다. 19세기 초, 황제 나폴레옹이 엘바섬으로 쫓겨가고 루이 18세가 왕위에 오르면서 프랑스혁명기의 반동적 시대인 왕정복고가 시작된다. 그러나 겨우 아홉달 만에 불사신 보나파르트는 엘바를 탈출해 파리로 진격해온다. 이에 온 유럽의 왕실이 나폴레옹 타도를 위해 뭉치고, 결국 석 달 만에 다시 체포, 마침내 대서양의 절해고도 세인트헬레나섬으로 유배되고 만다. 열성 공화파 정치가로, 황제의 귀환과 함께 시장으로 선출되었던 갈루아의 아버지는 어쩔 수 없이 이 풍운아의 운명에 따라 정치적 부침을 겪는다. 그리고 자연스럽게 소년 갈루아는 성마른 반체제 혁명가로 자라났다. 그리고 동시에 수학에서 놀라운 재능을 보인다.

갈루아는 고등사범학교에 들어가 왕당파와 싸웠고, 공화파 의용군 단체인 방위군에도 가담하여 직업적 혁명가의 길을 걸었다. 감옥에 수감되었다가 풀려나서는 가두시위로 나날을 보냈고 알코올중독자가 되었다. 그리고 한 여자와 사랑에 빠졌다. 스테파니 펠리시 포트린 뒤 모텔이라는 이 여자에게는 이미 약혼자가 있었다. 그런데 하필 그 약혼자 데르벵빌은 프랑스 제일의 명사수였다. 연인의 배신에 상처받은 명사수는 망설이지 않고 갈루아에게 결투를 신청했다. 어린 천재는 필사적으로 결투를 피하려 노력했지만 뜻대로 되지 않았다. 결투를 하루 앞둔 날 밤, 그는 책상 앞에 앉아 노트를 펼쳤다. 그리고 다급하게 당대 수학계의 최대 관심사였던 5차방정식의 일반해를 구하는 방법을 적어나가기 시작했다. 공식과 증명으로 가득한 그 난삽 하고 어지러운 노트의 여백에는 '시간이 없다, 시간이 없다!' '오, 그녀, 스테파니'와 같은 말들이 절규하듯 휘갈겨 있다. 그날 밤, 계산과 증명을 모두 끝낸 그는 친구인 오귀스트 슈발리에에게 편지를 쓴다. 자신이 죽거든 이 노트를 유럽 최고의 수학자들에게 보내달라고.

다음 날인 1832년 3월 30일 수요일 아침. 갈루아와 데르벵빌은 벌판에서 만나 서로에게 총을 겨누었다. 명사수는 침착하게 젊은 천재의 복부에 총탄을 박아넣었다. 그리고 피 흘리는 부상자를 남겨둔 채 유유히 사라졌다. 갈루아는 몇 시간 후 병원으로 옮겨졌지만 출혈과다와 복막염으로 죽었다. 5차방정식의 일반해에 대한 중요한 증명을 제출해 궁극적으로 수학사의 발전에 중대한 기여를 한 그 수학자의 나이 스물한 살의 일이었다.

그는 갈루아에게 허용되었던 그 마지막 하루에 대해 생각했다. 시간이 없다, 시간이 없다고 되뇌며 5차방정식이라는 추상 중의 추상에 집요하게 매달렸던 한 젊은이를 생각했다. 그래도 그는 밤새 적을 것, 남길 것이 있었으니 어쩌면 자신보다 나았을지 몰랐다.

그는 또 생각한다. 만으로 마흔둘, 내 삶은 과연 무엇이었나. 별다른 과오 없이, 남들보다 조금 위험한 직업에서, 커다란 실패 없이 안정되게 살아왔다. 처음 스물한 해는 북에서, 그리고 나머지 스물한 해는 남에서, 내 인생은 둘로 정확히 나뉘어 있다. 전도양양한 평양외국어대학의 영어과 학생이었던 절반과 조용히 비합법적 이민자로, 자발적 고아로 살아온 나머지 절반은 아무래도 아귀가 맞지 않는 퍼즐처럼 분리되어 나뒹굴고 있다. 이런 생을 살게 되리라 예상하지 않았고, 이런 생을 살게 된 후엔 이전의 반생을 잊어야 했다. 갑자기 전생을 알게 된 사람의 기분이 혹시 이럴까. 잊어도 좋다고 생각했던 과거는 바이러스처럼 잠복해 있다가 결정적인 순간에 존재를 드러냈다.

그가 칸 필름마켓에서 수입했던, 그러나 결국 개봉하지 못한 한스 슈바니츠 감독의 〈외침〉이라는 독일 영화는 의

사들의 헌신적인 치료로 기억상실에서 회복된 한 남자의 이야기를 다루고 있었다. 남자는 병원 침대에 누워 자신에게 기억이 돌아오기를 기다린다. 떠오를 듯 말 듯, 잡힐 듯 잡히지 않는 기억을 좇아 몸을 뒤척이며 그는 자기가 누구인지, 어디서 왔는지를 필사적으로 생각한다. 마침내 안개를 뚫고 첫번째 기억이 도착한다. 그것은 몇 주 전 자신에게 내려진 시한부 인생 선고였다. 그 충격으로 길거리를 헤매다 교통사고를 당해 기억상실증에 걸렸던 것인데 그걸 알 리 없는 응급실의 의사들이 약물과 전기충격으로 선고의 기억을 훌륭하게 되살려주었던 것이다. 그는 침대에서 벌떡 일어나 말한다. "감사합니다, 선생님! 조금 전 제가 곧 죽어야 한다는 사실이 떠올랐습니다."

그는 자신이 앉아 있는 천막을 슬쩍 둘러보았다. 천막은 좁고 공기는 탁했다. 앞에 앉은 노인은 마치 노인은 다들 그래야 한다는 듯 두꺼운 돋보기안경을 끼고 앉아 누렇게 때가 낀 책장을 이리저리 넘기며 문진으로 누른 흰 A4용지에 자기만 아는 한자들을 초서로 휘갈기고 있었다.

"부모가 일찍 돌아가셨겠소. 초년 고생이 있는데."

"어머니가 일찍……"

"그랬겠어."

점쟁이가 그의 말을 잘랐다.

"재물운은 없는 편이고 처복도 없어서 장가를 두 번 갈 운이오."

"그렇습니까?"

그는 돋보기 너머로 기영의 얼굴을 물끄러미 바라보았다.

"다 보이지."

"뭐가요?"

"그렇게 멀쩡하게 입고 있어도 다 보여."

"뭐가 말씀입니까?"

"근심이지, 근심."

점쟁이는 담배를 피워물었다.

"근심이 없으면 왜 여기 오겠습니까?"

"잘렸소?"

"네?"

"회사에서 잘렸냐구. 아니면 왜 이 시간에 퍼뜩 집에 안 가고 이렇게 돌아다녀? 맨정신에."

"그냥 마음이 답답해서 그렇습니다."

그는 다시 사주를 들여다보았다. 그리고 책을 읽듯이 주절주절 사주풀이를 이어나갔다.

"중년운이라. 음…… 자신감이 부족해서 남을 많이 의식한다, 항상 다른 사람을 배려해서 부드러운 분위기를 만들려고 노력한다, 항상 밝게 미소를 짓고 있지만 상대방을 사로잡고자 노력하는 것처럼 보인다, 적을 만들지 않기 위해 누구에게나 상냥하게 대하며 넓은 아량으로 베풀려고 하지만 이러한 자신이 마음에는 들지 않는다, 사려가 깊고 온화하지만 지나치게 우유부단하여 결단력이 없다……"

"올해 운은 어떻답니까?"

점쟁이는 잠시 사주를 들여다보더니 말했다.

"보자, 보자, 보자. 올해 운이 아주 좋아. 작년까지는 참 어려웠을 거야. 이별수도 있었고 손재수도 있었어. 그런데 올해는 아주 좋아. 손대는 일마다 잘돼. 그동안 다른 사람들에게 잘해준 것들이 모두 복이 되어 돌아와. 사람들이 귀히 여기고 대접을 하게 돼. 단지 이사를 주의해야 돼. 차분히 자기 자리를 지키면서 그동안 뿌려놓은 씨를 수확하는 게 좋아."

"……그렇지 않을 텐데요. 다시 한번 봐주세요."

"아니야, 정말 그것밖에는 안 나와."

"사실은 어딜 좀 멀리 떠나야 할 것 같아서요."

"이사? 이사는 올해 좋지 않다니까. 그러나 정 가야 한다면 동쪽이 좋아."

"동쪽이요?"

"그래 동쪽."

"북쪽은요?"

"북쪽?"

점쟁이는 눈을 치켜뜨고 황당한 표정을 지으며 고개를 갸웃거렸다.

"아니, 북쪽에 뭐가 있어?"

"아, 아닙니다. 그냥 동서남북 따지다보니 튀어나온 말입니다."

그는 황급히 손을 내저었다.

"동쪽이 좋아. 아니면 동남쪽이거나."

"알겠습니다. 감사합니다."

그는 옹색한 낚시의자에서 몸을 일으켰다. 점쟁이는 나가는 그에게 말했다.

"이보시오, 젊을 때 안 힘든 사람 있소? 젊을 때가 가장 힘든 법이오. 꾹 참고 사시오. 그게 다 복 되는 거요."

그는 아무 대꾸도 하지 않고 밖으로 나왔다. 천막은 그의 키만큼도 되지 않았다. 그러나 밖에서 보면 아늑해보였다. 천막의 등에는 '운명은 앞에서 날아오는 돌. 알면 피할 수는 있으나 영육이 고단하리라'라고 적혀 있었다. 그는 쓸쓸하게 웃었다. 뭐? 자신감이 부족해서 남을 많이 의식한다구? 그는 천막을 확 걷어버리고 싶은 충동에 잠깐 휩싸였으나 언제나 그랬듯이 행동에 옮기지는 않았다. '적을 만들지 않기 위해 누구에게나 상냥하게 대하나……'

그는 다시 한번 휴대폰을 꺼내 버튼을 눌러보았다. 전화기가 꺼져 있다는 메시지만 돌아왔다. 다시 두통이 시작되었다. 아니, 두통은 하루 종일 계속되고 있었는지도 몰랐다. 단지 그가 의식하지 못했을 뿐. 어쨌든 두통이 언제 시작되었는가는 중요한 것이 아니었다. 그는 오른손으로 목덜미를 꾹꾹 주물러보았다. 현미 말대로 유키 구라모토를 들어야 하는 건가? 그는 연신 목덜미를 만지며 취객들이 약 먹은 바퀴벌레처럼 하나둘 나타나기 시작하는 거리를 걸었다.

PM 09:00
프로레슬링

44

 두 남자와 하는 섹스는 앞부분만 잘 만든 블록버스터 액션영화와 같군. 마리는 다리를 벌린 채 누워 생각했다. 요란한 예고편과 액션이 이어지지만 어느 순간 정신을 차려보면 비슷한 장면들이 반복되고 있는 것이다. 액션의 강도는 높아졌지만 그 놀라움과 흥분은 시간이 흐를수록 반감됐다. 그녀는 이미 두 번의 오르가슴을 느꼈다. 언제나 그쯤 되면 온 신경은 이완될 대로 이완되었고 더는 그 어떤 자극도 필요하지 않은 순간이 찾아왔다. 이날도 마찬가지 기분이었다. 그러나 스물한 살짜리들의 생각은 달랐다. 그들은 마리를 엎어놨다가 다시 뒤집었다가 그것도 마음에 들지 않는 듯 옆으로 뉘고 자신들의 몸을 집어넣었다. 그중 한 명은 마리의 머리 쪽으로 다가와 길고 물렁한 성기를 들이밀었다. 그렇게 커다란 회전침대 위에서 두 남자와 엎치락뒤치락하는 그녀에게 마치 신의 음성처럼 죽은 아버지의 말이 들려왔다.

"야, 노래하듯 사는 거야."

그것은 아버지가 정신적 형제인 역도산에게 들었다는 유언이었다. 그녀는 깜짝 놀라 눈을 떴지만 방에는 두 남자와 자신 말고는 아무도 없었다. 마리는 엎드린 채 엉덩이를 쳐들었다. 뒤에서 둘 중 하나가 성기를 밀어넣으려 애쓰고 있었고, 다른 하나는 마리의 가슴 아래로 얼굴을 집어넣어 젖꼭지를 빨고 있었다. 깁스한 팔 때문에 자세를 잡기 어려웠지만 한 시간 동안 이런저런 자세를 취하다보니 이제 요령이 생겨 처음처럼 난감하지는 않았다. 턱에서 땀이 흘러 깁스 위로 떨어졌다. 아마 역도산도 이런 기분이었겠지. 사각의 링에 올라 적(이면서 친구)인 자들과 엉겨서 오직 시간이 가기만을 바란 그런 순간이 있었을 거야. 세상에는 어쩔 수 없는 일들이 있고, 또 좋아하는 일만 하고 살 수는 없는 거니까. 이렇게 자위하며 미리 짜인 콘티에 따라 이런 자세 저런 자세를 취하며 한 회 한 회를 때웠겠지. 그러고 보니 프로레슬링과 섹스는 비슷한 점이 있었다. 그것은 게임이면서 동시에 싸움이었고, 공격에는 배려가, 배려에는 공격성이 함께해야 했다.

"아, 아, 아."

그녀는 그의 몸이 들어올 때마다 신음 소리를 냈다.

"좋죠? 좋죠? 네? 좋죠?"

"응, 좋아. 좋아."

그녀의 맞장구에 그들은 더욱 흥분하여 몸을 붙여왔다. 좀더 세고 강한 욕들이 표백된 시트 위로 쏟아졌다. 그런데 바로 그때 누군가의 휴대폰이 울렸다. 신호음은 〈투우사의 노래〉였다. 모든 동작이 일순 멈추었다.

"니 거 아냐?"

성욱이 판다에게 짜증스럽게 물었다. 판다가 일어나 바지 속의 휴대폰을 집어들었다. 그리고 받았다.

"여, 여, 보세요. 어, 형? 저, 정말 왔어요?"

"뭐야?"

성욱이 물었다.

"태태태태수 형인데……"

판다가 난감한 표정으로 성욱과 마리를 돌아보았다.

"근데?"

"아까 고깃집에서 저, 전화 왔길래……"

"얘기했어?"

판다가 고개를 끄덕였다.

"바보 같은 자식. 그걸 왜 말한 거야? 그냥 안 된다고 그래."

"여기 앞이라는데."

성욱이 판다 앞으로 한 발짝 다가갔지만 때리거나 할 것 같지는 않았다.

"여기는 어떻게 알고?"

"아까 문자 왔길래 설마 오랴 싶어서……"

이번엔 성욱이 마리의 눈치를 살폈다.

"어떡하죠? 저희랑 되게 친한 형인데…… 입은 무거워요. 같은 스터디그룹이에요. 족보도 많고."

그녀는 천천히 몸을 일으켰다. 그리고 베개를 고이고 벽에 몸을 기대앉았다.

"성욱씨, 나 백 좀 갖다줄래?"

성욱이 재빨리 그녀의 핸드백을 가져왔다. 그녀는 핸드백을 뒤지려다가 다시 내려놓았다. 그리고 판다에게 물었다.

"저기, 담배 한 대만."

판다가 황급히 주머니에서 담배를 꺼내 그녀에게 건넸다. 그녀는 담배를 입에 물었다. 판다가 불을 붙여주었다. 성욱의 표정이 잠깐 일그러졌다. 그녀는 후, 하고 첫 연기를 내뿜었다.

"이러는 게 어딨어? 내가 무슨 몸 파는 창녀야?"

둘의 자지는 벌써 축 수그러들어 바닥을 내려다보고 있었다.

"돈을 안 받았는데 어떻게 창녀가 돼요? 안 그래요? 말이 심했다면 미안해요. 그러니까 제 얘기는 어차피 이렇게 된 거, 그 형만 오라고 하면 안 될까, 하는 거지요, 네?"

"……나, 이제 아파. 아프단 말야. 더는 안 돼."

그 순간 딩동, 초인종이 울렸다. 처음엔 부드럽게 울리던 초인종은 갈수록 거세게 울렸다.

"몇 호실인 것까지 말했나보네?"

마리는 질책하는 눈길로 판다를 쏘아보았다. 판다는 고

개를 숙였다. 초인종 소리가 멈추더니 이번에는 쾅쾅, 손으로 문을 두들겨대기 시작했다. 몸이 달아오른 또 한 마리의 수컷이 503호 앞에 서 있는 것이었다. 성욱은 안절부절 마리만 쳐다보고 있을 뿐, 어떤 행동도 하지 않았다. 그녀는 이것이 그와의 마지막 만남임을 분명히 예감하였다. 인생의 막다른 골목에 너무 일찍 다다른 것은 아닐까. 이건 부당해. 너무 이르다구. 도대체 내가 뭘 잘못한 걸까? 열심히 살아왔고 비교적 가정에 충실했고 직장에서도 인정받았는데. 매달 기부금을 내고 벗들의 경조사도 꼬박꼬박 챙겼는데. 나이들었다는 것 말고 도대체 내가 뭘 잘못한 거지?

그녀가 입을 열었다.

"들어오라고 해."

성욱의 얼굴이 선물을 받은 아이처럼 밝아졌다. 판다도 덩달아 좋아하고 있었다.

"둘이랑도 했는데 뭐. 그래, 둘이랑도 했는데 뭐."

그녀는 혼잣말처럼 중얼거렸다. 순간적으로 십 년은 더 늙는 기분이었다. 이것이 마지막이다. 며칠 후엔 깁스도 풀고 성욱도 잊고, 다시 예전의 그 무연한 삶으로 돌아가리

라. 낮에는 차를 팔고 밤에는 소파에 앉아 텔레비전을 보는 삶으로. 방학이 되면 온 가족이 캠핑도 가고 또 어떤 날 밤에는 기영이 수입한 영화의 시사회도 가고. 그런 삶으로 돌아가리라. 오늘은 여기까지, 여기까지만 하자. 더는 곤란해.

문이 열리자 문 밖에는 한 남자가 서 있었다. 그는 성욱의 선배라기엔 너무 늙은 남자였다. 머리는 곱슬에 백발이 섞여 있었고 어울리지 않는 금테안경을 끼고 있었다. 시트로 하체만 가리고 있던 판다와 성욱도 뒤로 한 걸음 물러섰다.

"누구세요?"

금테안경은 방 안으로 성큼 들어왔다.

"이러시면 곤란한데요."

"뭐가요?"

성욱이 말했다.

"두 분으로 예약을 하시고 세 분이 들어오셨네요."

금테안경은 방을 둘러보며 보일 듯 말 듯 웃었다. 그러나 불쾌감을 숨기지는 않았다. 마리는 시트로 얼굴을 가렸다.

"시간 오 분 드리겠습니다. 짐 챙겨서 나오세요."

"저, 샤워도 좀 하고……"

"죄송합니다. 규정 위반이라서요. 얼른 방 비워주세요."

"네."

"빨랑 챙겨서 나오세요."

그는 문을 쾅 닫고 나갔다. 성욱은 판다에게 성질을 부렸다.

"야이씨, 태수 형이라더니 도대체 어떻게 된 거야?"

판다는 휴대폰의 문자메시지를 다시 확인하고는 말했다.

"입구에서 걸렸대."

성욱이 가방을 발로 걷어찼다.

"무슨 무인 호텔이 이래, 씨발."

마리는 여기저기 흩어진 옷가지를 주워 남자들이 들어가기 전에 먼저 욕실로 들어가 문을 잠갔다. 그리고 옷을 입고 머리를 매만졌다. 클렌징폼으로 얼굴을 씻어낸 후, 비데를 하며 가벼운 화장을 했다. 수온을 낮추자 피부가 시릴 정도로 물이 차가워졌다. 사타구니 언저리의 욱신거

림이 좀 누그러드는 것 같았다. 샤워를 하고 싶었지만 성욱의 도움 없이는 어려울 것 같아 포기했다. 노크 소리가 여러 차례 들렸지만 마리는 아무 대꾸도 하지 않았다. 스스로 충분하다고 생각될 정도로 얼굴을 다듬고 옷매무새를 매만진 후, 퇴근할 때와 같은 새침한 모습으로 문을 열고 밖으로 나갔다. 밖으로 나가자 둘은 벌써 옷을 다 주워 입은 상태였다.

"오, 오, 오늘 즐거웠어요. 그리고 죄, 죄, 죄, 죄송해요."

"됐어."

그녀는 문을 열고 밖으로 나갔다. 누군가 메이드룸의 문을 빠끔 열고 그들의 동정을 살피고 있었다. 누군가가 새 시트를 손에 들고 서서 손님들이 사라지기만을 기다리고 있는 것 같았다. 그녀는 성욱에게 말했다.

"안녕, 그동안 즐거웠어."

그는 시무룩한 표정으로 물었다.

"화났어요?"

"아니."

그녀는 고개를 저었다. 담담한 표정을 지어 보이려 애썼지만 상대에게도 그렇게 보일지는 장담하기 어려웠다.

"아, 참, 우리 여기서 헤어지는 게 좋겠어."

"그래야겠죠?"

"그게 아니라 이제 끝이라구. 바이바이."

그녀의 목소리엔 힘이랄 것이 남아 있지 않았다.

"잠깐만요."

성욱이 돌아서는 그녀의 팔을 붙잡았다. 그러자 그녀의 마음속에서 그동안 성욱을 만나면서 한 번도 느끼지 못했던 새로운 감정이 솟구쳤다. 바로 짜증이었다. 그녀의 미간이 자연스럽게 찌푸려졌다. 그녀는 성욱의 팔을 거세게 뿌리쳤다.

"난 뭐예요?"

"뭐냐니?"

"그럼 지금까지 날 가지고 논 거예요? 그런 거예요?"

옆에서 판다가 성욱의 팔을 잡아 끌었다.

"내려가자, 성욱아."

그녀는 보일 듯 말 듯 웃었다. 짜증이 갑자기 사라지고 조금 편안한 기분이 되었다. 그러곤 심야방송의 진행자처럼 촉촉하게, 그러나 어딘가 사무적으로 느껴지는 목소리로 그를 다독여주었다.

"그렇게 느꼈다면 내가 미안해. 사과할게. 이제 됐니? 나, 너 사랑했어. 너도 알잖아? 그거 몰랐니? 그걸 몰랐을 수는 없어. 알았지? 알았을 거야. 자기는 똑똑하고 영리하니까. 그럼 잘 가, 응? 우리 여기서 그만 헤어져. 난 지금 너무 피곤해."

그녀는 엘리베이터를 타지 않고 계단으로 걸어내려갔다. 내려가는 동안 뻐근한 골반 때문에 몇 번이고 멈춰서야만 했다. 남겨진 둘은 그녀를 따라 내려오지 않고 엘리베이터를 탔다. 그녀가 로비에 내려왔을 때 그들은 이미 사라지고 없었다. 자동문을 지나 밖으로 나갔다. 사방의 네온간판들이 맹렬히 달려들었다. 들어올 땐 왜 저런 것들을 하나도 보지 못했던 것일까. 그녀는 거리를 향해 발을 내딛었다. 평생 단 한 번도 느껴보지 못한 무겁고 유독한 피로가 마리의 전 육체를 찍어눌렀다. 다디단 화이트초콜릿을 단숨에 삼켰을 때처럼 골치가 아팠고 정신이 아득했다.

PM 10:00
늙은 개 같은 악몽

45

 아파트 단지로 들어오는 모든 차들은 정문의 경비실 앞에서 멈춘다. 전자태그를 부착한 입주민의 차량이 접근하면 자동으로 차단기가 올라간다. 그러나 외부 차량이나 택시가 접근하면 경비의 승인을 얻어야만 통과할 수 있었다. 기영은 경비실 뒤 그늘, 스티로폼 박스를 모아놓은 곳에 앉아 있었다. 조금 전 순찰을 마치고 돌아온 경비조차 그를 발견하지 못할 정도로 어두운 곳이었다. 경비실의 환한 불빛 때문에 더욱 그늘져 보일 수도 있었다. 그러나 그곳에서는 정문을 통과하는 차량들이 잘 보였다. 기영은 조용히 앉아 오고 가는 차들을 살폈다.

 마리는 아직 모습을 드러내지 않고 있었다. 혹시 누군가 그녀를 데려간 것은 아닐까? 그녀는 저녁 내내 연락이 되질 않았다. 만약 누군가 그녀를 데려갔다면 그것은 국가정보원일 가능성이 있었다. 어쩌면 그녀는 별로 놀라지 않았을 수도 있다. 아, 그랬군요. 어쩐지 이상하다고 생각하고 있었어요. 기영은 그런 말을 하고 있을 그녀의 표정도 떠올려보았다.

 그는 자세를 고쳐앉았다. 푸스슥 등 쪽에서 종이상자가 무너지는 소리가 들렸다. 그는 고개를 돌렸다. 어둠 속에 누런 고양이 한 마리가 눈을 빛내며 몸을 웅크리고 있었다.

 9시 50분이 되자 택시 한 대가 차단기 앞에 멈춰 섰다. 기영은 뒷자리에 탄 마리를 똑똑히 알아보았다. 하마터면 놓칠 뻔했잖아. 왜 자기 차를 놔두고 택시를 타고 온 거지? 그는 잠시 망설였다. 그러나 잠시 후면 차단기가 올라가고 택시는 아파트 단지 안으로 쑥 들어가버릴 것이었다. 다행히 그녀는 혼자였다. 그는 어둠 속에서 환한 빛을 향해 튀어나갔다. 그리고 택시의 뒷문을 열었다. 그녀가 깜짝 놀라 몸을 뒤로 젖혔다.

"마리야."

"무슨 일이에요?"

기사도 놀라 그들을 돌아보았다. 기영은 미터기에 찍힌 요금을 확인하고 기사에게 만오천원을 건넸다.

"잔돈은 됐습니다."

그는 깁스를 하지 않은 마리의 오른 손목을 잡아끌었다.

"잠깐 내려봐. 중요한 일이야."

"집에 가서 얘기하면 안 돼?"

"그래도 되는 거면 내가 왜 이러겠어. 제발, 어서 내려."

"싫어, 나 피곤하단 말야."

"내가 이러는 거 봤어?"

"아니, 그래서 이상해. 무섭게 왜 이래? 나 집에 갈래. 정말 피곤해."

"제발, 마리야."

기사는 버튼을 눌러 미터기의 작동을 멈췄다. 뒤에는 어느새 다른 차가 와서 말없이 그들이 비켜주기를 기다리고 있었다. 마리는 마지못해 택시에서 내렸다. 내렸다기보다 기영이 무처럼 뽑아냈다는 표현이 더 맞을 것이다.

  기영은 마리를 데리고 이제는 물을 뿜어내지 않는 마른 분수를 지나 등나무 넝쿨이 늘어진 어둑한 벤치로 갔다. 날은 쌀쌀했다. 마리는 벤치에 앉았다가 다시 일어났다. 그랬다가 다시 슬그머니 궁둥이를 벤치에 내려놓았다.

"마리야."

"왜?"

그는 말을 꺼내려다 입을 다물었다. 그리고 다시 입을 열었다.

"당신이 제일 많이 하는 말이 뭔 줄 알아?"

"뭔데?"

"왜야, 왜. 내가 부르기만 해도 이유를 묻잖아. 안 그래?"

"지금 부부싸움하려고 사람을 이렇게 끌어내린 거야? 도대체 남자들은 왜 다 자기 멋대로야? 여자가 무슨 장난감인 줄 알아?"

그녀의 언성이 높아졌다.

"좋아. 이제 와서 당신 말버릇 같은 거 교정할 생각은 없어."

"용건만 말해."

"그냥 전화로 하려고 했는데 전화가 안 되더라구."

그녀는 휴대폰을 꺼내 폴더를 열었다. 파란빛이 턱과 콧망울 하단에 가 닿았다.

"안 왔는데? 언제 전화했는데?"

"여러 번 했어. 전화기를 바꿨거든."

"그럼 문자를 치지 그랬어?"

"문자로 할 얘기는 아니었어."

잠시 침묵.

"오늘 아무 일 없었어?"

기영이 물었다. 마리의 머릿속으로 참으로 많은 이미지들이 빠르게 지나갔다. 산타페의 운전자와 드잡이를 하고 경찰과 싸우고 두 남자와 얽혀 있었다. 몽타주된 이미지들이 지나가자 이번에는 여러 가지 추정이 불꽃놀이처럼 그녀의 머릿속에서 폭발했다. 그가 말하는 '아무 일'은 그중에서 무엇일까? 도대체 이 남자는 어떻게 오늘 하루 내게 일어난 일에 대해 알 수 있었던 걸까? 정말 알고는 있는 걸까? 그녀의 심장이 거세게 뛰기 시작했다. 일부러 현미가 있는 집을 피해 아파트 입구에서 날 기다린 것이었구

나. 그렇다면 그것은 분명 보헤미안 모텔에서의 그 일일 것이다. 그런데 어떻게 그가 이 사건을 벌써 알고 있단 말인가? 혹시 흥신소라도 붙였단 말인가? 그녀의 음성은 자신도 모르게 날카로워져 있었다.

"아니. 일은 무슨 일?"

"정말 아무 일 없었어?"

"없었다니까."

"그럼 지금 어디서 오는 거야?"

"회식이 있었어. 근데 왜 이렇게 추궁하고 난리야? 자기야말로 오늘 무슨 일 있었어? 응? 도대체 왜 이래?"

"회식? 아침엔 그런 얘기 없었잖아."

"말할 틈도 없이 나가버렸잖아."

마리는 오른손을 들어 기영의 코앞에 들이밀었다. 기영은 냄새를 맡았다. 단백질과 지방을 태운 냄새가 희미하게 묻어 있었다. 마리는, 이럴 줄 알았으면 섬유탈취제를 뿌리지 말걸, 하고 후회했다.

"할 얘기가 있어."

기영이 말했다. 마리는 팔을 내렸다.

"집에 가서 들으면 안 되는 얘기야?"

"제발, 내 말을 좀 들어줘."

그녀는 마지못해 고개를 끄덕였다. 피로가 다시 무겁게 엄습해왔지만 애써 눈꺼풀에 힘을 주고 기영을 바라보았다. 기영의 태도에는 그녀를 긴장시키는, 낯선 모습이 있었다.

"말해봐. 잘 들을게."

"지금까지 아무 일도 없었다면, 그리고 운이 좋다면 앞으로도 아무 일 없을지도 몰라. 그렇지만 그럴 가능성은 거의 없어. 우린 분명 어떤 일을 겪게 될 거야. 그렇지만 그 전에 너한테, 그러니까 네가, 다른 사람이 아닌, 내 말은, 나한테서 그 얘기를 들어야, 아니 듣는 게 좋을 것 같다는 거야."

그 직전까지만 해도 마리는 조금 전의 정사, 그 사건의 자장 안에 있었다. 그러나 십오 년 동안 살아오면서 한 번도 보지 못한 기영의 모습에서, 조금 전 그 일을 완전히 무화시킬 비밀이, 이 어두운 등나무 아래에서 폭로될 것임을 예감할 수 있었다. 무의미한 짓인 줄 알면서, 조금만 기다리면 될 것임을 알면서도 필사적으로 그가 토로할 비밀을 서둘러 추측하기 시작했다. 혹시 바람을 피운 것일까?

통상적인 바람은 아닐 것이고, 혹시 내 친구와, 내가 너무나 잘 알고 있는 그 누군가와 붙은 것일까? 아니면 회사에 무슨 일이 생긴 걸까? 오는 길에 뺑소니 사고라도 낸 것일까? 아니, 몇 년 전에 저지른 뺑소니가 최근에 발각된 걸까? 그녀의 추측은 빠르게 새로운 것으로 대체되었으나 그 어느 것에도 확신이 생기지 않았다.

"놀라지 말고 들어. 우선 말이야, 난 67년생이 아니야."

그가 애늙은이라고 생각한 적은 있었다.

"호적이 잘못된 거야?"

"비슷해. 여하튼 나는 63년생이야. 그리고 내 이름은 김기영이 아니야."

마치 모든 비밀을 한꺼번에 쏟아붓겠다는 듯 기영이 서두르고 있었다.

"내 원래 이름은 김성훈이야. 평양에서 태어났고 1984년에 서울로 내려왔어. 그리고 대학에 들어왔고 그때부터는 네가 아는 그대로야."

그녀는 피식 웃었다. 그것은 기영이 예상했던 반응이 아니었다. 그녀는 말했다.

"거짓말, 거짓말이야."

"정말이야."

"세상에 그럴 리는 없어. 말도 안 돼. 착각하지 마. 나는 충격을 받은 게 아니야. 그냥 그런 일은 불가능하다는 거야."

크르릉, 텅텅. 단지 밖 대로로 덤프트럭이 과속방지턱을 밟고 지나가는 소리가 들렸다.

"가능해."

"불가능해."

확신을 실으려 애썼으나 어조는 불안정했다.

"왜 불가능해?"

"내가 그렇게 오래 속았을 리가 없어. 난 당신 마누라야. 당신도 알잖아. 내가 얼마나 예민한데. 안 그래?"

기영은 언젠가 이런 얘기를 들은 적이 있었다. 요약하자면, 역사상 유명한 스파이는 모두 실패한 스파이다. 최고의 스파이들은 절대 발각되지 않고, 그래서 조용히 은퇴해 노후를 즐기다 죽는다. 입이 근질거려 나불댔거나 부주의 때문에 자신을 노출시켰거나 혹은 인간적인 약점 때문에 돈이나 여자 같은 유혹에 넘어간 자들이 바로 실패한 스파이들이고, 이들은 실패했기 때문에 유명해졌다.

반면에 어떤 스파이들은 평생고용을 보장받은 일본 대기업의 정규직 사원과 비슷하다. 튀는 것을 싫어하고 묵묵히 일하고 회사의 비밀을 발설하지 않는다. 그들은 그 대가로 퇴직금과 연금을 받아 노후를 보낸다. 혹은 누군가에게 돈을 주고 팔아야 할 그 어떤 고급 정보도 갖고 있지 않고 그렇기 때문에 그 어떤 유혹도 받지 않는다. 그러니까 이렇게 말할 수도 있다. 깨끗한 인간이란 없다. 아직 그럴듯한 유혹을 받지 않았을 뿐.

그런데 그는 결국 '실패한 스파이'가 되었다. 지난 이십 년간 그는 구매자들이 흥미를 느낄 만한 엄청난 정보를 취급하지 않았고, 따라서 넘어갈 만한 유혹을 받지 않았으며, 위에서 지시하는 모든 일을 대체로 무난히 수행해왔다. 그런데도 그의 운명은 갑자기 그 방향을 틀어 알 수 없는 곳으로 향하고 있었다. 스파이든 다른 그 무엇이든, 실패한 남자가 된다는 것은 씁쓸한 일이었다. 그는 옆으로 눈길을 돌렸다. 거기, 실패한 남자의 아내가 앉아 있었다. 그녀가 물었다. 목소리는 떨렸고 주파수는 낮아졌다.

"정말 당신…… 간첩이야?"

그는 긍정도 부정도 하지 않았다. 둘은 잠시 침묵했다.

화단 옆으로 검은 비닐봉지 하나가 바람에 날려왔다. 비닐봉지는 도로 경계석 부근에서 몇 번 회전하더니 다시 공중으로 치솟았다.

"도대체 무슨 꿍꿍이야? 여자 생겼어? 회사 부도났어? 그래서 나랑 이혼해야 되는 거야? 그런 거야? 아니야? 무슨 말을 좀 해봐. 자, 난 못 믿겠으니까 제발 좀 믿게 좀 해봐."

그는 가방에서 위조 여권을 꺼내 마리에게 조용히 들이밀었다. 그녀는 희미한 가로등 빛에 의지해 위조된 공문서를 읽었다. 그의 사진 아래엔 낯선 이름이 인자되어 있었다.

"미쳤구나."

그녀는 나직하게, 불경이라도 외듯 힘없이 뇌까렸다. 여권이 바닥에 떨어졌다. 그녀는 어지러웠다. 누적된 피로 때문인지 돌연한 폭로 때문인지 분명치 않았다. 그는 여권을 주워들었다.

"미안하다. 어쩔 수 없는 부분이 있었어."

그녀는 아무 말도 하지 않았다.

"마리야."

역시 그녀는 대꾸하지 않았다. 둘은 아주 오래 침묵했다. 조금 전 날아갔던 검은 비닐봉지가 회오리바람을 타고 다시 나타나 어지럽게 회전했다. 그러다 다시 그들의 시야 밖으로 사라졌다. 그녀는 얼굴을 양손에 파묻었다. 그리고 말했다.

"그런데 이런 얘기, 이제 와서 왜 하는 거야?"

그녀는 고개를 돌려 그를 보았다.

"오늘 오전에 명령이 내려왔어."

"무슨 명령?"

"내일 새벽까지 북으로 귀환하라는."

"……"

"나도 가고 싶지 않아."

그의 목소리는 가볍게 흔들렸다. 그녀는 팔을 벌려 그를 껴안았다. 그는 허리를 숙이고 고개를 그녀의 가슴께에 파묻었다. 그리고 그녀의 등을 마주 안았다. 그녀의 블라우스 섬유에서 삼겹살 냄새, 소독약 냄새, 담배 냄새가 뒤섞인 역한 냄새가 희미하게 풍겼다.

"처음엔 널 속였어. 그렇지만 십 년 전부턴 니가 아는 내가 바로 나야. 북과의 연결도 끊어졌고 난 나대로, 니가 아는 대로, 먹고살겠다고 발버둥쳤고, 천애의 고아처럼 친척 하나 없는 여기서 살아남기 위해 최선을 다했어. 다 잊고 있었어. 내가 거기서 내려왔다는 것까지……"

"만약 안 돌아가면 어떻게 돼?"

그녀가 차분히 물었다.

"내가 배신했다는 걸 저쪽에서 분명히 알게 되겠지."

그녀가 고개를 끄덕이는 걸 그는 느낄 수 있었다.

"근데, 아무래도 용서가 안 돼."

그는 그녀의 가슴에 파묻었던 고개를 들어 그녀를 바라보았다.

"속여서 미안해."

"그것 때문이 아니야."

그녀가 말했다.

"잘 들어봐. 인간은 살아가면서 수많은 선택을 하게 돼. 나한테도 여러 번 그런 순간들이 있었어. 그 선택들이 쌓여서 지금의 내가 된 거야. 무슨 말인지 알아? 그게 인간이 시간여행을 하지 못하는 이유야. 과거로 돌아가 아주 사소한 거 하나만 바꿔도 이 세상은, 지금 우리가 보는 이 세상은 존재할 수가 없게 되는 거야. 그러니까 내 말은, 내 말은 말야, 이 나쁜 자식, 내가 십오 년 전에 당신을 만나지 않았더라면, 아니 만났더라도 진실을 알았더라면, 나는 다른 선택을 했을 거야. 그 다른 선택 때문에 또다른 선택을 했을 거고, 어쩌면 지금의 나는 전혀 다른 삶을 살고 있었을지도 몰라. 오늘 아침까지만 해도, 그래도 난 내 삶을 후회하거나 하지는 않았어. 왜? 내가 선택한 삶이니까. 내가, 내가 선택했으니까. 물론 잘못된 판단도 가끔 했고 실수도 했어. 그렇지만 난 다 받아들였단 말야. 아, 무엇보다 내 어리석음이 두려워. 난 어리석었어. 이전에도 어리석었고 지금껏 어리석었고 오늘도, 그래 오늘도, 나는 어리석었어. 이제 보니 아주 고질병이었어. 난 구제불능이야. 잠깐, 내 말이 끝날 때까지만 기다려줘. 당신이 무슨 말 하고 싶어하는지 알아. 나 우는 거 아냐. 난 울 자격도 없어. 난 한심해. 한심한 쓰레기야. 난 이 세상에서 사라져야 해. 어리석어. 어리석으면서도 그걸 몰랐어. 세상에서 내가 제일 잘난 줄 알았지. 난 말이야, 당신이 마음을 열어놓지 않는 것도 다 내 탓이라고 생각했어. 그래서 노력했어. 정말 노력했단 말이야. 그런데 언젠가 그런 노력에도 한계가 있다는 걸 깨달았어. 난 포기했어. 그런데 그게 거기에서만 끝나는 게 아니란 말야. 당신, 당신과의 소통, 그것만 포기하면 되는 게 아니었어. 은연중에 말이야, 난, 다른 사람들한테도 빗장을 걸었단 말이야. 왜? 상처받았으니까. 안 그러겠어? 가장 가까운 사람하고도 소통이 안 되는데. 내가 무슨 자신이 있었겠어? 움츠러들고 피해가고 주눅들고. 그렇게 이십대를 보냈어. 아, 당신은 사악해. 모든 걸 뻔히 내려다보면서, 내가 힘들어할 때도 마음속으로는 전혀 공감하지 않았어. 위로할 생각도 하지 않았어. 난 그게 당신 천성이라고만 생각했어. 좋아, 이해하자. 원래 저런 사람이니까. 어떻게 사람을 바꿀 수 있겠어? 이렇게 생각했지. 만약 내가 당신과, 당신과 정말 그 어떤 친밀한 관계를 형성할 수 있었다면, 난 지금쯤 좀 다른 인간이 되었을지도 몰라. 그렇게 생각 안 해? 지금 내가 견딜 수 없는 건, 당신이 내 고통을 뻔히 알면서도 마음속으로는 자기 고통과 견주고 있었다는 거야. 아니야? 내가 힘들다고 푸념할 때마다 속으로 이랬겠지? 뭘 그 정도 가지고 그래? 난 간첩이야. 누구에게도 말 못 할 비밀이 있다구. 니가 그런 고통을 알아? 그랬지? 아니야? 이제 알 것 같아. 당신 마음속엔 그 빌어먹을, 고통의 우월성에 대한 확신이 있었어. 자기 고통을 절대화하고 그것만 최고인 줄 아는 이기주의자. 독선주의자. 당신은, 그래, 파쇼야. 파쇼는 자기만 고통받았다고 생각해. 남의 고통은 우습게 생각하고. 자기는 그래서 무슨 짓이든 할 수 있다고 생각하지. 당신 얼굴에는 늘 그런 표정이 있었어. 패배자인 척, 우울한 척하는 얼굴의 이면에 언제나 세상 모든 것을 얕잡아보는 우월주의자의 표정이 있었다구. 난 알고 있었어. 그치만 당신을 불쌍히 여겼어. 고아라고, 혼자 어렵게 살아온 사람이라고, 그러다보면 그럴 수도 있는 거라고, 다 이게 내가 평탄하게 살아와 어려운 사람의 처지를 잘 몰라서 그런 거라고 생각했던 거야. 아, 나는 어리석었어. 정말 어리석었어. 그 단어 말고는 지금의 나를 설명할 말이 없어. 아, 그 모든 것을 자초해놓고도 어쩌면 그렇게 태연할 수가 있었어? 내가 시켰어? 아니잖아? 그럼 내 인생은 도대체 뭐야? 나는 이제 마흔인데, 이제 그 어느 것도 돌이킬 수가 없는데, 여기까지가 내가 할 수 있는 최선이라고 생각했는데, 그래서 조금 부족해도 만족하고 살고 있었는데, 알고 보니 나는 훨씬 더 나은 삶을 살 수도 있었는데, 이 모든 게 누군가의 기만으로부터 비롯된 것이었는데, 그럼 난 뭐야? 말 좀 해봐."

그는 묵묵히 들었다. 그녀는 심호흡을 하며 가빠졌던 숨을 골랐다. 그리고 말을 이었다.

"나는 배신감이란 게 말이야, 그냥 속아서, 당해서, 그래서 억울한 거라고 생각했었어. 이제 보니 그게 아니야. 배신감은 말야, 자기 자신에 대한 믿음을 허물어. 그런 거였어. 아무것도 믿을 수가 없어. 내가 과연 잘 살아온 건지, 지금도 잘하고 있는 건지, 알 수가 없어. 지금까지 이렇게 어리석었던 년이 다른 거는 뭐는 잘했겠냐구? 그리고 앞으로도 과연 뭘 잘할 수 있을까? 이렇게 남한테 이용이나 당하고 살겠지. 그렇겠지. 안 그래?"

"진정해."

"제발 그 태연한 척하는 버릇을 버려. 지금이 그럴 때야?"

"알았어."

그녀는 크게 한숨을 내쉬었고 그는 양손으로 마른세수를 했다. 손이 거칠었다. 마리의 목소리는 어느새 한결 차분해져 있었다.

"이제 어떻게 할 거야?"

"나도 모르겠어."

"십오 년이나 남을 속이며 살아왔을 때에는 무슨 생각이 있었을 거 아냐?"

"아무 생각도 없었어. 이런 날이 올 줄은 몰랐으니까."

"……올라갈 거야?"

그는 대답하지 않았다. 그녀는 고개를 천천히 가로저었다.

"그럴 거였으면 여기서 날 기다리지 않았을 거야. 그냥 말없이 올라가버렸겠지. 안 그래?"

"맞아."

그는 동의했다. 그제야 그도 자신이 왜 여기까지 왔는지를 분명히 알았다.

"가기가 싫은 거지? 이젠 여기가 더 익숙한 거지? 그래, 여기서 이십 년을 살았잖아. 그럼 자수를 해야 되는 거야?"

"그렇지."

그녀는 코를 훌쩍였다.

"내 말, 기분 나쁘게 듣지 마. 나, 이제 충분히 가라앉았어. 당신 말 다 이해했고, 나한테 한 짓도 다 이해해. 그땐 당신도 어렸잖아. 위에서 시키는데 어떻게 하겠어?"

"당에서 결혼까지 지시한 건 아냐. 당신을 선택한 건 나야."

"허락은 받았겠지?"

그는 고개를 끄덕였다. 마리가 다그쳐 물었다.

"내가 주사파여서 그랬겠지? 잘하면 포섭도 되겠다, 그런 생각이었겠지, 당신의 윗선은?"

"아마 그랬을 수도 있을 거야."

"어쨌든 이건 꼭 알아줬음 해. 난 이제 아주 차분해졌어. 이성을 찾았단 말이야. 분노에 사로잡혀 있지도 않고 상황을 너무 비관적으로 보고 있지도 않아. 이 콧물은 아까 흘렸던 눈물이야. 난 지금 아주 건조해."

"그런 것 같아."

"난 이럴 때마다, 아버지라면 어떻게 하셨을까, 생각하는 버릇이 있어. 뭐든 참 명쾌하셨거든. 그런 세계에서 살아남은 자 특유의 동물적 감각이 있었달까?"

"그런 분이셨지."

기영은 장인을 생각했다. 장인은 그를 별로 좋아하지 않았다. 그는 장인의 마음에 들고 싶어서 애를 썼지만 그 노회한 주류도매상은 기영의 어떤 면을 꿰뚫어보고 있는 것 같았다. 끝내 곁을 주지 않은 채 세상을 떴다. 딸과의 결혼도 반대했고 그후로도 별로 가까워질 기회가 없었다. 그걸 아는 마리도 여간해선 장인 얘기를 기영 앞에선 잘 꺼내지 않았었다.

그녀는 자리에서 일어나 휴지통에 티슈를 버리고 다시 벤치로 돌아왔다. 그리고 말했다.

"돌아가."

그녀가 말했다. 그는 귀를 의심하며 되물었다.

"뭐?"

"돌아가라구. 그게 답이야. 미안해. 난 지금이 좋아. 당신이 안 가면 북에서 누군가가 내려올지도 모르잖아."

"난 김정일의 처조카가 아니야. 그런 중요 인물이 아니라구."

"그런데 왜 소환되는 거야?"

"그거야 알 수 없지. 저 위에서 누군가 내 파일을 찾아냈을 거야."

그녀는 왼손의 깁스 위를 오른손 손톱으로 긁었다.

"아, 가려워서 정말 죽어버릴 것 같아. 근데 그건 가보기 전까진 알 수 없는 거잖아. 안 그래?"

그는 고개를 끄덕였다.

"그리고 난, 당신은 서운해하겠지만, 이제 와서 이름도 바꾸고 처음 보는 동네에서 전혀 다른 사람으로 살아가고 싶은 생각이, 나는 없어."

"그게 무슨 소리야?"

"당신이 자수하면 국정원이나 이런 데서 우릴 어디 다른 데로 옮겨놓을 거 아냐? 현미는? 현미는 어떡해? 그 좋아하던 바둑도 그만두고 이제 좀 공부에 재미를 붙여볼까 하는 애를? 뭐라고 말하고 옮겨? 그리고 난 우리 현미 지킬 거야. 생각해봐. 당신만 올라가면 모두가 행복해. 그들은 안심할 거고 운이 좋으면 다시 내려보낼 수도 있잖아. 그럼 마치 해외출장이라도 다녀온 것처럼 나타나면 돼. 그쪽에선 암살조를 내려보내지도 않을 거고, 우리도 신분을 바꾸고 저 지방도시 어딘가로 내려가 숨어 지내지 않아도 되잖아. 당신, 신문 안 봐? 세상 모든 아빠들이 가족을 위해서 자발적으로 희생하고 있잖아. 기러기아빠로 애들하고 마누라 다 미국 보내고 혼자 컵라면 먹으면서 돈 벌어 송금하는 사람도 많아. 그런데 당신은 거기가 고향이잖아? 부모님도 계실 거고. 계셔?"

"아버지가 계셔."

"친구들도 있을 거고 그렇잖아? 안 그래? 우리가 당신 때문에, 당신의 그 잘난, 아, 그만하자, 그것 때문에, 밤길 조심하고 다녀야 해? 이름과 신분을 바꾸고 살아야 돼? 안 돼. 나, 정말 힘들게 살아왔어. 현미 낳고 다시 취직하던 때 기억나? 이력서 넣는 데마다 떨어지고 팔자에도 없는, 아줌마들 푼돈 만지는 보험 영업부터 시작해서 이제 드디어 내가 원하는 데, 바로 그 입구까지 왔어. 그런데……"

"알았어, 잘 알아들었어."

그의 긍정에는 풀기가 없었다.

"미안해. 하지만 현미를 생각해봐. 응? 현미의 앞날을, 현미가 겪을 일을. 응? 현미 아빠."

"알았어. 그렇지만 난 빈말이라도 당신이, 가지 말라고, 가지 말라고, 한 번은 붙잡아줄 줄 알았어."

마리는 기영의 손에 자기 손을 얹었다. 손등이 차가웠다.

"미안해. 하지만 엄마는 이런 거야. 문득 깨달았어. 아, 나는 여자가 아니라 엄마구나."

"그렇지. 엄마지."

그는 고개를 끄덕였다. 그리고 말했다.

"그래도 난 남을 거야."

그녀는 깜짝 놀라 그의 손을 뿌리쳤다.

"뭐? 미쳤어?"

"오늘 하루 많이 생각했어. 서울 시내 여기저기를 헤매면서, 정말 생각 많이 했다. 심지어 점까지 봤어. 나 그런 거 안 하는 거 알지? 난 두려워. 거기도 이제 많이 변했을 거야. 아, 아버지가 계시겠지만 늙으셨을 테고, 날 여기에 왜 보냈는지조차 모르는 자들이 내 운명을 가지고 주사위를 던지겠지. 살아남는다 해도 아마 난 어두운 지하터널에서 서울로 내려보낼 젊은 공작원들을 교육하면서 여생을 보낼지도 몰라. 그건 정말 끔찍한 일이야. 당신은 모를 거야. 서울과 비슷한 그 어떤 곳에서, 그 기이한 세트장에서 평생을 보낸다는 게…… 나는 봤어. 아, 그나마도 행운일지 몰라. 더 험한 꼴을 당할 수도 있어. 당신만 도와주면 돼. 어차피 십오 년을 같이 살아왔잖아. 그리고 이제 와서 과거로 돌아갈 수도 없어. 그렇잖아?"

"안 돼. 날 나쁜 여자라고 생각해도 좋아. 당신은 가야 돼. 그게 답이야. 이성적으로 생각해봐. 당신 말대로 잘못한 게 하나도 없다면, 당이 왜 당신을 단죄하겠어?"

그녀는 단호했다.

"너 정말 잔인하구나."

"나도 듣기 좋은 말 해주고 싶어. 그치만 그럴 여유가 없어."

"나한테 복수하는 거야?"

"아니. 그냥 현실적으로 모두에게 가장 행복한 결론을 도출했을 뿐이야. 당신도 너무 억울해하지 마. 십오 년 동안 잘 살았잖아. 그리고 당신도 나한테 서운한 점 있었을 거고. 내가 그렇게 사근사근한 여자는 아니었잖아. 새로운 삶을 살 수도 있는데, 왜 망설이는 거야?"

"마지막으로 한 번만 물어보자. 조금만 희생하면 안 되겠니? 내가 잘할게. 자수하고 그 모든 절차가 끝나면, 물론 몇 년 감옥에 다녀올 수도 있어. 그치만 그것만 끝나면 누구보다 성실한 남편으로, 아빠로 최선을 다할게."

"아까도 말했지만 그건 안 돼. 잘 알잖아? 왜 이래?"

"네가 거부해도 난 저 집에서 너와 함께 살 권리가 있어."

그녀는 크게 한숨을 내쉰 후, 마지막 카드를 던졌다.

"그럴 수 없는 이유를 하나만 더 얘기해줄게. 오늘 내가 누구하고 어딜 다녀왔는지 얘기해줄게. 그걸 들으면 더이상 나와 살 수 없을 거야."

기영은 마오와 체를 숭배하는 청년과 말더듬이 판다, 미처 도착하지 않은 또 한 명의 사내, 그리고 보헤미안 모텔에 대해, 마리에게, 마리의 입으로, 마리의 혀와 입술을 통해, 지나치게 상세하게 들었다. 들어야만 했다. 그런데 이상하게도 그 이야기는 그림 형제의 동화처럼 들렸다. 비현실적이고 환상적이었다. 프로이트가 적어놓은, 환자들의 꿈 얘기 같기도 했다. '나'라는 일인칭 화자가 등장하는 이야기였지만 그게 마리, 자신의 아내가 겪은 일이라고는 전혀 생각되지 않았다. 한 여자가 한 소년을 만나 유혹에 빠진다. 그러곤 탑으로 납치되어 구출되기를 기다리지만 상황은 점점 더 나빠져만 가고······

그는 비통하게 물었다.

"내가 그걸 믿을 거라고 생각해?"

"믿든 안 믿든 당신 자유야. 그렇지만 지금의 나는 오늘 아침에 당신이 만난 그 여자가 아니야. 난 배웠어. 인생에선 노, 라고 말해야 할 순간이 있는 거야. 지금이 바로 그때야."

"넌 참 쉽게 말하는구나."

"쉬운 거 아니었어."

그는 마음을 가다듬었다. 그래, 사실이 아니라고, 마리가 한 모든 얘기가 거짓말이라고 하자. 그래도 한 가지만은 부인하기 어렵다. 마리는 이제 더는 자신과 살기 싫은 것이다. 그런 것이다.

"좋아."

기영은 말했다. 마리는 그의 눈을 바라보았다.

"갈게. 돌아갈게."

"잘 생각했어. 어려운 결정이었다는 것 알아. 그치만 가. 가야 돼."

"좋아. 하지만 나도 조건이 있어."

"뭔데?"

"현미는 내가 데리고 갈게."

"뭐?"

그녀가 벌떡 일어났다.

"미쳤어?"

"아니, 난 멀쩡해."

"거기가 어디라고 현미를 데리고 가겠다는 거야?"

"거기도 사람 사는 데야."

"아이들이 죽도 못 얻어먹는 데잖아? 몰라서 하는 말이야?"

"아니야. 패스트푸드하고 컴퓨터게임이 없을 뿐이야. 아, 또 있다. 치열한 경쟁과 사교육, 끔찍한 입시, 마약과 왕따. 그런 것도 없어."

"말도 안 돼."

"너도 한때는 그렇게 생각했잖아. NK가 우리의 대안이라고 믿었잖아. 안 그래? 임수경을 질투하고 평양에 가고 싶어 안달을 했었잖아."

그녀는 냉정을 찾으려 애썼다. 말투가 어절어절마다 끊어졌다.

"그때는, 어렸잖아. 그리고 지금은, 정치적 상황이 달라졌고."

"좋아, 그렇다고 치자. 북한이 그때보다 어려워졌다고 치자. 그래도 적어도 현미에게 선택권은 줘야 한다고 생각해. 이건 체제를 고르는 게 아니라 부모를 고르는 거야. 누구와 함께 살 건지, 현미에게 한 번은 물어봐야 한다고 생각해."

"잘못은 자기가 하고 왜 그 책임은 현미가 져야 해? 신분을 숨기고 우리 모녀를 속여온 건 당신이잖아. 그런데 이제 와서 현미가 왜 그런 어려운 선택을 해야 되는데?"

"이런 말 하면 치사하게 들리겠지만 당신이 자초한 거야. 스무 살이나 어린 대학생들하고 난교를 벌이는 여자는 엄마 자격이 있고, 간첩은 아빠 자격이 없어? 그건 말이 되는 거니?"

기영의 언성이 높아졌다. 마리도 지지 않고 맞받아쳤다.

"이제 아무 말이나 막 하는구나. 너, 그런 인간이었니?"

"왜 나한테는 최소한의 권리도 안 주는데?"

그녀가 핸드백에서 휴대폰을 꺼냈다. 오른손이 바들바들 떨리고 있었다.

"신고할 거야. 112에 신고할 거야. 농담 아니야. 내 앞에서 당장 꺼져."

"못 할 거야. 아니, 해서는 안 돼."

"못 할 이유가 전혀 없지. 경찰에 신고하고 만약 당신이 감방에 들어가면 이혼소송을, 아니 혼인무효소송을 벌일 거야. 김기영이란 인물 자체가 없으니까, 애초부터 존재하지 않았으니까 내가 이길 거야. 자신 있어. 어, 다가오지 마. 소리지를 거야."

그녀는 1번 버튼을 두번 누른 후, 2번 버튼 위에 엄지를 올려놓고 기영을 노려보았다.

"이렇게까지 하고 싶지는 않아."

"알았어. 그만하자. 내가 졌다."

그녀는 휴대폰을 든 손을 내렸다. 그리고 몸을 돌려 걸어가기 시작했다. 다섯 발자국쯤 걷다가 뒤를 돌아보았다. 둘의 목소리는 상대방에게 겨우 가 닿았다.

"잘 가. 몸조심하구."

그녀의 목소리가 가늘게 떨렸다. 그는 심호흡을 거듭하고 조용히 말했다.

"어서 들어가. 현미 기다리겠다."

그녀는 다시 몸을 돌려 집으로 향했다. 발걸음을 옮기며 문득, 저녁 내내 몸을 찍어누르던 피로가 어느새 사라졌음을 느꼈다. 새로운 힘이 내부에서 솟구치고 있었다. 그녀는 성큼성큼 기영에게서 멀어져 어둠 속으로 사라졌다.

46

 기영은 마리가 걸어가는 모습을 바라보았다. 그녀는 어둠 속으로 스며들어버렸다. 기영은 다시 벤치에 앉았다. 비통함이 거센 돌풍처럼 그의 전 영혼과 육체를 흔들고 지나가는 것을 느꼈다. 하루 종일 억누르고 있던 감정들이 터진 둑으로 몰려나왔다. 그는 조용히 흐느껴 울었다. 꺽, 꺽, 꺽, 터져나오는 울음을 입으로 막았다. 생각해보니 남한에 내려와선 처음으로 흘려보는 눈물이었다. 그는 현미를 받던 분만실을 생각했고 마리와 결혼하던 날의 식장을 떠올렸다. 둘 다 몹시 더운 날이었다. 그때마다 그는 누군가가 나타나 자신의 정체를 폭로하고 아내 혹은 아이를 빼앗아갈까봐 전전긍긍했었다. 결혼식과 출산이 다가오자 악몽이 계속됐다. 악몽은 기영에게 오래 기른 늙은 개 같은 존재였다. 그를 대신하여 짖어주었고 그를 대신하여 앓아주었다. 떼어버릴 수도 없고 그렇다고 늘 함께 다닐 수도 없는…… 신부나 아이의 얼굴이 없어지는 꿈이 단골이었다. 하객들이 좀비처럼 달려드는 꿈도 흔했다. 신생아가 이빨을 드러내며 화를 내는 꿈도 꾼 적이 있었다. 그러나 언제부터인가 악몽이란 늙은 개는 어디론가 사라졌다. 그는 자기 삶의 안정성을 서서히 확신해가고 있던 참이었다. 여느 중년의 남자처럼, 아, 힘들고 외로운 젊은 날이 있었지, 회상할 수 있었다. 그러나 그것은 기영의 착각이었고 인생에 대한 오만이었다.

그는 눈물을 닦고 코를 푼 뒤, 아, 아, 목청을 가다듬었다. 그리고 휴대폰을 꺼냈다. 그리고 천천히, 아주 천천히 버튼을 눌렀다. 신호가 오랫동안 울렸지만 상대방은 받지 않았다. 그래도 기영은 휴대폰을 귀에 댄 채 가만히 있었다. 한참 후에야 신호가 끊기고 목소리가 들려왔다.

"여보세요?"

"소지?"

"아, 형. 어디예요?"

"그냥 밖이야."

"목소리가 왜 그래요?"

"왜, 이상하니?"

"감기든 것 같아요. 밖에 지금 춥죠?"

"응, 그러고 보니 좀 쌀쌀하네."

둘은 한동안 말이 없었다. 그는 침을 한 번 꿀꺽 삼켰다.

"소지야."

"네?"

"하나 물어보자."

"뭔데요?"

"아까 조선호텔에서 했던 말, 아직도 유효한 거야?"

"뭐 말이에요?"

"선생으로 늙어갈 것 같지는 않다는 말, 어쩐지 헤밍웨이나 조이스처럼 고향을 떠나 글을 쓰며 살고 싶다는 말, 아직 유효하냐구."

그녀는 한동안 아무 말도 하지 않았다. 그는 잠자코 그녀의 대답을 기다렸다. 그 시간이 아주 길게 느껴졌다.

"형, 우리집에 안 와봤죠?"

"안 가봤지."

"아까 집에 오니까 말이야, 형 가방 찾는다고 난장판으로 만들어놓고 나갔었거든. 심란하더라구. 그래서 오랜만에 대청소를 했어. 오밤중에 말야. 근데 하고 나니까 집이 너무 반들거려. 오래된 집이거든. 곧 재개발되겠지만."

"그렇구나."

"집에 있는 귀신들이 날 반기는 느낌, 알아요? 아무도 없는 집인데 문을 열면 꼭 누가 말을 걸어오는 것 같아."

"그런 느낌 있지."

바람이 좀더 차가워졌다. 눈물을 흘리면 체온이 올라가는 걸까? 몸이 으슬으슬 떨렸다.

"애들이 얼마나 이쁜지 몰라요."

"무슨 애들? 아, 학생들?"

"네, 언어감각을 타고나는 애들이 있어요. 그런 애들을 가르치고 있으면 내가 참 훌륭한 사람이 된 것 같아요. 현미도 그런 애 중의 하나예요."

"그렇지만 넌 선생이기 이전에 작가잖아."

"……그것도 잘 모르겠어요. 선생으로서는 만족해본 적이 많았는데, 작가로선 한 번도 내 자신, 그리고 작품에 이만하면 됐다, 흡족하다, 이렇게 생각해본 적이 없었어요. 그러고도 작가라고 할 수 있을까요?"

"둘이 지향하는 바가 다르니까."

"그렇죠."

둘은 또 한동안 말이 없었다.

"형, 형은 참 좋은 사람이에요. 난 알아요."

"그러니? 넌 알겠니? 근데 왜 난 잘 모르겠지?"

"뭘요?"

"그냥…… 내가 좋은 사람인지 아닌지 관심이 없다는 뜻이야."

"그림요?"

"오늘 문득 깨달았어. 지금까지 난 인간들이 상당히 추상적인 고민들을 하며 살아간다고 생각했던 것 같아. 인생, 운명, 정치, 뭐 이런 것. 너도 알다시피 나 수학 좋아하잖아."

"형이 늘 말했죠. 순수한 추상의 세계라고."

"맞아. 문제 풀고 있노라면 시간 참 잘 가지. 난 다른 사람들도 얼마간은 다 그런 면이 있다고 믿었던 것 같아. 그런데 오늘 보니 다들……"

"다들?"

"살아남기 위해, 오직 살아남기 위해 미친 듯이들 사는 것 같아. 왜 나만 그걸 몰랐을까?"

고등학생 둘이 소로를 따라 기영이 앉아 있는 벤치를 스쳐 지나갔다. 그는 잠시 말을 멈추었다.

"형, 헨리 데이비드 소로가 그런 말을 한 적이 있어. 가만히 살펴보면 모두가 필사적으로 살아가고 있다는 것을 알 수 있다."

"……"

"……"

고등학생들의 말소리가 점점 멀어졌다.

입이 바싹바싹 말랐다. 생이 끝나간다는 것, 이대로 추락한다는 것이 이렇게 분명한 실감으로 다가올 수 있다는 게 놀라웠다.

"아무래도……"

그는 꺼냈던 말을 주워담았다.

"아니야."

"……"

그녀는 아무 말도 하지 않았다.

"잘 있어. 그냥 가기 전에 전화나 한번 하려고 그랬던 거야."

"……형 맘 알아."

"안다구?"

그는 웃었다. 그 웃음이 수화기를 통해 전해진 것이 틀림없었다. 아마 비웃는 것처럼 들렸을 것이었다.

"좀전에, 그러니까 좀전에 말야. 마리랑 만났어."

"네에……"

"마리랑 만났는데……"

울컥, 감정이 북받쳐올라 그는 잠시 말을 멈추었다. 잠시 침묵이 흘렀다. 그 순간 그는 문득 소지가 마리와 자신의 결정에 대해 아무것도 묻지 않고 있다는 것을 깨달았다. 소지는 그것을 통해 조용히 자신의 결심을 알리고 있었다. 기영은 그녀가 자신의 인생에 더는 개입하지 않기로, 그런 위험한 모험을 떠나지 않기로 결심했음을 직감했다. 그는 화제를 돌렸다. 마지막에라도 좀 현명해질 필요가 있었다.

"아, 아니다. 내가 괜한 소리를 할 뻔했네. 그래, 그럼 잘 있어."

"그래요. 나도 그만 자야 될 것 같아요. 내일 다시 통화해요."

내일이 없다는 것을 잘 아는 사람의 입에서 나온 '내일'이 암시하는 것을 기영은 놓치지 않았다.

"그래 좋은 작품 써라."

"……형도 몸조심하세요."

폴더를 닫아 전화를 끊었을 때, 그의 옆에는 누군가 다가와 있었다. 아주 낯익은 남자였다.

"사장님, 여기 계셨네요. 어딜 그렇게 돌아다니세요? 많이 찾았어요."

47

현미는 침대 위에서 몸을 웅크린 채 전화기를 만지작거렸다. 집은 고요했다. 나비만 현미 옆에서 눈을 감고 편안히 잠들어 있었다. 현미는 발을 뻗어 나비의 다리를 툭 쳤다. 나비는 귀찮은 듯 다리만 움츠렸을 뿐 눈을 뜨지는 않았다. 현미는 손으로 나비의 뒷발을 만졌다. 부드러운 분홍빛 육구도 꾹꾹 눌러보았다. 기분이 좀 나아지는 것 같았다. 현미는 결심한 듯 전화를 걸었다.

"여보세요? 응, 나야. 잘 들어왔어. 아까 고마웠어. 재밌었구. 철이는 들어왔어? 그래? 보고 왔으면 좋았을걸. 정말 간발의 차이였네. 집? 아직 아무도 없어. 엄마 아빠 다 안 들어왔어. 자주 이래. 나? 바둑 TV 좀 보다가…… 뭐가 노인네냐? 얼마나 재밌는데. 넌 바둑을 몰라서 그래. 정말 재밌다니까. 장난 아니야…… 아영이? 아영이는 왜? 아영이는 오늘 뭐 다른 일이 있대. 아, 몰라. 그걸 왜 나한테 물어? 미안. 짜증낸 거 아냐. 그래? 철이가 뭐래? 정말? 걔 되게 재밌는 애구나. 오호, 오호. 정말, 정말? 응, 으응. 으응. 아까? 아까 뭐? 아까 우리가 뭐 했지?…… 몰라, 됐어. 그냥 그렇게 생각하기로 했어. 넌 어떻게 생각해? 응?…… 말해봐. 글쎄, 기분이 좀 이상했구. 아이, 정말 몰라. 철이 옆에 없어? 이런 얘기 해도 괜찮아?…… 그래? 아무리 그래도 그렇지. 오목? 오목도 두지. 것도 잘 두려면 어려워. 그럼, 랭킹도 있어. 응. 인터넷에 들어가면 나름의 고수들이 주욱 즐비하지. 바둑하곤 또 다르지만 그것도 비슷해. 누가 더 앞의 수를 많이 내다보느냐야…… 우리 엄마? 아, 얼마 전에 팔을 좀 다치셨어…… 그래, 그래. 그래도 운전은 잘해. 그냥 방목형이야…… 좋긴 뭐가 좋아? 근데 우리 아빠 오늘 학교 오셨었다. 응, 응. 근데 소지가 마중을 하더라구. 뭐? 나 국어 잘해…… 응? 소지가…… 글쎄, 울 아빠랑 비슷한 나이인가? 불륜? 흥, 우리 아빠는 그럴 위인이 못 되네요. 야아, 쓸데없는 소리 하면 너…… 알았어. 너 전화하면 철이는 뭐 해? 아, 그렇구나. 걔 정말 혼자서 잘 노는구나. 안 심심하대? 하긴, 요즘 혼자 놀 게 얼마나 많은데. 어, 그래? 아, 엄마 왔나봐. 또 전화할게. 안녕, 잘 자."

현관문을 열었다. 엄마였다. 푸스스한 머리카락이 볼을 따라 힘없이 가닥가닥 흔들리고 있었다.

"우리 딸 아직 안 잤구나."

마리는 딸의 머리를 쓰다듬었다.

"응, 지금이 몇신데 벌써 자?"

"오늘 별일 없었니?"

"……아니."

"밥은 먹었고?"

"응, 친구가 생일이라서 거기 가서 먹었어."

그녀는 힐을 벗어 신발장에 넣었다.

"친구 누구?"

"있어."

"누구?"

"진국이라고, 아영이 친구야."

"아, 그, 아마추어 무선통신인가 한다는 애?"

"응, 걔."

그녀는 옷을 벗어 의자에 던졌다. 내일쯤 드라이클리닝을 맡겨야 할 것 같았다.

"근데 엄마."

"왜?"

그녀는 욕실로 들어가 세면대에 물을 틀었다.

"진국이란 애 말야, 철이란 애하고 같은 방에서 산대."

"누가 동생이야?"

"그냥 친구래."

"방이 넓은가부지."

"아니야, 내 방만 해. 근데 더 웃긴 건, 진국이 엄마 아빠는 철이가 같이 사는 걸 모르신대."

그녀는 클린징폼을 얼굴에 바르고 오른손으로 물을 받아 얼굴에 끼얹었다. 한 손으로 하는 세안은 쉽지 않았다.

"저녁은 잘 먹었어?"

그녀의 문장은 푸, 푸, 소리에 막혀 분절되었다.

"응."

마리는 마른 수건으로 얼굴을 닦으며 다시 물었다.

"저녁은 먹은 거야?"

현미는 짜증을 부렸다.

"아까 걔네 집에서 먹었다니깐."

"응, 알았어. 이제 일찍 자. 내일 학교 가야지."

마리는 건성으로 말하고는 피곤한 다리를 끌고 안방으로 들어갔다. 잠깐의 활기는 사라지고 다시 유독한 피로가 코끝에서 악취를 풍겼다. 그녀는 어서 정신을 놓고만 싶었다.

"엄마, 근데 말야."

현미가 안방으로 들어가는 옷섶을 붙드는 것을 그녀는 냉정하게 잘랐다.

"현미야, 엄마 지금 무지 피곤하거든. 내일 얘기하자, 응?"

현미는 아무 대꾸 없이 자기 방으로 들어가 문을 쾅 닫았다. 그녀에겐 더이상 현미를 대할 힘이 남아 있지 않았다. 그래도 모든 창문을 단단히 닫고 현관문의 잠금장치를 확인했다. 커튼을 굳게 치고 간신히 침대 속으로 들어갔다. 그리고 뭔가를 생각해보려 했지만 그녀의 의지와는 달리 무섭도록 빠르게 잠에 빠져들었다.

엄마가 어지러운 꿈속을 헤매는 사이, 현미는 자기 방에서 곰곰이 오늘의 일을 생각하고 있었다. 그 순간 마치 샤워기에서 찬물이 갑자기 쏟아지듯 어떤 통찰이 왔다.

철이라는 애는 존재하지 않는다.

그런 애는 아예 없는, 진국이의 머릿속에서만 존재하는 아이가 아닐까. 한번 그렇게 생각하고 나자 도저히 그 말을 부인하기 어려웠다. 해명되지 않았던 무수한 것들이 모두 설명되었다. 진국의 이상한 행동과 도저히 동거가 불가능할 것 같은 좁은 공간. 현미는 눈을 감았다. 지금도 철이라는 상상 속의 아이와 나란히 누워 도란도란 이야기를 나누고 있을 진국의 모습이 떠올랐다. 그러나 현미의 마음속엔 진국에 대한 두려움보다 안쓰러움이 먼저 자라났고, 어느새 그런 진국을 꼭 껴안고 있는 자신의 모습을 생각하고 있었다. 그리고 철이라는 애를 죽여버리고, 그러니까 진국의 상상 속에서 지워버리고 그 자리에 자신이 들어가고야 말겠다고 다짐했다. 음, 별로 어려운 일은 아닐 거야. 그녀는 스스로에게 다짐하며 이불을 눈썹 끝까지 끌어올렸다.

PM 11:00
피스타치오

48

"그게 그렇게 된 거였군."

기영은 수갑을 찬 채 위성곤과 나란히 앉아 있었다. 성곤은 공연을 막 마치고 무대에서 내려온 배우 같았다. 아직 분장은 남아 있었지만 무대 위에서와는 완전히 다른 모습이었다. 어눌한 말투도 사라졌고 구부정했던 허리는 곧게 펴져 있었다. 대머리는 여전했지만 그것도 이제는 승자의 여유를 나타내는 표징처럼 보였다.

"어쩐지. 난 그런 줄도 모르고 모든 일이 참으로 쉽게 돌아간다고만 생각했었지. 은행들이 그렇게 호락호락할

리가 없는데 말이야. 다 내가 잘나서, 내가 똑똑해서, 이 자본주의 세상에 잘 적응해서 그렇다고만 생각했었지. 뒤에서 너희들이 얼마나 날 비웃고 있었을지를 생각하면."

그는 담담하게 말했다. 성곤이 그를 위로했다.

"꼭 그런 것만은 아니에요. 사장님은 잘해오셨죠. 영화 몇 편은 꽤 관객이 들었잖아요. 대박은 없었어도 소소한 중박은 좀 있었구요."

"아니야, 아니었어. 자본주의 사회가 그렇게 만만하지 않은데. 안 그래? 그런데 성곤씨, 참 연기 잘하데. 난 깜빡 속았어."

"연기를 안 한 거죠. 지금 보시는 게 바로 연기입니다. 회사에선 평소 집에서 하던 대로 했을 뿐입니다. 포르노를 보고 코를 후비고 졸고 그러는 거죠. 대학 다닐 때 연극반에 잠깐 있었는데요, 그때 그런 얘길 들었어요. 연기라는 게 없는 걸 만들어내는 게 아니다. 자기 안에 있는 또 다른 모습을 발견하는 것이다."

그러나 기영은 성곤의 무용담을 한가로이 듣고 있을 기분이 아니었다. 도마뱀 한 마리가 식도를 거슬러 역류하는 기분이었다.

"넌 개새끼야."

"네?"

"개새끼라고."

"……"

"인정해?"

성곤의 표정이 딱딱하게 굳었다.

"그냥 제 일을 했을 뿐입니다."

"그러니까 개새끼라고. 아무 생각 없이 제 할 일만 하는 거, 그게 바로 개새끼야."

그는 성곤의 눈을 똑바로 쳐다보고 말했다. 성곤의 근육들이 속속들이 긴장하여 떨리는 것, 그 파동이 어둠 속에서도 미세하게 전해져왔다.

"너희들이 다 만들어놓은 판에서 나 혼자 아무것도 모르고……"

"그건 죄송하게 생각합니다."

전혀 죄송하게 생각하는 말투가 아니었다. 귀찮은 민원인을 상대하는 공무원의 어조였다. 그에게서 신용불량자와 포르노 중독자의 모습은 이제 어디에서도 찾아보기 어려웠다.

"사장님이 제 입장이었어도 그렇게 했을 거잖아요."

"그렇지."

이제야 어렴풋이 감을 잡을 수 있었다. 4번 명령이 왜 내려왔는지를. 그는 상상했었다. 이상혁의 후임자 중 하나가, 못 말리는 일 중독자로, 또한 투철한 당성의 소유자인, 그리고 얼마간은 강박증에 걸린 한 사내가 우연히 기영의 파일을 발견하고, 도대체 이자가 왜 아직도 서울에 남아 있는가, 의아하게 여긴 끝에, 여러 경로를 통해 소환을 명령했다고 믿고 있었다. 그러나 어쩌면 자신을 중심으로 대단히 치열한, 그러나 무섭도록 고요한 그 어떤 대결이 지난 몇 년간 벌어졌을 수도 있었다. 그는 바퀴벌레를 잡는 덫과 같았다. 저 깊은 싱크대 구석에서 격절된 채, 그래서 세상과 유리돼 있다고 믿은 채, 그러나 사실은 사방으로 냄새를 풍겨대고 있었던 것이다. 그는 그 자체로는 유해하지도 무해하지도 않았다. 그런데 그가 모르는 사이, 그 어떤 미묘한 양자의 세력 균형이 무너진 것이다.

물론 이 모든 추정이 그릇되었을 가능성이 있었다. 그가 분명히 알고 있는 것은 오직, 그가 아무것도 모른다는 것이었고, 앞으로도 그런 사정이 나아질 가능성이 거의 없다는 것이었다.

그때 기영의 등뒤에서 다른 목소리가 들려왔다. 성곤이 자리에서 일어나 엉거주춤 인사를 했다. 회색 조끼였다. 성곤은 다시 자리에 앉지 않았다. 회색 조끼는 턱짓으로 그를 물렸다. 그는 등나무 그늘에서 벗어났다.

"안녕하십니까? 정이라고 합니다. 다들 정팀장이라고 부릅니다만."

그는 기영의 옆자리에 궁둥이를 붙이고 앉았다. 그리고 주머니 속에서 피스타치오 봉지를 꺼내 기영에게 내밀었다.

"좀 드시겠습니까?"

"됐습니다."

"그러지 말고 드셔보세요. 캘리포니아 산인데, 이게 건조한 지형에서 잘됩니다. 겉은 딱딱하고 단단하면서 안은 촉촉해야 되거든요."

"네."

기영은 그에게서 피스타치오를 건네받아 입속으로 던져 넣었다.

"이 동네에 오래 사셨죠?"

"한 오 년 됐습니다."

"집으로 재미 좀 보셨겠습니다."

"뭐, 조금 올랐습니다만, 강남에 비하면야……"

"저도 중계동에 한 사 년 전에 집을 한 채 샀습니다. 사십 평짜린데, 거기 학원가가 좋아서 그런지 꽤 올랐습니다."

대화는 거기에서 잠시 끊겼다. 피스타치오 봉지가 바스락거리는 소리, 바싹 마른 열매를 깨무는 소리만 들렸다. 학원에서 돌아오는 중고생들이 그들이 앉아 있는 벤치를 지나갔다.

"따님이 있는 걸로 아는데요."

"있죠."

"공부는 어떻게, 좀 하는 편인가요?"

기영은 피스타치오 껍질을 발치로 떨어뜨렸다.

"네, 공부를 곧잘 하고 제 엄마 닮아서 똑똑합니다."

"제 아들놈은 농구에 미쳐서 도대체 책상 앞에 앉을 줄을 모릅니다. 하여간 걱정입니다."

"그쪽으로 재능이 있다면야."

"그러면야 얼마나 좋겠습니까만…… 참 부인께서 미인

이십디다."

"......?"

"아, 오해는 마십시오. 혹시 그쪽으로 오시나 해서 오늘 부인 직장 근처에서 잠복을 했었거든요. 아마 부인은 모르실 겁니다."

기영은 눈을 감고 잠시 마리를 생각했다. 마리가 가랑이를 벌리고 두 사내를 받아들이고 있었다. 그는 눈을 떴다. 어쩌면 그 모든 장면들이 리얼리티 프로그램처럼 그 어딘가로 생중계되었을 수도 있겠다는 생각이 떠올랐다.

"만약 자수를 한다면……"

"다른 분들과 같이 해드립니다."

"그러니까 뭘 해주신다는 거죠?"

"다 아시면서 왜 이러십니까? 이런 건 소득세 신고하고 비슷합니다. 혼자 하셔도 되지만 여러 가지로 불리한 구석이 많죠. 사업해보셨으니까 무슨 말인지 잘 아시겠죠? 저희를 세무사라고 생각하시면 됩니다. 저희한테 맡기시면 알아서 해드립니다. 단지 수수료가 좀 든다, 이렇게 보시면 되죠."

"수수료라……"

"그렇지만 여러모로 이득입니다. 왜 무역에 비교우위라는 말 있잖습니까? 그런 게 있는 거죠. 선생님은 저희한테 주실 것을 주시고, 그럼 저희는 저희대로 고객을 보호해드립니다. 그게 저희가 잘하는 일이니까요."

"정말입니까?"

"저쪽에서 내려온다거나, 뭐 요즘 그쪽 달러 사정이 안 좋아서, 그럴지 안 그럴지 모르겠지만, 또 검찰 쪽에서 냄새를 맡는다 해도, 우리만 서로 잘 협조한다면, 별 문제될 것이 없습니다. 아시다시피 이건 일반 형사사건이 아니니까요."

만약 누군가 옆에서 둘의 대화를 엿들었다면 정말이지 분식회계를 공모하는 부정한 기업가와 세무사의 대화처럼 들렸을 것이다.

"그럼 한정훈이도 그쪽에 가 있습니까?"

정은 씩 웃으며 피스타치오 껍질을 어금니로 깨물었다. 따닥.

"그 양반이라고 중뿔난 뭐가 있었겠습니까?"

"올라간 사람은 없는 모양입니다?"

"저희가 알기로는 없습니다. 그렇지만 알 수 없죠. 이 세계야 언제나 안갯속이니까요."

검은 점퍼를 입은 두 사내가 정에게 다가와 귓속말을 했다. 정은 그 말을 고개를 끄덕이며 다 듣더니 지시를 내렸다.

"응, 현재 위치에서 각 잡고 있으라 그래. 아직 얘기 안 끝났으니까."

두 사내가 목례를 하고 물러갔다.

"애들이 좀 추운 모양입니다."

"저는 어떻게 되는 겁니까?"

그가 손목에 채워진 수갑을 내려다보며 말했다.

"어떻게 하시느냐에 달렸죠. 잘하시면 모든 과정이 빨리 끝납니다."

"조사해봤더니 죄가 많다, 이러면 어떻게 되는 겁니까?"

정이 눈을 빛냈다.

"여기는 성당이 아닙니다."

"그게 무슨 소립니까?"

"그 밖의 알아내지 못한 죄에 대해서도 사해주는, 그런 데는 아니란 말입니다."

"그럼?"

"죄가 있다면 일단 다 알아내지요. 그런 다음 다른 일을 진행합니다."

기영은 고개를 쳐들었다.

"그런데 왜 저를 데려가지 않는 겁니까? 왜 여기서 이러고 있는 겁니까?"

정은 빙긋이 웃었다.

"하셔야 할 일이 아직 남아 있기 때문이지요. 쇼는 계속돼야죠."

위성곤과 정팀장 사이에는 어떤 공통점이 있었다. 왜 이들은 이렇게 너스레를 떨어대는 걸까? 마치 대학교 연극반 같은 돼먹지 않은 농담으로 자신을 희롱하는 걸까? 이것은 이들의 유희일까. 아니면 자신의 경계심을 누그러뜨리려는 일종의 기술인가. 아니면 이 모든 것이 그저 하나의 연극에 불과할 뿐이라고 설득하고 싶어하는 것일까. 도대체 왜 이러는 걸까. 아니다. 어쩌면 이들은 희생자인 기영을 두려워하고 있는지도 모른다. 번제물을 바치는 고대의 제사장들처럼 희생자에게 감정이 이입되는 것을, 그리하여 상처받는 것을 두려워하는 것인지도 모른다. 시시껄

렁한 농담과 어설픈 경구, 애써 지은 미소로 인간의 목숨이 왔다갔다하는 이런 상황에서 자신을 분리해내는 것이다. 아, 가련한 것들. 그렇게 생각하자 기영에게는 아주 조금이나마 어떤 여유가 생겼다. 처음으로 하루 종일 자신에게 닥쳐오던 상황의 삼각파도에서 벗어나 그것을 내려다볼 틈을 확보한 것이었다. 너희라고 어찌 두렵지 않겠는가. 이 낯선 장소에서 벌어지는 이런 수작들이 너희에게도 역시 얼마나 스트레스겠는가.

"그게 뭡니까?"

정은 양복 안주머니에서 검은 전자시계를 꺼내 내밀었다.

"대신 이 시계를 착용해주세요. 일종의 전자팔찌인데요, 한번 착용하시면 풀기는 좀 어렵습니다. 잘 풀리지도 않지만 일단 시도하는 순간 저희한테 신호가 오게 돼 있거든요. 보세요, 겉보기엔 시계하고 똑같이 생겼죠? 가벼워서 차고 다니시기에도 전혀 불편하지 않을 겁니다. 물론 시계도 되고 알람도 있습니다."

시계의 표면에는 'CASIO'라고 쓰여 있었다.

"왜 나를 바로 데려가서 조사하지 않는 겁니까?"

"뭐 그렇게 급할 거 있습니까? 천천히 해도 됩니다. 선생님은 돌아가셔서 평상시와 같이 행동을 해주십시오. 그러면 됩니다."

그는 자리에서 벌떡 일어났다. 그러자 화단 뒤쪽에서 갑자기 부산한 인기척이 들렸다. 조경수 가지들이 옷감에 쓸리는 소리였다. 몇 명쯤이 더 잠복해 있는 모양이었다.

"전, 그럴 수가 없습니다."

"왜요? 부인과 따님이 기다리실 텐데요."

"아내와는 아까 이미 얘기를 나눴습니다. 다 얘기했습니다."

그는 단호하게 말했다. 돌아갈 수는 없었다. 정은 피스타치오를 입 안에 던져넣었다.

"죄송합니다만 저희도 일부 들었습니다."

기영의 얼굴이 달아올랐다.

"듣고도 그런 소리가 나옵니까? 집으로는 돌아가지 않을 겁니다."

"돌아가셔야 합니다. 현미에겐 아빠가 필요하지 않을까요?"

기영은 잠시 아무 말도 할 수 없었다. 정말 현미에게 내가 필요할까?

"아내가 잘 키울 겁니다."

"그래도 한창 자랄 땐데."

그는 다시 벤치에 주저앉았다.

"아까 들으셨겠지만 아내는 내가 북으로 돌아가길 바라고 있습니다."

"그거야 순간적으로 화가 나서 하신 말씀이고…… 그리고 보시다시피 북으로 돌아가는 건 이제 불가능합니다."

"당신 부인이 아니잖습니까? 누구보다 내가 잘 압니다."

기영이 언성을 높였다.

"물론 그러시겠지요. 그러나 부인 입장에서 한번 생각을 해보세요. 십오 년을 속아 산 것 아닙니까? 충분히 그러실 수 있죠. 부부싸움은 칼로 물 베기라고 하지 않습니까?"

기영은 대꾸하지 않았다. 정도 잠시 아무 말 없이 묵묵히 앉아 있었다. 그리고 비어버린 피스타치오 봉지를 휙 던져버렸다. 바닥에는 피스타치오 껍질들이 수북했다. 그는 주머니에서 크림빵을 하나 꺼내 비닐봉지를 찢었다.

"죄송합니다. 제가 위암 때문에 위를 좀 잘라내서 무슨 걸신들린 사람처럼 계속 뭘 먹어줘야 합니다."

"드십시오."

회색 조끼는 크림빵 한 조각을 우물거리며 씹었다. 기영은 아까 받아놓고 미처 먹지 않은 피스타치오, 땀에 젖어 축축해진 그것을 입에 넣었다. 아무 맛을 느낄 수 없었다.

"팀장님은 저라는 사람, 김기영이라는 사람을 잘 모르는 것 같습니다."

"무슨 말씀이신지?"

"중학생 때, 아마 열여섯 살 때쯤, 아마 지금 현미 나이쯤 됐겠지요. 집에 돌아오니 어머니가 일을 저지르셨습니다…… 아, 그때부터 집에 들어가는 게 참…… 그런 기분 모르실 겁니다. 집이 지옥이 된다는 건, 그건 정말 너무 끔찍한 겁니다. 제가 왜 이런 얘기 하는지 모르겠습니다만, 지금도 저는 어떤 밤에는, 여기가 평양의 그, 내가 살던 그 아파트라고 생각하면서 잠에서 깨어납니다. 꿈속에서 저는 아직 그 시절에 머물러 있는 겁니다."

"힘드셨겠습니다."

"저는 부모로서 해야 할 가장 중요한 일은 자식들에게 아름다운 추억을 많이 만들어주는 거라고 생각합니다. 그런데 저는, 인간이 못나서 그런지 현미한테 그런 것을 많이 주지 못했습니다. 저는 또 부모로서 해야 할 더 중요한 일은 가능하면 끔찍한 기억을 남겨주지 않는 거라고 생각합니다. 집으로 들어가서 아내의 불륜을 캐고, 따지고, 공격하고, 그럼 아내는 아내대로 반격하고 까발리고, 그리하여 서로를 저주하면서 한창 자라나는 딸에게 상처를 주고 싶지는 않다는 말입니다. 제 말 아시겠어요? 아내 말이 맞습니다. 저 하나만 희생하면 되는 것을……"

"무슨 말씀인지는 알겠습니다. 그러나 그것은 다 하기 나름입니다. 김 선생님은 저 집으로 들어가셔야 합니다."

"글쎄 안 된다지 않습니까?"

그가 버럭 소리를 질렀다. 정은 난감한 표정으로 말했다.

"자, 자, 진정하세요. 저는 김선생님께 이미 설득이 됐습니다. 정말입니다. 믿어주십시오. 그러나 저 역시 우리 회사의 말단에 불과합니다. 무슨 말인지 이해하시겠습니까? 저는 그저 심부름꾼에 불과하다는 겁니다."

몸속의 피가 걸쭉한 죽처럼 천천히 흐르는 환상에 잠깐 사로잡혔다. 심한 무력감이 젖은 옷처럼 살갗에 들러붙었다. 성을 찾아나서는 측량기사 K처럼, 도대체 어디와 어떻게 싸워야 할지 알 수 없었고 그 종착역이 어디일지도 가늠할 수 없었다. 어쩌면 이것이 시작일 것이다. 여기서 한번 이들의 요구를 들어주면 카프카의 인물들처럼 그 어떤 복잡한 폐쇄회로 속을 분주히, 그러나 반복적으로 오가면서, 자신에게는 절박한 비극이 타인에게는 우스꽝스런 한 편의 소동으로 변모하는 과정을 계속 겪게 되리라는 것을 예감하였다. 이들은 동물행동학을 연구하는 생물학자처럼 자신의 행동들을 무심히 내려다보리라. 짝짓기와 양육, 일과 놀이를 관찰할 것이다.

"그럼 지금은 무슨 말을 해도 입만 아프겠군요."

"그렇습니다. 일단 댁으로 들어가시죠. 사실 가정생활이라는 게, 좋은 일도 있고 나쁜 일도 있는 것 아닙니까? 그리고 서로의 잘못을 알면서도 덮어주고 애써 이해하고 그러면서 사는 거죠. 그러니 들어가셔서 문제를 해결하시고 평소처럼 살아가시면 됩니다."

"평소처럼? 평소처럼? 지금 와서 그게, 정말 가능하다고 생각하십니까?"

그의 음성은 비통했다. 그러나 정은 별로 흔들리지 않았다.

"그럼요. 부끄러운 얘기지만 저는 결혼 초, 마누라가 임신을 했을 때, 딴 여자를 만나다가 딱 걸렸습니다. 아니, 사실은 처형, 그러니까 마누라 언니 되는 사람하고 잤습니다. 뭐, 어쩌다 그렇게 된 거죠. 살다보면 그런 거 있잖습니까? 물론 난리가 났습니다. 지금도 마누라가 어떻게 그걸 알았는지 도무지 모르겠습니다. 마누라는 애를 지우네 마네 하면서 소리를 지르고. 그렇지만 지금은 언제 그런 일이 있었냐 싶습니다. 제가 몇 살이라도 인생을 더 살아봐서 드리는 말씀입니다."

대화는 거기에서 끊겼다. 둘은 한참을 말없이 앉아 있었다. 이제는 아파트 단지 옆 대로를 지나가는 차량들의 소음도 거의 사라져가고 있었다. 가까운 집에서 나는 텔레비전 소리가 오히려 더 크게 들릴 정도였다. 침묵을 깬 것은 기영이었다.

"좋습니다."

"네?"

정이 묻자 그는 담담하게 말했다.

"……그거, 그 시계, 주십시오."

"아, 그거요? 아이구, 잘 생각하셨습니다."

정이 신호를 보내자 뒤쪽에서 박철수가 나타나 기영의 수갑을 풀었다. 정이 기영에게 사과조로 말했다.

"수갑보다는 편하실 겁니다."

정은 박철수에게 전자팔찌를 건넸다. 박철수는 버튼 몇 개를 눌러보고는 다시 정에게 건네주었다.

"다 설정해놨습니다."

"아, 그래? 다시 안 해도 되는 거지?"

"네."

왼손을 내밀자 정이 팔찌를 그의 팔목에 갖다댔다. 그것은 조금의 망설임도 없이 철커덕, 기영의 손에 들러붙었다. 뱀과 같은 저온동물이 살갗에 닿은 느낌이었다. 정은 이제 좀 안심을 한 듯 넉넉하게 웃으며 말했다.

"자, 이제 팔찌를 차셨으니까 말인데, 댁에 들어가시기 전에 하셔야 할 일이 하나 있습니다."

그는 아무 대꾸도 하지 않고 묵묵히 왼 팔목만 물끄러미 내려다보았다.

AM 03:00
빛의 제국

49

멀리 등대를 향해 뻗은 방죽이 보였다. 방죽은 곧게 뻗어가다가 중간에 십오 도 정도 내항의 포구 쪽으로 휘어져 있었다. 기영이 서 있는 곳으로부터 사 킬로미터쯤 떨어진 포구엔 아직 영업을 하는 집이 있는지 몇 군데에 불이 들어와 있었다. 검은 바다에선 희미한 포구의 불빛이 잔영이 되어 출렁거렸다. 달도 별도 잘 보이지 않는 날이었다. 그는 바위 뒤에 몸을 숨긴 채 시계를 보았다. 등대가 바다를 향해 빛을 뿜어내고 있는 사이, 포구에서 멀리 떨어진 해안에는 서치라이트가 건성으로 불규칙한 궤적을 그리며 땅과 바다가 만나는 지점들을 훑고 있었다.

그는 알고 있었다. 멀리 저 검은 바다에서 누군가가 잠망경으로 어두운 해안을 바라보고 있으리라는 것을. 며칠 동안 생라면만 씹으며 좁은 잠수정 안에서 배설의 욕구도 참고 지내 극도로 신경이 날카로워진 승조원들은 주머니 속의 독약 캡슐을 만지작거리기도 할 것이다. 오리발을 신은 안내조는 해치가 열리기만을 기다릴 것이다.

그는 03시 정각이 되자 주머니 속에서 소형 맥라이트 전등을 꺼내 어두운 바다, 마치 우주의 저 끝처럼 느껴지는 그 암흑 속으로 점멸신호를 쏘아보냈다. 잠시 후, 파도의 등을 넘어 다소 불완전한 응답이 날아왔다. 그 커뮤니케이션은 그 자체로, 신호의 내용과 문맥을 떠나 그를 흥분시켰다. 누군가가 목숨을 걸고 그를 데리러 왔다. 그리고 수면 아래에서 그를 기다리고 있는 것이다. 그들은 아주 멀리에서 왔고 자신들의 임무, 그것의 정당성에 대해 확신하고 있다. 잘 훈련된 동지들이 저기 있다. 그런 상념은 그에게 뜻하지 않은 향수를 불러일으켰다. 130연락소 시절의 그는, 뭐니뭐니 해도 우선, 청춘이었다. 스무 살이었고, 평양에 두고 온 가족과 여자를 그리워했고, 다가올 자신의 미래를 알지 못했다. 땀냄새가 떠날 날이 없었고 군복에서는 늘 악취가 풍겼다. 늘 배가 고팠으나 자신의 단단한 근육과 예민한 신경에 대해 자신이 있었다. 운명을 같이할 동지가 있다고 믿었고, 그들과 함께 관철시킬 필생의 과제, 혁명의 과업이 있다고 믿었다. 인간이 인간을 변화시킬 수 있고, 변화된 인간들이 세상을 바꿀 거라고, 아주 잠깐이지만, 믿었다. 지금, 이 태안반도의 한 귀퉁이에서 자신이 그런 것들로부터 얼마나 멀리 떨어져 있는가를 새삼 실감하였다. 이십 년 전, 이 서해바다를 헤엄쳐 들어올 때의 그와 현재의 그는 얼마나 다른가. 맥라이트의 신호를 통해 그는 이십 년 전의 자신과 해안선을 사이에 두고 마주하는 것과 같은 착각에 빠졌다.

안내조는 어깨로 물살을 헤치며 있는 힘을 다해 발로 물을 차며 해안으로 다가오고 있을 것이다. 아마, 스크루가 달린 동력추진기를 사용할 수도 있을 것이다. 기영은 귀를 기울였다. 멀리서 규칙적인 파도 소리가 아닌 미세한 기계음의 파동이 전해오는 것 같았다. 그의 몸도 함께 떨렸다. 바람이 거세어지고 있었고 습기가 코끝을 차갑게 식혔다. 기영은 맥라이트를 들지 않은 왼손으로 콧잔등을 문질렀다.

바로 그때, 게으르게 해안을 훑던 서치라이트 불빛들이 서서히 한곳으로 모여들기 시작했다. 처음에는 규칙이 없는 것처럼 보였지만 곧 서치라이트가 만들어낸 빛의 기둥들이 구불구불 해안을 따라 기옝과 잠수정을 이은 가상의 선분 위로 모여들었다. 그리고 파파파팡. 슈욱슈욱슈욱. 조명탄들이 사구 뒤쪽에서 일제히 솟구쳐올랐다. 일 킬로미터 상공에서 작렬한 조명탄들은 일순 대낮처럼 환하게 사위를 밝혔다. 서치라이트의 빛기둥이 얽히는 곳으로 화력이 집중되었다. 투두두툭툭투. 기관총탄들이 파도의 허리를 뚫고 날아갔다. 조명탄이 밝혀놓은 해안은 초현실주의적이었다. 하늘은 검은데 세상은 밝았다. 그것은 르네 마그리트의 〈빛의 제국〉 연작을 연상시켰다. 환하게 발광하는 해안의 모래언덕엔 그림자가 없었다. 총알은 사구 뒤의 벙커에서 바다를 향해 곧바로 날아갔고, 바위언덕 위의 서치라이트는 검은 바다의 표면에서 굴절되어 빛을 흩뿌렸다. 그는 해변의 무대에서 눈을 돌려 자신의 길고 긴 하루에 대해 생각하고 있었다. 두두두두둑. 먼 곳에서 기관총 소리가 들려왔지만 전혀 위협적으로 느껴지지 않았다. 그리고 곧 그마저도 들려오지 않았다. 오직 조명탄만이 꾸준히 검은 하늘로 솟아올라 화려한 탄흔을 남기고 낙하하였다.

이어폰을 통해 정의 음성이 들려왔다.

"자, 이만하면 됐습니다. 이제 나오셔도 될 것 같습니다."

기영은 돌아섰다. 바위의 능선을 피해 그늘로 걸어 해안에서 벗어났다.

"잠수정은 돌아갔을 겁니다. 이 정도 했으면 그쪽에서도 김선생을 의심하진 않을 겁니다."

기영은 그 말을 믿지 않았다. 언젠가 그들은 다시 올 것이다. 의심이 아닌 확신을 가지고. 걸어가는 기영을 서치라이트 하나가 포착했다. 그는 강렬한 빛에 갇힌 채 그 자리에 멈춰 섰다. 의외로 편안하고 부드러운, 비로소 자기 운명을 긍정하게 된 인간의 얼굴을 하고 있었다. 그러나 어찌 보면 눈물이 코주름을 따라 천천히 흘러내리고 있는 것도 같았다. 너무 강한 조명 때문에 얼굴의 음영이 지워져 마치 유령처럼 보이기도 했다. 서치라이트는 다시 검은 바다로 향했다.

AM 05:00
변태

50

박철수는 차에서 내렸다. 그리고 뚜벅뚜벅 걸어 '모텔 보헤미안'의 입구로 들어갔다. 습기를 머금은 무거운 공기가 아직 물러가지 않은 검은 새벽이었다. 그는 로비에 들어서자마자 주저하지 않고 오른쪽으로 몸을 틀어 복도의 끝까지 걸어갔다. 천장의 스피커에서 무슨 소리인가 들려왔지만 그는 개의치 않았다. 복도 끝으로 걸어가 마치 벽처럼 보이는 부분을 발로 슬쩍 밀자 문이 열렸다. 모든 것을 알고 찾아온 사람처럼 거침이 없었다. 방은 바깥의 화려한 인테리어와는 딴판으로 옹색하고 초라했다. 그 안에는 금테안경을 낀 육십대의 남자가 좁은 방 안에 누워 잠들어 있다가 벌떡 일어나 황급히 리모컨을 집어들며 소리를 질렀다.

"너 뭐 하는 놈이야?"

박철수는 거칠고 빠르게 리모컨을 빼앗았다. 아홉 개의 십사 인치 모니터가 벽의 한 면을 채우고 있었다. 금테안경은 허둥대며 이제는 지갑을 집어들고 있었다. 박철수는 지갑에서 신분증을 꺼내 잠깐 금테안경의 코앞에 들이댔다.

"저녁 아홉시부터 녹화된 거 있으면 다 내놔. 수사에 필요하니까."

"녹화 같은 거 안 하는데."

금테안경이 의심에 찬 눈길로 박철수를 쳐다보았다. 박철수는 신발을 신은 채로 방에 들어가 모니터와 연결된 선들을 훑었다. 그는 간단하게 몇 개의 테이프들을 찾아냈다. 그리고 시선으로 금테안경을 제압한 후, 테이프들을 살펴보았다.

"이 늙은 변태새끼."

박철수는 테이프들을 가방에 쓸어담았다. 그는 방에서 나와 뚜벅뚜벅 복도를 걸었다. 현관의 자동문을 지나 모텔

앞에 세워둔 차에 올라탔다. 그는 녹화 테이프를 담은 크로스백을 조수석으로 던졌다. 드드득. 테이프들이 소리를 냈다. 그중의 하나가 튕겨져나왔다. 그는 그것을 주워 다시 가방 속에 집어넣었다. 그리고 부르릉, 액셀러레이터를 밟아 차를 출발시켰다.

AM 07:00
새로운 하루

51

현미의 방은 동향이었다. 강렬한 아침 햇살이 젖혀진 커튼 사이로 눈을 찔렀다. 현미는 눈살을 찌푸리며 자리에서 일어나 잠옷을 입은 채로 거실로 나갔다. 거실 소파엔 기영이 신문을 들고 앉아 있었다.

"안녕히 주무셨어요?"
"응, 잘 잤니?"
"피곤해 보이네, 아빠."
"그렇게 보이니?"
"응."

"밤에 좀 일이 많았어."

"그럼 꼬박 새우신 거예요?"

현미는 소파 옆 스툴에 걸터앉으며 잠이 덜 깬 목소리로 물었다.

"근데 참 아빠, 어제 우리 학교 오지 않았어?"

"아니."

거짓말을 하려던 것이 아니었다. 정말로 그 순간의 그는 학교에 찾아갔던 일을 까맣게 잊고 있었다.

"정말?"

"왜?"

"분명 아빠 같았는데. 차도 똑같구."

그제야 기영은 소지와의 일이 떠올랐다. 그러나 정정하지는 않았다.

"아빠 차야 원체 흔하잖아."

현미는 목덜미를 긁었다. 현미의 희고 보드라운 목덜미에 붉은 흔적이 남았다.

"어쩐지……"

"뭐가?"

"아빠가 왔으면 나 보고 갔을 텐데, 그치?"

"그렇지."

"엄마는 아직 안 일어나셨어요?"

"응, 깨우지 마. 엄마 피곤하신가봐."

"그래도 출근은 하셔야죠."

현미는 엄마와 아빠 사이에 분명 무슨 일인가가 벌어졌다는 느낌을 받았다. 간밤에 좀 심하게 섹스라도 벌인 걸까? 그런 날 아침이면 감지되는 독특한 분위기가 있었다. 아빠는 조금 침울해 보이는 반면 엄마는 밝고 나긋나긋했다. 엄마가 늦잠을 자는 동안 아빠는 일찍 일어나 아침을 준비하거나 신문을 보곤 했다. 평소보다 대화는 줄어들었지만 눈웃음이나 장난이 늘었고 어딘지 모르게 평화로운 기류가 흘렀다. 그런데 오늘은 그렇지 않았다. 뭐라고 딱 꼬집어 얘기할 수는 없지만 오늘은 어제와도 달랐고 어제 이전의 그 어떤 날과도 달랐다.

현미는 발등에 볼을 부벼대는 나비를 들어올리다가 소파 한구석에 곱게 개놓은 양모 담요를 발견했다. 아빠는 소파에서 잤음이 분명했다. 아빠의 왼쪽 손목에는 지금껏 보지 못했던 검은색 시계도 있었다. 궁금한 것들이 좀 있었지만 그녀는 묻지 않았다. 더 늑장을 부리다간 학교에 늦을지도 몰랐다. 현미는 욕실로 들어가 문을 잠갔다. 그녀에겐 평소와 다름없을 하루가 기다리고 있었다. 칫솔을 들어 입속으로 밀어넣자마자 지난밤 부드럽게 밀고 들어오던 진국의 억센 혀가 떠올랐다. 얼굴이 달아올랐다. 거세게 머리를 흔들었다. 그러나 그럴수록 더욱 집요하게 파고드는 감각의 여운에 몸을 떨었다. 그녀는 혀를 쑥 빼고 치약을 묻힌 칫솔로 혓바닥을 거세게 문질러댔다. 우어억. 구역질이 치밀어올라오며 목과 어깨의 근육까지 긴장시켰고 머리에 피가 몰렸다. 칫솔을 씻고 물로 입을 헹구었다. 푸카푸카푸카. 목젖까지 헹군 물이 세면대로 쏟아졌다. 다시 한번 시원한 물로 입을 헹구고 잘 마른 수건으로 입가를 닦았다. 기분이 상쾌해졌다. 오늘 하루, 또 어떤 일이 자신을 기다리고 있을까 생각하며 욕실 문을 열고 거실로 나갔다. 엄마가 창백한 얼굴로 서서 소파에 앉아 있는 아빠를 바라보고 있었다. 그녀는 냉장고 문을 열며 엄마에게 인사를 했다.

"안녕히 주무셨어요?"

"으응."

마리는 들릴 듯 말 듯 건성으로 대꾸하고는 다시 안방

으로 들어가버렸다. 둘이 또 한바탕 싸운 모양이군. 현미는 우유를 꺼내 컵에 따라 마셨다. 밤새 너무 차가워진 우유는 고소함이 덜했다. 현미는 컵을 내려놓고 온몸을 비틀며 기지개를 켰다. 정신이 훨씬 맑아지면서 몸속 깊은 곳에서 솟구치는 강렬한 힘을 느꼈다. 걱정하지 마. 뭐든, 잘될 거야. 그녀는 자기 방으로 들어가 옷걸이에 걸린 교복을 내리고 문을 닫았다. 새로운 날의 시작이었다.

개정판 작가의 말

 이 소설은 2006년에 문학동네에서 초판이 출간되었다. 이 초판본은 여러 가지로 실험적이었는데 우선 겉표지에 네모난 창을 냈다. 그러니까 안에는 르네 마그리트의 〈빛의 제국〉 그림을 인쇄하고 그 위에 표지를 하나 더 씌워서 책의 제호를 세로로 넣은 것이다. 그리고 창을 통해 마그리트의 그림이 살짝 보이도록 했다. 아마도 거장의 작품을 되도록이면 훼손 없이 그대로 실으면서도 제호와 작가 이름이 잘 보이도록 하려는 표지 디자이너의 고육책이었을 것이다. 하지만 지금까지 다른 책이 그렇게 하지 않은 이유가 있다는 것은 곧 밝혀졌다. 네모난 창이 있는 겉표지가 발송 과정에서, 그리고 서점에서 진열되는 동안에 많이 찢어졌다. 표지가 찢어진 책을 사려는 사람은 없으니 아마 반품도 많았을 것이다. 멀쩡한 표지를 사서 집에 잘 가져온 독자들도 책꽂이에 꽂다가 역시 표지를 찢곤 했다(내가 바로 그랬다). 새롭고 낯선 것이면 무조건 좋아하던 시절이었으니 디자이너가 혹시나 하고 들이밀어본 디자인을 덥썩 선택한 것이다.

그밖에도 실험적인 시도는 또 있었다. 초판 『빛의 제국』의 표4, 그러니까 뒷표지에는 아무 텍스트도 없다. 그냥 텅 비어 있다. 내가 제안한 것인데 의외로 편집부의 저항이 없어 그냥 그렇게 하기로 되었다. 그 결과 책 표지에는 오직 책 제목과 작가 이름, 네모난 창 사이로 얼핏 보이는 마그리트의 그림, 그게 전부가 되었다. 또한 우리나라 소설에는 으레 따라붙게 마련인 '작가의 말'도 넣지 않았다. 영미권이나 유럽쪽 소설들은 특별한 경우를 제외하고는 책 안에 '작가의 말'이 들어가지 않는다(그게 우리가 세계문학전집에서 '역자의 말'은 봤어도 '저자의 말'은 보지 못한 이유다). 왜인지는 모른다. 하지만 독자가 저자의 의견이나 감상에 영향을 받지 않고 오직 텍스트와만 마주하는 것이 좋아 보였다. 그래서 『빛의 제국』부터는 '작가의 말'을 빼기로 했던 것이다.

그러나 이런 일련의 실험은 별로 결과가 좋지 않았다. 잘 찢어지는 표지와 텅 빈 뒷표지, 작가의 말도 없이 그냥 툭 끝나버리는 책을 우리 독자들은 좋아하지 않았다. 나라마다 오래 형성되어 온 전통이 있고, 그것은 옳고 그르고의 문제가 아니라는 것을 나는 곧 깨닫게 되었다. 원고를 탈고하고 홀가분한 마음으로 책상 앞에 앉아 앞으로 이 원고가 세상에 나가 어떤 운명을 겪을지 모르지만, 그래도 저자로서 축복을 기원하면서 당시의 마음가짐을 마치 한 장의 편지처럼 독자에게 보내는 것도 꽤 멋진 전통이라는 생각이 들었다. 그래서 그 뒤로는 꼬박꼬박 '작가의 말'을 쓰고 있고, 지금도 그걸 하고 있는 중이다.

표지는 찢어지고, 내용은 짐작이 잘 안 되고(당시 『빛의 제국』 광고의 헤드카피는 '무엇을 상상하든 그것과 다른 것을 보게 될 것이다'였다), '작가의 말'도 없었지만 그래도 이 소설은 자기 운명을 그럭저럭 잘 헤쳐나갔다. 출간 즉시 영화화 판권이 팔렸고(하지만 만들어지지는 않았다), 해외에서도 많이 번역 출간되었다. 책이 처음 나왔을 때, 내용을 애써 감추려 했던 것은 주인공이 남파된 간첩이라는 것 때문이었다. 내 세대는 '간첩신고는 112', '저기 가는 저 나그네 간첩인가 다시 보자' 같은 표어를 보며 자랐다. 1970년대부터 무수히 제작된 반공영화와 TV드라마 때문에 간첩이 나오는 모든 서사에 선입견이 있었다. 그래서인지 간첩은 내가 알기로 1980년대 이후 진지한 문학에서는 누구도 다루지 않은 직업군이었다. 이 소설이 장르적 규칙을 충실히 따르는 스파이소설로 보이는 것도 원하지 않았기 때문에 가능하면 소설의 줄거리를 노출하지 않으려 했던 것이다. 이 책을 쓰던 무렵 만난 사람들은 내가 간첩 이야기를 쓰고 있다고 하면, 다들 이해하기 어렵다는 표정을 지었다. 그래도 나는 이 소설을 쓰고 싶었고, 썼다.

처음에는 그냥 오래전에 남파되었다가 잊혀진 스파이가 주인공인 이야기를 써야겠다고 생각했다. 계간 『문학동네』에 연재를 시작했는데 2회까지 쓰고 중단했다. 이 이야기를 장편으로 전개할 준비가 충분히 되어 있지 않다는 생각이 들었기 때문이다. 그 무렵 남북 화해 무드가 조성되어 작가들도 평양에서 열릴 '남북작가대회'를 준비하고 있었고, 나에게도 참가 제의가 왔다. 방북 교육까지 받았지만 마지막 순간에 빠졌다. 가이드를 따라 평양 시내를 관람하는 것이 오히려 소설에 좋지 않을 것 같았다. 대신 탈북하여 남한에 정착한 사람들을 만나기로 했다. '1960년대생으로서 평양에서 대학을 다닌 분을 찾습니다'라는 글을 탈북한 이들이 모이는 커뮤니티에 올리자 30분 만에 연락이 왔다. 나와 동갑인 남자로, 평양에서 영화대학을 나와 모스크바에까지 유학한 사람이었다. 당시 탈북한 지 불과 몇 달 되지 않은 상태였다. 그와의 인터뷰로 정말 귀한 얘기를 많이 들었다. 초고를 탈고한 뒤에는 탈북 시인 한 분께 원고를 보내고 북한의 사정을 묘사한 부분에 고칠 것이 없는지 물었고, 직접 만나서도 대화를 나누었다. 이런 분들의 도움 덕분에 나는 북한 땅을 한번도 밟지 않고도, 어느 정도 그럴 듯하게 1980년대 평양에서 청소년기를 보낸 이들의 모습을 그려낼 수 있었다.

제목은 처음부터 '빛의 제국'이었다. 출간 직후, 계간 『작가세계』와 인터뷰가 있었는데 그때 이런 말을 했다.

문 : 『빛의 제국』이란 제목은 어떻게 얻은 것인가?
답 : 그 인물이 내 머릿속으로 '찾아왔'을 때 동시에 두 가지가 떠올랐다. 하나는 폴 발레리의 시구였다. 정확히 어

느 시에서 읽었는지는 정확히 기억할 수 없지만, 그리고 이제는 무슨 경구처럼 쓰이는 구절이지만, "생각한 대로 살지 않으면 사는 대로 생각하게 된다"는 문장이었다. 내 소설의 주인공은 자신의 인생을 스스로 잘 통제하고 있다고 믿는다. 그리고 어느샌가 긴장도 감각도 무뎌진 채 그저 하루하루의 인생을 살아가는 것이다. 그러다 어느 하루, 인생에 대한 감수성이 극으로 치닫는 것이다. 자신을 둘러싼 모든 것이 달라 보이고 낯설어 보인다. 그리고 문득 그야말로 아무 것도 감각하지 못한 채 하루하루 살고 있었음을 자각하는 것이다. 그러므로 그 귀환 명령은 어떤 면에서 그의 정신적 잠을 깨우는 역할도 하게 되는 것이다.

다른 하나는 르네 마그리트의 <빛의 제국> 연작이었다. 그 연작 속의 세계는 조심스럽게 뒤집혀 있다. 마그리트의 다른 그림처럼 대놓고 부조리하지 않고 자세히 살펴봐야 무엇이 이상한 것인지를 깨달을 수 있다. 하늘은 청명한데 땅은 어둡다. 가스등이 켜진 거리, 나무들은 검은 그림자에 묻혀 있다. 집의 창문에서는 램프의 불빛이 은은히 비쳐나오지만 밖은 엄연히 낮이다. 내 소설의 주인공이 사는 세상이 바로 그런 곳이 아닐까. 혼자만 어둠 속에서 혹은 혼자만 대낮인, 그런 세상. 그러다 갑자기 어느 하루, 그것마저도 뒤바뀐다. 그래서 제목이 결정됐다. 다른 제목은 생각하기 어려웠다.

'생각한 대로 살지 않으면 사는 대로 생각하게 된다'는 소설 속 문장은, 당시에는 폴 발레리의 시구로 생각하고 있었는데, 출간 이후 널리 인용되면서 정확한 출처를 알게 되었다. 폴 발레리가 아니라 폴 부르제였다. 아직도 인터넷을 검색해 보면 폴 발레리의 시구로 잘못 인용되고 있는 경우가 많다(내 책임이 크다). 나는 보통 제목을 탈고하고나서 정하는 경우가 많은데 이 소설은 이렇게 제목부터 정하고 시작했다. 집필을 시작하던 때의 모습도 『작가세계』 인터뷰에 남아 있다.

어느 여름밤. 나는 침대에 누워 새로운 소설을 구상하고 있었다. 막연히 '이번에는 사랑 이야기를 쓰리라'는 정도만 정해놓고 있었는데 문득 간첩, 그것도 남파된 지 20년이 넘은 남자가 떠올랐다. 20년 동안 그저 조금 위험한 직업에 종사하고 있다고만 믿었던 이 남파간첩에게 어느

날 갑자기 귀환 명령이 떨어진다. 남은 시간은 하루. 그는 그 하루 동안 모든 것을 정리해야 한다. 가족, 사랑, 직업과 추억, 그밖의 모든 것들을 버려두고 떠나가야 하는 것이다. 시작은 근사해 보였다. 나는 벌떡 일어나 구상을 적기 위해 노트를 펼쳤다. 스파이의 이야기지만 거기서 멈춰서는 안 된다. 보편적인 한 인간의 이야기로 끌어올려야 한다고 썼다

이 인터뷰에서 나는 기영을 '영원히 스며들지 못하는 일종의 불법이민자'라고 말하고 있다. 소설 속에는 '옮겨다 심은 사람'이라는 표현도 나오는데 이 표현은 실제로 취재 과정에서 만난 평양 영화대학 출신의 탈북 지식인 입에서 들은 말이기도 하다. 『빛의 제국』은 출간 직후 우리나라에서는 '잊힌 스파이'라는 렌즈를 통해 본 일종의 후일담이나 21세기에 새로 쓰인 분단 이야기로 해석된 반면, 해외에서는 이민자 서사로 읽혔다. 그런 의미에서 이 소설이 『검은 꽃』의 바로 다음 작품인 것도 우연은 아닐 것이고, 아니 어쩌면 내가 쓴 소설 중 꽤 많은 작품이 '낯선 세상에서 어떻게든 살아남기'를 이야기하는 것 같기도

하다.

어느새 『빛의 제국』이 세상에 나온지 16년이 되었고 감사하게도 지금까지 꾸준히 읽히고 있다. 스파이, 불법이민자가 주인공인 이 이상한 소설이 보수적인 우리 문학계에 자기 자리를 잡고 여태 살아남은 것을 독자들과 함께 축하해주고 싶다.

이번 개정판에서 큰 수정은 없었지만 몇 군데 초판 출간 당시 놓쳤던 부분들이 있어 문맥에 맞게 바로잡았다. 복복서가판 이 시리즈의 제목이 '결정판'인 만큼, 앞으로 작가인 내가 더 수정할 일은 없을 것 같다. 이제 정말로 내 손을 떠나는 『빛의 제국』이 현재와 미래의 독자들에게도 오래 읽히고, 다양하게 해석되기를 기원한다.

2022년 5월

김영하

작가의 말

쓸 수 있어서 행복했던 한 시기를 기억하며

　내가 작품 활동을 시작한 것은 1995년이니 올해로 30년이 되었다. 그동안 장편은 『나는 나를 파괴할 권리가 있다』『아랑은 왜』『검은 꽃』『빛의 제국』『퀴즈쇼』『너의 목소리가 들려』『살인자의 기억법』『작별인사』이렇게 여덟 편을 썼다. 이중에서 30주년을 기념하는 장편으로 『빛의 제국』을 고른 것은 이 소설이 한 작가의 30년을 잘 응축하고 있어서가 아니라 한 '한국' 작가의 30년을 대표하기에 가장 적당하다고 생각했기 때문이다. 등단 이후 한참이 지나도록 한국어로 소설을 써왔지만 나는 내가 '한국'이라는 나라와 '한국어 사용자'라는 집단을 대표하는 무언가를 만들어내고 있다거나 만들어내야 한다거나 하는 의식이 없었다. 언젠가 나는 문학을 사랑하는 세계인들이 여권 없이 입국할 수 있는 문학 공화국에 대해 어딘가에 쓴 적이 있다. 어려서부터 한국문학만큼이나 아니 그 이상으로 해외 문학을 읽으며 자랐고, 좋은 작품일수록 작가의 국적이나 언어는 더 희미하게 느껴졌다. 작가 생활 초기에 나는 어떤 보편적 문학, 대문자 문학에 대한 이상을 품고 있었던 것 같다. 『나는 나를 파괴할 권리가 있다』가 들라크루아의 그림으로부터 시작된다든가, 『아랑은 왜』가 포스트모던한 해체적 서술 방식으로 쓰였다든가, 『검은 꽃』이 민족 수난사라는 외피를 쓰고 있지만 멕시코와 과테말라를 배경으로 패치워크와도 같은 플롯으로 전개된다든가 하는 것은 모두 그 영향일 것이다. 비록 한국어로 한국인의 이야기를 쓰지만 내 소설이 인쇄된 페이지에 '한국문학'이라는 궁서체 워터마크가 찍히기를 바라지 않았던 것 같다.

2003년 무렵부터 국제적인 문학 행사에 많이 참여하게 되었다. 아이오와에서, 프랑크푸르트에서, 그리고 그 밖의 여러 도시에서 다른 나라의 작가들을 만날 때마다 문자의 힘에 기대 살아온 존재들끼리 즉각적으로 감지할 수 있는 강력한 동질감에도 불구하고 모든 작가들은, 아주 드문 예외를 제외하면, 모국어를 대표하여 그 자리에 와 있었고, 나도 예외가 아니라는 것을 부인할 수 없었다. 그들은 자주 나에게 두 코리아와 한국어에 대해 물었고 나는 그에 대해 답하지 않을 수 없었다.

그 무렵부터 나는 내가 태어나서 살아온 이 이상한 나라와 사람들에 대해 본격적으로 깊이 생각하기 시작했던 것 같다. 원래 같은 나라였으나 둘로 나뉘어져 일종의 거대한 사회 실험의 대상처럼 주목받아온 남한과 북한. 그 무렵 이른바 '고난의 행군'을 통과해온 북한은 1990년대 말부터 절대무기 핵에 매달리고 있었다. 큰 대가를 치르고 외환위기를 겪은 남한은 빠른 회복세를 보이며 자본주의 우등생으로의 자신감을 회복하고 있었다. 둘은 매우 다른 나라처럼 보였고, 그렇게 보이려고 애도 썼지만, 태생이 같은 만큼 비슷한 점도 많았다. 90년대까지는 더욱 그랬다. 남과 북 모두 느긋한 여유라고는 없이 열심히 살았다. 천리마운동과 새마을운동은 다르지 않았다. 박정희와 김일성도 서로의 거울상이었다. 낮과 밤이 한 그림 안에서 공존하는 르네 마그리트의 〈빛의 제국〉처럼, 나는 남과 북

작가의 말

을 모두 경험한 한 인간을 상상해보았다. 남이 북의 그림자이고 북이 남의 그림자였으므로 그 둘은 한 인간 안에서 충분히 공존할 수 있을 것이었다. 그렇지만 영원히 계속될 리는 없었다. 이 소설을 쓰던 2004년에서 2006년 사이에도 남과 북은 점점 더 멀어지고 있었다. 그리고 이 글을 쓰고 있는 2025년, 이제 두 나라가 한 나라로 순조롭게 복원될 거라 믿는 이도, 바라는 이도 거의 없는 것 같다. 만약 『빛의 제국』의 기영이 실존 인물이고 아직도 살아 있다면 누구보다도 이것을 민감하게 깨닫고 있을 것이다. 나는 기영이라는 인물을 통해 한국어 문화권의 가장 대표적인 두 나라, 남한과 북한을 보기 시작했고, 그가 본 것을 토대로 소설을 써나가기 시작했다. 그러니까 『빛의 제국』은 내가 '한국' 작가로서 쓴 첫 소설이라 할 수 있다. 기영이 돌아갈 수 없는 자신의 기원에 대해 사유하듯, 나 자신의 기원, 나와 내 언어가 발원한 세계를 찾아 거슬러올라가본 기록이다. 기영은 지금까지 내가 쓴 소설들의 주인공 중 실제의 나와 가장 가까운 인물이다. 그처럼 나는 어디에도 소속되지 못한 채 너무나 많은 생각 속에서 허우적댄다. 기영처럼 나에게는 언제나 두 세계가 있었다. 멀쩡하게 사람 구실을 하고 살아가는 일상인의 세계와 모든 것이 허용되고 상상력이 물리법칙을 압도하는 이야기의 세계. 일상인의 세계에서 나는 내가 문학의 신도임을 숨겼고, 이야기의 세계에서는 태초부터 거기서 살아온 원주민인 척했다. 그러나 나는 두 세계 모두에서 겉돌고 있는 것만 같았다.

『빛의 제국』은 계간 『문학동네』 2004년 가을호부터 연재를 시작했다. 가을호는 보통 늦여름에 나오니 내가 이 소설에 착수한 것은 아마도 2003년 말이었을 것이다. 한국예술종합학교 연극원에서 학생들을 가르치고 있었고 서른여섯 살이었다. 『여행의 이유』 서두에 나오는 상하이 푸둥공항 추방은 바로 겨울방학을 이용해 이 『빛의 제국』을 쓰러 가던 길에 일어난 사건이었다. 결국 출국 당일 인천공항으로 다시 돌아와 남은 방학 내내 집에 틀어박혀 쓴 글이 이 소설의 초반부였다.

2004년 봄, 개강을 한 직후인 3월 12일, 국회가 노무현 대통령의 탄핵소추안을 의결했다. 정국은 소용돌이 속으로 들어갔다. 5월에는 헌법재판소가 탄핵을 기각했다. 남한의 리더십이 흔들리는 사이, 북한은 꾸준히 핵을 개발하고 있었다. 와중에 싸이월드라는 토종 SNS가 폭발적으로 사용자를 늘려가고 있었다. 사람들은 가상의 원룸인 미니홈피를 꾸미고 '일촌'들을 초대했다. 북한 주민들은 장마당을 통해 지하 시장경제를 경험하고 있었다. 그때는 김정일이 북한의 지도자였고 유튜브와 인스타그램은 세상에 나오지 않았다. 페이스북은 하버드 교내에서만 사용되고 있었고 구글은 2004년 8월에 있을 나스닥 상장을 준비하고 있었다. 조지 W. 부시의 미국은 이라크와 아프가니스탄에서 끝나지 않는 전쟁의 수렁 속에 빠져 있었다. 그런 시절이었다. 처음 이 소설을 읽게 될 독자들을 위해 적어둔다. 아득한 옛날 같지만 한편으론 지금 우리가 살고 있는 시대의 시작처럼 느껴지기도 한다.

가끔 작가들은 자기 소설이 꽂힌 서가를 보며 위로를 받을 때가 있다. 나 역시 이 소설 덕분에 버틸 수 있었던 인생의 한 시기가 있었다. 아쉬운 부분도 많았지만 쓸 수 있어 행복했다.

2025년 11월
연희동 작업실에서
김영하

30/3 장편
ⓒ김영하 2025

초판 인쇄 2025년 10월 29일
초판 발행 2025년 11월 24일

지은이 김영하

펴낸곳 복복서가㈜
출판등록 2019년 11월 12일 제2019-000101호
주소 03720 서울특별시 서대문구 연희로 28길 3
홈페이지 www.bokbokseoga.co.kr
전자우편 edit@bokbokseoga.com
마케팅 문의 031) 955-2689

ISBN 979-11-94996-03-3 04810
　　　979-11-94996-02-6 (세트)

이 책의 판권은 지은이와 복복서가에 있습니다.
이 책 내용의 전부 또는 일부를 재사용하려면 반드시 양측의 서면 동의를 받아야 합니다.
이 책의 일부를 어떤 방식으로든 인공 지능 기술이나 시스템 훈련 목적으로 사용하거나 복제할 수 없습니다.
No part of this book may be used or reproduced in any way for the purpose of training artificial intelligence techniques or systems.

잘못된 책은 구입하신 서점에서 교환해드립니다.
기타 교환 문의 031) 955-2661, 3580